ЧИТАТЬ[МОДНО]

ЛАУРА ЭСКИВЕЛЬ

шоколад
на крутом кипятке

[роман]

стремительный,
как желание

[роман]

[САНКТ-ПЕТЕРБУРГ]

АМФОРА2004

УДК 82/89
ББК 84.7 Ме
    Э 85

LAURA ESQUIVEL
Como aqua para chocolate
Tan veloz como el deseo

Перевод с испанского П. М. Грушко, В. В. Правосудова

*Издательство выражает признательность
агентству P. & R. Permissions & Rights Ltd.
за содействие в приобретении прав*

*Защиту интеллектуальной собственности и прав
издательской группы «Амфора»
осуществляет юридическая компания
«Усков и партнеры»*

Эскивель Л.

Э 85   Шоколад на крутом кипятке: Роман / Пер. с исп.
П. Грушко; Стремительный, как желание: Роман / Пер. с исп.
В. Правосудова; Под ред. А. Балакиной. — СПб.: Амфора,
2004. — 447 с.

ISBN 5-94278-454-X

В книгу вошли произведения знаменитой современной мексиканской писательницы Лауры Эскивель (р. 1950): ее дебютный роман «Шоколад на крутом кипятке», принесший Л. Эскивель всемирную славу, а также роман «Стремительный, как желание», представляющий собой романтическую историю любви. В творчестве писательницы органично соединились лучшие традиции латиноамериканского магического реализма, легкость стиля и глубина переживаний.

ISBN 5-94278-454-X

шоколад
на крутом кипятке

Роман-календарь с рецептами блюд,
содержащий описание домашних средств
и любовных связей

K столу и в кровать
стоит лишь позвать

январь

рождественские пироги

ПРОДУКТЫ:

1 банка сардин,
1/2 сардельки,
1 луковица,
душица,
1 банка индейских перчиков,
10 галет

Способ приготовления:

Мелко накрошить луковицу. От себя посоветую вам положить маленький кусочек лука на темя — этим вы избежите слезотечения, которое случается всякий раз, когда начинаешь резать лук. Что касается слез, то беда не в том, что они льются, едва приступишь к резке, а в том, что иногда начнешь плакать от рези в глазах и не в силах остановиться. Не знаю, как с вами, а со мной это, по правде сказать, бывало. И не один раз. Мама говорила, потому это, что к луку я чувствительна, как Тита, — моя двоюродная бабка.

А Тита, рассказывают, была настолько чувствительной, что, еще находясь в утробе моей прабабки, когда та резала лук, плакала, уёму ей не было, — и плач ее был весьма громким, так что Нача, кухарка, а была она наполовину глухая, могла слышать его, не напрягаясь. Однажды рев стал таким сильным, что вызвал преждевременные роды. Прабабка и пикнуть не успела, как недоношенная Тита родилась на свет Божий прямо на кухонном столе среди запахов кипящего вермишелевого супа, тимьяна, лавра, кориандра, кипяченого молока, чеснока и, само собою, лука. Как вы, наверно, догадались, непременный шлепок по заднюшке тут не понадобился — новорожденная Тита ревмя ревела еще до этого, —

может быть, знала загодя, что ей на роду написано прожить жизнь незамужней. Нача говорила, что Титу прямо вынесло на свет невиданным потоком слез, которые растеклись по столу и залили чуть ли не весь пол.

Вечером, когда страхов поубавилось и влага стараниями солнечных лучей испарилась, Нача замела с покрытого красной плиткой кухонного пола то, что осталось от слез. Этой солью она засыпала доверху пятикилограммовую торбу, и для готовки ею пользовались довольно долго. Столь редкостное рождение объясняет, почему душа Титы прикипела к кухне, на которой она и провела бо́льшую часть своей жизни с самого что ни на есть появления на свет. К тому же, когда ей было два дня от роду, ее отец, то бишь мой прадед, умер от сердечного удара. От нервного потрясения у Матушки Елены пропало молоко. Поскольку в ту пору порошкового молока или чего-то ему подобного не было и в помине, а кормилицу найти никак не могли, положение создалось прямо аховое — ведь голодную девочку надо было как-то кормить. Нача, которая по кухонной части знала все досконально да еще сверх того всякое разное, к делу не относящееся, вызвалась заняться питанием Титы, считая себя самой пригодной для того, чтобы «наладить желудок невинной крошки», хотя сама была незамужняя и бездетная. Она не умела ни читать, ни писать, но уж стряпуха была знаменитая. Матушка Елена ее предложение приняла с удовольствием — печалей у нее хватало и без того, да и заботам по непростому управлению ранчо не было конца-краю, — где уж тут должным образом заниматься питанием и воспитанием детей, а еще и надлежащим кормлением новорожденной.

Поэтому-то Тита с того дня и осталась жить при кухне, где среди киселей и чаев выросла на зависть здоровой и привлекательной. Надо ли теперь объяснять, почему у нее развилось шестое чувство, связанное со всем, что относится к еде, и почему все ее жевательные инстинкты определялись кухонным распорядком? Едва поутру Тита чуяла, что фасоль сварилась, либо в полдень слышала, что вода как раз вскипела и пора ощипывать кур, либо под вечер унюхивала, что пекут хлеб к ужину, как тут же смекала: пора и ей требовать кормежки.

Порою она плакала безо всякого повода — это когда Нача крошила лук, но так как обе о причине этих слез знали, то и за плач это не считали. Даже превращали его в игру, так что в детстве Тита не различала, какие слезы от смеха, какие от горя. Для нее и смех был своего рода плачем.

По той же причине наслаждение едой она принимала за наслаждение жизнью. Да и легко ли для существа, познавшего жизнь через кухню, постигать мир за ее пределами. Этот огромный мир уходил от порога кухни в сторону комнат дома, потому что мир, граничивший с задней дверью кухни, за которой находились двор, садик и огород, принадлежал ей целиком, здесь она была хозяйкой. И этим отличалась от сестер, которых мир за пределами дома страшил самыми неведомыми опасностями. Игры на кухне казались им глупыми и рискованными, но Тита убедила их однажды, что нет удивительней зрелища, чем танец капель на хорошо раскаленном глиняном круге для выпекания маисовых лепешек — кома́ле.

Все то время, что Тита распевала, ритмично взмахивая мокрыми руками, с которых капли воды срывались

11

«поплясать» на круге, Росаура сидела в углу, оторопело глядя на дивное представление. Гертрудис, наоборот, как всегда, когда дело касалось ритма, движений или музыки, целиком и с радостью отдалась игре. И Росауре не оставалось ничего другого, как попытаться сделать то же самое, но так как руки она намочила еле-еле и делала все с опаской, желаемого не добилась. Тогда Тита решила ей помочь и силком придвинула ее руки к самому кругу. Росаура стала сопротивляться, и эта борьба продолжалась до той поры, пока разозленная Тита не отпустила ее рук, — по инерции они упали на раскаленный глиняный круг! После знатной взбучки Тите было заказано впредь играть с сестрами на кухне. И подругой Титы по играм стала Нача. С той поры они вместе придумывали новые игры и занятия, всякий раз связанные с кухней. Так однажды, увидев на городской площади, как торговец мастерил фигуры животных из продолговатых воздушных шаров, они решили заняться тем же самым, используя фаршированные колбаски. Из-под их рук вышли не только всем известные, но и диковинные животные с лебедиными шеями, собачьими ногами и лошадиными хвостами — всех не перечесть.

Трудности возникли, когда надо было колбаски жарить. Чаще всего Тита не давала расчленять свои создания. А соглашалась на это, причем добровольно, лишь когда начинали делать рождественские пироги — их она любила больше всего на свете. И не только разрешала своих животинок резать, но и с удовольствием наблюдала, как их поджаривают.

А жарить колбаски для пирогов необходимо крайне внимательно, на малом огне, чтобы они не остались сырыми, но и не подгорели. Сразу же после того, как их снимают с огня, к ним подкладывают сардины, из которых заранее удалены косточки. Перед этим надо соскрести ножом черные пятнышки, которыми усыпана их кожица. Помимо сардин, в пирог кладут лук, нарубленные индейские перчики и молотую душицу. Прежде чем приняться за дело, надо, чтобы начинка немного постояла.

Тита испытывала тогда огромное наслаждение: так приятно, пока начинка еще не в пироге, вбирать в себя ее духовитый аромат, ведь запахи имеют ту особенность, что навевают воспоминания о прошлом с его звуками и ароматами, не сравнимыми с теми, что тебя окружают в настоящем. Тите нравилось делать эту душистую ингаляцию, переноситься вместе с дымком и столь неповторимыми запахами в закоулки памяти.

Как ни пыталась она вспомнить, когда впервые услыхала запах этих пирогов, сделать это ей так и не удалось: скорее всего, еще до того, как она родилась. Может быть даже, именно редкостное сочетание сардин с колбасками настолько привлекло ее внимание, что вынудило решиться покинуть покой эфира, избрать чрево Матушки Елены, которая, став ей матерью, приобщила ее тем самым к роду Де ла Гарса, где так изысканно питались и таким особым способом пекли пироги.

На ранчо Матушки Елены приготовление колбасок было чуть ли не ритуальным действом. За день до этого начинали чистить чеснок, мыть перчики и молоть специи. В работе надлежало участвовать всем женщинам дома: Матушке Елене, ее дочерям Гертрудис, Росауре и Тите, кухарке Наче и служанке Ченче. Под вечер они усаживались в столовой, за разговорами и шутками время летело незаметно, пока не начинало смеркаться и Матушка Елена не говорила:

— На этом сегодня и кончим.

Второй раз повторять не приходилось: после этой фразы все знали, что им делать. Сперва сообща прибирали на столе, а там уж каждая занималась своим: одна загоняла кур, другая набирала воду из колодца и разливала ее по кувшинам для завтрашнего стола, третья приносила дрова для камина. В этот день не гладили, не вышивали, не кроили. Затем все расходились по своим комнатам, читали и, помолившись, отходили ко сну. В один из таких вечеров, перед тем как Матушка Елена разрешила подняться из-за стола, Тита, которой тогда было пятнадцать лет, дрожащим голосом объявила, что Педро Мускис хочет прийти поговорить с нею.

— О чем же этот сеньор станет со мной говорить? — спросила Матушка Елена после бесконечно долгого молчания, от которого у Титы душа ушла в пятки. Еле слышно она ответила:

— Не знаю.

Матушка Елена смерила Титу взглядом, напомнившим ей о бесконечно долгих годах муштры, которая царила в их семействе, и сказала:

— Так передай ему, если он хочет просить твоей руки, пусть не приходит. Понапрасну потратит свое и мое время. Тебе хорошо известно: как самая младшая из женщин этого дома, ты должна будешь ходить за мной до дня моей смерти.

Сказав это, Матушка Елена спрятала в карман передника очки и тоном, близким к приказу, повторила:

— Сегодня на этом и кончим!

Тита прекрасно знала: правила общения в доме не допускали диалога, и, однако, первый раз в жизни она решилась поперечить матери.

— Все же я думаю, что...

— Ничего ты не думаешь, и точка! Никто ни в одном из поколений нашей семьи никогда не шел против этого правила, не хватало еще, чтобы это сделала одна из моих дочерей.

Тита опустила голову, и с той же неотвратимостью, с какой ее слезы упали на стол, судьба обрушила на нее свой удар. С этого самого момента она и стол поняли, что ни на йоту не смогут изменить направление неведомых сил, которые принуждают его делить с Титой ее судьбу, принимая на себя с того самого дня, как она родилась, ее горючие слезы, а ее — смириться с непостижимым решением матери. Как бы там ни было, Тита была с ним несогласна. Множество сомнений и вопросов теснилось в ее голове. К примеру, она не прочь была бы узнать, с кого началась эта семейная традиция. Неплохо было бы растолковать столь изобретательной персоне, что в ее безукоризненном замысле — обеспечить спокойную старость женщинам их рода — имелся небольшой изъян. Если допустить, что Тита не может выйти замуж, иметь детей, — кто будет тогда заботиться о ней самой, когда она одряхлеет? Какое решение в этих случаях считалось бы приемлемым? Или предполагалось, что дочери, которые останутся присматривать за своими матерями, не намного их переживут? А что сталось с женщинами, которые, выйдя замуж, не имели детей? О них-то кто позаботился? Более того, она хотела бы знать, какие исследования привели к заключению, что более сноровисто ухаживает за матерью младшая, а не старшая дочь? Принимались ли когда-нибудь во внимание доводы ущемленной стороны? Позволялось ли, по крайней мере, не вышедшим замуж познать любовь? Или даже это не допускалось?

Тита прекрасно понимала, что все эти мысли неизбежно лягут в архив, где хранятся вопросы без ответов. В семействе Де ла Гарса подчинялись — и точка. Матушка Елена, не удостоив больше Титу ни малейшего внимания, взбешенная, покинула кухню и за всю неделю ни разу не обратилась к ней.

Возобновление прерванных отношений произошло, когда, просматривая шитье чад и домочадиц, Матушка Елена отметила, что, хотя работа Титы самая распрекрасная, она не наметала шитье перед тем, как его прострочить.

— Поздравляю тебя, — сказала она. — Стежки безукоризненные, но надо было их сперва наметать, не так ли?

— Зачем? — возразила Тита, пораженная тем, что наказание молчанием отменено.

— Придется все распороть. Наметаешь и прострочишь заново, а после придешь показать. Чтобы не забывала: *ленивый да скупой дважды путь проходят свой.*

— Ведь это когда ошибаются, а вы сами только что сказали, что мое шитье самое...

— Снова бунтуешь? Да как ты осмелилась шить не по правилам!..

— Прости меня, мамочка. Я больше не буду.

Этими-то словами ей и удалось унять гнев Матушки Елены. Слово мамочка она произнесла с особым старанием в надлежащий момент и надлежащим голосом. Мать считала, что слово матушка звучит несколько пренебрежительно, и приучила дочерей с самого детства при обращении к ней пользоваться только словом мамочка. Единственная, кто противилась этому или произносила это слово неподобающим тоном, была Тита, из-за чего она схлопотала бессчетное число оплеух. Но как хорошо она произнесла его на этот раз! Матушка Елена испытала удовлетворение при мысли о том, что, скорее всего, ей удалось сломить упрямство младшей дочери. Однако эта уверенность просуществовала недолго: на следующий день в доме появился в сопровождении своего отца Педро Мускис с намерением испросить руки Титы. Их приход вызвал большой переполох. Визита не ждали. За несколько дней до этого с братом Начи Тита послала Педро записку с просьбой отказаться от его намерений. Брат Начи поклялся, что послание дону Педро передал. И все же они заявились. Матушка Елена приняла их в гостиной, держалась она весьма любезно и изложила им соображения, по которым Тита не может выйти замуж.

— Конечно, Вы желаете, чтобы Педро женился, и я хотела бы обратить Ваше внимание на мою дочь Росауру, она старше Титы лишь на два года, никакими обязательствами не связана и готова выйти замуж...

Услыхав это, Ченча едва не опрокинула на Матушку Елену поднос с кофе и печеньем, которые она принесла, чтобы угостить дона Паскуаля и его сына. Извинившись, она поспешно ретировалась на кухню, где ее ожидали Тита, Росаура и Гертрудис, и подробнейшим образом поведала им то, что происходит в гостиной. Она ворвалась как тайфун, и все тут же прекратили свои занятия, чтобы не упустить ни словечка.

На кухне они собрались, чтобы приняться за рождественские пироги. Из самого названия явствует, что пироги эти пекутся на рождественские праздники, но на этот раз их делали на день рождения Титы. Тридцатого сентября ей исполнялось шестнадцать лет, и она хотела отпраздновать годовщину одним из своих наилюбимейших блюд.

— Это как же! Матушка-то ваша что говорит, будто готова к свадьбе, словно это пирог какой с перцем испечь! Надо же! А это все не одно и то же! Взять да заменить лепешки на пирожки, ну дела!..

Ченча так и сыпала всякого рода замечаниями, пересказывая им, на свой манер, конечно, сцену, при которой она только что присутствовала. Тита знала, какой выдумщицей и вруньей бывала Ченча, поэтому не позволила печали овладеть своим сердцем. Она отказывалась верить тому, что услышала. Выказывая безразличие, она продолжала разрезать свежеиспеченные хлебцы для сестер и Начи, которые готовились их начинять.

Лучше всего печь хлебцы дома, а когда это не представляется возможным, самое верное — заказать их в пекарне, но размером поменьше: большие не так подходят для этого блюда. После начинки хлебцы минут на десять ставят в печь и подают к столу горячими. Но лучше оставить их на ночь завернутыми в тряпицу — тогда хлебец лучше пропитается жиром колбаски.

Тита заканчивала начинять пироги, которые готовились к следующему дню, когда Матушка Елена вошла в кухню сообщить, что она согласна на женитьбу Педро, но — только на Росауре.

Услышав подтверждение новости, Тита ощутила, будто во всем ее теле вдруг наступила зима: мороз был таким сильным и сухим, что ей обожгло щеки, они стали красными-красными, точь-в-точь как лежавшие перед ней яблоки. Этот охвативший Титу холод еще долго не отпускал ее, ничто не могло его смягчить, даже слова Начи, пересказавшей подслушанный ею разговор дона Паскуаля Мускиса и его сына, когда она провожала их к воротам ранчо. Нача шла впереди, стараясь делать шаги поменьше, чтобы лучше слышать беседу отца с сыном. Дон Паскуаль и Педро шли медленно и говорили тихими голосами, сдавленными от раздражения.

— Зачем ты это сделал, Педро? Согласившись на брак с Росаурой, мы оказались в смешном положении. Где же любовь, в которой ты клялся Тите? Выходит, ты не хозяин своему слову?

— Да хозяин я слову! Но если тебе напрочь отказывают в женитьбе на любимой девушке и единственный выход, который тебе оставляют, чтобы быть к ней как можно ближе, это женитьба на ее сестре, — разве Вы не приняли бы то же самое решение, что и я?

Наче удалось расслышать не весь ответ — в этот момент их пес Пульке с лаем помчался за кроликом, которого он принял за кошку, — а только конец фразы.

— Выходит, ты женишься не по любви?

— Нет, отец, я женюсь именно потому, что испытываю безграничную и неувядающую любовь к Тите.

С каждым шагом становилось все труднее слышать их голоса, заглушаемые шорохом сухой листвы под ногами. Было странно, что Нача, которая к тому времени была изрядно глуховата, расслышала их беседу. Конечно, Тита в душе поблагодарила ее за рассказ, однако с той поры она относилась к Педро с холодной уважительностью. Говорят, глухой не слышит, но сочиняет. Может быть, Наче припомнилось то, что и сказано-то не было. В эту ночь ничто не могло заставить Титу уснуть, она не знала, как выразить то, что испытывала. Жаль, что в ту пору в космосе еще не были открыты черные дыры, потому что тогда она могла бы очень просто объяснить, что в ее груди черная дыра, через которую в нее и просачивался бесконечный холод.

Всякий раз, когда она закрывала глаза, перед ней явственно вставали картины той рождественской ночи, год назад, когда Педро и его семья были впервые приглашены к ним в дом на ужин, — при этом мороз в ее душе усиливался. Несмотря на то что прошло время, она могла отчетливо вспомнить звуки, запахи, шуршание праздничных платьев по только что навощенному полу и беглые, поверх плеча, взгляды Педро... Ах, эти взгляды! Она несла к столу поднос со сладким желточным желе, когда ощутила жаркий, прожигающий кожу взгляд. Она оглянулась, и ее глаза встретились с глазами Педро. В этот момент она ясно поняла, что должен испытывать пончик при соприкосновении с кипящим маслом. Было настолько реальным ощущение жара, охватившего все ее тело, что в страхе от того, не высыпят ли у нее, как у пончика, пупырышки по всему телу — на лице, животе, на сердце, на грудях, — Тита не смогла выдержать этот взгляд и, опустив глаза, быстро пересекла гостиную в противоположном направлении, в ту сторону, где Гертрудис педалировала на пианоле вальс «Юные очи». Она оставила поднос на столике посреди гостиной, рассеянно взяла попавшийся ей по пути бокал с ликером

«Нойо» и присела возле Пакиты Лобо с соседнего ранчо. Установившаяся дистанция между ней и Педро ничуть не помогла — Тита чувствовала, как струится по ее жилам охваченная пламенем кровь. Густой румянец покрыл ее щеки, она не знала, куда спрятать взгляд. Пакита заметила, что с ней происходит нечто странное, и, весьма озабоченная этим, завязала с ней разговор:

— Вкусный ликерчик, не правда ли?

— Простите?..

— Тита, ты рассеянная какая-то. Что с тобой?

— Да, да... Большое спасибо.

— В твоем возрасте порой не зазорно пригубить немного ликера, птичка. Но скажи, твоя матушка разрешает тебе это? Мне кажется, ты возбуждена и вся дрожишь, — и заботливым тоном добавила: — Лучше не пей больше, а то цирк получится.

Только этого не хватало! Чего доброго, Пакита Лобо решит, будто она пьяна. Тита не могла допустить, чтобы у той осталась хотя бы тень сомнения, — еще нашушукает про это Матушке Елене. Страх перед ней заставил ее на время забыть о существовании Педро, и она постаралась вести себя так, чтобы Пакита ни на миг не усомнилась в ясности ее рассудка и в живости ее ума. Она поболтала с ней о некоторых слухах и разных пустяках. Сверх того она поведала Паките рецепт ликера «Нойо», которым та восхитилась. На этот ликер уходит четыре унции косточек абрикоса альберчиго и полфунта косточек простого абрикоса, все это заливают одним асумбре воды и оставляют на двадцать четыре часа, чтобы косточки размякли, после чего их перемалывают и настаивают на двух асумбре водки, срок выдержки пятнадцать дней. После чего делается перегонка.

Когда два с половиной фунта хорошо толченного сахара растворятся в воде, добавляют четыре унции апельсинного цвета, все это перемешивается и процеживается. И, чтобы у Пакиты не оставалось сомнения по поводу физического и умственного состояния Титы, она как бы вскользь напомнила ей, что один асумбре содержит 2,016 литра, ни больше ни меньше.

Так что, когда Матушка Елена подошла, чтобы спросить Пакиту, хорошо ли о ней заботятся, та с воодушевлением ответила:

— Я чувствую себя превосходно! У тебя чудесные дочери. И беседовать с ними одно удовольствие!

Матушка Елена велела Тите отправиться на кухню за сандвичами, чтобы обнести ими присутствующих. Педро, который совсем не случайно оказался рядом, вызвался помочь ей. Не зная, что ответить, Тита торопливо пошла в сторону кухни. Близость Педро заставила ее нервничать. Она вошла в кухню и стремительно направилась к подносу с аппетитными сандвичами, которые на кухонном столе покорно ожидали своей участи — быть съеденными.

Навсегда запомнила она случайные касания их рук, когда оба в одно и то же время нескладно ухватились за поднос.

Именно тогда Педро и объяснился ей в любви.

— Сеньорита Тита, я хотел воспользоваться случаем поговорить с Вами с глазу на глаз и сказать, что я очень люблю Вас. Я знаю, что это объяснение самонадеянно и поспешно, но так трудно приблизиться к Вам, и я решил сделать это не позднее сегодняшнего вечера. Единственное, о чем я Вас прошу, так это чтобы Вы мне сказали, могу ли я надеяться на Вашу взаимность?

— Я не знаю, что Вам ответить, дайте мне время подумать.

— Нет, никак не могу, я нуждаюсь в ответе именно сейчас. Любовь не размышляет, ее чувствуешь или не чувствуешь. Я человек немногих, но очень твердых слов. Клянусь Вам, что моя любовь будет с Вами вечно. А Ваша? Вы испытываете то же самое по отношению ко мне?

— Да!

Конечно, тысячекратно «да»! С этого вечера она полюбила его навсегда. И вот теперь она должна была от него отказаться. Нельзя желать будущего мужа своей сестры. Она должна была каким-то образом изгнать его из своих мыслей, чтобы уснуть. Она принялась есть рождественский пирог, который Нача поставила ей на ночной столик вместе со стаканом молока. Множество раз до этого пирог давал блестящие результаты. Нача с ее огромным опытом знала: не было такой печали, которая бы не улетучивалась, едва Тита бралась за вкуснейший рождественский пирог. Но на этот раз было не так. Пустота, которую она ощущала в желудке, не исчезала. К тому же она почувствовала приступ тошноты. И поняла: пустота не от голода — скорее всего, это было леденящее чувство боли. Надо было как-то освободиться от этого беспокоящего холода. Перво-наперво она надела шерстяное белье и залезла под тяжелое одеяло. Но холод не исчез. Тогда она натянула связанные из шерсти башмачки и накрылась еще двумя одеялами. Напрасные усилия. Наконец она достала из своего швейного столика покрывало, которое начала вязать в день, когда Педро заговорил с ней о браке. Такое вязанное крючком покрывало можно было закончить приблизительно за год. Как раз за то время, какое, по предположению Педро и Титы, должно было пройти до их вступления в брачный союз. Она решила закончить вязанье: зачем пропадать шерсти! И принялась яростно вязать: вязала и плакала, плакала и вязала, пока к рассвету не закончила покрывало и не накрылась им. И это не помогло. Ни в эту ночь, ни во все последующие ночи ее жизни она так и не могла согреться.

Продолжение следует...

Очередное блюдо:
Пирог Чабела (Свадебный).

февраль

пирог чабела

ПРОДУКТЫ:

175 граммов сахарного песка
высшего сорта,
300 граммов муки
высшего сорта,
три раза просеянной,
17 яиц,
1 лимон, натертый

Способ приготовления:

Пять яичных желтков, четыре целых яйца и сахар взбивать, пока не загустеют. Добавить еще два целых яйца. Когда масса снова загустеет, добавить два новых яйца, продолжая делать то же самое, пока не будут взбиты все яйца, разбиваемые каждый раз по два. Чтобы приготовить пирог к свадьбе Педро и Росауры, Тита и Нача должны были увеличить составные части рецепта в десять раз, потому что вместо пирога на семнадцать гостей им надобно было приготовить пирог на сто восемьдесят гостей. Итого — сто семьдесят яиц! А значит, надо было заранее собрать это количество яиц отменного качества к одному дню.

Для этого за много недель до свадьбы они позаботились о сохранении яиц, которые несли самые лучшие их куры. Подобный способ использовался на ранчо с незапамятных времен, когда хотели запастись на зиму столь питательным и незаменимым продуктом. Лучше всего это делать в августе и сентябре. Яйца, отобранные для сохранения, должны быть очень свежими. Нача предпочитала, чтобы они были снесены в один и тот же день. Яйца кладут в посуду и заливают растопленным бараньим жиром, который должен, застыв, покрыть их целиком. Это гарантирует их свежесть на протяжении нескольких месяцев. Если хотят сохранить их на год и дольше, яйца кладут в большой глиняный сосуд и заливают известковым раствором, одна часть извести на десять частей воды. Затем, чтобы перекрыть доступ воздуха, их как следует укутывают и ставят в погреб. Тита и Нача остановили свой выбор на первом способе, потому что сохранять яйца в течение стольких месяцев необходимости не было. Яйца стояли тут же под кухонным столом в сосуде, куда они их положили и откуда они их доставали, делая пирог.

Недюжинные усилия, затрачиваемые на взбивание стольких яиц, едва не лишили Титу рассудка, когда было покончено лишь с первой сотней яиц. Цифра в сто семьдесят яиц казалась ей недостижимой.

Тита взбивала яйца, а разбивала скорлупу и выливала их Нача. Дрожь пробегала по всему телу Титы, а кожа буквально становилась гусиной каждый раз, когда разбивалось очередное яйцо. Она вспоминала яички цыплят, которых они кастрировали за месяц до этого. Петушков, которых кастрируют и откармливают, называют каплунами. Это блюдо для свадьбы было избрано потому, что считалось наиболее престижным для благородных застолий не только из-за усилий, которые тратились на приготовление, но также из-за исключительно нежного вкуса каплунов.

Как только назначили на двенадцатое января свадьбу, послали купить двести цыплят, над которыми проделали вышеуказанную операцию, и тут же начали их откармливать.

Выбрали для этого Титу и Начу. Наче — за ее опыт, а Титу — в наказание за то, что она, сославшись на мигрень, не захотела быть со всеми в день, когда была назначена свадьба Росауры.

— Я не допущу никаких твоих ослушаний, — сказала ей Матушка Елена. — А также, чтобы ты испортила своей сестре свадьбу, разыгрывая из себя жертву. С этой минуты ты займешься подготовкой к банкету, и упаси тебя Бог, если я увижу страдальческое лицо или хоть одну слезинку, ты слышала?

Приступая к первой операции, Тита старалась это предупреждение не забывать. Кастрирование сводится к тому, что делают надрез на кожице, обволакивающей яички цыпленка: туда просовывают палец, нащупывают яички и вырывают их. После чего ранку зашивают и натирают свежим маслом либо жиром птичьего яичника. Тита была близка к обмороку, когда запустила палец и стала тянуть яички у первого цыпленка. Руки у нее дрожали, на лице выступил обильный пот, а желудок дрыгался, как воздушный змей на ветру. Матушка Елена, пронзив ее строгим взглядом, сказала:

— Что с тобой? Почему ты дрожишь? Снова за свое?

Тита подняла голову и посмотрела на мать. Ей захотелось крикнуть: да, снова за свое, для кастрации она выбрала не ту, лучше всего делать это ей самой. Крикнуть так она имела полное право: разве не ей было отказано в замужестве, разве не ее место рядом с человеком, которого она любила, заняла Росаура? Матушка Елена, прочитав все это в ее взгляде, пришла в бешенство. Она отвесила Тите такую увесистую пощечину, что та покатилась по полу вместе с цыпленком, который окочурился в результате плохо проведенной операции.

Разъяренная Тита взбивала и взбивала яйца, желая как можно скорее раз и навсегда покончить с этой пыткой. Оставалось взбить еще два яйца, и масса для пирога была бы готова. Не хватало лишь этого, все остальное — в том числе посуда для обеда из двадцати блюд и холодная закуска — было уже приготовлено для банкета. На кухне оставались только Тита, Нача и Матушка Елена. Ченча, Гертрудис и Росаура заканчивали хлопотать возле свадебного одеяния. Нача с большим облегчением взяла предпоследнее яйцо, чтобы его разбить. Но Тита остановила ее криком:

— Нет!

Она отбросила ложку для взбивания и взяла яйцо в руки. Совершенно явственно услышала она, как внутри яйца пискнул цыпленок. Она поднесла яйцо к уху и еще яснее различила писк. Матушка Елена, прервав работу, начальственным голосом вопросила:

— Что происходит? Почему ты кричишь?

— Потому что внутри яйца цыпленок! Нача не может этого услышать, куда ей, но я-то могу.

— Цыпленок? Ты с ума сошла? Никогда не бывало такого с подобными яйцами!

В два прыжка она подскочила к Тите, вырвала у нее из рук яйцо и разбила его. Тита что было сил зажмурилась.

— Открой глаза и погляди на своего цыпленка!

Тита медленно открыла глаза. С удивлением она увидела: то, что она посчитала цыпленком, было всего-навсего жидким содержимым яйца, к слову сказать, достаточно свежего.

— Хорошенько слушай меня, Тита: еще немного, и у меня кончится терпение, я не позволю, чтобы ты снова начала свои выходки. Эта последняя!

Тита потом так и не могла объяснить, что произошло в тот вечер: было ли услышанное плодом ее усталости или галлюцинацией? Как бы там ни было, самым благоразумным было закончить взбивание. Ей вовсе не хотелось испытывать материнское терпение.

После взбивания яиц добавляется протертый лимон, когда же масса достаточно загустеет, взбивание прекращается и добавляется просеянная мука, которую медленно перемешивают деревянной лопаткой. После того как вся она будет перемешана, противень смазывают маслом, припудривают мукой, и тесто выкладывается на него. Выпекание в печи длится тридцать минут.

Нача, наготовившая за три дня двадцать различных блюд, настолько устала, что не могла дождаться момента, когда пирог поставят в печь: уж больно ей хотелось отдохнуть. На этот раз Тита была не очень хорошей помощницей. Она ни разу не выразила неудовольствия, испытующий взгляд матери не позволял ей этого, но едва Матушка Елена, покинув кухню, направилась в комнаты, из груди Титы вырвался протяжный стон. Нача, стоявшая рядом, ласково отобрала у нее деревянную лопатку, обняла ее и сказала:

— Доченька, на кухне никого нет, поплачь, дорогая, потому что я не хочу, чтобы завтра тебя видели в слезах! А меньше всего, чтобы это видела Росаура!

Нача перестала взбивать яйца, смекнув: с Титой вот-вот случится истерика. Конечно, она не знала таких слов, но благодаря своей безграничной мудрости понимала: еще немного, и Тита не выдержит. Сказать по правде, и она тоже. Росаура с Начей никогда не были близки. Начу раздражало, что с детства Росаура была разборчива в еде: оставляла пищу нетронутой, а то и потихоньку бросала ее Текиле — родителю Пульке[1], собаке с их ранчо. Нача ставила ей в пример Титу, которая всегда не прочь поесть и уплетает все до последней крошки. Конечно, было одно блюдо, которое Тита не выносила, — яйца всмятку. Матушка Елена заставляла ее есть их чуть ли не силком.

После того как Нача занялась ее кулинарным воспитанием, Тита ела не только обычные блюда, но еще и хуми́лес[2], и личинки с маге́я[3], и акосилес[4] и тепескуи́нтлес[5], и броненосцев, и прочих «монстров», к великому ужасу Росауры. Тогда-то и родились неприязнь Начи к Росауре и соперничество между двумя сестрами, которое заканчивалось свадьбой Росауры с человеком, любимым Титой. Чего Росаура не знала, хотя и подозревала это, — так это того, как был безумно влюблен в Титу Педро. Разве не понятно теперь, почему Нача взяла сторону Титы и, как могла, старалась избавить ее от волнений? Нача вытерла передником слезы, градом катившиеся по лицу Титы, и сказала:

— Ничего, доченька, самая малость осталась.

---

[1] В кличках собак заключена ирония: текила — водка из агавы, пульке — низкосортный алкогольный напиток. (*Здесь и далее — примеч. пер.*)

[2] Насекомые, водящиеся на мексиканских озерах; индейцы употребляют их в пищу высушенными или поджаренными.

[3] Большие личинки, обитающие на дереве магей, продаются на рынках; на столичных базарах лепешки с этими личинками пользуются большим спросом.

[4] Ракообразные, водящиеся в реках и озерах Мексики; индейцы едят их вареными и жареными.

[5] Грызуны, водящиеся на юге Мексики; их мясо отличается нежным вкусом.

Но провозились они дольше обычного: тесто никак не хотело замешиваться, а причиной тому были пролитые Титой слезы.

Вот так, обнявшись, они и ревели ревмя, пока у Титы не вышли все слезы. Тогда она принялась плакать всухую, а ведь известно, как это больно, — словно рожать всухую, но теперь, по крайней мере, она не мочила тесто для пирога, так что можно было приступить к следующей операции, то есть к начинке.

НАЧИНКА:

150 граммов абрикосовой пасты,
150 граммов сахарного песка.

Способ приготовления:

Два абрикоса в небольшом количестве воды поставить на огонь, довести воду до кипения и пропустить отвар через мелкое решето, вместо которого может быть использован любой фильтр. Полученную пасту положить в кастрюлю, добавить сахар и снова поставить на огонь, постоянно перемешивая, пока отвар не приобретет вид варенья. Снять с огня и подождать, пока остудится, после чего начинить пастой пирог, который, само собой разумеется, должен быть заранее надрезан.

К счастью, за месяц до свадьбы Нача и Тита приготовили несколько банок варенья из абрикосов, инжира и батата с ананасом. Благодаря этому им не надо было теперь возиться с приготовлением варенья.

Они привыкли запасать огромные количества варенья. Варили его в большом котле, который устанавливали во дворе, едва начинался сбор плодов. Котел взгромождали на очаг и, чтобы размешивать варенье, обматывали руки старыми простынями, что предохраняло от булькающих пузырьков, которые, брызнув, могли обжечь кожу.

Едва Тита открыла банку, как запах абрикосов заставил ее перенестись мыслями в тот вечер, когда они варили варенье. Тита шла из сада, неся плоды в подоле, так как забыла взять корзину. Она входила в кухню с подобранной юбкой и тут неожиданно для себя столкнулась с Педро. Он направлялся на задний двор, чтобы запрячь лошадей в коляску: надо было поехать в город и там развезти приглашения, а так как конюшенный в этот день на ранчо не пришел, то запрягать ему пришлось самому. Как только Нача увидела, что он входит в кухню, она выбежала, сказав, что должна нарвать эпасо́те[1] для фасоли. Тита, застигнутая врасплох, уронила несколько абрикосов на пол. Педро стремительно подбежал, чтобы поднять их, и, нагнувшись, увидел часть ее ноги.

Тита, устыдившись его взгляда, опустила юбку. Едва она сделала это, как несколько абрикосов упали ему на голову.

— Простите меня, Педро. Вам больно?

— Сравнится ли эта боль с той, которую я причинил Вам. Позвольте мне сказать по этому поводу…

— Я не прошу у Вас никаких объяснений.

— Необходимо, чтобы Вы позволили мне сказать Вам несколько слов…

— Однажды я позволила, но все кончилось обманом. Я не хочу больше никого слышать…

---

[1] Ароматическая трава.

И, сказав это, Тита выбежала из кухни в сторону залы, где Ченча и Гертрудис вышивали брачное покрывало. Посередине этого белого шелкового покрывала они делали тонкую вышивку вокруг отверстия, предназначенного для того, чтобы в интимные моменты соития не надо было обнажать неблагородные части невестиного тела. Росауре повезло, в эту пору политической нестабильности им удалось сыскать настоящий французский шелк. Революция делала опасными любые передвижения по стране, так что, не будь китайца, занимавшегося контрабандой, вряд ли бы они нашли нужную ткань: Матушка Елена никогда бы не позволила дочерям совершить рискованный вояж в столицу, чтобы купить все необходимое для свадебного платья и приданого Росауры. Китаец этот был довольно проворным: в столице он брал за товар деньги революционной Северной армии, обесцененные и почти не имевшие хождения. Принимал он их, разумеется, по смехотворно низкой котировке и с этими бумажками откочевывал на Север, где ассигнации приобретали их реальную стоимость и где он покупал на них товар.

Само собой разумеется, что на Севере он принимал по самым низким ценам ассигнации, которые печатались в столице. За этим занятием он провел всю революцию, заделавшись к ее окончанию миллионером. Но главное, благодаря ему Росаура обладала теперь самыми тонкими и очаровательными тканями для свадебного обряда — лучших и не надо было.

Тита обмерла, когда увидела белизну покрывала. Длилось это всего лишь несколько секунд, но их было достаточно, чтобы она словно бы ослепла! Куда бы она ни направляла взгляд, всюду она различала один только белый цвет. Росаура, сидевшая за столом и писавшая приглашения, показалась ей белым привидением. Тита постаралась скрыть от посторонних то, что с ней творится, и никто не обратил на это внимания.

Она не хотела вызвать новые нарекания Матушки Елены. Так что, когда семья Лобо пришла вручить свой свадебный подарок, Тита должна была напрячь зрение, чтобы определить, с кем именно она здоровается: она теперь всех воспринимала как персонажей театра китайских теней, словно все были покрыты белыми простынями. К счастью, писклявый голос Пакиты дал ей ключ к отгадке, что позволило Тите приветствовать гостей без особых затруднений.

Позже, когда она провожала дарителей к выходу с их ранчо, она заметила, что даже ночь стала выглядеть по-иному, будто пронизанная невиданно яркой белизной.

Она испугалась: не произойдет ли с ней то же самое, что происходило, когда она никак не могла сосредоточиться на приготовлении глазури для пирога? Ее страшила белизна сахарного песка, она чувствовала, что вот-вот белый цвет овладеет всем ее сознанием, чему она никак не сможет воспрепятствовать. Наплывали белоснежные образы детства, когда майским утром, одетую в белое платьице, ее водили возлагать белые цветы к изваянию Богородицы. Она шла к алтарю между рядов девочек в белоснежных нарядах и видела столько белых свечей и цветов, освещенных небесным белым сиянием, сочившимся сквозь витраж белой приходской церкви! Не было случая, когда бы, входя в церковь, Тита не мечтала о том, что однажды войдет в нее под руку с мужчиной. Она должна была выбросить из головы не только это, но и все другие воспоминания, которые причиняли ей боль: ведь ей надо было закончить приготовление глазури для свадебного пирога.

ПРОДУКТЫ
ДЛЯ ПРИГОТОВЛЕНИЯ ГЛАЗУРИ:

800 граммов сахарного песка,
60 капель лимона,
вода для растворения сахара.

Способ приготовления:

Залив сахар водой, поставить кастрюльку на огонь, помешивать, пока вода не закипит. Процедить и снова поставить на огонь, положив целый лимон. Кипятить, пока он не размягчится. Обмахивать края кастрюли влажной тряпицей, чтобы не образовывалась сахарная корочка. Переложить смесь в другую влажную кастрюльку, слегка обрызгать водой и остудить. Взбивать деревянной лопаткой, пока масса не сгустится. Влив ложку молока, снова поставить смесь на огонь, добавив каплю кармина, и полить пирог.

Нача догадалась, что Тита чувствует себя плохо, когда та спросила, не пора ли капнуть кармин.

— Доченька, я ведь только что его капнула, неужто не видишь розового цвета?

— Нет...

— Отправляйся-ка спать, а халву я закончу сама. Что кипит в чугуне, знать хозяйке, а не мне, но я-то догадываюсь, что́ в нем, так что перестань плакать, ты мне всю глазурь зальешь, и она испортится! Ступай, ступай...

Нача осыпала Титу поцелуями и вытолкала ее из кухни. Бог весть, откуда девчонка взяла новые слезы, но они появились и испортили глазурь. Теперь, чтобы довести ее до ума, Нача должна была потратить вдвое больше сил. Ей одной пришлось теперь корпеть над ней да поторапливаться — пора было спать.

Когда с глазурью было покончено, ей пришло на ум запустить в нее палец, чтобы убедиться, не испортила ли Тита слезами ее вкус. Нет, на первый взгляд вкус не изменился, однако неизвестно почему Нача почувствовала внезапно щемящую тоску. Один за другим вспомнила она все свадебные банкеты, которые она готовила для семейства Де ла Гарса в надежде, что следующим будет ее банкет. В восемьдесят пять лет не следовало плакать, пенять на то, что она так никогда и не дождалась ни долгожданного банкета, ни вожделенной свадьбы, хотя жених-то появился, — да когда это было! Мать Матушки Елены, та уж позаботилась, чтобы спугнуть его. С той поры Нача довольствовалась лишь тем, что радовалась чужим свадьбам, и безропотно хлопотала, устраивая их на протяжении долгих лет. Нача не понимала, почему она возроптала сейчас? Вот уж глупость, думала она, а поделать с этим ничего не могла. Она как нельзя лучше покрыла глазурью пирог и отправилась в свою комнатенку, испытывая сильную боль в груди. Она проплакала всю ночь, а наутро у нее недостало сил присутствовать на свадьбе.

Тита все бы отдала, чтобы оказаться на месте Начи, ведь она не только должна была находиться в центре праздника, как бы плохо она себя ни чувствовала, но еще и опасаться, не выдаст ли она лицом то, что творится у нее на душе. Тита считала, что выдержит испытание, если только ее взгляд не встретится со взглядом Педро. Это бы поколебало внешнее спокойствие, которое она выказывала всем своим видом.

Тита знала: не Росаура, а она была центром внимания. Приглашенные больше, чем людей посмотреть и себя показать, хотели упиться видом ее страданий, но только она не доставит им этого удовольствия, пусть не ждут! Пересекая гостиную, она спиной чувствовала щекочущие шушуканья гостей.

— Видела Титу? Бедняжка, сестренка выходит замуж за ее жениха! Я встретила как-то Титу и Педро на площади в городе, шли, взявшись за руки. Какими счастливыми они выглядели!

— Что ты, что ты! Пакита говорит, она видела, как однажды даже на мессе Педро передавал Тите любовное письмо, надушенное и все такое!

— Говорят, они под одной крышей жить будут! По мне, так Елена этого ни в жизнь не допустит!

— Не думаю, что она это позволит. Наплетут всякое!

Тите совершенно не нравились эти пересуды. Роль проигравшей была написана не для нее. Она должна была выглядеть победительницей! Как большая актриса, Тита с достоинством играла эту трудную роль, стараясь занять свой ум свадебным маршем, словами священника и обрядом с кольцами. В мыслях она перенеслась в тот день, — а было ей в ту пору девять лет, — когда с подружками сбежала с уроков. Ей было запрещено играть с мальчиками, но игрой с сестрами она уже была сыта по горло. Девочки пошли на берег большой реки, чтобы выяснить, кто быстрее ее переплывет. Какую радость испытала Тита в тот день от того, что вышла победительницей!

Другой подвиг, а это был действительно подвиг, она совершила в городе в один из спокойных воскресных дней. Было ей четырнадцать лет, она спокойно ехала с сестрами в коляске, когда где-то неподалеку ребята запустили ракету, и испуганные лошади понесли. На выезде из города они закусили удила, и кучер никак не мог их остановить.

Оттолкнув его, Тита одна сумела справиться с четверкой лошадей. Когда несколько всадников, жителей города, настигли их, чтобы помочь, все они восхитились мужеством Титы.

В городе ее встретили как героиню.

Эти и многие другие похожие воспоминания занимали ее в течение всей церемонии, позволив гостям любоваться ее смиренной улыбочкой разомлевшей кошки, покамест в момент поздравлений она не должна была обнять сестру. Педро, стоявший рядом, сказал Тите:

— А меня Вы не поздравите?

— Конечно, конечно. Будьте счастливы!

Обняв ее гораздо крепче, нежели это допускалось правилами приличия, Педро использовал единственную представившуюся ему возможность, чтобы шепнуть Тите на ухо:

— Я уверен, так оно и будет, этой свадьбой я добился того, о чем мечтал: быть рядом с Вами, рядом с женщиной, которую я на самом деле только и люблю...

Слова Педро были для Титы как освежающий ветерок, который раздувает угольки погасшего костра. Ее лицо, на котором в течение долгих месяцев не было и тени обуревавших ее чувств, без ее на то воли преобразилось; на нем появилось выражение крайнего успокоения и блаженства. В один единый миг все ее угасшее внутреннее возбуждение было оживлено пылким дыханием Педро на ее шее, его горячими руками на ее спине, его порывистой грудью, касавшейся ее грудей… Она бы хотела так и остаться навсегда, если бы не колючий взгляд Матушки Елены, заставивший ее быстро от него отпрянуть. Матушка Елена приблизилась к Тите и спросила:

— Что тебе сказал Педро?

— Ничего, мамочка.

— Меня-то ты не обманешь. Куда ты идешь сейчас, там уж я побывала да не один раз. Не прикидывайся тихоней. Увижу тебя еще раз рядом с Педро, пеняй на себя…

После этих угрожающих слов Матушки Елены Тита постаралась держаться как можно дальше от Педро. Но чего она никак не могла, так это прогнать с лица открытую улыбку удовлетворения. С этого момента свадьба приобрела для нее совсем другое значение.

Теперь ее не задевало, когда она видела, как Педро и Росаура переходили от стола к столу, чокаясь с приглашенными, или танцевали вальс, или чуть позже разрезали пирог. Теперь-то Тита уверилась: Педро ее любит. Ей до смерти хотелось, чтобы банкет как можно скорее окончился, она бы тогда бросилась к Наче и все ей рассказала. Тита не могла дождаться, когда гости съедят ее пирог и разъедутся по домам. Руководство по хорошему тону Карреньо мешало ей уйти раньше других, однако не запрещало витать в облаках и торопливо уминать при этом пирог. Она настолько погрузилась в свои мысли, что не заметила то странное, что происходило вокруг. Неуемная тоска овладела всеми присутствующими, едва они попробовали пирог. Даже Педро, который всегда хорошо владел собой, делал огромные усилия, чтобы сдержать слезы. И Матушка Елена, не пролившая ни одной горючей слезинки, когда умер ее муж, сейчас потихоньку утирала слезы. Но это было только начало, плач был лишь первым симптомом странного заражения, чем-то походившего на глубокую меланхолию и чувство безнадежности, которые будто сковали приглашенных, и это привело к тому, что все присутствующие на дворе, в птичнике и в туалетах, рыдая, вспомнили первую свою любовь. Никто не избежал этой напасти, лишь немногие счастливчики вовремя поспели в туалет, а кто не поспел, стал участником всеобщего, посреди двора, блевания. Не подействовал пирог на одну Титу. Закончив его есть, она покинула празднество. Ей не терпелось сказать Наче: ты была права, когда говорила, что Педро любит только меня. Представляя, каким счастливым будет лицо у Начи, Тита не обратила внимания на разраставшееся вокруг нее бедствие, достигшее поистине угрожающих размеров.

Росаура, донимаемая позывами рвоты, еще раньше вынуждена была покинуть свое почетное место за столом.

Всеми силами она пыталась сдерживать тошноту, но последняя была сильнее, чем она. Росаура во что бы то ни стало хотела спасти свое подвенечное платье от блевотины родственников и друзей, но при попытке пересечь двор поскользнулась, так что на ее платье не осталось ни малейшего места, которое бы не было облёвано. Мощный обильный поток подхватил и проволок ее несколько метров, так что она, не в силах больше сдерживаться, извергла, подобно вулкану, шумную лаву рвоты перед лицом содрогнувшегося от этой картины Педро. Впоследствии Росауру невероятно удручали воспоминания об этом происшествии, обесславившем ее свадьбу, причем не было такой силы, которая изгнала бы из ее сознания мысль о том, что Тита подмешала в пирог какое-то зелье.

Всю ночь Росаура провела в стонах и терзаниях, страшась одной только мысли, что она может испортить покрывало, которое вышивала столь долгое время. Педро поспешно предложил ей отложить на завтра кульминацию свадебной церемонии. Но прошли еще месяцы, прежде чем Педро счел уместным сделать это после того, как Росаура решилась сказать, что чувствует себя здоровой. К этому моменту Педро понял, что ему никак не уклониться от обязанностей племенного жеребца. Уткнувшись в брачное покрывало, он встал на колени перед кроватью и на манер молитвы изрек:

— Господи, не похоти ради, а только в мыслях о чаде.

Тита и представить не могла, что бракосочетание, о котором было столько разговоров, затянется на столь долгое время. Ей даже неважно было, ни как оно прошло, ни тем более совпало ли оно с каким-нибудь религиозным праздником или нет.

Больше всего она думала о том, как спасти собственную шкуру. В ночь праздника Матушка Елена устроила ей знатную взбучку, ни до этого, ни после ее так не били палкой. Две недели провела Тита в постели, отходя от ссадин и синяков. Поводом для столь сурового наказания была уверенность Матушки

Елены в том, что в злостном сговоре с Начей Тита, загодя замыслив сорвать свадьбу Росауры, подмешала в пирог какое-то рвотное. Тита так никогда и не смогла убедить ее, что единственной посторонней приправой в кушанье были слезы, которые она проливала, готовя его. А Нача ничего не могла показать в ее пользу, потому что, когда Тита прибежала к ней в день свадьбы Росауры, она была мертва. Глаза ее были открыты, на лбу — пропитанный салом компресс, а в руках — фото ее давнего жениха.

Продолжение следует...

Очередное блюдо:
Перепелки в лепестках роз.

Глава III
март

перепелки в лепестках роз

ПРОДУКТЫ:

12 роз, желательно красных,
12 каштанов,
2 ложки масла,
2 ложки маисового крахмала,
2 капли розовой
эссенции,
2 ложки аниса,
2 ложки меда,
2 головки чеснока,
6 перепелок,
1 питайя (кисло-сладкий
плод кактуса того же названия)

Способ приготовления:

Со всеми предосторожностями оборвать лепестки роз, с таким расчетом, чтобы не поранить пальцы. Помимо того, что уколы крайне болезненны, пропитавшиеся кровью лепестки могут не только изменить вкус мясного блюда, но и вызвать небезопасную химическую реакцию.

Но разве могла Тита помнить об этой маленькой детали, испытывая сильное волнение после того, как получила из рук Педро букет роз! Это было первое глубокое переживание со дня свадьбы ее сестры, когда она услышала любовное признание Педро, услышала о его чувствах по отношению к ней, которые он скрывал от сторонних глаз. Матушка Елена с присущей ей сметливостью и живостью ума догадывалась, что могло произойти, если бы Педро и Тита получили возможность остаться наедине. Вот почему, являя верх изобретательности, она делала все возможное, чтобы держать обоих подальше от взглядов и рук друг друга. Не учла она лишь одну маленькую деталь. Со смертью Начи Тита оставалась единственной женщиной в доме, способной занять ее место на кухне, а именно здесь от недреманного ока матери ускользали не только запахи кушаний и то, какие они на вкус и на вид, но и то, какие чувства они могли вызывать.

Тита была последней в длинном ряду кухарок, с доколумбовских времен передававших из поколения в поколение секреты кухни, — она-то и была выбрана жрицей в древний храм кулинарии. Назначение ее официальной кухаркой ранчо было встречено домашними очень хорошо. Тита приняла пост с удовольствием, несмотря на то, что ее так печалило отсутствие Начи. Ее неожиданная смерть повергла Титу в крайнее уныние. Со смертью Начи она почувствовала себя крайне одинокой, словно умерла ее настоящая мать. Педро, желая помочь ей выйти из этого состояния, решил, что было бы неплохо принести ей букет роз в первую годовщину ее воцарения на кухне ранчо. Совершенно по-другому поняла его поступок жена, ожидавшая первенца, и, когда Росаура увидела Педро с букетом в руках, подносящего этот букет не ей, а Тите, она разразилась рыданиями и тут же покинула залу.

Хватило одного начальственного взгляда Матушки Елены, чтобы Тита сообразила: из-за стола выйти, цветы выбросить! Педро догадался о своей дерзости слишком поздно. Матушка Елена, наградив его соответствующим взглядом, дала понять, что еще не поздно загладить вину, и он тут же, попросив прощения, бросился искать Росауру. Тита с такой страстью прижимала букет, что, когда она пришла на кухню, цветы, изначально розового цвета, стали красными от крови, сочившейся из ее рук и грудей. Надо было быстро придумать, что с ними делать. Они были такие красивые! Невозможно было выбросить их в мусорный ящик потому, во-первых, что никогда раньше она не получала цветов, а во-вторых, потому, что их ей подарил Педро. Внезапно она услышала внятный голос Начи, диктующей один из доколумбовских рецептов с использованием лепестков розы. Тита когда-то знала его, но тут требовались фазаны, которых на ранчо никогда не выращивали.

Зато были перепелки, и она решила немного подправить рецепт, чтобы непременно использовать цветы Педро.

Не думая больше ни о чем, она вышла на двор и принялась гоняться за перепелками. Поймав семь из них, Тита запустила их в кухню и приготовилась забивать, что было для нее весьма непростым делом, если учесть, что она их выращивала и выкармливала в течение долгих дней.

Набрав побольше воздуха в грудь, она схватила первую перепелку и без охоты свернула ей шейку, вспоминая, как это столько раз на ее глазах делала Нача, но усилия к этому она приложила слабые, так что несчастная перепелка не умерла, а принялась с жалобным писком носиться по кухне со свисающей набок головкой. Эта картина ее ужаснула. Она поняла: нельзя быть малодушной, когда убиваешь, делать это надо уверенно, чтобы не причинять живому существу излишних мучений. И она подумала, как было бы хорошо иметь силу Матушки Елены — та убивала сразу, одним махом, безо всякой жалости. Впрочем, если хорошенько подумать, то нет. Она, Тита, является исключением: разве ее не начали убивать с детства, мало-помалу, все еще не нанося смертельный удар? Разве свадьба Педро с Росаурой не превратила ее в ту же перепелку с полуоткрученной головой и разбитой душой? И прежде, чем позволить, чтобы перепелка испытала те же муки, что и она, движимая состраданием, она со всей решимостью быстрехонько ее прикончила.

С другими дело пошло куда быстрее. Она лишь старалась убедить себя, что каждая перепелка подавилась яйцом всмятку, вот она из жалости и освобождает ее от страданий — раз! — и головка откручена. Когда Тита была маленькой, ей много раз хотелось умереть, только бы не есть на завтрак обязательное яйцо всмятку. Матушка Елена была непреклонна. Тита чувствовала, как сильным спазмом схватывало пищевод, не способный продвигать какую-либо пищу, пока мать не заставляла ее проглотить кусочек хлеба, что оказывало чудотворное действие: спазм исчезал, и яйцо как ни в чем не бывало проскальзывало в пищевод. Она почувствовала себя спокойнее и действовать стала с большей расторопностью. Казалось, сама Нача, вселившись в нее, ощипывает птиц, потрошит их и ставит жарить.

После ощипывания и потрошения их укладывают на противень и связывают им лапки, чтобы придать жертвам более достойную позу, после чего жарят в масле, поперчив и посолив по вкусу.

Ощипывать следует всухую, потому что при ошпаривании вкус мяса меняется. Это один из бесчисленных секретов кухни, приобретаемых на практике. Так как Росауру никогда не тянуло на кухню с того дня, как она сожгла руки, то, естественно, она не ведала ни об этой, ни о многих других гастрономических премудростях. Однако то ли для того, чтобы понравиться своему супругу, то ли для того, чтобы посостязаться с Титой на ее же территории, а только однажды она попыталась стряпать. Когда Тита хотела дать ей несколько дружеских советов, Росаура оскорбилась и попросила оставить ее на кухне одну.

Нетрудно догадаться, что рис в этот день слипся, мясо было пересолено, а сладкое пригорело. Никто за столом не решился выказать какое-либо неудовольствие после того, как Матушка Елена задумчиво опередила всех следующим умозаключением:

— Росаура стряпала впервые, и я думаю, что все это приготовлено неплохо. Как Вы считаете, Педро?

Педро, сделав героическое усилие, ответил, никак не желая задеть супругу:

— Что ж, для первого раза не так уж и плохо…

Разумеется, в тот вечер вся семья маялась животами, что было сущей напастью, однако не такой, какая обрушилась на ранчо теперь. Соединение крови Титы с лепестками роз, подаренных ей Педро, оказалось поистине вредоносным.

Когда садились за стол, некоторая напряженность ощущалась, но все было относительно спокойно до той поры, пока не подали перепелок. Не удовольствовавшись тем, что вызвал ревность жены, Педро, отведав первый кусочек мясного, не мог удержаться, чтобы не воскликнуть, закатив глаза от истинного наслаждения:

— М-м-м! Пища богов!

Матушка Елена, хотя и признала рагу вкусным, недовольная обмолвкой Педро, сказала:

— Соли многовато…

Росаура, сославшись на тошноту и обморочное состояние, не проглотила и трех кусков. А вот с Гертрудис, наоборот, произошло нечто странное.

Похоже, что еда, которую она отведала, вызвала в ней крайнюю степень полового возбуждения. Внезапно она ощутила в ногах нарастающий жар. Какой-то зуд в самом центре тела не позволял ей сидеть смирно. Она начала потеть и воображать, что испытывала бы, сидя верхом на лошади в обнимку с солдатом армии Панчо Вильи[1] — одним из тех, кого она неделей раньше заприметила, когда он въезжал на городскую площадь, распространяя запах пота, земли, тревожных и неясных рассветов, жизни и смерти. Она направлялась на рынок в компании со служанкой Ченчей, когда увидела, как он въезжает на одну из площадей города Пьедрас-Неграс. Он двигался впереди отряда и, по всей видимости, был командиром. Их взгляды встретились, и то, что она прочитала в его глазах, заставило ее содрогнуться. Она увидела в них множество ночей у костра, желание быть с женщиной, которую бы он мог целовать, с женщиной, которую бы он мог обнимать, с женщиной... вроде нее.... Гертрудис достала платок в надежде, что вместе с потом она удалит и все свои греховные мысли.

Напрасно! Что-то необъяснимое творилось с ней. Она хотела найти опору в Тите, но у той был отсутствующий вид, и, хотя она прямо сидела на стуле, в ее глазах не было признаков жизни. Казалось, что под воздействием какого-то странного алхимического эффекта все ее существо растворилось в подливке из роз, в перепелиных тушках, в вине, в каждом из запахов душистого блюда. Вместе с ними она проникала в тело Педро — сладострастная, ароматная, жаркая, бесконечно чувственная.

Казалось, что они открыли некий новый шифр любовной связи: Тита была передатчиком, Педро — приёмником, а Гертрудис той счастливицей,

---

[1] Вилья Франсиско (1877–1923) — руководитель крестьянского движения в период Мексиканской революции 1910–1917 гг.

которой через еду удалось перехватить эти дивные сексуальные волны.

Педро не оказывал сопротивления, он позволил Тите дойти до самых потаенных уголков своего существа, при этом они не могли отвести друг от друга взгляда. Он сказал ей:

— Никогда не пробовал ничего более изысканного. Большое спасибо.

В самом деле, рагу было восхитительным. Розы придали ему поразительно тонкий вкус.

Когда лепестки оборваны, их толкут с анисом в большой трехногой ступе. Каштаны по отдельности выкладывают на комале для поджарки, очищают от кожуры и варят. Затем из них делают кашицу. Отдельно поджаривают мелко накрошенный чеснок. Когда он приобретет вид цуката, к нему добавляют каштановую кашицу, перемолотую питайю, мед, лепестки розы и соль по вкусу. Чтобы соус несколько загустел, можно добавить две ложечки маисового крахмала. И наконец все это пропускают через сито с добавлением не более чем двух капель розовой эссенции, — ни в коем случае не больше: от чрезмерно сильного аромата кушанье может потерять надлежащий вкус. После того как все это поспеет, соус снимают с огня. Перепелки погружаются в соус только на десять минут, лишь для того чтобы они пропитались запахом, после чего они из соуса вынимаются.

Аромат розовой эссенции был настолько крепок, что ступа, в которой Тита истолкла лепестки, пахла еще несколько дней.

Гертрудис должна была вымыть ее вместе с другой кухонной утварью. Эту работу она каждый раз после еды проделывала на дворе, где бросала живности то, что оставалось в кастрюлях. Так как кастрюли и казаны были больших размеров, лучше всего было мыть их под краном дворового слива. Однако сегодня, когда на обед было подано рагу из перепелок, она попросила об этом Титу. Гертрудис чувствовала, что сделать это ей будет не под силу. На всем ее теле выступил обильный пот, он был розового цвета и источал приятный и дурманящий запах роз. Она испытала неодолимое желание принять душ и побежала сделать необходимые приготовления.

В свое время на задней части двора, рядом с птичником и амбаром, Матушка Елена приказала устроить временный душ. Это было небольшое строение из досок с изрядными щелями, сквозь которые всегда можно было разглядеть, кто принимает душ. В любом случае, это был первый душ, о котором узнали в округе. Его придумал племянник Матушки Елены, живший в городе Сан-Антонио, что в Техасе. Это был двухметровой высоты куб, вмещавший около сорока литров воды. Воду надо было наливать заранее, и уж она сама текла по законам земного тяготения. Стоило довольно больших усилий поднимать полные бадьи по деревянной лесенке, зато потом было настоящим наслаждением одним поворотом крана пускать воду и ощущать, как она обдает все тело сразу, а не малыми порциями, как это бывало, когда мылись, окатываясь водой из ковшика. Через несколько лет американцы, заплатив племяннику сущую мелочь за его изобретение, этот душ приобрели и усовершенствовали. Они произвели тысячи таких душей, правда, без присовокупления к ним упомянутого резервуара, поскольку для подачи воды использовали водопроводные трубы.

Если бы Гертрудис знала об этом! Бедняжка раз десять карабкалась к баку с полными бадьями воды. Она едва не потеряла сознание, так как этот нечеловеческий труд усилил всеохватывающее жжение, которое она испытывала.

Единственное, что ее воодушевляло, так это мечта об освежающем душе, который вознаградит ее за все труды, но, к несчастью, воспользоваться им она не смогла: капли воды, летевшие из душа, не достигали ее кожи, так как на лету испарялись, не коснувшись ее. Жар, исходивший от ее тела, был настолько сильным, что древесина начала потрескивать и тлеть. Испытывая ужас от того, что, охваченная языками пламени, она может погибнуть, Гертрудис в чем мать родила выскочила из этой каморки.

К этому времени запах роз, источаемый ее телом, унесся далеко-далеко к предместью города, где революционеры и федералисты завязали жестокое сражение. Среди них выделялся храбростью тот самый панчовильист, который неделей раньше, въезжая в Пьедрас-Неграс, столкнулся с Гертрудис на площади.

Розовое облако достигло его, обволокло и повлекло в сторону ранчо Матушки Елены, куда он и поскакал во весь опор. Хуан, а именно так звали этого субъекта, оставив недобитым полуживого противника, покинул поле сражения, совершенно не соображая, для чего он это делает. Неведомая сила направляла его действия. Им двигало мощное желание как можно скорее неведомо где достичь встречи с неведомо чем. И это ему было нетрудно. Его вел запах тела Гертрудис. Он поспел в самое время и приметил, что она бежит через поле. Тогда-то он и понял, для чего примчался сюда. Эта женщина неотвратимо нуждалась в мужчине, который погасил бы всеохватывающий огонь, разгоравшийся в глубине ее тела.

В мужчине, который, как и она, нуждался бы в любви, в мужчине, подобном ему.

Гертрудис остановилась, едва увидела, что он приближается к ней. Обнаженная, с распущенными, спадавшими до пояса волосами, излучающая негасимое сияние, — в ней как бы слились ангелица и дьяволица. Тонкость ее лица и совершенство девственно-непорочного тела контрастировали со сладострастной чувственностью, порывисто исторгавшейся из ее глаз, изо всех ее пор. Это стремление, соединившись с похотливым желанием, которое Хуан так долго сдерживал, воюя, сделало их встречу поистине захватывающей.

Не переставая галопировать, дабы не терять понапрасну время, Хуан, перегнувшись, обхватил ее за талию, поднял и усадил в седло впереди себя и лицом к себе, поудобнее устроил ее и помчал. Лошадь, по всей вероятности, также ведомая наущениями свыше, продолжала скакать галопом, как если бы в точности уяснила конечную диспозицию, хотя Хуан и отпустил поводья, чтобы как можно крепче обнимать и как можно горячее целовать Гертрудис. Движения лошади сопряглись с движениями их тел в момент совершения ими их первого прелюбодейственного акта во весь опор по пересеченной местности.

Все произошло так стремительно, что эскорт, сопровождавший Хуана и пытавшийся его перехватить, так и не смог этого сделать. Потеряв всякую надежду, соратники сделали полуразворот и ускакали, и сообщение, которое они привезли, гласило, что капитан неожиданно спятил во время сражения, по каковой причине дезертировал из армии.

Так, в основном, и пишется история через посредство показаний очевидцев, что не всегда соответствует действительности. Точка зрения Титы, к примеру, по поводу случившегося решительно опровергала мнение революционеров. Перемывая кухонную утварь, она могла видеть со двора, где находилась, абсолютно все. Она не упустила ни одной детали, несмотря на то что взгляд ей застили туча розового пара и языки пламени от загоревшегося банного закутка. Стоявший рядом с ней Педро также имел прекрасную возможность наблюдать за этим спектаклем, когда, желая совершить моцион, вышел во двор в поисках своего велосипеда.

Словно зачарованные зрители в кино, Педро и Тита со слезами на глазах следили за отважной четой, предававшейся любви, которая им самим была заказана. Был момент, один только миг, когда Педро мог переменить ход истории. Взяв Титу за руку, он решился произнести:

— Тита...

Только это. Ему не хватило времени, чтобы сказать еще что-то. Грубая действительность помешала этому: послышался крик Матушки Елены, спрашивающей, что происходит. Если бы Педро попросил Титу бежать с ним, она не задумалась бы ни на одну секундочку, но он этого не сделал, поспешно оседлав велосипед и выместив свое бешенство на педалях. В его сознании никак не мог стереться образ Гертрудис, бежавшей по полю в чем мать родила! Ее огромные груди, болтавшиеся из стороны в сторону, зачаровали его. Никогда прежде не видел он нагую женщину. В интимных связях с Росаурой он ни разу не испытал желания увидеть или приласкать ее обнаженное тело. В этих случаях он неизменно использовал брачное покрывало, которое оставляло для обозрения лишь благородные части супружеского тела. Закончив свое дело, он удалялся в заднюю комнату, прежде чем жена раскрывалась. И сейчас в нем проснулось назойливое желание видеть Титу как можно дольше без какой-либо одежды.

Чтобы вызнать, высмотреть до последнего сантиметра кожи: каким было ее статное влекущее тело? Скорее всего, она походила на Гертрудис — ведь они сестры.

Единственной частью тела Титы, знакомой ему, помимо ее лица и рук, была плотная икра, которую ему довелось увидеть. Это воспоминание мучило его по ночам. Ему страстно хотелось обласкать это место, потом все тело, подобно тому, как у него на глазах это сделал человек, похитивший Гертрудис, — жарко, необузданно, сладострастно!

Со своей стороны Тита попыталась крикнуть Педро, чтобы он подождал ее и увез подальше отсюда — туда, где им не мешали бы любить друг друга, где еще не изобрели правил, которым надо следовать и которые надо уважать, где не было бы матери, — но с губ ее не слетело ни единого звука. Слова, застревая в горле, одно за другим умирали, прежде чем зазвучать.

Она чувствовала себя такой одинокой, такой покинутой! Последний индейский перчик в соусе из орехов и пряностей, оставшийся на подносе после большого приема гостей, не чувствовал бы себя так отвратительно. Не один раз, когда на кухне никого не было, Тита заставляла себя уминать эти деликатесы, не допуская и мысли, что они попадут в мусорное ведро. Гости деликатно оставляли на подносе несъеденный перчик, чтобы не выказать свое обжорство, и, хотя им очень хотелось бы его слопать, никто на это не решался. Пройти мимо фаршированного перчика, содержащего все мыслимые запахи, сладкого, как аситрóн[1], пикантного, как перец-чиле, тонкого по вкусу, как соус из ореха и пряностей, освежающего, как гранат, — замечательного перчика под соусом из орехов и пряностей! Пропитанного всеми тайнами любви, но оставленного на подносе из-за каких-то правил приличия!

Да будут прокляты эти правила вместе с руководством Карреньо! Не по их ли милости ее телу суждено медленно увядать без всякой надежды на перемену? Будь проклят Педро, такой добропорядочный, такой вежливый, такой мужественный, такой... такой любимый!

Если бы Тита ведала в тот день, что недолго ждать поры, когда она познает любовь плотскую, она бы так не убивалась.

Новый окрик Матушки Елены пресек ее мудрствования и заставил поискать приличествующий ответ. Она не знала еще, что сказать матери: сказать ли сперва, что горит задняя часть двора или что Гертрудис удрала с панчовильистом на лошади и притом... вся раздетая?

Она решилась на версию, по которой ненавидимые Титой федералисты, налетев гурьбой, подожгли душ и умыкнули Гертрудис.

---

[1] Конфитюр из кактусового растения биснáга.

Матушка Елена во всю эту историю поверила и от горя слегла, но она едва не преставилась, когда через неделю узнала из уст отца Игнасио, приходского священника из города (а как он об этом проведал, известно одному Господу Богу), что Гертрудис работает в борделе на Границе[1]. С той поры Матушка Елена запретила упоминать имя дочери и приказала сжечь все ее фотографии и свидетельство о рождении.

Однако ни огонь, ни годы не смогли вытравить всепроникающий запах роз, источаемый тем местом, где когда-то был душ, а ныне расположена автостоянка. Точно так же ни огонь, ни годы не смогли стереть в памяти Педро и Титы картину, свидетелями которой они были. С этого дня перепелкам в лепестках роз неизменно сопутствовало немое воспоминание о столь захватывающем событии.

В ознаменование свободы, которую обрела ее сестра, Тита готовила это яство каждый год, уделяя особое внимание декорированию перепелок.

Перепелки выкладываются на большое блюдо и поливаются соусом, в центре помещается целая роза, а вокруг — лепестки; можно подавать перепелок всех вместе на общем блюде, а можно на тарелках по отдельности. Тите второй способ нравился больше, ибо при этом, когда надо было взять перепелку, не нарушалась гармония целого. Именно так она и описала это кушанье в кулинарной тетради, которую начала заполнять в ночь после того, как связала добрый кусок покрывала. Пока Тита вязала, в ее голове проносился и проносился об-

---

[1] Имеется в виду северная, граничащая с США область Мексики.

раз бегущей по полю Гертрудис, перемежаемый домыслами по поводу того, что могло происходить после, когда сестра совсем исчезла из виду. Разумеется, воображение Титы в этом смысле было достаточно ограниченным, учитывая отсутствие какого-либо опыта.

Девушку снедало любопытство: носит ли теперь Гертрудис поверх наготы какую-нибудь одежду или по-прежнему ходит... нагишом! Ее беспокоило, не зябнет ли Гертрудис, как она сама, и пришла к заключению, что нет, не зябнет. Скорее всего, где-нибудь поблизости есть огонь, а так как она находится в объятиях своего мужчины, то уж точно не должна зябнуть.

Внезапная мысль, поразившая ее, заставила Титу вскочить и поглядеть на звездное небо. Она знала, каким могущественным может быть пламенный взгляд, — не ее ли собственная плоть испытала это?

Такой взгляд может воспламенить само солнце. А если так, что произошло бы, если бы Гертрудис поглядела на одну из звезд? Да уж конечно, жар ее воспламененного любовью тела вместе с ее взглядом, не потеряв энергии, одолел бы беспредельный простор, пока не коснулся бы звезды, на которую она глядела. Разве огромные звезды не прожили миллионы лет благодаря тому, что старались улавливать пылающие лучи, которые ночь за ночью посылают влюбленные всего мира? Благодаря этому они накапливают внутри такое количество тепла, от которого давно могли бы разлететься на тысячи кусков. Ан нет — настигнутые каким-нибудь взглядом, они тут же его и отбрасывают, отражают в сторону земли, что твое зеркало. А иначе разве смогли бы они так мерцать ночами! И Тита стала надеяться, что, сыскав среди всех звезд небосклона ту, на которую сейчас глядит ее сестра, получит хоть немножко отраженного тепла, которого у той было в избытке.

Что поделать, такой была ее мечта, но сколько бы девушка ни вглядывалась то в одну, то в другую звезду на небе, она так и не ощутила никакого тепла, скорее наоборот. Дрожа от холода, Тита вернулась в постель, ни чуточки не сомневаясь в том, что Гертрудис сладко спит с крепко закрытыми глазами, из-за чего, само собой разумеется, опыт и не удался. Тогда она накрылась покрывалом, которое к этому времени складывалось втрое, и, пробежав глазами записанный рецепт, чтобы убедиться, не пропустила ли чего, добавила: «Сегодня, когда мы съели это блюдо, убежала из дома Гертрудис...»

Продолжение следует...

Очередное блюдо:
Рагу из индюшки с миндалем и кунжутом.

Глава IV
апрель

рагу из индюшки
с миндалем и кунжутом

ПРОДУКТЫ:

1/4 перца-мула́та,
3 перца-паси́лья,
3 широких перца,
1 горсть миндаля,
1 горсть кунжута,
индюшачий отвар,
1/3 арахисового бисквита,
1/2 луковицы,
вино,
2 ломтика шоколада,
анис,
топленое сало,
гвоздика,
корица,
перец,
сахар,
зерна перца,
5 зубчиков чеснока

Способ приготовления:

Индюшек потрошат и варят в соленой воде на третий день после забоя. Индюшачье мясо отличается нежным вкусом, если за птицей будет особый уход. Для этого птичник содержат в чистоте, а индюшек щедро откармливают и поят.

За пятнадцать дней до забоя их начинают кормить маленькими орехами: в первый день один орех, на следующий день два, и так последовательно увеличивают рацион вплоть до дня забоя, когда им дают вдосталь маиса.

Тита уделила большое внимание надлежащему откорму индюшек. Она желала всей душой, чтобы столь важное событие, ожидаемое всеми на ранчо, как крестины ее племянника, первенца Педро и Росауры, прошло безукоризненно. Подобное торжество заслуживало большого обеда с непременным индюшачьим рагу. По этому случаю заказали специальную глиняную посуду с именем Роберто — так назвали премиленького младенца, которого без конца одаряли знаками внимания и подарками родные и друзья дома. Тита, вопреки тому, что следовало ожидать, испытывала особую, безграничную нежность к новорожденному, словно забыв, что он был плодом брака ее сестры и Педро, которого Тита любила больше жизни.

За день до крестин она с головой ушла в приготовление праздничного рагу. Шум стряпни, доносившийся в гостиную, вызывал у Педро новые для него ощущения. Стук кастрюль, запах поджариваемого на противне-комале миндаля, мелодичный голос Титы, которая напевала во время готовки, пробудили в нем сексуальное чувство. Подобно тому, как влюбленные узнают о приближении момента интимной связи по аромату любимого существа, подобно тому, как их близости предшествуют взаимные ласки любовной игры, все эти звуки и запахи, в особенности запах жареного кунжута, возвещали Педро приближение истинного гастрономического наслаждения.

Как только что было сказано, миндаль и кунжут поджаривают на противне-комале. Широкие перцы, очищенные от прожилок, также поджариваются, но несильно, иначе они будут горчить. Проделывается это на отдельной сковороде, куда кладут немного топленого жира, после чего перцы перетирают вручную на широком камне-метате вместе с миндалем и кунжутом.

Стоя на коленях над камнем-метате, Тита ритмично раскачивалась, перетирая миндаль и кунжут.

Под блузкой свободно колыхались ее круглые тугие груди, не ведавшие, что такое бюстгальтер, и в желобке между ними исчезали скатывавшиеся по шее капельки пота.

Не в силах противиться запахам, струящимся из кухни, Педро, войдя в нее, окаменел в дверях — столь чувственной была поза, в которой он застал Титу.

Не переставая двигаться, она подняла голову, и ее глаза встретились с глазами Педро. В то же мгновение их пылкие взгляды соединились, так что со стороны могло показаться, будто она и он — единый взгляд, одно ритмическое и чувственное движение, одно общее возбужденное дыхание, одно слитное желание.

В этом любовном экстазе они пребывали, пока Педро, опустив глаза, не вонзил их в бюст Титы. Она перестала работать, распрямилась и гордо подняла груди, дабы Педро мог обозреть их целиком. Изучение объекта навсегда переменило характер их отношений. После такого обжигающего, проникающего сквозь ткань блузки взгляда могло ли все оставаться по-прежнему! Всей своей плотью Тита постигла, почему контакт с огнем возбуждает природные вещества, почему кусок теста превращается в лепешку, почему грудь, не прошедшая сквозь огонь любви, остается грудью безжизненной, простым комом бесчувственного теста. В одно короткое мгновение, даже и не коснувшись их, Педро преобразил груди Титы из целомудренных в сладострастные.

Не появись Ченча, вернувшаяся с рынка, где купила широкие перцы, кто знает, что могло бы произойти между Педро и Титой. Возможно, Педро стал бы тут же без устали месить ее груди, которые она ему безропотно отдавала, но, к несчастью, случиться этому было не суждено. Сделав вид, будто он пришел за лимонадом с чиа[1], Педро быстрехонько схватил стакан и кинулся прочь из кухни.

Дрожащими руками Тита, словно ничего не произошло, снова принялась за рагу.

---

[1] Семена одной из разновидностей мексиканского растения чиа (Salvia chian): настаиваются на сладкой воде с лимоном.

Когда миндаль и кунжут как следует перетерты, их перемешивают в полученном от варки индюшек бульоне, который присаливают по вкусу. В ступе перемалывают гвоздику, корицу, анис и добавляют арахисовую галету, которую до этого крошат и поджаривают на свином жиру вместе с нарезанным луком и чесноком.

Все это, перемешанное с вином, присоединяют к остальному.

Перемалывая специи, Ченча понапрасну старалась отвлечь Титу от ее мыслей. Как ни приукрашивала она событие, случившееся на городской площади, как ни сдабривала бесчисленными подробностями жестокое сражение, произошедшее в городе, она привлекла внимание девушки лишь на краткое мгновение.

Ее голова сейчас была занята лишь испытанным только что переживанием. При всем при этом она прекрасно понимала, что движет Ченчей, рассказывающей все эти страсти: так как Тита давно уже не была маленькой девочкой, которая ужасалась разным историям о Хныкальщице[1], о Ведьме, высасывающей кровь у детей, о Буке и о других ужасах, то Ченче не оставалось ничего другого, как пугать ее россказнями о повешенных и расстрелянных, о зарубленных и зарезанных, а то и принесенных в жертву — у них вырезали сердца прямо на поле боя! В другое время Тита была бы рада-радехонька отдаться чарам диковинных Ченчиных историй и даже поверить в некоторые из небылиц вроде той, в которой Панчо Вилье доставляют окровавленные

---

[1] Наваждение, пугающее людей, которые принимают его за кающуюся душу.

сердца врагов, а он их съедает, — да разве сейчас ей было до этого!

Взгляд Педро вновь заставил Титу поверить в любовь, которую она испытывала к нему. Целые месяцы девушку угнетала мысль о том, что Педро либо обманул ее в день своей свадьбы, сказав о любви к ней лишь для того, чтобы она не страдала, либо со временем и впрямь влюбился в Росауру. Эта неуверенность родилась, когда он невесть отчего перестал превозносить ее кушанья. Тита в отчаянии усердствовала, готова с каждым разом все вкуснее и вкуснее. Страдая по ночам, она придумывала какой-нибудь новый рецепт (само собой разумеется, лишь после того, как заканчивала вязать очередной кусок покрывала) в надежде восстановить отношения, установившиеся между нею и Педро с помощью еды. В эту пору страданий родились лучшие ее рецепты.

Точно так же, как поэт играет словами, играла она по своей прихоти ингредиентами и дозами, добиваясь сказочных результатов. И хоть бы что! Все ее усилия были напрасны, она не могла вырвать из уст Педро ни единого доброго словца. Чего она не знала, так это того, что Матушка Елена настоятельно «попросила» Педро впредь воздерживаться от восхваления блюд, — не хватало еще, чтобы Росаура, которая и без того чувствовала себя не в своей тарелке по причине беременности, сделавшей ее бесформенной толстухой, выслушивала комплименты, которые ее муж делает Тите под тем предлогом, видите ли, что она чудеснейшим образом готовит.

Крайне одиноко чувствовала себя Тита в ту пору. Ей так недоставало Начи! Она ненавидела всех, и Педро не был исключением. Она была убеждена:

никогда, никогда больше она не будет любить. Разумеется, все эти убеждения улетучились как дым, едва она взяла на руки ребенка Росауры.

Прохладным утром она собирала в птичнике к завтраку только что снесенные куриные яйца. Некоторые были еще теплые, и она засовывала их под блузку, прижимая к груди, чтобы как-то смягчить вечный холод, который она испытывала и который в последнее время донимал ее все больше.

Обычно она поднималась первой, а в это утро встала даже на полчаса раньше: надо было уложить чемодан с одеждой для Гертрудис. Она решила воспользоваться тем, что Николас отправлялся пригнать стадо, и хотела тайком от матери попросить его доставить чемодан сестре. Тита делала это, потому что ее не покидала мысль, будто Гертрудис все еще ходит нагишом. Естественно, Тита не допускала, что того непременно требовала работа ее сестры в борделе на Границе, — скорее всего, бедняжке просто нечего было надеть.

Она быстро передала Николасу чемодан с одеждой и конверт с адресом заведения, где, возможно, обреталась Гертрудис, и вернулась, чтобы заняться обычными делами.

Тут она услышала, как Педро закладывает повозку. Ей показалось странным, что он это делает в такой ранний час. Но увидев солнечный свет за окном, поняла, что припозднилась и что укладывание для Гертрудис вместе с ее бельем части их прошлого заняло больше времени, чем она предполагала. Не просто было уместить в одном чемодане день, когда все втроем они приняли свое первое причастие. А вот свеча, книга и фотография на фоне храма поместились свободно. Совершенно не помещались запахи тамáля[1] и атóле[2], которые На́ча готовила им и которые они ели в компании с друзьями и близкими. Поместились косточки пестрого абрикоса, чего нельзя было сказать об улыбках во время игры этими косточками на школьном дворе и об учительнице Ховите, о качелях, о запахе спальной комнаты, о свежевзбитом шоколаде. Хорошо, что не поместились также тумаки и ругательства Матушки Елены — просто Тита очень крепко закрыла чемодан, так что им туда было не попасть.

Она вышла во двор в тот самый момент, когда Педро с отчаянием в голосе позвал ее. Он обыскался ее, потому что ему надо было срочно ехать в Игл-Пасс за доктором Брауном, пользовавшим всю их семью: у Росауры начались предродовые схватки.

Педро умолял Титу побыть возле сестры, пока он не вернется.

Только Тита и могла сделать это — в доме не оставалось никого. Матушка Елена и Ченча отправились на рынок с намерением пополнить запасы провизии и вещей в связи со скорым рождением ребенка, дабы в доме было все необходимое. Они не могли заняться этим раньше из-за появления в округе федералистов и их опасных действий в городе. Покидая ранчо, женщины не предполагали, что ребенок может появиться на свет раньше, чем они думали: едва они уехали, как Росаура принялась за нелегкий труд деторождения.

И не оставалось Тите ничего другого, как быть повитухой, в надежде, что продлится это недолго.

---

[1] Тонкая кукурузная лепешка с различного рода начинкой и специями.
[2] Маисовый кисель.

Ей было все едино, мальчик это будет, девочка или неведомо кто еще.

Но она никак не ожидала, что Педро схватят федералисты, которые бессовестно воспрепятствуют тому, чтобы он добрался до доктора, и что Матушка Елена с Ченчей не смогут вернуться из-за перестрелки, которая завязалась в городе, заставив их укрыться в доме семейства Лобо. Вот и вышло, что единственная, кому выпало находиться при рождении племянника, была она, именно она!

За часы, проведенные возле сестры, Тита узнала больше, чем за все годы учебы в городской школе. И она, как никогда до этого, проклинала учителей и мать за то, что они не нашли случая рассказать ей, что надлежит делать во время родов. К чему ей было в этот момент знать названия планет и наставления Карреньо, все эти «от» и «до», если ее сестра была на краю гибели, а она ничем не могла ей помочь. За время беременности Росаура прибавила в весе тридцать килограммов, что отнюдь не облегчало муки первородящей. Помимо того, что сестра и так была крайне толста, Тита увидела, как тело ее начинает странно вздуваться — сперва ноги, затем лицо и руки. Она отирала ей со лба пот и пыталась ее подбодрить, но Росаура, казалось, ее не слышит.

Тита видела, как рождаются некоторые животные, но сейчас этот опыт вряд ли мог ей пригодиться. В те разы она была лишь зрительницей. Животные прекрасно знают, что они должны делать, а Тита не знала ничегошеньки. Она приготовила простыни, горячую воду, прокипятила ножницы. Она знала, что должна будет перерезать пуповину, но не знала, как, когда и в каком месте. Знала, что надо будет как-то позаботиться о младенце, когда он появится на свет, но не знала, как именно. Единственное, что она точно знала, так это, что сперва он должен родиться, но вот когда? Тита то и дело заглядывала сестре между ног — ничего такого: на нее глядел темный, тихий, глубокий тоннель. Стоя на коленях перед Росаурой, она в крайнем отчаянии попросила Начу хоть как-то надоумить ее.

Если уж она посвящала ее в кухонные рецепты, то могла бы пособить и в этом трудном деле! Кто-то ведь должен помочь Росауре свыше, коли ее сестра этого не умеет. Она и сама не знала, долго ли молилась, стоя на коленях, а когда наконец открыла глаза, темный тоннель — целиком — неожиданно стал превращаться в красную реку, в мощный вулкан, в рвущуюся бумагу. Плоть сестры отверзалась, открывая дорогу жизни. Тита до конца дней своих не могла забыть этот звук и то, как выглядела головка племянника, выходившего победителем из борьбы за жизнь. Эта головка была не ахти, скорее всего, у нее была форма продолговатой гири из-за давления, которому были подвержены косточки все эти долгие часы. Но Тите она показалась самой красивой из всех, которые она когда-либо видела.

Плач ребенка заполонил все одинокие уголки ее сердца. Тогда она и поняла, что заново любит жизнь, этого дитенка и Педро, даже свою сестру, ненавидимую столь долгое время. Она взяла ребеночка на руки, поднесла его к лицу Росауры, и вместе они всплакнули, нежно обнимая его. С этого момента, следуя наставлениям, которые нашептывала Нача, она прекрасно знала, что должна делать: перерезать своевременно и в нужном месте пуповину, протереть тельце миндальным маслом, перевязать пупок и одеть новорожденного. Не испытывая ни малейших сомнений, она сперва надела на него распашонку, затем рубашечку, после чего перетянула пупок свивальником, подложила подгузник, натянула носочки и вязаные ботиночки и стянула ему ножки одной пеленкой, а другой, фланелевой, туго спеленала его, уложив на груди ручки, чтобы не царапал личико, после чего упрятала в пеньюар и укрыла плюшевым одеялом. Когда к ночи вернулись Матушка Елена с Ченчей, сопровождаемые женщинами из семейства Лобо, они были поражены профессиональной работой Титы. Спеленутый, как полешко, ребенок спокойно спал.

Педро привез доктора Брауна только на следующий день, после того как его освободили. Возвращение Педро всех успокоило. Они страшились за его жизнь. Теперь им оставалось беспокоиться лишь за здоровье Росауры, которая все еще находилась в критическом состоянии и была очень распухшей. Доктор Браун самым тщательным образом обследовал ее. Только сейчас они поняли, сколь опасными были роды. По словам доктора, Росаура испытала приступ острого токсикоза, который мог убить ее. Он тоже удивился хладнокровию и решительности Титы, которая помогла роженице в столь неблагоприятных обстоятельствах. Впрочем, неизвестно, что больше привлекло его внимание: то, что Тита, не имея ни малейшего опыта, смогла управиться одна, или внезапно сделанное им открытие, что Тита, эта зубатая девчушка, превратилась в прелестную молодую женщину, на которую он до этого не обращал внимания.

Со дня смерти жены, произошедшей пять лет назад, доктор ни разу не испытывал влечения к женщине. Боль потери любимой спутницы жизни оставляла его все эти годы бесчувственным к любви. Разглядывая Титу, он почувствовал, как у него забилось сердце. Мурашки пробегали по его телу, пробуждая и оживляя все его спящие чувства. Он смотрел на нее так, будто видел впервые. Такими приятными казались ему сейчас ее зубы, которые обрели дивную соразмерность в чарующей гармонии тонких и нежных черт лица.

Голос Матушки Елены прервал его размышления.

— Доктор, не будете ли Вы столь любезны посещать нас два раза на день все то время, что моя дочь будет находиться в опасном состоянии?

— Непременно! Во-первых, это мой долг, а во-вторых, посещать Ваш чудный дом одно удовольствие.

К счастью, Матушка Елена, озабоченная здоровьем Росауры, не обратила внимания на блещущие восторгом глаза Джона Брауна, заглядевшегося на Титу. Заметь она это, не распахнула бы перед ним столь доверчиво двери своего дома.

А так доктор не вызывал у нее никакой тревоги, единственное ее беспокойство состояло в том, что у Росауры не было молока.

Слава Богу, в городе сыскалась кормилица, которая согласилась приходить к ребенку. Это была родственница Начи, она только что родила восьмого погодка и с готовностью приняла лестное приглашение вскормить внука Матушки Елены. Целый месяц она это прекраснейшим образом делала, пока однажды утром, отправившись в город проведать семью, не была настигнута шальной пулей во время перестрелки между повстанцами и федералистами. Ранение оказалось смертельным. Один из родственников принес это известие на ранчо в то самое время, когда Тита и Ченча перемешивали в большой глиняной посудине составные части рагу.

Делают это в самую последнюю очередь, когда, как было сказано ранее, перемолоты все ингредиенты. Они перемешиваются в большой кастрюле, куда добавляют куски индюшатины, ломтики шоколада и сахар по вкусу. Когда все это загустеет, варево снимают с огня.

Тита завершала приготовление рагу одна: Ченча, едва услышала горькую весть, тотчас отправилась в город поискать другую кормилицу. Вернулась она глубокой ночью, так никого и не сыскав. Ребенок без умолку плакал. Попытались было напоить его коровьим молоком, но он его пить не стал. Тогда Тита надумала дать ему чай, точно так же, как это проделывала с ней Нача. Не тут-то было: ребенок отклонил и чай. Ей пришло в голову накинуть шаль, забытую Лупитой, кормилицей, полагая, что мальчик успокоится, почуяв знакомый запах, исходивший от этой шали, но он заплакал еще пуще — этот запах указывал, что скоро он получит пищу, и он не понимал, почему еда опаздывает. В отчаянии младенец искал свое молоко между грудей Титы. Самым непереносимым для нее всегда было, когда голодный человек просил у нее поесть, а она не могла его покормить. Это бесконечно ее огорчало. Не в силах больше терпеть, Тита, расстегнув блузку, предложила ребенку свою грудь. Девушка знала, что грудь совершенно суха, но, может быть, она послужит мальчику соской и как-то займет его, пока найдется способ утолить его голод.

Ребенок с остервенением отловил сосок и засосал с такой поразительной силой, что извлек из груди молоко. Когда Тита увидела, что лицо младенца мало-помалу обретает спокойствие, и услышала, как он чмокает, она заподозрила нечто странное. Неужто он питается от нее? Чтобы убедиться в этом, она отняла ребенка от груди и увидела струйку молока. Тита никак не могла понять, что происходит. Разве возможно, чтобы у бездетной было молоко? Сверхъестественное это событие не имело объяснения. Как только ребенок почувствовал, что его лишают пищи, он зашелся плачем. Тита позволила ему снова найти грудь и не отнимала ее, покуда он полностью не утолил своего голода и, довольный, не забылся ангельским сном. Она была так поглощена созерцанием ребенка, что не услышала, как вошел Педро. Тита явилась ему воплощением самой Цереры[1].

Педро ничуть не удивился и не нуждался ни в каком объяснении. Как зачарованный, улыбаясь, он приблизился к ним, наклонился и поцеловал Титу в лоб. Та отняла у ребенка грудь, и Педро натурально увидел то, что до этого лишь обрисовывала ее одежда, — пышные груди Титы. Она поспешила спрятать их под блузку. Педро молча, с большой нежностью помог ей сделать это. Вихрь противоречивых чувств овладел ими: любовь, желание, нежность, похоть, стыд, страх, что их застанут вместе. Скрип половиц под ногами Матушки Елены вовремя предупредил их об опасности. Тита успела должным образом оправить блузку, а Педро — отстраниться

---

[1] В римской мифологии — богиня плодородия и земледелия, божество созревания хлебов; иносказательно «плоды Цереры» — пища.

прежде, чем вошла Матушка Елена. Так что, открыв дверь, она, исходя из дозволенных норм общественного поведения, не могла найти ничего такого, что могло бы ее насторожить. Педро и Тита были совершенно спокойны.

И все же что-то ее встревожило, и она навострила все чувства в надежде понять причину своего беспокойства.

— Что с ребенком, Тита? Тебе удалось его накормить?

— Да, мамочка, он выпил свой чай и уснул.

— Хвала Господу! Что же ты ждешь, Педро, неси ребенка к жене. Дети не должны удаляться от матери.

Педро унес ребенка, а Матушка Елена все еще не отводила пытливого взгляда от Титы, в глазах которой мерцала еле заметная растерянность, не понравившаяся матери.

— Ты приготовила чампурра́до[1] для сестры?

— Да, мамочка.

— Дай мне его, я отнесу. Чтобы появилось молоко, Росауре надо пить его днями и ночами.

Но сколько та ни пила чампуррадо, молоко у нее так и не появлялось. А вот у Титы с этого дня молока было столько, что если бы она захотела, то могла бы прокормить не одного Роберто, а еще двух младенцев. Так как Росаура все еще была слаба, никого не удивило, что Тита озаботилась кормлением племянника, однако никому и в голову не приходило, как она это делает, настолько они с Педро осторожничали, дабы никто ее за этим занятием не застал.

---

[1] Распространенный в Мексике напиток — смесь киселя-атоле и шоколада.

Вот почему ребенок, вместо того чтобы стать поводом для их разлуки, на самом деле сблизил их. И казалось, что матерью ребенка была не Росаура, а Тита. Она это и впрямь чувствовала и чувств своих не скрывала. С какой гордостью носила Тита племянника в день крестин, показывая его приглашенным! Росаура смогла присутствовать лишь в храме, она все еще чувствовала себя неважно, и Тита заступила ее место на банкете.

Доктор Джон Браун не мог налюбоваться на Титу. Он буквально не отводил от нее взгляда. Джон приехал на крестины лишь для того, чтобы, улучив момент, поговорить с нею с глазу на глаз. Хотя они и виделись каждый день во время врачебных визитов, которые Браун наносил Росауре, ему не представлялась возможность свободно поговорить с Титой наедине. Воспользовавшись тем, что Тита проходила вблизи от стола, за которым он находился, Джон поднялся и подошел к ней под предлогом поглядеть на ребенка.

— Как мило выглядит младенец рядом с такой красивой тетушкой!

— Спасибо, доктор.

— Могу представить, какой счастливой Вы были бы, будь ребенок, которого Вы держите на руках, Вашим.

Тень печали легла на ее лицо. Заметив это, Джон извинился:

— Простите, похоже, я сказал что-то неуместное.

— Нет, вовсе нет… Просто я не могу выйти замуж и иметь детей, потому что должна ухаживать за матерью, пока она не умрет.

— Что Вы такое говорите! Вот нелепица…

— Но это действительно так. А теперь прошу Вас меня простить, мне надо уделить внимание гостям.

Тита поспешно отошла, оставив Джона в полной растерянности. То же самое происходило и с ней, однако едва она снова взяла на руки Роберто, как тут же обрела спокойствие. Какое ей дело до чужой судьбы, когда она может прижимать к груди младенца, принадлежащего ей, как никому другому. Она по праву занимала место матери, пусть и не владея официально этим титулом. Педро и Роберто принадлежали ей, а большего в жизни ей не надо.

Тита была счастлива и поэтому не обратила внимания на то, что мать, точно так же, как Джон (хотя он-то — по другим соображениям), ни на одно мгновение не теряет ее из виду, уверенная в том, что между ними что-то да есть. Занятая этой мыслью, Матушка Елена не съела ни крошки и была настолько занята своей следственной деятельностью, что проглядела успех праздника. Все сходились на том, что в наибольшей степени он удался благодаря Тите: рагу, ею приготовленное, было восхитительным! Она не переставала принимать комплименты. Тита, отвечая на вопросы, говорила, что секрет лишь в том, что рагу она готовила с огромной любовью. Педро в это время находился рядом, и они обменялись мгновенными взглядами заговорщиков, вспоминая, как Тита перетирала на камне-метате специи. Тут-то, к несчастью, орлиный взгляд Матушки Елены с двадцати метров и засек блеск в их глазах, что ее глубочайшим образом задело.

Среди присутствующих она действительно была самой озабоченной, и для этого были основания, так как странным образом после рагу все гости вышли из-за стола в состоянии эйфории, обуреваемые приступами веселья весьма необычного свойства. Они смеялись и галдели, как никогда до этого, и должны были пройти долгие годы, прежде чем снова им улыбнулось бы счастье. Революционная война несла голод и смерть. Но казалось, что в эти часы все хотели забыть про пальбу на улицах.

Только Матушка Елена не утратила выдержки, хотя и сдерживала свое раздражение с большим трудом. Воспользовавшись моментом, когда Тита была достаточно близко, чтобы не пропустить ни единого слова, Матушка Елена громко высказала отцу Игнасио свои соображения:

— По тому, святой отец, как складываются дела, я опасаюсь, что в один прекрасный день Росауре потребуется помощь врача и мы не сможем привезти его, как в день родов. Думаю, самое уместное, когда у нее появятся силы, отправить ее вместе с мужем и сыном в Сан-Антонио, что в Техасе, к моему племяннику. Там она будет располагать лучшей медицинской помощью.

— Не могу согласиться с Вами, донья Елена. Именно в силу того, как складывается политическая ситуация, Вам понадобится мужчина, надо же кому-то защищать дом.

— Никогда я в нем не нуждалась, для чего он, если я сама управлялась с моим ранчо и моими дочерями? Мужчины не так уж и важны для жизни, святой отец, — сказала она со значением. — А революции не так страшны, как их малюют. И перец — не беда, коли есть вода!

— Уж это точно! — ответил священник, смеясь. — Ну и донья Елена! Не в бровь, а в глаз. А скажите, Вы подумали, где Педро мог бы работать в Сан-Антонио?

— А хотя бы счетоводом в компании моего племянника. Тут не будет проблем, он ведь английским владеет в совершенстве.

Слова, услышанные Титой, прозвучали в ее ушах как орудийный залп! Она не могла позволить, чтобы это произошло. Невозможно, чтобы именно сейчас у нее отняли ребенка. Она должна воспрепятствовать этому любой ценой. Все-таки Матушке Елене не удалось испортить праздник! Первый праздник в жизни, которому она радовалась всем сердцем...

Продолжение следует...

Очередное блюдо:
Колбаски по-северному.

май

колбаски по-северному

ПРОДУКТЫ:

8 килограммов свиного филе,
2 килограмма говяжьей вырезки,
1 килограмм широких перцев,
60 граммов тмина,
60 граммов душицы,
30 граммов перца,
60 граммов гвоздики,
2 чашки чеснока,
2 литра яблочного уксуса,
1/4 килограмма соли

Способ приготовления:

Уксус ставят на огонь и добавляют стручки перца, из которых до этого удаляют зерна. После кипячения кастрюлю снимают с огня и накрывают крышкой, чтобы перцы размякли.

Управившись с перцами, Ченча ринулась в сад помогать Тите искать червей. С минуты на минуту в кухню должна была нагрянуть Матушка Елена, чтобы проверить, приготовлена ли колбаса и греется ли вода для купания, а они с обоими заданиями изрядно припоздали. Тут надо сказать, что с того самого дня, как Педро, Росаура и ребеночек переехали жить в Сан-Антонио, что в Техасе, Тита утратила какой бы то ни было интерес к жизни, кроме разве что чувства сострадания к беззащитному птенцу, которого она кормила червяками. А там дом мог хоть сгореть — она не обратила бы на это никакого внимания.

Вдруг Матушка Елена прознает, что Тита устранилась от приготовления колбасы? Ченча боялась и подумать о последствиях.

А запасти колбасу Матушка Елена решила, поскольку так можно было лучше всего и наиболее экономно использовать свиное мясо, которое обеспечило бы на длительное время хорошее пропитание без боязни, что оно испортится. До этого они успели припасти немалое количество копченого мяса, окорока, шпика и топленого жира. Оставалось извлечь максимальную пользу из свиньи, одного из немногих животных, переживших посещение представителей революционной армии, чему они сподобились незадолго до этого.

В тот день, когда заявились повстанцы, на ранчо находились только Матушка Елена, Тита, Ченча да два пеона — Росалио и Гуадалупе. Николас, управитель, все еще не вернулся со скотиной, которую он по крайней необходимости отправился прикупить, — из-за скудости питания они вынуждены были бы забить последнюю живность, которая у них оставалась, вот и надо было подумать о восполнении стада. Помогать Николасу отправились двое самых расторопных помощников. Присматривать за ранчо он оставил своего сына Фелипе, но Матушка Елена взяла командование в свои руки, дабы Фелипе отправился в Сан-Антонио, что в Техасе, добывать известия о Педро и его семье. Они опасались, не стряслось ли чего: со дня их отъезда от них не было ни слуху ни духу.

Когда Росалио примчался галопом с вестью, что к ранчо приближается отряд, Матушка Елена достала ружье и, пока его чистила, все думала, как утаить от прожорливых и похотливых визитеров самое ценное из того, что было на ранчо. Сведения о революционерах, которыми она располагала, не содержали ничего обнадеживающего. Сказать по правде, эти сведения не вызывали особого доверия, ибо исходили от отца Игнасио и от главы муниципалитета города Пьедрас-Неграс. От них она узнала, что эти люди, врываясь в дома, грабят что ни попадя, а девушек насилуют. Исходя из этого, она и приказала понадежнее спрятать в подвале Титу, Ченчу и свинью.

Когда революционеры нагрянули, Матушка Елена встретила их у входа в дом. Ружье она спрятала под юбками, рядом стояли Росалио и Гуадалупе. Ее глаза встретились с глазами капитана, командира этого отряда, и по ее твердому взгляду он сразу понял, что женщина эта — крепкий орешек.

— Добрый вечер, сеньора. Вы хозяйка ранчо?

— Она самая. Что Вам угодно?

— Мы прибыли, чтобы по-хорошему договориться с Вами о сотрудничестве.

— А я по-хорошему говорю Вам: забирайте все, что вашей душе угодно, из провизии, какую найдете в амбаре и в сарае. Но не советую прикасаться к чему-либо в доме, понятно? Это для моего личного пользования.

Капитан шутливо отдал ей честь и ответил:

— Понятно, мой генерал.

Солдатам шутка пришлась по душе, и они шумно приветствовали ее, но капитан смекнул, что с Матушкой Еленой шутки плохи: она говорила серьезно, очень серьезно. Стараясь не выказать замешательства под ее властным недобрым взглядом, он приказал обыскать ранчо. Нашли они не бог весть что: немного маиса в початках и восемь кур. Один из сержантов, весьма недовольный, подойдя к капитану, сказал:

— Старуха, видать, все в доме припрятала, прикажите поискать внутри!

Матушка Елена, положив палец на спусковой крючок, предупредила:

— Я ведь не шутки шучу, ясно сказано, в мой дом не войдет никто!

Сержант, похахатывая и размахивая зажатыми в обеих руках курами, попытался направиться к входу. Матушка Елена вскинула ружье, оперлась о стену, чтобы отдача не свалила ее с ног, и выстрелила в кур. Во все стороны полетели ошметки мяса, запахло палеными перьями.

Росалио и Гуадалупе вытащили свои пистолеты, тот и другой дрожали, совершенно уверенные, что это их последний день земной жизни. Солдат, стоявший рядом с капитаном, хотел было пальнуть в Матушку Елену, но капитан жестом воспрепятствовал этому. Все ждали его сигнала для штурма.

— У меня очень хорошее чутье и очень плохой характер, капитан. Следующий выстрел — для Вас, и уверяю, что я успею выстрелить прежде, чем меня убьют. Так не лучше ли нам уважать друг друга, ведь если мы умрем, обо мне никто и не вспомнит, но уж наверняка вся нация будет оплакивать потерю такого героя, как Вы, не так ли?

И впрямь, взгляд Матушки Елены было довольно трудно выдержать даже капитану. Было в этом взгляде что-то пугающее. Неописуемым страхом только и можно было назвать чувство, которое он вызывал у тех, кто с ним сталкивался: люди не только чувствовали себя приговоренными к смерти за неведомое преступление, но чудилось им, будто приговор этот вот-вот приведут в исполнение. Детский ужас перед безграничной материнской властью овладевал людьми.

— Да, Вы правы. Но не бойтесь, никто Вас не убьет, никто не оскорбит, этого еще не хватало. Столь храбрая, как Вы, женщина может вызывать одно только восхищение! — И, обращаясь к солдатам, добавил: — Никому в дом не входить. Посмотрите, что еще можно здесь взять, и в дорогу.

Нашли они лишь большую голубятню, занимавшую весь просторный чердак под двускатной крышей огромного дома. Чтобы добраться до голубятни, надо было вскарабкаться по семиметровой лестнице. Три повстанца, поднявшись, разинули рты, не в силах сдвинуться с места, пораженные размерами полутемной голубятни и курлыканьем множества голубей, влетавших и вылетавших через маленькие боковые окошки. Прикрыв дверь и окошки, чтобы ни одна из птиц не могла улизнуть, они принялись хватать птенцов и голубок.

Набрали они такое количество птиц, что батальон теперь мог объедаться целую неделю. Прежде чем отступить, капитан объехал задний двор, глубоко вдыхая стойкий запах роз, все еще державшийся в этом месте. Он закрыл глаза и на какое-то мгновение словно окаменел. Вернувшись к Матушке Елене, он спросил:

— Я так понимаю, что у Вас три дочери, где же они?

— Старшая и младшая живут в Соединенных Штатах, а третья умерла.

Похоже, это заявление взволновало капитана. Еле слышным голосом он промолвил:

— Жаль, очень жаль.

Он простился с Матушкой Еленой, отвесив ей низкий поклон. Уехали они так же мирно, как и приехали, и Матушка Елена была даже обескуражена их поведением по отношению к ней: оно совершенно не соответствовало образу хладнокровных головорезов, коих она ожидала увидеть. С того дня она предпочитала не высказывать своего суждения о революционерах. Откуда ей было знать, что капитан этот был не кем иным, как тем самым Хуаном Алехандресом, за несколько месяцев до этого умыкнувшим ее дочь Гертрудис.

И все же от внимания капитана, хотя он был совсем близко от этого тайника, ускользнуло, что на заднем дворе у Матушки Елены схоронены под золой целых двадцать кур, забитых перед самым их налетом.

Куры откармливаются пшеницей или овсом и как есть, с перьями, помещаются внутрь большого глиняного сосуда. Сосуд покрывают тряпкой. При этом способе мясо останется свежим в течение целой недели.

Так поступали на ранчо с незапамятных времен, когда надо было сохранить дичь после охоты.

По выходе из укрытия Титу прежде всего поразило то, что она не услышала воркования голубей, которое с тех пор, как она себя помнила, было частью ее повседневной жизни. Это внезапное безмолвие заставило ее еще острей почувствовать свое одиночество. Именно в этот момент у нее особенно сильно защемило сердце при мысли о том, что Педро, Росаура и Роберто покинули ранчо. Она быстро поднялась по ступенькам большущей лестницы, но единственное, что нашла на голубятне, так это ковер из перьев да обычную для этого места грязь.

Ветер, проскальзывавший в открытую дверку, поднимал какое-нибудь перышко, которое тут же безмолвно опускалось на ковер из перьев. Неожиданно до ее слуха донесся еле слышный писк — маленький, только что вылупившийся птенчик чудом избежал побоища. Тита подняла его и решила спуститься, но сперва на миг задержалась у окошка, вглядываясь в пыль, которую оставили кони солдат, только что покинувших ранчо. Ее крайне удивило, почему они не причинили матери никакого вреда.

Все то время, что она находилась в укрытии, она молилась, чтобы с Матушкой Еленой не случилось ничего плохого, и все же где-то глубоко-глубоко в душе у нее теплилась надежда, что когда она выйдет, то найдет ее мертвой.

Тита устыдилась подобных мыслей. Она уместила птенца между грудей, чтобы освободить руки, и, крепко держась за опасную лестницу, спустилась на землю. С этого дня кормить заморыша-птенца стало ее главной заботой, только это давало ее жизни какой-то смысл, конечно, несравнимый с той полнотой чувств, которую она испытывала, кормя грудью человеческое существо, но каким-то образом на эти чувства похожий.

Горе, причиненное разлукой с племянником, иссушило ее груди. Покуда они с Ченчей искали червей для птенца, Тита все думала, кто и как кормит Роберто. Эта мысль терзала ее днем и ночью. За весь месяц она не могла заснуть ни на мгновение. Единственное, чего она добилась за это время, так это чуть ли не пятикратного увеличения своего огромного покрывала.

Ченча, желая избавить Титу от страдальческих мыслей, силком вытолкала ее на кухню, усадила перед ступой-метате и заставила перетирать специи вместе с перцами. Для облегчения этой работы неплохо по мере перетирания подливать немного уксуса. Под конец мелко нарубленное и перемолотое мясо смешивается с перцами и специями, после чего фаршу дают выстояться, желательно в течение ночи.

Едва они начали перетирку, как на кухню влетела Матушка Елена, спрашивая, почему до сих пор не наполнена лохань для ее купания. Ей не нравилось купаться слишком поздно, потому что волосы тогда не успевали как следует просохнуть.

Для Матушки Елены подготовка к купанию была равнозначна подготовке к какой-нибудь важной церемонии. Вода должна была кипятиться с цветами лаванды, этот аромат Матушка Елена предпочитала любому другому. После отвар процеживался через чистое полотно и в него добавлялось несколько капель водки. Наконец, надо было натаскать много ведер горячей воды в темный закуток, находившийся в самом конце дома рядом с кухней. За отсутствием окон в этой каморке почти не было света, который лишь изредка просачивался сквозь узкую дверь. Чуть ли не половину комнаты занимала большая лохань. Рядом стоял свинцовый сосуд с водой «ши-ши»[1] для мытья волос.

Только Тита, сподобленная ухаживать за матерью до самой ее кончины, допускалась к ритуалу и могла видеть ее голой. Никто больше. Поэтому и выстроили комнатенку, которая избавляла Матушку Елену от сторонних глаз. Сначала Тита мыла ей тело, затем волосы и наконец оставляла ее на некоторое время отдохнуть. Пока та наслаждалась водой, она успевала выгладить белье, которое Матушка Елена надевала по выходе из лохани.

По знаку матери Тита помогала ей вытереться и как можно быстрее надеть хорошо проутюженное белье, что уберегало ее от простуды. После этого Тита на миллиметр приоткрывала дверь, и комната едва заметно охлаждалась, так что Матушка Елена не замечала смены температуры. А Тита расчесывала

---

[1] Индейское название одной из мексиканских агав, мясистые листья которой обладают моющими свойствами.

ей волосы в слабых лучах света, который едва проникал через дверную щель, волшебным образом оживляя причудливые наплывы водяного пара. Она расчесывала ей волосы, пока они не становились совершенно сухими, и тогда она заплетала ей косу. Этим и завершался ритуал. Тита всегда благодарила Господа Бога за то, что Матушка Елена мылась лишь раз в неделю. В противном случае жизнь Титы была бы настоящей мукой.

По мнению Матушки Елены, с купанием у Титы происходило то же, что и со стряпаньем: чем больше дочь старалась, тем больше совершала ошибок. То на рубашке оказывалась складочка, то вода была недостаточно согретой, то коса была заплетена криво. В общем и целом казалось, что единственным достоинством Матушки Елены было находить недостатки. Но никогда она не находила их столько, сколько в этот день. Впрочем, Тита и впрямь проявила небрежность чуть ли не в каждом из пунктов церемониала. Вода была такой горячей, что Матушка Елена, ступив в лохань, обожгла ногу. Забыла Тита и про ароматное «ши-ши» для мытья волос, сожгла нижнюю юбку и рубашку, к тому же слишком широко открыла дверь — вот и дождалась того, что Матушка Елена ее отчитала, выгнав из ванного застенка.

Тита поспешила на кухню с грязным бельем под мышкой, удрученная внушениями матери и своими грубейшими промашками. Больше всего ее угнетало, что придется заново корпеть над сожженным бельем. Такое злосчастье случилось с ней лишь однажды. И теперь она должна была окунуть рыжие пятнышки в раствор хлората поташа и в легкий щелочной раствор, ополоснув разок-другой, пока пятна не исчезнут, перемежая эту занудную работу стиркой черного платья матери. Для этого она должна была растворить бычью желчь в небольшом количестве кипящей воды, смочить мягкую губку и, увлажнив всю одежду, тут же прополоскать ее в чистой воде и повесить для просушки.

Тита не разгибая спины стирала и стирала белье, подобно тому как делала это не раз с пеленками Роберто, отстирывая их до белизны. Она кипятила их в небольшом количестве мочи, куда опускала на несколько мгновений грязное место, после чего простирывала пеленку в чистой воде. Таким нехитрым способом и удавалось избавиться от пятен. Однако сейчас, как ни макала она пеленки в мочу, их ужасающая чернота и не думала исчезать. Внезапно Тита поняла, что бьется она не над пеленками Роберто, а над одеждой матери, старательно погружая ее в ночной горшок, который поутру забыла вымыть у дворового стока. Окончательно расстроившись, она начала исправлять свою оплошность.

Оказавшись на кухне, Тита попыталась сосредоточиться на том, что делает. Во что бы то ни стало надо было отрешиться от терзавших душу воспоминаний, иначе ярость Матушки Елены могла обрушиться на нее с минуты на минуту.

Перед самым купанием матери Тита завершила приготовление фарша для колбасок, он выстоялся, так что теперь можно было приступить к набивке кишок.

Это должны быть коровьи кишки, обязательно целые и хорошо промытые. Для набивки пользуются воронкой. Кишки туго перевязывают на расстоянии в четыре пальца и протыкают иголкой, чтобы внутри не оставалось воздуха, из-за чего колбаски могут испортиться. Набивать надо как можно плотнее, без пустот.

Как ни старалась Тита избежать воспоминаний, они наплывали на нее чередой, заставляя совершать одну оплошность за другой. Да и как она могла прогнать их, если обминала в руках толстенную колбаску, навевавшую видение душной летней ночи, когда все домашние вышли спать во двор. В жаркую пору, когда зной делался невыносимым, во дворе развешивали гамаки. На стол ставился большой жбан со льдом, в который клали куски арбуза на случай, если ночью кто-то встанет, испытывая жажду, — свежий ломоть как раз ее и утолит. Матушка Елена была большая мастерица разрезать арбузы: взяв остро заточенный нож, она вонзала его кончик точно на глубину зеленой корки, оставляя нетронутой внутренность арбуза.

Сделав на кожуре несколько математически точных надрезов, она брала арбуз и наносила им один удар по камню — особым, ей одной ведомым местом: как по волшебству арбуз раскрывался, подобно бутону цветка, являя изумленным зрителям нетронутый ножом красный шар. Что и говорить, по части разбивания, разрушения, расчленения, разора, разлучения, разрезания, расстраивания, разгона Матушке Елене не было равных. После ее смерти никому не удавалось повторить этот ее фокус.

Лежа в гамаке, Тита услышала, как кто-то, проснувшись, отправился за куском арбуза. Ей захотелось в туалет. Весь день она пила пиво — не для унятия жажды, а чтобы накопить побольше молока для племянника.

Тот преспокойненько спал рядом с ее сестрой. Тита поднялась и в кромешной темноте на ощупь побрела в сторону туалета, пытаясь вспомнить, где находятся гамаки, чтобы, паче чаяния, не потревожить спящих.

Педро, сидя в своем гамаке, ел арбуз и думал о Тите. Сознание того, что она спит где-то поблизости, не давало ему покоя. Он не мог сомкнуть глаз, думая о том, что находится всего в нескольких шагах от нее… и от Матушки Елены, разумеется. На миг он перестал дышать, услышав в темноте звук шагов. Вне всякого сомнения, это была Тита — особый аромат, распространившийся в воздухе, смесь жасминного запаха и запахов кухни, мог принадлежать только ей. А что, если Тита поднялась, чтобы отыскать его! Шум ее приближающихся шагов был заглушен яростным биением его сердца. Нет, теперь шаги удалялись в сторону туалета. Педро бесшумно вскочил и по-рысьи в два прыжка настиг ее.

Почувствовав, что кто-то притягивает ее к себе и зажимает ей рот, Тита не на шутку перепугалась, но тут же догадалась, кому принадлежали эти руки, и безо всякого сопротивления позволила одной из них скользнуть по ее шее и груди, а затем — для более полного обследования — пропутешествовать по всему ее телу.

Пока она обмирала, осязая губами поцелуй Педро, он, схватив ее руку, пригласил Титу ознакомиться с его телом. И она робко коснулась твердых мускулов его предплечья и груди. Ниже трепетала под бельем пылающая головня. В страхе она отдернула руку, напуганная не столько своим открытием, сколько криком Матушки Елены.

— Ты где, Тита?

— Здесь я, мамочка, в туалет ходила.

Боясь, как бы мать не почуяла неладное, Тита быстрехонько вернулась в свой гамак, где и промаялась всю ночь, терзаемая нестерпимой нуждой, которая сопровождалась еще одним, весьма схожим желанием. Но все ее жертвы были напрасны: на следующий день Матушка Елена, которая, казалось, запамятовала о своем намерении отправить Педро и Росауру в Сан-Антонио, что в Техасе, ускорила их отъезд, так что и трех дней не прошло, как ее стараниями они покинули ранчо.

С появлением на кухне Матушки Елены ее воспоминания как ветром сдуло. Тита выронила из рук колбаску. Она всегда подозревала, что мать умеет читать ее мысли. Следом на кухню вбежала без удержу плачущая Ченча.

— Не плачь, голубка! — сказала Матушка Елена. — Не могу видеть твоих слез. Что стряслось?

— Да Фелипе возвернулся и г'рит, переставился он!

— О чем ты? Кто преставился?

— Да малыш!

— Какой малыш?

— Какой же еще! Внучонок твой! Что ни ел, боком ему выходило, вот, вишь, и переставился!

Тита почувствовала, будто в голове у нее обрушился шкаф с рухлядью. Вслед за этим раздался грохот разбивающейся на тысячи кусков глиняной посуды. Словно подброшенная пружиной, она вскочила.

— А ты садись и работай! Не желаю никаких слез! Надеюсь, Господь не оставит бедняжку своей милостью. Но нам горевать некогда, вон сколько дел не переделано. Сперва закончи все, а после делай что вздумается. Но только не плакать! Слышишь?!

Тита почувствовала, как всем ее существом овладевает бешеное возбуждение: она бестрепетно выдержала взгляд матери, руки ее снова нежно тискали колбаску, и, вместо того чтобы подчиниться материнской воле, она вдруг схватила все бывшие под рукой колбаски и, вопя как зарезанная, стала их крошить на мелкие кусочки.

— Вот! Глядите, что я делаю со всеми Вашими приказами! Хватит с меня! Устала я Вам подчиняться!

Матушка Елена схватила деревянную поварешку и, подойдя к Тите, нанесла ей удар по лицу.

— Вы виноваты в смерти Роберто! — крикнула Тита вне себя от ярости и выбежала из кухни, вытирая обильно льющуюся из носа кровь. Схватив птенчика и баночку с червяками, она забралась на голубятню.

Матушка Елена велела убрать лестницу, чтобы Тита осталась там на всю ночь. Вместе с Ченчей она в полном молчании закончила набивать колбаски. Как старательно она это ни делала, как ни следила, чтобы внутри колбасок не оставалось воздуха, никто не мог понять, почему по прошествии недели в подвале, где они сушились, колбаски так и кишели червями?

На следующее утро Матушка Елена приказала Ченче, чтобы та вернула Титу. Сама она не могла сделать этого: была вещь, которой она боялась пуще всего на свете, и это был страх перед высотой. Она и мысленно не могла подняться по семиметровой лестнице да еще, открыв наружу маленькую дверку, лезть внутрь голубятни! Она предпочла высказать еще большую гордыню и послать за Титой кого-нибудь другого, хотя и испытывала огромное желание забраться на чердак и самой стащить ослушницу за волосы вниз.

Ченча застала Титу с птенчиком в руках. Похоже, она не понимала, что он сдох. Она все еще пыталась кормить его червями. Несчастный, видать, околел от несварения, Тита перекормила его. У нее был отсутствующий взгляд, и на Ченчу она глядела так, будто видела ее впервые. Ченча спустилась, сказав, что Тита вроде как спятила и не хочет покидать голубятню.

— Ладно, коли она спятила, то пусть отправляется в сумасшедший дом. А этот дом не для сумасшедших!

Матушка Елена не шутила — она тут же послала Фелипе за доктором Брауном, чтобы тот отвез Титу в сумасшедший дом. Доктор не замедлил явиться. Он выслушал версию этой истории, как ее поведала ему Матушка Елена, и решил подняться на голубятню.

Он нашел Титу голой, с расквашенным носом, тело ее было перепачкано голубиным пометом. Несколько перышек приклеились к ее коже и волосам. Увидев доктора, она отпрянула в угол и свернулась в позе зародыша.

Никто не знает, о чем она беседовала с доктором Брауном на протяжении долгих часов, которые он провел с нею на чердаке, но к вечеру он спустился с ней, уже одетой, усадил ее в свою коляску и увез.

Ченча, в слезах бежавшая рядом, едва успела набросить ей на плечи ее длиннющее покрывало, которое Тита вязала долгими бессонными ночами. Оно было велико, тяжело и не уместилось внутри коляски. Тита запахнулась в него так плотно, что не оставалось ничего другого, как позволить ему волочиться, подобно огромному шлейфу невесты, покрывшему чуть ли не целый километр дороги. Так как Тита использовала для своего покрывала любую пряжу, какая попадалась ей под руку, не обращая никакого внимания на колер, покрывало это являло смесь самых разных оттенков, текстур и форм, которые, словно по волшебству, то всплывали, то исчезали среди огромных клубов стелившейся за ним пыли.

Продолжение следует...

Очередной состав:
Смесь для изготовления
спичек.

Глава VI
ИЮНЬ

смесь
для изготовления спичек

СОСТАВ:

1 унция селитряного порошка,
1/2 унции сурика,
1/2 унции порошка гуммиарабика,
1/4 унции фосфора,
шафран,
картон

Способ изготовления:

Гуммиарабик разводят в горячей воде до состояния не очень густой массы, в которой затем растворяют фосфор и селитру. После этого для колера добавляется необходимое количество сурика.

Тита наблюдала, как доктор Браун в тишине осуществлял все эти манипуляции.

Она сидела у окна маленькой лаборатории, которая находилась в пристройке на заднем дворе докторского дома. Свет, проникавший в окно, падал ей на спину, но Тита почти не чувствовала его тепла, настолько оно было слабым. Ее хроническая зябкость не давала ей согреться, хотя она и куталась в свое тяжелое шерстяное покрывало. По ночам она продолжала его довязывать с одного края из пряжи, которую ей купил Джон.

Это был их самый любимый уголок. Тита открыла его через неделю после прибытия в дом доктора Джона Брауна. Потому что Джон, вопреки тому, о чем Матушка Елена его просила, — поместить Титу в сумасшедший дом, — привез ее пожить рядом с ним. И Тита не переставала благодарить его за это. В сумасшедшем доме она бы и впрямь сошла с ума. А тут, окруженная теплыми словами и заботой Джона, она чувствовала себя с каждым днем все лучше и лучше. Свое прибытие в этот дом она помнила смутно, как во сне. Среди неясных образов она хранила в памяти бесконечную боль, когда доктор вправлял ей нос.

После этого большие и ласковые руки Джона, сняв с нее одежду, искупали ее, осторожно освободили от голубиного помета, вернув телу чистоту и благоухание. Наконец, он нежно расчесал ей волосы и уложил в постель, где Тита утонула в крахмальной белизне простынь. Эти руки избавили ее от ужаса, и она никогда об этом не забудет. Однажды, когда у нее появится желание говорить, Тита хотела бы, чтобы Джон узнал об этом, но покуда она предпочитала молчать. Она должна была привести в порядок мысли и все еще не находила нужных слов, чтобы выразить чувства, обуревавшие ее с той поры, как она покинула ранчо. Она испытывала большую неуверенность в себе. В первые дни она даже не хотела выходить из своей комнаты, еду туда ей носила Кэт, американка лет семидесяти, которая, помимо того что занималась кухней, ухаживала за Алексом, маленьким сыном доктора. Его мать умерла сразу же после его рождения. Тита слушала, как Алекс смеется, бегая по двору, без желания познакомиться с ним.

Иногда Тита даже не притрагивалась к еде, ее огорчало, что она такая безвкусная. Вместо того чтобы есть, она предпочитала целыми часами разглядывать свои руки. Как маленькая, она изучала их и начинала признавать за свои собственные. Она могла двигать ими по своему желанию, но пока не знала, что с ними делать, — разве что вязать. Никогда у нее не было времени задуматься над такими вещами. Подле матери все, чем ее руки должны были заниматься, было жестко предопределено. Она должна была вставать, одеваться, разжигать огонь в печке, готовить завтрак, кормить домашних животных, мыть посуду, стелить постель, готовить обед, мыть посуду, гладить белье, готовить ужин, мыть посуду — и так день за днем, год за годом. Не останавливаясь ни на миг, не думая, это ли ей надлежит делать в жизни. Сейчас, когда ее руки были неподвластны приказам матери, она не знала, о чем попросить их, что они могли для нее сделать, — никогда она не могла решить это сама. Вот бы руки ее стали птицами и взлетели! Она была бы рада, если бы они унесли ее как можно дальше, далеко-далеко. Подойдя к выходившему во двор окну, она вскинула руки к небу, ей захотелось улететь от самой себя, она не хотела думать, какое решение ей принять, она не хотела больше говорить. Не хотела, чтобы слова кричали о ее боли.

Всей своей душой она возжелала, чтобы ее руки вознесли ее. Так она постояла какое-то время, разглядывая синюю высь небес сквозь неподвижные пальцы. Она было решила, что чудо свершается, когда заметила, что ее пальцы обволакиваются слабым, утекающим в небо струением. Она уже приготовилась воспарить, влекомая высшей силой, но ничего такого не произошло. Тита разочарованно открыла, что струение это исходит не от нее.

Дымок выбивался из маленькой комнаты в глубине двора. Струйка эта, распространявшая вокруг дивный и одновременно такой родной аромат, заставила открыть окно, чтобы глубже вдохнуть его. Закрыв глаза, она тут же увидела себя сидящей рядом с Начей на полу кухни и делающей маисовые лепешки, увидела кастрюлю, в которой кипело ужасно ароматное варево, а рядом фасоль испускала свое первое бульканье… Не задумываясь, она решила разузнать, кто готовит. Это не могла быть Кэт. Существо, которое сотворяло кушанья такого рода, — уж оно должно было знать толк в стряпанье. И не видя его, Тита угадывала в этом существе, кем бы оно ни было, что-то бесконечно родственное.

Она порывисто пересекла двор, открыла дверь и увидела приятную женщину лет восьмидесяти от роду, которая очень походила на Начу. Длинная заплетенная коса была аккуратно уложена на голове, женщина отирала пот со лба передником. В ее лице угадывались явные индейские черты. Она кипятила чай в глиняном горшочке.

Женщина подняла взгляд и сердечно улыбнулась Тите, приглашая ее сесть рядом с ней. Тита так и сделала. Тут же ей предложили чашечку чудесного чая.

Тита сделала маленький глоток, всем своим существом вбирая дивный вкус неведомых и очень знакомых трав. Тепло и вкус этого отвара пробудили в ней невыразимо приятные чувства.

Она не сразу рассталась с этой сеньорой. Та тоже молчала — в словах не было необходимости. С самого начала между ними возникла связь, которая была красноречивее всех слов.

С той поры Тита ежедневно ее навещала. Но мало-помалу вместо нее стала встречать там доктора Брауна. В первый раз это показалось ей странным. Для нее было неожиданным не только заставать его там, но также и видеть изменения в самом устройстве этого места, где появилось много разных аппаратов, змеевиков, ламп, термометров и других приборов... Из его кабинета в угол этой комнаты перекочевала маленькая печурка. Тита чувствовала, что это вторжение было несправедливым, но, так как она не хотела, чтобы с ее губ сорвался хотя бы один звук, она отложила на будущее как свое суждение по этому поводу, так и вопрос о местонахождении изгнанницы и о том, кто она. Сказать по правде, Тита не тяготилась присутствием Джона. Единственное различие заключалось в том, что он разговаривал и, вместо того чтобы стряпать, производил научные опыты, призванные подтвердить правильность его теоретических взглядов.

Эту страсть к экспериментам он унаследовал от своей бабки, индианки племени кикапу́, которую дед выкрал у ее соплеменников. При том, что он официально на ней женился, его заносчивая и крайне американская родня так никогда и не признала ее как его жену. Тогда-то дед и соорудил эту пристройку, где бабушка Джона проводила чуть ли не весь день, посвящая себя занятию, которое больше всего ее интересовало, — исследованию лечебных свойств растений.

Помимо этого, ее комната служила ей укрытием от нападок семьи. Перво-наперво ей дали кличку «Эй-кикапу», чтобы, упаси Бог, не окликать индианку ее настоящим именем: они полагали, что этим смогут ей досаждать. Для Браунов слово «кикапу» заключало в себе все самое пакостное в этом мире, но «Свет-рассвета» (именно таким было ее индейское имя) на этот счет была другого мнения. Для нее имя ее было поводом для безграничной гордости.

Это был лишь маленький пример той разницы во мнениях и взглядах, которая существовала между представителями двух столь разных культур, что делало крайне затруднительным сближение Браунов с привычками и традициями Свет-рассвета. Должны были пройти годы и годы, прежде чем они хоть как-то стали понимать культуру таинственной Эй-кикапу. Это случилось, когда прадеда Джона, Питера, стали донимать бронхи. От приступов кашля он делался фиолетовым. Воздух не мог свободно проникать в его легкие. Жена его, Мэри, которая, будучи дочерью врача, гордилась своими познаниями в медицине, знала, что в этих случаях организм больного вырабатывает избыточное количество красных телец, для избавления от коих рекомендовалось кровопускание, дабы избыток этих частиц не привел к разрыву сердца или к образованию тромбов, любой из которых чреват летальным исходом.

В один из дней бабушка Джона, Мэри, хлопотала над пиявками, с помощью которых хотела сделать мужу кровопускание. Она испытывала чувство неподдельной гордости при мысли о том, что находится на уровне передовых научных познаний, позволяющих заботиться о здоровье семьи, используя при этом наиболее современные и соответствующие каждому отдельному недомоганию методы, а не травы, как это делает Эй-кикапу!

Пиявки на один час оставляют в стакане, на полпальца залитом водой. Часть тела, на которую надлежит поместить пиявки, промывается теплой подслащенной водой. Перед этим они перекладываются из стакана на чистую тряпицу и ею же накрываются. После чего их помещают на ту часть тела, к которой они должны присосаться, приматывая поплотнее тряпкой и легонько придавливая, чтобы они не присасывались к другим местам. Если после их снятия сочтут уместным продлить истечение крови, этому помогает омовение горячей водой. Чтобы остановить кровь и закрыть ранки, к ним прикладывают кусочки тополиной коры или тряпочку, а после — распаренный катышек смоченного в молоке хлеба, который отлепляют, когда ранки полностью затянутся.

Мэри делала это, следуя всем предписаниям, но вышло так, что после снятия пиявок рука Питера начала сильно кровоточить и никак не удавалось это кровотечение остановить. Когда Эй-кикапу услышала из дома крики отчаяния, она тут же прибежала поглядеть, что произошло. Подойдя к больному, она тут же возложила руку на рану, чем добилась моментальной остановки кровотечения. Все были поражены. Тогда она учтиво попросила оставить ее наедине с больным. Никто не решился ей перечить после того, чему все они только что были свидетелями. Она провела рядом со свекром весь вечер, напевая странные мелодии и накладывая припарки из трав, перемежая свои действия воскурением ладана и камеди пальмы-копа́ля. Лишь глубокой ночью она открыла двери в комнату и вышла от больного, окруженная клубами воскурений. За нею в дверях появился совершенно здоровый Питер.

С того дня Эй-кикапу стала врачевать их семейство и была признана чудесной целительницей всей американской общиной. Дед хотел отстроить ей комнату побольше, где бы ей было удобнее проводить ее исследования, но она отказалась. Во всем доме не было лучшего места, чем ее маленькая лаборатория. В ней Джон провел большую часть своего детства и отрочества. Поступив в университет, он стал реже заглядывать к ней: передовые медицинские теории, которые там преподавали, совершенно не соответствовали познаниям бабушки и тому, что он до этого узнал от нее. Но по мере ознакомления с достижениями медицины он снова стал возвращаться к премудростям, коими бабушка наделила его в детстве, и сейчас, после долгих лет учебы и работы, вновь вернулся в бабушкину лабораторию, убежденный, что только там он и будет на переднем рубеже медицины. Само собой разумеется, что он сделает это достоянием общества, как только научно обоснует все магические приемы врачевания, которыми владела Свет-рассвета.

Для Титы было большим наслаждением видеть, как он работает. Рядом с ним всегда было что узнать, чему изумиться. Вот и сейчас одновременно с изготовлением спичек он прочитал ей чуть ли не целый курс о них и об их свойствах.

— В 1669 году гамбургский химик Брандт в поисках философского камня открыл фосфор. Он полагал, что, соединив экстракт мочи с одним из металлов, он добьется превращения его в золото. А получилось самосветящееся вещество, которое горело с невиданной до той поры быстротой. Длительное время фосфор получали при сильном обжиге остатков выпаренной мочи в глиняной реторте, горлышко которой погружалось в воду. Сегодня его добывают из костей животных, содержащих фосфорную кислоту и известь.

За беседой доктор словно и не уделял внимания изготовлению спичек. Для него не составляло труда говорить и заниматься физическими опытами. Он мог бы философствовать о самых глубоких проблемах жизни, и даже тогда его руки не совершили бы ни единой промашки, не истратили бы ни единой лишней секунды. Продолжая делать спички, он посвящал Титу в тонкости их изготовления.

— Когда масса для спичек готова, следует заняться палочками. В двух стаканах воды растворяется селитра, к ней добавляется шафран, который дает необходимый цвет, и в этом растворе смачивают картон. Когда он просохнет, его нарезают на узенькие палочки, на концы которых наносится небольшое количество горючей массы. Для просушки спички присыпают песком.

110

Пока палочки подсыхали, доктор показал Тите опыт.

— Хотя при обыкновенной температуре фосфор не соединяется с кислородом, он воспламеняется при высокой температуре, вот, смотрите...

Доктор поместил маленький кусочек фосфора в наполненную ртутью колбу. Утопив фосфор, он приблизил колбу к пламени свечи. Затем из пробирки, наполненной кислородом, он понемногу впустил газ в сосуд. Едва кислород достиг верхней части колбы, где находился растворенный фосфор, произошла мгновенная реакция, ослепившая их подобно молнии.

— Видите ли, в каждом из нас содержится фосфор. Более того, позвольте поделиться с Вами тем, что я пока никому не рассказывал. У моей бабушки была весьма любопытная теория: она считала, что все мы рождаемся с коробком спичек внутри, а так как мы не можем их зажигать сами, то нуждаемся, как это происходит во время эксперимента, в кислороде и в пламени свечи. Правда, в этом случае кислородом, например, может быть дыхание любимого существа, а свечой — любой вид пищи, ласка или голос, взрывающие детонатор, вот так и воспламеняется одна из наших спичек. На мгновение мы чувствуем, что ослеплены горячим чувством. Внутри нас возникает приятный пыл, мало-помалу исчезающий, покамест новый взрыв не вернет его сызнова нашему телу. Каждый должен уяснить, какие у него запалы, детонаторы, только так он сможет жить, ведь жар, который возникает от возгорания одного из них, это то, что питает энергией душу. Иными словами, эта горючая смесь — то, чем вы питаетесь. Если кто-то вовремя не узнает, какие у него запалы, коробок спичек отсыреет, и уже никогда мы не сможем зажечь ни одной спички. Когда это происходит, душа покидает наше тело и одиноко блуждает в безлюдных потемках, напрасно пытаясь найти для себя утраченную смесь, не ведая, что только тело, покинутое ею, осиротевшее без души-хозяйки и выстуженное, только оно и может дать успокоение.

Какие верные слова! Никто не мог их оценить лучше Титы.

К несчастью, она должна была признать, что ее спички заплесневели и отсырели. Ничто не могло воспламенить хотя бы одну из них.

Самое печальное заключалось в том, что она-то знала свои запалы. Но всякий раз, как она пыталась зажечь спичку, ее непременно гасили!

Джон, словно читая ее мысли, добавил:

— Поэтому надо держаться подальше от людей с холодным дыханием. Одно их присутствие может погасить самый жаркий огонь, мы ведь это знаем из опыта. Чем дальше мы будем от таких людей, тем проще нам будет защититься от их дыхания.

Взяв руку Титы в свои руки, он доверительно добавил:

— Есть много способов высушить намокший спичечный коробок, и, можете быть уверены, всегда найдутся средства, чтобы сделать это.

Тита не могла удержать слезинок, выкатившихся из глаз. С нежностью Джон вытер их своим платком.

— Конечно, всегда надо быть очень внимательной, когда спички зажигаешь одну за другой. Ведь если из-за очень сильного волнения загорятся сразу все спички, находящиеся в нас, они произведут такую сильную вспышку, что осветят даль, которую мы обычно не в силах охватить взглядом, и тогда перед нашими глазами как бы откроется сияющий туннель, который показывает нам путь, забытый нами при рождении и зовущий нас найти заново наше утраченное божественное начало. Так душа стремится заново обрести место, откуда она происходит, а для этого навсегда покинуть лишенное чувств тело... С той поры, как умерла моя бабушка, я пытаюсь научно подтвердить ее взгляды. Возможно, однажды я этого и добьюсь. Что Вы думаете по этому поводу?

Доктор Браун умолк, чтобы позволить высказаться Тите, если бы та пожелала. Но она как воды в рот набрала.

— Ну хорошо, не буду утомлять Вас своими разговорами. Отдохнем, но прежде я хотел бы показать Вам игру, в которую мы с бабушкой часто играли. Здесь мы проводили большую часть дня, и за играми она передала мне все свои познания. Она была молчуньей. Сядет перед этой печуркой, поправит свою большую косу и угадывает мои мысли. Я хотел научиться делать это, часто приставал к ней, и однажды она дала мне первый урок. Используя невидимое вещество, так что я не мог этого видеть, она писала какую-нибудь фразу на стене. Когда ночью я смотрел на стену, то я угадывал, что она мне писала. Хотите, попробуем?

Так Тита поняла, что женщина, с которой он часто бывал вместе, — покойная бабушка Джона. Теперь уже не было надобности спрашивать об этом.

Доктор ухватил тряпицей кусочек фосфора и передал его Тите.

— Я не желаю нарушать Ваш обет молчания, так что хочу попросить Вас, и пусть это останется нашим секретом. Пожалуйста, напишите для меня на этой стене, когда я выйду, почему Вы молчите.

Согласны? Завтра я в Вашем присутствии отгадаю Ваш ответ.

Конечно, доктор не стал сообщать Тите, что одно из свойств фосфора позволит ему увидеть ночью то, что она напишет на стене днем. Разумеется, к этой уловке он прибегнул не для того, чтобы вызнать, о чем она думает. Он надеялся, что это будет первым шагом к тому, чтобы Тита заново установила сознательную связь с миром, хотя бы и с помощью письма. Джон чувствовал, что она готова к этому. Как только доктор вышел, Тита взяла фосфор и подошла к стене.

Заглянув ночью в лабораторию, Джон удовлетворенно улыбнулся. На стене твердыми фосфоресцирующими буквами было написано: «Потому что не хочу». Этими четырьмя словами Тита сделала первый шаг к свободе.

Тита, устремив взгляд к потолку, не переставая думала о словах Джона. Сможет ли она снова заставить свою душу трепетать? Всем своим существом она возжелала этого.

Она непременно должна найти того, кто смог бы зажечь в ней это желание.

А если бы таким человеком стал Джон? Она вспомнила блаженное чувство, охватившее ее, когда он взял ее за руку в лаборатории. Нет, она не могла судить об этом с уверенностью. Единственно, в чем она была убеждена, так это в том, что не хочет возвращаться на ранчо. Отныне она не желала больше жить рядом с Матушкой Еленой.

Продолжение следует...

Очередное блюдо:
Отвар из говяжьих хвостов.

Глава VII
ИЮЛЬ

отвар из говяжьих хвостов

ПРОДУКТЫ:

2 говяжьих хвоста,
1 луковица,
2 зубчика чеснока,
4 помидора-хитома́те,
1/4 килограмма фасоли-эхо́тес,
2 картофелины,
4 перца-мори́тас

Способ приготовления:

Нарезанные говяжьи хвосты варят с луком, зубчиками чеснока, солью и перцем по вкусу. Лучше налить немного больше воды, чем обычно при варке, — ведь речь идет об отваре. А достойный отвар должен быть наваристым, при этом, конечно, и не водянистым.

Отвар — целебное средство при любом физическом или душевном недомогании, по крайней мере так считала Ченча, а после и Тита, которая на протяжении долгого времени не придавала этому нужного значения. Сейчас, во всяком случае, она не стала бы это отрицать.

Три месяца назад, отведав ложку приготовленного Ченчей отвара, который та принесла ей в дом доктора Джона Брауна, Тита окончательно пришла в себя.

Прижавшись к оконному стеклу мансарды, она смотрела, как маленький Алекс гоняется по двору за голубями.

Она услышала шаги Джона на лестнице. Этот его обычный визит она ожидала сегодня с большим волнением. Голос Джона был единственной ее связью с миром. Если бы она могла говорить, если бы могла сказать ему, как важны для нее его посещения и беседы с нею! Если бы могла выбежать во двор и расцеловать Алекса, как сына, которого у нее не было, если бы могла играть с ним до изнеможения, если бы могла вспомнить наконец, как готовить, ну хотя бы как сварить пару яиц, если бы могла насладиться каким-нибудь, пусть самым немудрящим, блюдом, если бы она могла... вернуться к жизни! Запах, который Тита неожиданно услышала, потряс ее. Он был чуждым для этого дома. Джон открыл дверь и появился... с подносом, на котором стояло блюдо с отваром из говяжьих хвостов!

Отвар из говяжьих хвостов! Она не могла этому поверить. Вслед за Джоном вошла рыдающая Ченча. Их объятие было коротким — не хватало еще, чтобы отвар остыл! Едва она сделала первый глоток, как объявилась Нача. Покуда Тита ела, она гладила ее по голове и без остановки целовала ее в лоб, как делала это в детстве, когда Тита хворала. А вместе с Начей появились игры ее детства на кухне, выходы на базар, свежеиспеченные лепешки, косточки пестрого абрикоса, рождественские пироги. Начин дом, ароматы кипяченого молока, сдобного хлеба, смеси атоле с шоколадом, запахи тмина, чеснока и лука. И как всегда, на протяжении всей ее жизни, не успела она почувствовать (пусть и одним только сознанием) запах лука, из глаз ее брызнули слезы! Эта долгая немая беседа с Начей была поистине чудодейственной, так не раз бывало и в прежние добрые времена, когда Нача еще была жива и когда они вместе столько раз готовили отвар из говяжьих хвостов. Сейчас они смеялись и плакали, оживляя в памяти эти моменты и споря, в какой именно последовательности надобно готовить это блюдо. Так Тита вспомнила наконец первый из забытых за время болезни рецептов, и толчком к этому было воспоминание о резке лука.

Мелко нарезанные лук и чеснок жарят в небольшом количестве масла. Когда они слегка подрумянятся, к ним добавляют картофель, эхотес и порубленный хитомате, все это держат на огне, пока овощи не пустят сок.

Ее воспоминания были прерваны вторжением в мансарду Джона, которого крайне встревожил стекавший вниз по лестнице поток.

Когда он сообразил, что оскальзывается на слезах Титы, он благословил Ченчу и ее отвар из говяжьих хвостов за результат, коего не мог добиться ни одним из своих лекарств: Тита плакала! Смущенный своим неуместным вторжением, он было решил ретироваться. Голос Титы остановил его — мелодичный голос, который безмолвствовал на протяжении шести долгих месяцев:

— Джон! Не уходите, прошу Вас!

Джон остался рядом с нею и стал свидетелем того, как слезы на лице Титы сменились улыбкой. Из уст Ченчи он услышал немало сплетен и слухов. Так доктор узнал о том, что Матушка Елена запретила навещать Титу. В семье Де ла Гарса иногда прощали некоторые проступки, но неповиновение и обсуждение родительских указаний не прощалось никому и никогда. Могла ли Матушка Елена простить дочери, что та, в здравом уме или в безумстве, обвинила ее в смерти внука! По отношению к Тите она была столь же непреклонна, сколь и по отношению к ее сестре Гертрудис, имя которой запрещено было даже произносить. Тут надо вспомнить, что Николас незадолго до этого принес вести от беглянки.

Он и вправду отыскал ее в одном борделе. Передал ей одежду, а Гертрудис послала с ним сестре письмо. Ченча вручила послание Тите, и та молча его прочитала.

Дорогая Тита!
Ты и представить себе не можешь, как я тебе благодарна за присылку одежды. К счастью, я все еще нахожусь здесь, так что могла получить ее. Завтра я покидаю это место, так как оно недостойно меня. Не знаю, есть ли на земле место, меня достойное, но я попытаюсь найти его. А сюда я попала потому, что чувствовала очень сильный огонь, который сжигал меня изнутри. Человек, похитивший меня тогда в поле, буквально спас мне жизнь. Вот бы мне его встретить еще когда-нибудь. Он оставил меня потому, что рядом со мной совсем обессилел, хотя так и не смог погасить мой внутренний огонь. Как бы там ни было, сейчас, после бессчетного количества мужчин, которые прошли через меня, я чувствую большое облегчение. Возможно, однажды я вернусь домой и сумею тебе все это объяснить получше.

Любящая тебя сестра Гертрудис.

Тита спрятала письмо в сумочку, не обмолвившись ни единым словом. То, что Ченча ничего не спросила о его содержании, свидетельствовало, что она его прочитала вдоль и поперек.

Позже Тита, Ченча и Джон вытерли лестницу и нижний этаж.

Прощаясь с Ченчей, Тита сказала ей о своем решении никогда больше не возвращаться на ранчо и попросила, чтобы та передала это матери. Пока

Ченча в который уже раз, даже не замечая этого, пересекала мост между Игл-Пасс и Пьедрас-Неграс, она ломала голову, как поскладнее выложить все Матушке Елене. Пограничники обеих стран беспрепятственно пропустили ее, так как знали ее еще девчонкой. К тому же их потешало, как она бредет, разговаривая сама с собой и покусывая кончик шали. Такая сметливая обычно, она была буквально скована страхом, чувствовала это и еще больше нервничала.

Какую бы историю она ни измыслила, можно было заранее сказать, что Матушка Елена на Ченчу взъярится. Она должна была выдумать нечто такое, что, по крайней мере, позволило бы самой выйти сухой из воды. Для этого надо было найти оправдание их встрече с Титой. Матушку Елену не утешила бы ни одна из тех выдумок, что приходили на ум Ченче. Она знать не хотела Титу! И еще больше возненавидела бы ее за то, что та имела дерзость не вернуться на ранчо. Вот бы и Ченче решиться на такое, но она и думать об этом страшилась. С малых лет она только и слышала про то, как худо бывает женщинам, которые, ослушавшись родителей или хозяев, покидали дом. Оканчивали они свои распутные дни где-нибудь на дне жизни. Нервничая, она крутила и крутила свою шаль, пытаясь выжать из нее наилучший из своих обманов. Не было случая, чтобы шаль ее подвела. Обычно, крутнув шаль раз эдак сто, она непременно находила подходящий для случая вымысел. Для Ченчи вранье было способом выживания, который она усвоила со дня прихода на ранчо. Куда лучше было сказать, к примеру, что отец Игнасио заставил ее собирать милостыню на храм, нежели признаться, что молоко у нее скисло из-за того, что она заболталась на рынке с кумушками. Наказание тогда было совсем иное.

В конце концов, не имело значения, правду она говорила или ложь, — все зависело от того, верила ли она сама в свою ложь или нет. Тут, однако, следует заметить: все, что она до этого нафантазировала о судьбе Титы, оказалось-то только фантазией.

Все эти месяцы ее угнетала мысль о мытарствах Титы вдали от родной кухни в окружении сумасшедших, которые осыпают ее грязными ругательствами. Связанная смирительной рубашкой, она наверняка ест вдали от дома бог весть какие помои. Ченча пыталась представить, чем кормят в сумасшедшем (тем более американском!) доме: должно быть, ужасней пищи не сыскать на всем белом свете. Эта мысль не давала ей покоя. А на деле вышло, что Тита выглядела весьма недурно, она и не переступала вовсе порог сумасшедшего дома. Сразу было видно, что у доктора обходятся с ней ласково и она не ест здесь ничего плохого, даже прибавила на вид несколько килишек в весе. Но уж и то верно, что, сколько бы она здесь ни ела, ни пила, никогда ей не давали ничего даже отдаленно похожего на отвар из говяжьих хвостов. В этом можно было не сомневаться. А не то стала бы она так горько плакать над тарелкой?

Бедная Тита! Наверняка сейчас, когда она оставила ее в чужом доме, голубка снова обливается слезами, терзаясь воспоминаниями, печалится о том, что никогда больше не возвернется на кухню стряпать с нею рядом. И уж страдает, должно, — не передать словами! Ченче и в голову не могло прийти, что в это самое время красивая, как никогда, Тита в атласном с муаровыми переливами платье в кружевах, ужиная при свете луны, может слушать объяснения в любви. Даже для фантазирующего сознания страдалицы-Ченчи это было бы слишком. Между тем Тита сидела возле жаровни, поджаривая рыбешку. А находившийся рядом с ней Джон Браун предлагал ей свою руку и сердце. Тита согласилась сопровождать Джона на одно из соседних ранчо, чтобы отпраздновать там свое окончательное выздоровление. В честь столь знаменательного события Джон и подарил ей прелестное платье, которое незадолго до этого купил в Сан-Антонио, что в Техасе. Его радужная расцветка напомнила Тите переливчатое оперение на шеях голубей, воспоминание о которых, однако, не пробуждало в ней никаких болезненных чувств, связанных с тем далеким днем, когда она заперлась в голубятне. Она действительно поправилась и была готова начать новую жизнь рядом с Джоном. Нежным поцелуем они скрепили взаимное согласие стать мужем и женой. Хотя Тита и не ощутила оторопи, как в тот миг, когда ее впервые поцеловал Педро, она решила, что ее душа, так долго пребывавшая в сырости, рано или поздно от близости со столь замечательным человеком непременно воспламенится.

После трех часов безостановочной ходьбы Ченча наконец-то придумала оправдание! Как всегда, она нашла наиболее достоверную ложь. Она скажет Матушке Елене, что, прогуливаясь по Игл-Пассу, увидела на углу попрошайку в грязной, изодранной одежде. Сострадание заставило ее подойти, чтобы бросить ей десять сентаво. Каково же было ее изумление, когда она увидела, что это Тита! Несчастная удрала из сумасшедшего дома и скиталась по белу свету, расплачиваясь за свою вину — оскорбление родной матери. Ченча, конечно, предложила ей вернуться, но Тита отказалась. Она не сочла себя достойной снова жить рядом со столь замечательной матерью. И попросила ее, Ченчу: пожалуйста, скажи моей маме, что я очень ее люблю и никогда не позабуду всего, что она для меня сделала. А еще пообещала, что когда опять станет достойной женщиной, то вернется под крыло Матушки Елены, чтобы окружить ее всею своею любовью и уважением, которых та заслуживает.

Ченча рассчитывала, что благодаря этому вымыслу она покроет себя славой, да только, к несчастью, вышло по-иному. Ночью, когда она подходила к ранчо, на нее напала шайка бандитов. Ченчу изнасиловали, а Матушку Елену, которая бросилась отстаивать ее честь, сильно ударили по спине, что вызвало параплегию[1], которая парализовала ее от поясницы книзу. После всего разве могла Матушка Елена воспринять подобного рода сообщение, и Ченча так и не смогла обнародовать свою байку.

С другой стороны, даже хорошо, что она не отважилась ничего рассказать, ибо после спешного возвращения Титы на ранчо тут же после того, как она узнала о несчастье, милосердная ложь Ченчи лопнула бы как мыльный пузырь перед ослепительной красотой Титы и ее энергией. Мать встретила ее молчанием. Тита впервые в жизни твердо выдержала ее взгляд, а Матушка Елена от-

---

[1] Паралич обеих рук или ног.

вела свой — таким странным светом лучились глаза дочери.

Матушка Елена не узнавала ее. Без слов высказали они друг другу свои красноречивые попреки. Так разорвались узы крови и повиновения, которые, казалось, неразрывно их соединяли и которым теперь никогда уже не суждено было соединиться. Тита прекрасно понимала, сколь глубокое чувство унижения испытывала мать, вынужденная смириться с ее возвращением на ранчо. И если бы только это! Разве не унизительно было после их разрыва нуждаться в дочерней заботе, от которой зависело ее выздоровление? А дочь, похоже, того только и желала, чтобы как можно лучше ухаживать за ней. С большим тщанием она готовила для матери еду, в особенности отвар из говяжьих хвостов, нимало не сомневаясь, что от этого только и зависит полная поправка.

Колдуя над отваром, уже доспевшим вместе с картофелем и эхоте, она перелила его в большую кастрюлю, куда положила вариться говяжьи хвосты.

Необходимо, чтобы все это вместе с полчаса покипело, а уж там варево снимают с огня и подают как можно более горячим.

Тита налила отвар в тарелку и понесла его матери на дивном серебряном подносе, покрытом тщательно отбеленной и накрахмаленной полотняной салфеткой с красивейшей мережкой.

Тита с глубоким волнением ждала одобрения матери после того, как та сделает первый глоток, но вопреки ее ожиданию Матушка Елена, выплюнув еду на покрывало, с воплями велела Тите немедленно убрать поднос с ее глаз.

— Но почему?

— Потому что отвар горький до противности! Видеть его не желаю! Унеси его! Ты что, оглохла?!

Тита не спешила потакать капризу, она только отвернулась, чтобы не потрафить матери внезапным чувством горького разочарования, затуманившим ее глаза. Она не понимала поведения Матушки Елены. Никогда она ее не понимала. У Титы никак не укладывалось в сознании, что родное существо вот так, беспричинно и беспардонно, отвергает чистосердечную заботу. Отвар — пальчики оближешь. Она сама отведала его, прежде чем отнести его наверх матери. Да разве могло быть иначе, разве она не приложила с избытком стараний, хлопоча у плиты?

Тита ругала себя на чем свет стоит: только такая дура, как она, могла вернуться на ранчо ухаживать за матерью. Самое лучшее было оставаться в доме Джона, не задумываясь о судьбе Матушки Елены. Конечно, угрызения совести не оставили бы Титу в покое. Единственным, что избавило бы ее от строптивой больной, была бы ее смерть, но Матушка Елена не давала надежды на подобный исход.

Тита испытала желание убежать далеко-далеко отсюда, чтобы уберечь от леденящего присутствия матери робкий внутренний огонек, который Джону удалось затеплить с таким трудом. Казалось, плевок Матушки Елены угодил прямо в середину этого едва народившегося костерка и погасил его. Горький дымок заструился изнутри к горлу Титы и завился там в плотный сгусток темноты, мало-помалу застилавшей глаза, из которых выкатились первые слезы.

Она резко открыла дверь и выбежала как раз в тот самый момент, когда по лестнице поднимался Джон, спешивший к Матушке Елене с очередным врачебным визитом. Они столкнулись и от неожиданности оторопели. Джон еле-еле удержал Титу, непроизвольно сграбастав ее и, возможно, лишь этим избежав падения. Его жаркое объятие избавило Титу от полного замерзания. Объятие длилось недолго, но и этих кратких мгновений было достаточно, чтобы укрепить душевное состояние Титы, терявшейся в догадках, что есть истинная любовь: чувство покоя и уверенности, которые сообщал ей Джон, или те пылания и мучения, которые она испытывала рядом с Педро. Большого усилия стоило ей покинуть объятия Джона, после чего тут же выбежала вон из дома.

— Тита, вернись! Я велела тебе убрать эту отраву!

— Донья Елена, пожалуйста, успокойтесь, — примирительно сказал Джон. — Вам вредно волноваться. Я уберу поднос, но скажите, разве у Вас нет желания поесть?

Матушка Елена попросила доктора запереть дверь на ключ и почти конфиденциально изложила ему свои подозрения по поводу горечи в еде. Джон ответил, что, скорее всего, это объясняется действием принимаемых ею лекарств.

— Никоим образом, доктор! Если бы все дело было в лекарствах, я бы чувствовала этот привкус постоянно. Здесь другое. Что-то такое мне подмешивают в еду. Самое любопытное, что началось это с возвращением Титы. Я хочу, чтобы Вы провели расследование.

Джон, улыбнувшись по поводу столь злокозненного навета, подошел, чтобы отведать отвар из говяжьих хвостов, который так и остался нетронутым на подносе.

— Ну-ка, ну-ка, поглядим, что Вам такое подмешивают в еду. М-м-м, как вкусно! Сюда входят эхотес, картофель, перцы и мясо... Вот только не пойму, какое.

— Я с Вами не шутки шучу, разве Вы не чувствуете горький привкус?

— Нет, донья Елена, ничего такого. Однако, если Вы настаиваете, я отошлю отвар в лабораторию. Я вовсе не хочу, чтобы это стало предметом Ваших огорчений. А пока пришлют результат, прошу Вас, не отказывайтесь от приема пищи.

— Тогда найдите мне дельную кухарку.

— Что Вы! Разве не у Вас в доме находится лучшая в мире повариха? Я так разумею, что Ваша дочь выдающаяся мастерица. На днях я попрошу у Вас ее руки.

— Вам известно, что она не может выйти замуж! — воскликнула Матушка Елена, охваченная яростным возбуждением.

Джон промолчал. Не в его интересах было сердить Матушку Елену. Впрочем, стоило ли придавать ее словам какое-либо значение, когда он окончательно решил жениться на Тите, будет на то согласие матери или нет. Знал он, что и Тите отныне совершенно безразлично, что ее обрекают на такую несусветную долю. Как только ей исполнится восемнадцать лет, они тут же поженятся. Он закончил визит милостивой просьбой успокоиться и пообещал, что завтра же пришлет новую кухарку. Свое обещание он выполнил, хотя Матушка Елена не соизволила даже принять новенькую. Обмолвка доктора по поводу намерения просить руки Титы открыла ей глаза на многое.

Наверняка между ними возникла любовная связь. Матушка Елена и раньше подозревала, что Тита только того и желает, чтобы она поскорее сгинула, и тогда Тита беспрепятственно выйдет замуж. А этого ей наверняка хотелось больше всего на свете. Матушка Елена всеми порами ощущала злой умысел дочери, постоянно сквозивший при их общении в каждом касании, в каждом слове, в каждом взгляде. Сейчас-то у нее не осталось ни малейшего сомнения в том, что Тита замыслила мало-помалу свести ее в могилу, а уж там — и свадьбу с доктором сыграть! Поэтому-то Матушка Елена и отказалась наотрез есть что-либо, приготовленное Титой. Поэтому и велела принять обязанности кухарки Ченче, которой единственно и дозволяла теперь приносить и пробовать в своем присутствии еду, когда удостаивала ее внимания.

Новое сумасбродство ничуть не покоробило Титу. Наоборот, она почувствовала облегчение, узнав, что на Ченчу возложена маетная обязанность ухаживать за матерью: наконец-то Тита могла спокойно заняться вышиванием простыней для своего приданого. Обвенчаться с Джоном она решила, как только мать пойдет на поправку.

Ченча, та действительно пострадала из-за каприза хозяйки. Она едва начала приходить в себя душой и телом после зверского нападения насильников. Хотя со стороны и казалось, будто она лишь выиграла от того, что у нее теперь не стало никаких иных дел, как только стряпать да относить еду Матушке Елене, — куда там!.. Поначалу она обрадовалась этой перемене, но как только начались крики и попреки, она тут же смекнула, что все это выйдет ей боком.

Однажды, когда Ченча отправилась к доктору Брауну, чтобы он снял швы, которые вынужден был наложить по поводу разрывов во время изнасилования, Тита приготовила еду вместо нее.

Они думали, что без особого труда обведут Матушку Елену вокруг пальца. По возвращении от доктора Ченча отнесла еду и по обыкновению попробовала ее под приглядом страждущей. Но едва Матушка Елена прикоснулась к пище, как тут же ощутила во рту горький привкус. С яростью швырнув поднос на пол, она выгнала Ченчу из дому за попытку надсмеяться над собой. Ченча воспользовалась этим поводом, чтобы отправиться на несколько дней в родное селение. Ей надо было забыть об изнасиловании и о самом существовании Матушки Елены.

Тита попыталась убедить ее не принимать близко к сердцу материнские причуды. Она провела не один год рядом с Ченчей и знала, как на нее воздействовать. А та кипятилась:

— Оно, конечно, крошка, только мне-то за что вся эта отрава? Еще рагу швыряет! Ты уж пусти меня, не будь занудой.

Тита ее обняла и успокоила, как после возвращения делала это теперь каждый раз перед сном. Она не видела иного способа вытащить Ченчу из ее депрессии и неверия в то, что кто-то захочет жениться на ней после дикого нападения бандитов.

— Знаешь, какие они, мужчины. Даже на том свете не сыскать, кому я теперь нужна, а уж на этом и подавно!

Видя ее отчаяние, Тита решила отпустить ее. Чутье подсказывало ей: останься Ченча на ранчо и узнай об этом Матушка Елена — грозы не миновать. Только на расстоянии зарубцуется эта рана. Наутро в сопровождении Николаса она отправила Ченчу домой.

Тите не оставалось ничего другого, как нанять новую кухарку. Но та ушла через три дня, не вынеся капризов и грубости Матушки Елены. Подыскали другую — эта продержалась целых два дня, — а там третью и еще одну, пока в городке не стало женщин, которые были бы согласны маяться в их доме. Дольше других пробыла глухонемая девушка: проработав пятнадцать дней, она ушла, так как Матушка Елена объяснила ей жестами, какая она тупица.

Теперь Матушке Елене не осталось ничего другого, как смириться с тем, чтобы пищу готовила Тита, хотя по-прежнему была настороже. Помимо того что она требовала от Титы пробовать еду перед тем, как есть самой, она еще просила подавать ей перед каждой трапезой стакан теплого молока, который и пила как противоядие от горького зелья, потребляемого ею, как она полагала, вместе с едой. Иногда этого было вполне достаточно, но порою ее донимали рези в желудке, и тогда она сверх того испивала глоток вина из ипекакуа́ны[1] и глоток вина из мексиканского лука, служивших рвотным. Это продолжалось недолго. Месяц спустя Матушка Елена умерла в страшных корчах, которые сопровождались сильными спазмами и конвульсиями. Поначалу Тита и Джон не могли объяснить столь странную смерть, ибо, помимо параплегии, Матушка

---

[1] Южноамериканское растение семейства мареновых, корень которого используется в медицине.

Елена, как показало вскрытие, не страдала никакими другими заболеваниями. Лишь найдя при осмотре ночного столика фляжку с вином из ипекакуаны, они пришли к выводу, что, скорее всего, Матушка Елена потихоньку его попивала. Тогда-то Джон и высказал предположение, что это сильнодействующее рвотное могло стать причиной ее смерти.

Во время ночного бдения Тита не могла отвести взгляд от лица матери. Только теперь, после ее кончины, она впервые разглядела его и начала ее понимать. Глядя со стороны, можно было принять испытующий взгляд Титы за взгляд, исполненный горя, но она не чувствовала ничего такого. Почему-то на ум ей пришла присказка «свежей капустного листа» и новый ее смысл: так странно и одиноко, подумала она, должен себя чувствовать лист, внезапно расстающийся с другим листом, рядом с которым он вырос. Было бы нелепо думать, что она страдает, отделяясь от кочна, с которым никогда не могла ни объясниться, ни установить какие-либо отношения, будучи знакомой лишь с верхними листьями, в полном неведении, какие еще листья таятся внутри. Она не могла вообразить, что этот рот с горькой складкой страстно целовал другой рот, эти пожелтевшие щеки розовели в пылу любовной утехи. И однако так было. Лишь теперь, с большим опозданием и совершенно случайно, Тита убеждалась в этом. Наряжая мать для отпевания, она сняла с нее огромную связку ключей, которая, словно цепь, опоясывала ее сколько Тита себя помнила. В доме все было под замком и строгим контролем. Без милостивого согласия Матушки Елены ни одна чашка сахара не могла быть взята из кладовой. Тита знала, какой ключ от какой двери или рундука. Но кроме этой тяжелой грозди ключей, на груди матери она обнаружила маленький, в форме сердца, медальон, внутри которого находился крошечный ключик, тут же привлекший внимание Титы.

Размер ключика навел ее на мысль о соответствующей замочной скважине. Она вспомнила, как в детстве, играя с сестрами в прятки, с ногами забралась однажды в шкаф Матушки Елены, где наткнулась на спрятанный под кипой белья маленький сундучок. Пока Тита отсиживалась в шкафу, она безуспешно пыталась открыть этот запертый на ключ тайник. Матушка Елена, хотя и не участвовала в игре, обнаружила ее в шкафу, куда заглянула, чтобы достать то ли простыню, то ли еще что-то. Застав дочь на месте преступления, она в виде наказания заставила ее облущить в амбаре целую сотню маисовых початков. Тита не понимала, почему ее проступок заслуживал столь большого наказания: залезла в шкаф с чистым бельем — только-то и всего. Лишь теперь, когда матери уже не было в живых, читая вынутые из сундучка письма, она поняла, что наказание было оправданным, что она была наказана совсем за другое — за попытку ознакомиться с содержимым сундучка.

Нездоровое любопытство побудило Титу отпереть сундучок. В нем она нашла связку писем от некоего Хосе Тревиньо и материнский дневник. Письма были адресованы Матушке Елене. Тита сложила их по датам и узнала историю ее истинной любви: всю свою жизнь она любила одного только Хосе. Ей не позволили выйти за него, так как в его жилах текла негритянская кровь. Одна из негритянских колоний, бежавшая во время гражданской войны в США от угрозы линчевания, решила обосноваться вблизи их городка. Хосе был плодом незаконной любви Хосе Тревиньо-отца и красавицы-негритянки. Когда родители Матушки Елены прознали, что их дочь влюблена в мулата, движимые ужасом, они заставили ее незамедлительно выйти замуж за Хуана Де ла Гарса, отца Титы.

Этим, однако, они не смогли воспрепятствовать тому, что, даже будучи замужем, она продолжала вести тайную переписку с Хосе, и похоже было, что она не удовольствовалась лишь этим видом связи, ибо, как явствовало из писем, Гертрудис была дочерью не их отца, а Хосе.

Поняв, что забеременела, Матушка Елена предприняла попытку бежать с возлюбленным, но, ожидая его под покровом ночи в глубине балкона, она стала очевидицей трагедии: неизвестный, выскользнувший из ночного мрака, без какого-либо видимого повода напал на Хосе, смертельно ранив его. После долгих переживаний Матушка Елена, смирившись, вернулась в дом законного мужа. Хуан Де ла Гарса на протяжении многих лет ничего не знал об этой истории, а узнал о ней как раз в тот день, когда родилась Тита. Он отправился в таверну отпраздновать с друзьями рождение третьей дочери, и там какой-то острослов обмолвился о том, чего он не знал. Страшная новость стала причиной сердечного удара. Этим все и завершилось.

Тита чувствовала себя виноватой в том, что проникла в эту тайну. Она не знала, как поступить с письмами. Сжечь их? Но если уж мать не решилась на такое, имеет ли право она уничтожать их.

И, спрятав письма и дневник в сундучок, Тита поставила его на прежнее место.

Во время похорон Тита чистосердечно оплакала мать. Нет, не женщину, превратившую всю ее жизнь в ад, а страдалицу, которая испытала несбывшуюся любовь. И она поклялась перед материнской могилой, что никогда, ни по какой причине не отступится от своей любви. В эти мгновения она была убеждена, что истинной ее любовью был Джон, человек, который находился рядом с ней и безоговорочно ее поддерживал. Но стоило ей заметить, что к склепу приближается группа людей, и различить в этой группе сопровождавшего Росауру Педро, как тут же засомневалась в истинности своих чувств.

Росаура дефилировала, обремененная огромным животом. Увидев Титу, она подошла и, безутешно рыдая, обняла сестру. Настал черед Педро. Едва он обнял ее, как тело ее затрепетало, подобно бланманже. И Тита возблагодарила покойницу-мать за то, что она дала ей повод вернуться, увидеть и обнять Педро. Впрочем, она тут же решительно высвободилась и отошла. Педро не был достоин ее горячей любви. Не он ли выказал слабость, уехав от нее? Этого она не могла ему простить.

Когда все возвращались на ранчо, Джон взял Титу под руку, и она прильнула к нему, давая понять, что их связывает нечто большее, нежели дружба. Она хотела, чтобы Педро почувствовал ту же боль, что и она, когда видела его рядом со своей сестрой.

Педро проводил их насупленным взглядом. Ему совершенно не понравилось, как Джон фамильярничает с Титой, как она шепчется с ним. О чем он думал? Тита принадлежала ему, и он не допустит, чтобы ее у него отняли. Тем более сейчас, когда исчезла главная помеха для их союза — Матушка Елена.

Продолжение следует...

Очередное блюдо:
Чампандо́нго.

Глава VIII
август

чампандонго

ПРОДУКТЫ:

1/4 килограмма перемолотой говядины,
1/4 килограмма перемолотой свинины,
200 граммов орехов,
200 граммов миндаля,
1 луковица,
1 цитрон,
2 хитомате,
сахар,
1/4 килограмма сливок,
1/4 килограмма ламанчского сыра,
1/4 килограмма рагу,
тмин,
куриный бульон,
маисовые лепешки,
растительное масло

Способ приготовления:

Мелко нарубленный лук жарится вместе с мясом в небольшом количестве растительного масла. Во время жарки добавляют молотый тмин и ложечку сахара.

По обыкновению, кроша лук, Тита плакала. Глаза ее были настолько затуманены, что она порезала палец. Она вскрикнула и чертыхнулась, не прерывая приготовление чампандонго. Тут нельзя терять ни секунды, а порезом можно заняться и после. Вечером Джон должен был прийти просить ее руки, и ужин надо было успеть сготовить за какие-нибудь полчаса. А Тита, когда стряпала, спешить не любила.

Готовке она всегда уделяла достаточное время и старалась вести кухонные дела таким образом, чтобы заниматься ими совершенно спокойно, — только это и позволяет как следует приготовить по-настоящему изысканное блюдо. Сегодня она припаздывала, отчего движения ее были суматошны и торопливы, — вот и порезала палец.

Главной виновницей опоздания была ее обожаемая трехмесячная племянница, родившаяся, подобно самой Тите, недоношенной. Смерть Матушки Елены так подействовала на Росауру, что она, разродившись раньше времени, не находила сил для кормления малютки. На этот раз Тита не могла, да и не желала взять на себя обязанности кормилицы, как это было при рождении племянника. Она и не попыталась предлагать ей грудь, памятуя о потрясении, которое ей довелось пережить, когда ее разлучили с несчастным ребенком. Жизнь учила ее не привязываться к детям: чужие дети — не свои.

Маленькой Эсперансе она предпочла давать ту же пищу, которую Нача использовала, кормя ее, когда она была беззащитной крохой, — кисель-атоле и разные чаи.

Эсперансой девочку назвали по просьбе Титы. Педро настаивал, чтобы ее нарекли Хосефитой — одной из ласкательных разновидностей имени Тита. Но та решительно воспротивилась. Она не хотела, чтобы ее имя, связанное с ее судьбой, хоть как-то омрачило судьбу девочки. Хватит и того, что при рождении крошки у роженицы были серьезные осложнения, понудившие Джона сделать срочную операцию, — только этим можно было спасти жизнь матери, хотя и ценой того, что она никогда больше не сможет рожать.

Джон объяснил Тите, что в отдельных случаях, по причине аномальных явлений, плацента не только прирастает к матке, но и вживляется в нее, в результате чего во время родов не может отделиться. Она настолько врастает в матку, что если неопытный человек пытается помочь роженице извлечь плаценту за пуповину, то вместе с нею может быть вырвана и самоё матка. Вот почему в подобных случаях приходится прибегать к немедленной операции по ее иссечению, что и лишает пациентку возможности когда-либо зачать ребенка.

Росаура была подвергнута хирургическому вмешательству не из-за отсутствия у Джона опыта —

просто не оставалось ничего другого. Вот и выпала Эсперансе доля быть единственной и, как назло, навсегда младшей дочерью, что, согласно семейной традиции, могло принудить страдалицу ухаживать за родительницей до ее могильной плиты. Может, Эсперанса потому и вживлялась в материнское нутро, что загодя знала о своей судьбе? Тита в душе молилась, чтобы Росауре не взбрело на ум продлить эту жестокую традицию. Вот почему Тита и не хотела делиться с малышкой своим именем. Дни напролет она упрямо стояла на своем, пока девочке не дали наконец имя Эсперанса.

И все же ряд совпадений делал схожими судьбы Эсперансы и Титы: например, то, что по чистой необходимости большую часть дня малышка проводила на кухне. Мать была не в силах ею заниматься, а тетка могла оказывать ей внимание лишь здесь, так что, при чаях и киселе-атоле, среди ароматов и запахов этого жаркого райского уголка девчушка подрастала на удивление здоровенькой и веселой.

Кому совсем не нравилась эта, скажем так, затея, так это Росауре: ее забирало за живое, что Тита лишает ее общения с дочерью. Едва оправившись от операции, в одно прекрасное утро она потребовала, чтобы после кормления девочку немедленно принесли к ней в комнату, где бы она и спала впредь, как ей надлежит, рядом с матерью. Это распоряжение поспело слишком поздно — девочка уже настолько привыкла находиться на кухне, что вытащить ее оттуда оказалось делом куда как не простым. Как только она чувствовала, что ее удаляют от жара плиты, она начинала плакать навзрыд, да так, что Тите, дабы обмануть бдительность племянницы, приходилось нести в комнату к Росауре рагу, которое она в это время готовила: только чувствуя поблизости тепло Титиной кастрюли, плутовка снисходила до сна. Лишь после этого Тита могла снести обратно на кухню тяжеленную посудину и продолжать приготовление еды.

Но сегодня девочка отличилась — скорее всего, она учуяла, что тетка надумала выйти замуж и покинуть ранчо, в результате чего она останется с носом. Как бы там ни было, а плакала она в этот день с утра до самого вечера. Тита как заведенная моталась по лестницам, таская туда и обратно кастрюли с едой. Покуда не случилось то, что и должно было случиться: повадился кувшин по воду ходить, тут ему и голову сложить. Когда Тита спускалась по лестнице в восьмой раз, она споткнулась и скатилась вниз по ступеням вместе с кастрюлей, содержавшей фарш для приготовления чампандонго. Пропали четыре часа напряженной резки и перемалывания составных частей жаркого.

Обхватив руками голову, Тита уселась на пороге кухни подышать свежим воздухом. В этот день, чтобы домашняя суета не захватила ее, она поднялась в пять часов утра, и вот, как назло, все пошло прахом. Теперь придется готовить жаркое заново.

Педро не мог выбрать более неудачного момента для выяснения отношений с Титой. Полагая, что застал ее на крыльце в момент обычного отдыха, он подошел к ней с твердым намерением убедить ее не выходить замуж за Джона.

— Тита, хотел бы заметить Вам, что считаю непоправимой ошибкой Ваше намерение повенчаться с Джоном. Еще есть время отказаться от этого ошибочного шага. Пожалуйста, не выходите замуж!

— Кто Вы такой, Педро, чтобы указывать, что я должна делать, а что не должна? Когда женились Вы, я не просила Вас не делать этого, хотя Ваша свадьба чуть не доконала меня. Вы устроили Вашу жизнь, позвольте теперь и мне спокойно устроить мою!

— Видит Бог, этот мой поступок заставляет меня сегодня жестоко раскаиваться. Но припомните хорошенько, Вы ведь знаете причину, соединившую меня с Вашей сестрой! Как бы там ни было, ничего хорошего из этого не вышло. Сейчас я думаю, не лучше ли было мне тогда бежать с Вами?

— Поздно Вы об этом задумались. Теперь ничего не изменишь. И прошу никогда больше не докучать мне. Упаси Вас Господь хоть однажды повторить то, что Вы мне только что сказали. Недоставало еще, чтобы это услышала сестра! Зачем еще кому-то страдать в этом доме. Пустите меня!.. Да, и советую, когда Вы влюбитесь в очередной раз, не будьте таким трусливым!

Тита, с яростью схватив кастрюлю, ушла на кухню. Под скрежет и грохот кухонной утвари она покончила с жарким и, пока варево поспевало, занялась приготовлением чампандонго.

Когда мясо подрумянивается, к нему добавляют нарезанный хитомате вместе с цитроном, орехами и мелко накрошенным миндалем.

Жаркий пар из кастрюли перемешивался с испариной ее тела. Раздражение, которое она ощущала, походило на дрожжи в тесте. Она чувствовала, как раздражение это поспешно взбухает, заполняя все уголки ее тела, и, точно тесто из тесной квашонки, жарко выпрастывается наружу через ее уши, нос и все поры тела.

Этот безграничный гнев в наименьшей степени был вызван их спором с Педро, в чуть большей — падением с лестницы и утомительной возней у плиты, а в наибольшей — словами Росауры, оброненными ею несколько дней назад.

Они находились в комнате сестры — Тита, Джон и маленький Алекс. Джон взял сына с собой на время врачебного визита, так как малыш тосковал по Тите и хотел во что бы то ни стало ее повидать. Мальчик заглянул в колыбель, чтобы познакомиться с Эсперансой, и пришел в восторг от ее красоты. Как любой мальчик его возраста, незнакомый с притворством, он воскликнул:

— Папочка, слышишь, и я хочу жениться! Как ты! Вот на этой девочке.

Все засмеялись милой откровенности, но, когда Росаура стала втолковывать Алексу, что это невозможно, поскольку Эсперансе надлежит ходить за ней до самой ее смерти, Тита почувствовала, как у нее зашевелились волосы. Только ее сестрице могла взбрести на ум подобная несусветица — увековечить столь бесчеловечную традицию!

Лучше бы Росаура проглотила язык! Чтобы никогда ее рот не мог обронить такие поганые, дурно пахнущие, нелепые, тошнотные, бесчестные, отвратительные слова. Подавилась бы она ими, держала бы в самой глуби своей души, покуда они не сгниют и не зачервивеют. Вот бы дал Господь Тите прожить как можно дольше — уж она бы не дала сестре осуществить столь злонамеренный замысел!

Она сама не понимала, почему ее должны заботить все эти неприятности в ту самую пору, которая должна стать счастливейшей порой ее жизни, не понимала, почему ей так не по себе. Возможно, ее заразил своим дурным настроением Педро? С того самого момента, когда, вернувшись на ранчо, он проведал, что Тита намерена выйти замуж за Джона, словно тысячи чертей вселились в сердце Педро. Ему нельзя было сказать ни слова. С утра пораньше он отправлялся на коне осматривать ранчо. Возвращался под вечер, точно к ужину, после которого сразу запирался в своей комнате.

Никто не мог объяснить его поведение. Некоторые полагали, что причиной этого является потрясение от мысли, что у него не будет больше детей. Чем бы это ни было вызвано, но могло показаться, что злость движет мыслями и поступками чуть ли не всех обитателей дома. Тита чувствовала себя буквально как шоколад на крутом кипятке. Ее прямо распирало от злости. Даже столь милое ее сердцу воркование голубей, вновь воцарившихся под крышей их дома и усладивших ее сердце в день возвращения на ранчо, раздражало ее сейчас. Она боялась, что ее голова лопнет, как маисовый початок на раскаленном противне. Испугавшись, она сжала виски руками.

Легкое прикосновение к плечу заставило Титу подпрыгнуть с желанием ударить того, кто дотронулся до нее, скорее всего, чтобы попусту отнять у нее время. Каково же было ее изумление, когда она увидела перед собой Ченчу. Прежнюю Ченчу, счастливую, с улыбкой во весь рот. Никогда прежде Тите не доставляло такого удовольствия видеть ее, даже в тот день, когда Ченча навестила ее в доме Джона. Как всегда, Ченча словно с неба упала в тот самый момент, когда Тита больше всего в ней нуждалась.

Поразительно, как хорошо она выглядела. И следа не осталось от тоски и отчаяния, сквозивших в ее взгляде, когда она уезжала домой после пережитого потрясения. А рядом с ней стоял человек, которому удалось избавить ее от страданий, на его лице сияла широкая белозубая улыбка. За версту было видно, что человек это честный и не болтун. Добрый ли — бог его знает. Как тут догадаешься, когда Ченча только и дозволила ему представиться Тите: «Хесус Мартинес, Ваш покорный слуга». После чего она по обыкновению целиком завладела разговором и, побив все рекорды скорости, управилась за две минуты с последними событиями своей жизни.

Значит, так, Хесус был ее первым женихом и никогда о ней не забывал. Ченчины родичи, стало быть, наотрез отказались признавать их любовь, и ежели бы не возвращение Ченчи в селение, и ежели бы он сызнова ее не увидал, он бы и знать не знал, где ее сыскать. Само собой, наплевать ему было, что Ченча не девушка, так что он тут же на ней и женился. А пришли они на ранчо вдвоем в надежде начать здесь новую жизнь, раз Матушка Елена померла, и замыслили народить побольше детей и быть счастливыми до гроба...

Дойдя до посинения, Ченча умолкла, чтобы перевести дух, и Тита воспользовалась этой случайной паузой, чтобы сказать ей, не так быстро, конечно, но все же, что в восторге от ее возвращения, что завтра они поговорят о найме Хесуса, а сегодня придут просить руки Титы, поскольку скоро она выходит замуж, но она не управилась с ужином, так что просит Ченчу заняться им, чтобы Тита могла прийти в себя, спокойно принять холодную ванну со льдом и, таким образом, обрести достойный вид к приходу Джона, который может явиться с минуты на минуту.

Ченча буквально вытолкала Титу из кухни и незамедлительно взяла в руки бразды правления. Что-что, а уж чампандонго-то она может сготовить с завязанными глазами и скованными руками.

Когда мясо готово и слит отвар, можно печь на растительном масле маисовые лепешки, но не пережаривать их, чтобы не затвердели. После этого на противень, который будет задвинут в плиту, выкладывают слой сметаны, чтобы пирог не прилипал, потом слой лепешек, на них — слой рубленого мяса, а затем рагу, и все это покрывается ломтями сыра и сметаной. Выкладывается столько пирогов, сколько позволяет величина противня, который вынимают из духовки, когда сыр расплавится, а лепешки размягчатся. Подается это блюдо с рисом и фасолью.

Только теперь, зная, что на кухне находится Ченча, Тита почувствовала истинное облегчение. Наконец-то она могла заняться собой. Она стремительно пересекла двор, чтобы принять душ. На все про все у нее оставалось минут десять, а еще надо было принарядиться, надушиться и приличествующим образом причесаться. Она так спешила, что не заметила в другом конце двора Педро, ковырявшего носком ботинка землю.

Тита освободилась от одежды, залезла в закуток и подставила голову под струи холодной воды. Боже, какое наслаждение! Когда закрыты глаза, чувства обостряются: она могла осязать каждую каплю холодной воды, стекавшей по ее телу. И чувствовала, как от соприкосновения с влагой твердеют соски. Струйка воды стекала по ее спине и дугообразным веером омывала выпуклые округлости ягодиц, облегая до самых пят ее крепкие ноги. Мало-помалу плохое настроение как рукой сняло, головная боль прошла. Внезапно она почувствовала, что вода теплеет и, становясь с каждым разом все горячей, начинает обжигать ей ноги. Это и раньше бывало, когда в зной вода в баке целый день нагревалась жаркими лучами солнца, но, во-первых, сейчас не лето, а во-вторых, дело-то идет к ночи. Уж не загорается ли снова душевая выгородка? Забеспокоившись, она открыла глаза и увидела по другую сторону досок не что иное, как фигуру Педро, пристально ее разглядывающего.

Глаза Педро мерцали так ярко, что было невозможно не различить их в полумраке, — точно так же, как с первыми лучами солнца не могут остаться незамеченными две робкие росинки, укрывшиеся в густых зарослях. Проклятый Педро — ишь как уставился! Проклятый плотник — заново сколотил душевую пристройку на манер старой, с широкими щелями между досок! При виде Педро, который надвигался на нее с явно похотливыми намерениями, Тита выскочила из закутка, едва сумев прикрыться. Запыхавшись, она влетела в свою комнату и заперлась в ней.

Не успела она кое-как привести себя в порядок, а уж Ченча возвестила о приходе Джона, который ожидал ее в гостиной вместе с Росаурой и Педро.

Она не могла тут же к ним присоединиться, потому что не успела приготовить стол. Перед тем как покрыть его скатертью, необходимо постелить снизу подкладку во избежание стука бокалов и приборов о столешницу. Лучше всего использовать для этого белую байку, которая, помимо прочего, подчеркивает белизну скатерти. Тита осторожно расправила ее на большом, рассчитанном на двадцать персон столе, который использовали только в торжественных случаях. Она старалась не производить шума и даже не дышать, чтобы услышать, о чем беседуют Росаура, Педро и Джон. Гостиную от столовой отделял длинный коридор, так что до слуха Титы долетал лишь рокот мужских голосов, но при всем при том она уловила нотки спора. Не дожидаясь, пока страсти распалятся, она молниеносно расставила тарелки, серебряные приборы, бокалы, солонки и подставки для ножей. Затем быстрехонько укрепила на буфетном столе свечи под нагревателями для тарелок, предназначенных для первых, вторых и третьих блюд. Сбегала на кухню за несколькими бутылками бордо, которые Ченча загодя поставила в теплую воду. Бордо достают из подвала за несколько часов до подачи на стол и помещают в теплое место, с тем чтобы легкий разогрев выявил букет, а так как Тита забыла сделать это заблаговременно, пришлось заменить эту процедуру уловкой. Теперь оставалось лишь поставить в центре стола бронзовую позолоченную корзину для цветов, но так как для того, чтобы была больше видна их натуральная свежесть, класть их надо перед самым рассаживанием гостей, Тита поручила заняться этим Ченче, а сама настолько быстро, насколько ей позволяло накрахмаленное платье, поспешила в гостиную.

Первое, что она услышала, распахнув двери, это разгоряченный спор Педро и Джона о политическом положении в стране. Казалось, оба забыли об элементарных правилах приличия, гласящих, что на приемах не следует касаться личностей, печальных тем и трагических событий, религии и политики. С приходом Титы спор прервался и беседа вошла в более или менее спокойное русло.

В этой напряженной атмосфере Джон и позволил себе смелость просить руки Титы. Педро как глава дома сухим тоном дал согласие. Вслед за этим перешли к обсуждению деталей бракосочетания. Когда заговорили о дне свадьбы, Тита узнала о намерении Джона немного отложить ее, что даст ему возможность отправиться на север Соединенных Штатов за последней оставшейся в живых тетушкой, которая пожелала присутствовать на свадебной церемонии. Для Титы это представило серьезное затруднение: она намеревалась как можно скорее покинуть ранчо и этим избавиться от домогательств Педро. Договоренность была скреплена вручением Тите очаровательного кольца с бриллиантами. Тита залюбовалась его сиянием на своей руке. Испускаемые им вспышки заставили ее вспомнить недавний блеск в глазах Педро, когда он разглядывал ее наготу, и ей пришло на память стихотворение индейцев-отóми, которому ее в детстве выучила Нача:

> В росинке сверкает солнце,
> капля росы высыхает,
> ты блещешь в моих глазах,
> и я живой, я живой...

Росаура растрогалась, увидев в глазах сестры слезы, которые она отнесла на счет радостного волнения Титы, и почувствовала некоторое облегчение, ибо испытывала угрызения совести от того, что, выйдя замуж за ее жениха, заставляла ее порой страдать. Обрадованная этим, она обнесла всех бокалами с шампанским и предложила тост за счастье жениха и невесты. Когда все четверо сошлись в центре гостиной, Педро чокнулся своим бокалом с такой силой, что разбил вдребезги и свой бокал, и бокалы присутствующих, так что шампанское выплеснулось на их лица и праздничную одежду.

Напряженную атмосферу разрядило появление Ченчи, произнесшей магические слова «Кушать подано», которые подействовали на всех успокоительно, вернув торжественному событию едва не утраченную, приличествующую моменту тональность. Когда речь заходит о еде, предмете во всех отношениях немаловажном, только глупцы и больные не уделяют ей заслуженного внимания. А так как в данном обществе таковых не было, то все в добром расположении духа направились в столовую.

За ужином все пошло своим чередом, чему способствовали и милые старания прислуживавшей за столом Ченчи. Пища была не столь пленительна, как в других случаях, может быть, потому, что Тита готовила ее в дурном настроении, однако никак нельзя было сказать, что она никуда не годилась. Да и чампандонго — блюдо столь изысканное, что вкус его не удастся испортить никакому дурному расположению духа. По окончании ужина Тита проводила Джона к выходу, и там они горячо расцеловались на прощание. Назавтра Джон намеревался отправиться в путь, чтобы как можно быстрее привезти свою американскую тетушку.

Вернувшись на кухню, Тита послала Ченчу стелиться и прибрать в комнате, где она будет жить с Хесусом, поблагодарив ее за неоценимую помощь. Она наказала ей, прежде чем они лягут, удостовериться, нет ли в их комнате клопов. Последняя служанка, спавшая там, буквально наводнила ее этими чудищами, а Тита так и не удосужилась их вывести из-за множества дел, которые выпали на ее долю с рождением у Росауры дочери.

Лучшее средство для изничтожения клопов — смесь из стакана винного спирта с половиной унции скипидарного уксуса и половиной унции камфарного порошка. Жидкость разбрызгивают в местах скопления насекомых, что приводит к их полному исчезновению.

Тита, прибравшись на кухне, начала расставлять по местам утварь и посуду. Ей не хотелось спать, и она предпочла это занятие тягостному ворочанию в постели. Она испытывала противоречивые чувства, и лучше всего было упорядочить их наведением порядка в кухне. Она взяла большую глиняную миску, чтобы отнести ее туда, где теперь было помещение для хранения утвари, бывшее до этого темной комнатой. После смерти Матушки Елены, поскольку никто не думал использовать ее как банное помещение, предпочитая мыться в душевом закутке на дворе, каморку эту превратили в кладовую.

В одной руке Тита несла миску, в другой — керосиновую лампу. Она вошла в комнатенку, стараясь не задеть гору вещей на пути к полке, где хранились кастрюли, которыми пользовались лишь изредка. Свет лампы помогал ей продвигаться, но его было недостаточно, чтобы заметить молчаливо крадущуюся за ее спиной тень, осторожно прикрывшую изнутри дверь каморки.

Почувствовав постороннее присутствие, Тита повернулась и при свете лампы ясно различила фигуру Педро, задвигавшего щеколду.

— Педро! Что Вы здесь делаете?

Не говоря ни слова, Педро подошел к ней, задул лампу, повлек ее на латунную кровать, принадлежавшую прежде ее сестре Гертрудис, и, повалив, заставил ее лишиться девственности и познать силу истинной любви.

В своей спальне Росаура пыталась убаюкать неумолчно плачущую дочь. Безуспешно слонялась она с ней из угла в угол. Проходя мимо окна, Росаура увидела в темной комнате странный свет. Фосфоресцирующие завитки уносились в небо, подобно слабым искрам бенгальского огня. Тревожные призывы, обращенные к Тите и Педро, просьба поглядеть, что происходит, имели своим последствием лишь появление Ченчи, которая проходила мимо в поисках смены постельного белья. Узрев невиданное явление, Ченча в первый раз за всю жизнь онемела от изумления — с ее губ не сорвалось ни звука. Даже малютка Эсперанса, чтобы не упустить ни единой подробности, перестала плакать. А Ченча, упав на колени, стала молиться, осеняя себя крестными знамениями.

— Пресвятая дева, царица небесная, прими душу моей госпожи Елены, чтоб не маялась она, бедняжка, во мраке чувствилища!

— Ченча, о чем ты, что ты бормочешь?

— О чем, о чем! Не видите, что ль, привидение усопшей! Должно, за что-то расплачивается бедная! Со мной теперь что хотите делайте, носа туда не суну!

— Я тоже...

Если бы знала Матушка Елена, что и после смерти продолжает наводить страх на Ченчу и Росауру, что этот их страх столкнуться с нею предоставил Тите и Педро идеальную возможность бесстыдно глумиться над ее излюбленным банным местом, похотливо кувыркаясь на кровати Гертрудис, она бы умерла еще сто раз!

Продолжение следует...

Очередное блюдо:
Шоколад и Королевский крендель.

сентябрь

шоколад
и королевский крендель

ПРОДУКТЫ:

2 фунта какао-соконуско,
2 фунта какао-маракаибо,
2 фунта какао-каракас,
4–6 фунтов сахара по вкусу

Carolia 90

Способ приготовления:

Перво-наперво зерна какао поджаривают. Для этого желательно использовать вместо комаля железный противень, чтобы выделяемое из зерен масло не ушло в поры каменной жаровни. Крайне важно придерживаться подобных указаний, так как замечательные свойства шоколада зависят от трех вещей: от того, не испорчены ли, доброкачественны ли зерна, от того, какие сорта используются в смеси, а также от степени прожарки.

Наилучшая степень — это когда какао начинает выделять масло. Если зерна снять с огня раньше времени, то шоколад не только будет иметь бесцветный, непривлекательный вид, но будет и неудобоваримым. А если передержать какао на огне, часть зерен может подгореть, что придаст шоколаду горечь и грубость.

Тита зачерпнула пол-ложечки масла какао, чтобы, смешав его с миндальным маслом, приготовить особую губную помаду. Зимой ее губы неизменно трескались, какие бы средства она ни применяла. Когда она была маленькой, это ей сильно докучало: стоило ей засмеяться, как ее пухлые, растянутые в улыбке губы начинали кровоточить, причиняя нестерпимую боль. Со временем она с этим смирилась. А так как у нее не было особых поводов для смеха, то со временем это и вовсе перестало заботить девушку. Она спокойно ждала прихода весны, когда трещинки сами собой подживали. На приготовление помады ее подвигло единственно то, что вечером на Королевский крендель должны были прийти гости.

Не потому, что она намеревалась много смеяться, а бог весть почему ей захотелось, чтобы во время приема губы у нее были мягкие и лоснящиеся. Опасение, не забеременела ли она, не располагало к улыбкам. Подобного исхода, насыщаясь любовью с Педро, Тита не предполагала. Она пока не сообщала ему об этом, намеревалась сделать это сегодня ночью, только не знала, каким образом. Как поведет себя Педро, как разрешится эта незадача, было ей совершенно неведомо.

Она предпочла не терзать себя больше и заняться чем-нибудь обыденным, вроде изготовления помады. А для этого нет ничего лучше, нежели масло какао. Но прежде чем приступить к ее изготовлению, необходимо было покончить с приготовлением самого шоколада.

Когда какао указанным способом поджарено, зерна очищают с помощью решета, в котором скорлупа отлущивается от ядер. Под ступой-метате, где будут перетираться зерна, ставится небольшая жаровня, и, когда метате как следует прогреется, начинают молоть зерна. После этого к порошку добавляют сахар, и эта масса одновременно перемалывается и растирается пестом. Тут же ее делят на куски. Руками лепят плитки, округленные или удлиненные, кому как нравится, и выкладывают их для просушки. Острием ножа можно по собственному усмотрению наметить разделительные бороздки. Придавая плиткам форму, Тита с грустью вспоминала день Богоявления, когда она была маленькой и у нее не было столь серьезных забот. Больше всего ее в подобные дни заботило, почему волхвы приносят не то, что она просит, а то, что Матушка Елена считает больше всего для нее подходящим. Лишь однажды сбылась ее мечта, хотя через несколько лет она и догадалась, что этим чудом обязана была лишь стараниям Начи, которая какое-то время выкраивала из своих заработков деньги на покупку «кинишка», увиденного Титой в витрине одной из городских лавчонок. «Кинишком» этот аппаратик называли потому, что тот отбрасывал на стену разные картинки с помощью керосиновой лампы, служившей источником света, и этим напоминал всамделишное кино, хотя настоящее название этого приспособления было «зоотроп». Тита неописуемо обрадовалась, когда, проснувшись поутру, увидала его рядом со своей туфелькой. Долгими вечерами сестры наслаждались чередой картинок, которые были нанесены на полоски стекла и содержали самые разнообразные увлекательные сюжеты. Какими далекими казались ей сейчас те счастливые дни, когда рядом была Нача!.. Нача! Тита все бы отдала, чтобы снова услышать, как она пахнет фасолевым супом, чилакилес[1], чампуррадо[2], перетертыми в каменной ступе-молкахете специями, хлебом на сливках, былыми

---

[1]   Рагу из крошеных маисовых лепешек, сваренных в соусе из перцев на мясном отваре.
[2]   Напиток, смесь кукурузного киселя-атоле и шоколада.

159

временами. Навсегда останутся непревзойденными вкус ее маисового киселя-атоле, ее отвары, ее катышки жира на висках от мигрени, то, как она заплетала ей волосы, укрывала на ночь, ухаживала за ней, когда Тита болела, готовила, что только Тите ни взбрело бы на ум, молола какао! Если бы Тита могла хоть на миг вернуться в ту пору да прихватить по возвращении чуточку той радости, испечь Королевский крендель с той же охотой! Если бы потом она могла лакомиться им вместе с сестрами, как в те добрые времена, за шутками и прибаутками, когда еще она и Росаура не должны были оспаривать любовь одного и того же мужчины, когда она еще не догадывалась, что ей на всю жизнь заказано замужество, а Гертрудис не знала-не ведала, что убежит из родного дома и будет работать в борделе, когда, вытащив из кренделя фарфоровую кукляшку, она от всей души верила, что как загадает, так все точь-в-точь и исполнится. Жизнь научила ее понимать: не все так просто, как кажется, далеко не всем, даже из тех, кто считает себя сметливым, удается достичь задуманного, какие бы усилия они к тому ни прилагали, и, чтобы добиться права распоряжаться своей собственной жизнью, придется приложить куда больше стараний, чем она предполагала. И больше всего ее удручало, что эту борьбу она должна будет вести одна. Хоть бы Гертрудис была рядом! Но, кажется, скорее мертвый воскреснет, чем Гертрудис вернется домой. С той поры, как Николас передал ей в борделе ее одежду, о ней не было ни слуху ни духу.

На эти воспоминания ушло как раз то время, которое было необходимо, чтобы остудить плитки шоколада, так что Тита могла наконец приступить к изготовлению Королевского кренделя.

ПРОДУКТЫ:

30 граммов свежих дрожжей,
1,25 килограмма муки,
8 яиц,
1 ложка соли,
2 ложки лимонной воды,
1,5 чашки молока,
300 граммов сахара,
300 граммов сливочного масла,
250 граммов неочищенных фруктов,
1 фарфоровая фигурка.

Способ приготовления:

Руками или с помощью вилки раскрошить дрожжи в четверти килограмма муки, постепенно вылив в муку полчашки теплого молока. Все это, слегка замесив, скатать в ком и подождать, пока тесто увеличится вдвое.

Не успела Тита замесить тесто, как в кухне появилась Росаура. Она пришла попросить Титу помочь ей с диетой, которую прописал Джон. Вот уже несколько недель, как у нее серьезные проблемы с пищеварением, ее донимают газы, а во рту появился дурной запах. Эти расстройства так ее удручают, что она даже приняла решение спать с Педро в разных комнатах. По крайней мере, так она будет меньше смущаться при неизбежном испускании газов. Джон рекомендовал ей воздерживаться от употребления в пищу корнеплодов и других овощей и советовал как можно больше двигаться и работать по дому. Последнее затруднялось ее чрезмерной полнотой. Трудно было объяснить, почему со дня возвращения на ранчо Росаура стала так толстеть, ведь ела она то же, что и всегда. Неимоверного труда стоило ей приводить в движение свое громоздкое, студенистое тело. Все эти несчастья доставляли ей массу неприятностей, из коих наихудшей было то, что Педро все больше и больше от нее отдалялся. Нет, Росаура не винила его, она и сама едва выносила источаемый ею смрад. И надо было что-то предпринять — она, что называется, дошла до точки.

Впервые Росаура раскрывала перед Титой душу, да еще касаясь столь стыдной темы. Она даже призналась, что раньше не обращалась к ней ни с чем подобным, так как ревновала. Она думала, что между Титой и Педро существует скрытая любовная связь, прикрываемая видимостью семейной дружбы. Но сейчас, видя, как Тита влюблена в Джона и насколько близко ее замужество, она поняла всю абсурдность ревности. И считала, что самое время восстановить добрые отношения.

А отношения между Росаурой и Титой до последнего времени и впрямь напоминали отношения воды и раскаленной сковородки! Со слезами на глазах Росаура умоляла не держать на нее зла в сердце за то, что она вышла замуж за Педро. И просила совета: чем возместить нанесенный сестре ущерб. Как будто Тита могла ей дать такой совет! С горечью поведала Росаура о том, что вот уже несколько месяцев Педро не выказывает ни малейшего желания спать с ней. Практически он избегает ее. Это не очень ее заботит — Педро никогда не был сексуально одержимым. Но в последнее время в его действиях появилась открытая неприязнь к ней.

Более того, она могла точно сказать, с каких пор, так как прекрасно помнила это: с той самой ночи, когда начал появляться призрак Матушки Елены. Она не спала, ожидая, когда вернется с прогулки Педро. По возвращении он почти не уделил внимания ее рассказу о призраке, вид у него при этом был отсутствующий. Всю ночь она делала попытки его обнять, но он или очень крепко спал, или притворялся спящим, так как совершенно не реагировал на ее намеки. Чуть позже она услышала его еле слышный плач и тоже сделала вид, что не замечает этого.

Она чувствовала, что ее полнота, газы и дурной запах изо рта с каждым днем все больше отдаляют от нее мужа, и не видела выхода из создавшегося положения. Поэтому-то она и прибегла к помощи сестры, в которой нуждалась как никогда и которую никто, кроме нее, не сможет ей оказать. Положение Росауры становится все более тяжелым. Она не знает, что делать. Если вдруг заговорят, что Педро бросает ее, она не переживет этого. Единственное утешение для нее — дочурка Эсперанса, которая, к счастью, обязана быть при ней до самой ее — Росауры — смерти.

До этого места все шло как нельзя лучше, хотя первые слова Росауры и покоробили Титу, но, когда она во второй раз услышала, какая судьба уготована ее племяннице, ей пришлось сделать над собой поистине нечеловеческое усилие, чтобы не крикнуть сестре: это самая вздорная идея из всех, какие ей доводилось когда-либо слышать! Однако сейчас не время было вступать в спор, который лишил бы ее возможности восполнить Росауре (а она от всей души хотела этого) ущерб, греховной виновницей которого она себя чувствовала. Не распространяясь на эту тему, она пообещала составить специальную диету, с тем чтобы сестра могла сбавить вес. И дружелюбно подсказала ей домашний способ избавления от дурного запаха изо рта.

Истоки дурного запаха — в желудке, а причин, способствующих этому, несколько. Чтобы избавиться от него, надо начать с полосканий горла соленой водой с несколькими каплями камфарного уксуса, втягивая ее также через нос. Кроме того, надо постоянно жевать листки мяты. Придерживаясь этого, можно избавиться даже от самого неприятного запаха.

Росаура горячо поблагодарила сестру за доброе участие и со всех ног бросилась в сад нарвать листьев мяты, не забыв прежде попросить Титу держать все это в секрете. На лице Росауры было написано большое облегчение. А Тита, наоборот, чувствовала себя разбитой. Что она натворила! Как она искупит вину перед Росаурой, Педро, Джоном, ею самой? С каким лицом она встретит жениха, когда он через несколько дней вернется из своей поездки, — Джона, к которому она должна испытывать одно только чувство благодарности, Джона, который вернул ей рассудок, Джона, который показал ей путь к ее освобождению!

Джон — само спокойствие, выдержка, здравомыслие... Вот уж, действительно, кто не заслужил такого! Что сказать ему? Что ей надлежит делать? Как бы там ни было, надо было заняться Королевским кренделем: дрожжевое тесто, подходившее все то время, что она разговаривала с Росаурой, было готово для дальнейших манипуляций.

Килограмм муки высыпается в центре стола, и на нее выкладывают все ингредиенты, которые мало-помалу замешивают, начиная с центра и прихватывая муку, пока она вся не замесится. Когда ком дрожжевого теста увеличится вдвое, его надо снова как следует вымесить с только что приготовленной заправкой, пока оно не станет легко отлипать от ладоней. Скребком отдирается и тесто, прилипшее к столу; оно также добавляется к общей массе. Все это выкладывается в круглую смазанную маслом посуду, накрывается салфеткой и оставляется, пока тесто вновь не увеличится вдвое. При этом надо учитывать, что тесто удваивает свой объем не раньше чем через два часа, а перед тем, как ставить его в печь, надо, чтобы это произошло трижды.

Когда Тита накрыла салфеткой посуду, в которой она оставила тесто, сильный порыв ветра ударил в дверь, распахнув ее настежь и наполнив кухню холодом. Салфетка улетела, и по спине Титы пробежали мурашки. Она резко повернулась и ужаснулась, увидев перед собой Матушку Елену, мрачно сверлившую ее взглядом.

— Сколько раз я тебе говорила, чтобы ты не приближалась к Педро! Почему ты сделала это?

— Я... не хотела, мамочка... Но...

— Но что? То, что ты сотворила, не имеет названия! Ты забыла, что такое мораль, уважение, хорошее поведение! Грош тебе цена, если ты сама себя ни во что не ставишь! Ты запятнала позором весь наш род от самых давних предков до этого несчастного существа, которое ты вынашиваешь в своей утробе!

— Нет! Не проклинай моего ребенка!

— Я проклинаю его! Будь он проклят! И он, и ты, на веки вечные!

— Нет, умоляю, пожалуйста...

Появление Ченчи заставило Матушку Елену метнуться к двери, через которую она за несколько мгновений до этого проникла в кухню.

— Затвори дверь, голубка, — сказала Ченча Тите. — Такая холодина на дворе. В последнее время, гляжу, ты уж совсем рассеянная стала. Может, чего не так, а?

Ничего особенного. Просто месяц, как у нее нет менструаций, похоже, она забеременела. То ли сказать про все Джону, когда он вернется, чтобы жениться на ней, то ли отложить замужество, то ли покинуть ранчо, чтобы родить ребенка без огласки, то ли навсегда отступиться от Педро, — сколько можно шкодничать за спиной Росауры! Только это, что же еще, всего ничего!..

Но разве она могла это сказать! Сделай она такое, весь городок тут же узнал бы об этом — такая уж Ченча сплетница. Она предпочла не откровенничать и переменила тему, как это обычно делала сама Ченча, когда Тита заставала ее врасплох или ловила на какой-нибудь промашке.

— Надо же! Тесто убежало! Дай мне хоть крендель испечь, а то до самой ночи не управимся.

Тесто из посуды, куда его поместила Тита, вовсе не убегало, просто это был безотказный способ отвлечь внимание Ченчи на что-нибудь постороннее.

Когда тесто во второй раз удваивается в размерах, его вываливают на стол и растягивают в длинную кишку. По желанию внутрь кладут куски фруктов. Или одну только фарфоровую фигурку на удачу.

Кишка свивается, ее концы пропускают в кольца. Потом укладывают на смазанный маслом и присыпанный мукой противень, подвернув концы кишки под нее самое. Затем ей придают вид кренделя, оставляя достаточно места между ним и краем противня, так как пирог этот еще раз увеличится вдвое. Печь разжигают заранее, чтобы в кухне нагрелся воздух, что необходимо для последнего разбухания теста.

Перед тем как засунуть фарфоровую фигурку в тесто, Тита внимательно ее разглядела. По традиции в ночь на шестое января крендель разламывают, и тот, кому достанется спрятанная внутри фигурка, обязан устроить праздник второго февраля, в день Канделарии[1], день принесения младенца Иисуса в храм. С самого раннего их детства это обыкновение превратилось в своего рода соревнование между нею и ее сестрами. Считалась удачливой та из них, которой выпадало счастье заполучить фигурку. На сон грядущий счастливица могла загадать любое желание, как можно крепче сжимая ее в руках. Внимательно вглядываясь в нежные очертания фигурки, Тита думала о том, насколько просто загадывать желания в детстве. В эту радостную пору нет ничего невозможного. А когда ребенок подрастает, он узнает про вещи, о которых не имеет смысла мечтать, так как вещи эти либо недосягаемые, либо греховные, либо бесчестные.

Но что такое честность? Отвержение всего, что по-настоящему любишь? Вот бы она никогда не выросла, никогда не узнала Педро, не роптала на

---

[1] Народное название праздника Сретения Господня.

то, что беременна от него! Вот бы мать перестала ее терзать, настигать везде и всюду, корить за непристойное поведение! Вот бы Эсперанса, как Росаура ни пыталась бы этому воспрепятствовать, вышла замуж, не познав печали и тягот безмужней жизни! Вот бы ей, подобно Гертрудис, достало сил бежать из дому, если это потребуется! Вот бы Гертрудис вернулась домой, чтобы поддержать Титу, в чем она так сейчас нуждалась!.. Мысленно прося Бога обо всем этом, она сунула фарфоровую фигурку в крендель и поставила его на стол, чтобы он подошел еще больше.

Когда тесто удвоится в объеме в третий раз, его украшают неочищенными фруктами, мажут взбитым яйцом и обсыпают сахаром. После чего ставят на двадцать минут в печь и затем остужают.

Когда крендель был готов, Тита попросила Педро помочь ей отнести его к столу. Она могла бы обратиться с этой просьбой к кому-нибудь другому, но решила побеседовать с Педро с глазу на глаз.

— Педро, мне надо поговорить с Вами.

— Чего проще, почему бы не сделать это в темной комнате? Там нам никто не помешает. Я жду не дождусь, когда Вы наконец туда придете.

— Вот об этих-то встречах я и хочу поговорить.

Их беседу прервал приход Ченчи, сообщившей о прибытии на торжество семьи Лобо, так что только их и ждут, чтобы, значит, почать крендель. Тите и Педро не оставалось ничего другого, как прервать разговор и понести в столовую печеное чудо, ожидаемое всеми с великим нетерпением.

Когда они шли по коридору, в дверях столовой Тита увидела мать, бросавшую на нее злобные взгляды. Тита застыла как вкопанная. Пес Пульке залаял на Матушку Елену, которая грозно двинулась в сторону Титы. От страха шерсть на холке пса поднялась дыбом и он, оскалив зубы, начал пятиться. Его замешательство привело к тому, что он попал задней лапой в низкую жестяную урну с налитой туда водой. Урна находилась в конце коридорчика рядом с папоротником, и, пытаясь убежать, Пульке стал колошматить этой посудиной по полу, разбрызгивая по сторонам содержимое урны.

Шумное происшествие привлекло внимание всех двенадцати приглашенных, которые собрались в гостиной. Крайне обеспокоенные, они выглянули в коридор, и Педро вынужден был им объяснить, что Пульке, скорее всего по старости, позволяет себе в последнее время необъяснимые выходки, но, право, опасаться нечего. Как бы там ни было, Пакита Лобо заметила, что Тита вот-вот упадет в обморок. Она попросила, чтобы кто-нибудь вместо Титы помог Педро отнести крендель в столовую, так как девушка, на ее взгляд, сделать это не могла. Она взяла ее под руку и увела в гостиную. Тите дали понюхать ароматическую соль, и через некоторое время она полностью пришла в себя. Тогда все прошли в столовую. Прежде чем двинуться туда, Пакита на миг задержала Титу и спросила ее:

— Ты хорошо себя чувствуешь? Мне кажется, что ты еще не пришла в себя, а уж взгляд у тебя!.. Если бы я не знала, что ты девушка порядочная, я бы поклялась, что ты беременна.

Рассмеявшись, чтобы скрыть замешательство, Тита ответила:

— Беременна? Только Вам такое примнится! И какое отношение к этому имеет взгляд?

— Я по глазам сразу определяю, когда женщина беременна.

Тита была благодарна Пульке за то, что он снова вызволил ее из затруднительного положения, потому что тарарам, который он учинил на дворе, позволил ей уклониться от разговора с Пакитой. Сквозь лай Пульке можно было различить топот лошадей. Все приглашенные прибыли. Кто еще мог пожаловать в такое время? Тита быстро направилась к дверям, открыла их и увидела, что Пульке радостно вьется у ног лошади с человеком, возглавляющим отряд революционеров. И, когда человек этот приблизился, она глазам своим не поверила, увидев, что впереди отряда скачет... ее родная сестра Гертрудис! Рядом с нею гарцевал на коне ставший ныне генералом Хуан Алехандрес, тот самый, что похитил ее. Гертрудис спрыгнула с лошади и, словно бы и не пролетело время, непринужденно сказала, что так как нынче день преломления кренделя, то она приехала на чашку свежевзбитого шоколада. Тита, с волнением обняв сестру, тут же повела ее к столу.

В доме неукоснительно следовали традиции, от выпечки кренделя до приготовления шоколада, который являлся наиважнейшей частью этого домашнего ритуала. Неумение его взбивать может привести к тому, что шоколад высшего качества превратится в отвратительную жижицу, то же происходит, когда его упускают при варке, когда он чересчур густ или подгорел.

Избежать всего вышесказанного просто. Воду с плиткой шоколада ставят на огонь. Количество воды должно несколько превышать то количество, которым в дальнейшем наполнят кастрюльку, где шоколад будут кипятить. При первом закипании посуду снимают с огня. В горячей воде плитка легко растворяется, и смесь пропускают через мельничку, чтобы шоколад хорошо перемешался с водой. Снова ставят смесь на огонь. Когда она закипает и начинает убегать, посуду снимают с огня. Тут же снова ставят, и так — до трех вскипаний. После этого шоколад взбивают. Половина подается, а вторая половина снова взбивается. Тогда подается остаток, причем поверхность шоколада должна быть покрыта пенкой. Вместо воды может быть использовано молоко, но в этом случае допускается лишь одно вскипание. При втором кипячении смесь надо как следует перемешивать, чтобы она не загустела. Лучше усваивается шоколад, приготовленный на воде, нежели на молоке.

Гертрудис закрывала глаза каждый раз, когда делала глоток из стоявшей перед ней чашки. Жизнь была бы намного краше, если бы каждый мог взять с собой туда, где ему приходится бывать, запахи материнского дома. Конечно, этот дом уже не был домом ее матери. Она ведь только сейчас узнала, что Матушки Елены нет в живых. И сильно огорчилась, когда Тита сообщила ей об этом.

Гертрудис хотела похвастаться перед матерью своими успехами. Не она ли стала генералкой революционной армии? Этого назначения она добилась своими собственными усилиями, геройски сражаясь на поле битвы. Умение командовать было у нее в крови, так что, едва вступив в армию, Гертрудис стала быстро расти в чинах, достигнув наивысшего положения. Приехала она также и за тем, чтобы удивить мать своим счастливым замужеством. С Хуаном они вновь повстречались после

171

того, как не виделись целый год, и та же самая страсть, что и в день, когда они впервые познали друг друга, с новой силой вспыхнула в их сердцах. О чем еще можно было мечтать! Ей так хотелось увидеть мать и чтобы та увидела ее — для того хотя бы, чтобы Матушка Елена строгим взглядом указала ей на необходимость вытереть с губ остатки шоколада.

А шоколад был приготовлен как в старые добрые времена.

Гертрудис, прижмурив глаза, молча послала Тите пожелание долгих лет жизни для сохранения кулинарных секретов их семейства. Ни она, ни Росаура не владели ими, и поэтому со смертью Титы, видимо, умрет и все прошлое их рода. Закончив трапезу, гости перешли в гостиную, где начинались танцы. Комната была хорошо освещена невиданно большим количеством свечей. Хуан восхитил присутствующих великолепной игрой на гитаре, губной гармонике и аккордеоне. А Гертрудис каблучком отбивала ритм исполняемых Хуаном вещей.

Из своего угла Тита с гордостью наблюдала за сестрой, которую восхищенные поклонники осаждали вопросами о ее участии в революции. Со всей непринужденностью Гертрудис, дымя сигаретой, рассказывала фантастические истории о сражениях, в которых ей довелось побывать. Разинув рты, все внимали тому, как она командовала первым в ее жизни расстрелом, однако, заслышав польку «Иезуит в Чиуауа», замечательно исполняемую Хуаном на американском аккордеоне, она, не в силах удержаться, пустилась в пляс. С большой простотой, легко и весело отплясывала она этот танец, задирая юбку чуть ли не до колен.

Это ее поведение вызвало скандальные комментарии присутствующих дам.

Росаура шепнула Тите:

— Не знаю, откуда у Гертрудис такая прыть? Маме не нравилось танцевать, да и папа, как рассказывают, делал это плохо.

В ответ Тита лишь пожала плечами: она-то прекрасно знала, от кого Гертрудис унаследовала чувство ритма и кое-что еще. Тита хотела унести Матушкин секрет в могилу, но сделать это не сумела. Через год Гертрудис родила мулатика. Хуан был взбешен и пригрозил бросить ее. Он не мог простить Гертрудис, что она, как он вбил себе в голову, принялась за старое. И тогда Тита, чтобы сохранить их семью, рассказала им все как есть. К счастью, она не решилась сжечь письма с безусловно черным прошлым матери, и они сослужили добрую службу, подтвердив невиновность сестры.

Как бы там ни было, для Хуана это был сильный удар, но, по крайней мере, они не разошлись и навсегда остались вместе, проведя больше времени в радости, нежели в распрях.

Все-то она знала: и почему Гертрудис так ритмична, и отчего разваливается семья Росауры, и от кого она беременна.

Сейчас Тите хотелось бы знать, как лучше всего выйти из столь затруднительного положения. Это было самым важным. А самое утешительное — что теперь есть кому поведать свои печали. Она надеялась, что Гертрудис пробудет на ранчо достаточное время, чтобы выслушать ее и присоветовать, что делать. Обратного желала Ченча. Ей ли было не злиться на Гертрудис, — ну не на саму Гертрудис, а на ее прожорливое войско, которое доставило ей столько лишних хлопот! Вместо того чтобы насладиться семейным торжеством, в это позднее время она должна была накрыть большой стол на дворе и готовить шоколад на пятьдесят воинских ртов отряда Гертрудис.

Продолжение следует...

Очередное блюдо:
Гренки на сливках.

Глава X
октябрь

гренки на сливках

ПРОДУКТЫ:

1 чашка сливок,
6 яиц,
корица,
фрукты в сиропе

Capolia 90

Способ приготовления:

Разбив яйца, отделить белок. Шесть желтков взбить в чашке сливок до получения ровной смеси. Все это вылить в смазанную жиром кастрюльку. Уровень смеси не должен превышать толщины пальца. На медленном огне довести ее до загустения.

Тита готовила гренки по просьбе Гертрудис — это был ее любимый десерт. Она давно не лакомилась им и хотела отведать его хотя бы разок, прежде чем покинет ранчо, а отбыть она намеревалась завтра. Дома она провела неделю, гораздо дольше, нежели предполагала. Пока Гертрудис смазывала жиром кастрюльку, куда Тита должна была вылить взбитую смесь, она без устали тараторила. Ей столько надо было рассказать сестре, что она не управилась бы и за месяц, говори она хоть днем и ночью. Тита слушала ее с большим интересом и с опаской ждала момента, когда та выговорится, — ведь тогда настанет ее черед. Она понимала: чтобы поведать Гертрудис о своих заботах, ей остается лишь сегодняшний день, и, хотя ей не терпелось открыть душу сестре, она не могла угадать, как та посмотрит на ее признание.

Пребывание на ранчо Гертрудис и ее отряда не только не утомило Титу, но дало ей нежданную передышку.

Присутствие такого количества людей в доме и повсюду на дворе давало ей возможность избегать домогательств Педро. Толчея на ранчо Титу устраивала, поскольку к окончательному разговору с Педро она не была готова. Прежде чем сделать это, она хотела хорошенько обдумать возможные выходы из создавшегося положения, связанного с ее беременностью, чтобы выбрать наиболее приемлемый. С одной стороны — ее взаимоотношения с Педро, с другой — ущерб, наносимый родной сестре. Росаура была бесхарактерной, для нее важнее всего было мнение общества, она оставалась все такой же толстухой, источала неприятный запах — средства Титы нисколько не помогли ей в ее ужаснейшем положении. И если Педро бросит жену ради нее!.. Как это скажется на Росауре? Что будет с маленькой Эсперансой?

— Верно, тебе наскучила моя болтовня?

— Что ты, Гертрудис, совсем нет!

— Я это к тому, что ты вот уж несколько минут как смотришь в сторону. Скажи, что с тобой? Все дело в Педро, я угадала?

— Да...

— Если ты все еще его любишь, так почему же выходишь за Джона?

— Я не выйду за него замуж, не могу этого сделать...

Тита обняла Гертрудис и тихо разрыдалась у нее на плече. Гертрудис нежно гладила ее по голове, не сводя при этом глаз со стоящих на плите гренок. Было бы жаль не полакомиться ими. Они едва не начали подгорать, и, отстранив Титу, Гертрудис мягко сказала ей:

— Я только сниму гренки с огня, и можешь плакать дальше, хорошо?

Тита улыбнулась: в такой момент Гертрудис больше озабочена судьбой гренок, нежели судьбой родной сестры. Конечно, поведение Гертрудис можно было оправдать: с одной стороны, она не знала всей сложности сестриных обстоятельств, а с другой — ей до ужаса хотелось гренок.

Вытерев слезы, Тита сама сняла гренки с огня, так как Гертрудис, пытаясь сделать это, обожгла руку.

Когда гренки остывают, их нарезают на маленькие кусочки, но так, чтобы они не крошились. Взбив белки, макают в них эти кусочки и затем поджаривают их на растительном масле. После чего поливают сиропом из фруктов и присыпают молотой корицей.

Пока гренки остывали, Тита поведала Гертрудис все свои печали. Сперва она показала, как у нее вздулся живот — платья и юбки на нем с трудом застегиваются. Потом рассказала, что поутру, когда встает, она испытывает головокружение и тошноту. Груди так болят, что она кричать готова, когда кто-нибудь их случайно заденет. И наконец, как бы это сказать, она и говорить-то не хочет, но вроде бы, кто знает, скорее всего, что всего вероятнее, оттого все это, что она немножечко как бы... забеременела. Гертрудис выслушала ее бормотание совершенно спокойно, ни чуточки не удивившись пиковому положению, в котором оказалась сестра. В революции она навидалась и наслышалась вещей пострашнее.

— А скажи, Росаура об этом знает?

— Нет! Не знаю... Что бы она сотворила, если бы узнала правду!..

— Правду! Правду! А ведь правда, Тита, только в том, что ее, правды-то этой, и нет вовсе, и зависит она от того, как кто на нее смотрит. В твоем случае, к примеру, правда в том, что Росаура вышла за Педро не по-доброму, ей плевать было, что вы по-настоящему любите друг друга, вот тебе и вся правда! Или не так?

— Конечно, но ведь сейчас-то его жена не я, а она?

— Ну и что! Разве их свадьба изменила ваши нежные чувства?

— Нет.

— Правда ведь? Ну вот! Поэтому любовь ваша взаправду, самая что ни на есть правдашняя из всех, которые я встречала. И вы с Педро совершили ошибку, скрыв всю правду, но еще не поздно. Подумай сама, мама умерла, она и впрямь не понимала что к чему. Другое дело Росаура, знает кошка, чье мясо съела, и она эту правду должна понять. Скажу больше, я думаю, в глубине души она ее всегда понимала. Так что вам ничего больше и не остается, как держаться своей правды, и дело с концом.

— Значит, ты советуешь поговорить с ней?

— Видишь ли, я считаю, что на твоем месте... ты приготовила бы пока фрукты в сиропе для моих гренок... а то мы не управимся, потому что, сказать по правде, уже поздно...

Тита, тут же откликнувшись на предложение сестры, начала готовить фрукты в сиропе, стараясь не упустить ни единого слова из ее рассуждений. Гертрудис сидела лицом к кухонной двери, выходящей на задний двор, а Тита — по другую сторону стола, спиной к двери, так что не могла видеть, как Педро приближается к кухне, неся на плече мешок с фасолью для солдатского пропитания. Гертрудис, определив наметанным глазом нюхавшего порох бойца время, за которое Педро достигнет кухни, в момент его появления на пороге выпалила:

— И я думаю, хорошо бы Педро знать, что ты ждешь от него ребенка.

Снаряд попал точно в цель! Педро, как если бы в него угодила молния, пошатнулся и уронил мешок на пол. Любовь к Тите переполнила его сердце. А она, испуганно обернувшись, увидала Педро, глаза которого увлажнились.

— Педро, как раз и Вы тут! Сестре надо Вам кое-что сказать. Почему бы Вам не пойти поговорить в сад, а я пока займусь фруктами в сиропе.

Тита не знала, упрекать или благодарить сестру за ее помощь. Она потом поговорит с ней, а сейчас не оставалось ничего другого, как объясниться с Педро. Молча она передала Гертрудис кастрюльку, в которой начала готовить сироп, достала из ящика стола мятую бумажку с записанным на ней рецептом и передала ее Гертрудис на случай, если она запамятовала способ приготовления фруктов в сиропе. И в сопровождении Педро покинула кухню.

Конечно, Гертрудис нуждалась в рецепте, без него у нее ничего бы не получилось. Не торопясь она начала его штудировать, чтобы в точности следовать всем предписаниям.

Один белок взбивают в половине куартильо[1] воды на каждые два фунта сахара; соответственно два белка — в двух стаканах воды на пять фунтов сахара; и так далее в зависимости от количества. Сироп кипятят до трех раз, кипение приостанавливают несколькими каплями холодной воды всякий раз, когда сироп начинает убегать. После трех

---

[1] Мера жидкости емкостью в четверть литра.

кипяченый сироп остужают и снимают пенку. Добавляют еще немного воды, а также апельсинные
корки, анис и гвоздику по вкусу, после чего кипятят еще раз и снова снимают пенку. Когда сироп
достигает густоты шарика, его процеживают через
сито или растянутую в пяльцах тряпицу.

Гертрудис читала рецепт как китайскую грамоту.
Она понятия не имела, что значит пять фунтов или
один куартильо воды, а тем более густота шарика.
Уж у нее-то точно от этого рецепта шарики зашли за
ролики! И она вышла во двор, чтобы справиться обо
всем у Ченчи.

Та заканчивала накладывать фасоль пятой группе солдат. Это была последняя группа, которую
Ченча должна была обслужить, но вслед за тем она
тут же должна готовить новую еду, чтобы первая
группа революционеров, принявшая ниспослан-
ный свыше завтрак, могла приступить к обеду, и
так без остановки до десяти часов вечера, когда
вахта Ченчи заканчивалась. Можно было хорошо
понять ее раздражение, если не ярость, по отношению к каждому, кто приблизился бы к ней с просьбой о сверхурочной работе. Не стала исключением
и Гертрудис, какой генералкой она ни была. Ченча
наотрез отказалась помочь ей. Она не была припи-
сана к ее отряду, вот и не должна сломя голову ис-
полнять приказания на манер находящихся под ее
началом мужчин!

Гертрудис очень хотелось прибегнуть к помощи
Титы, но здравый разум не позволил ей сделать это.
Могла ли она прервать беседу Титы и Педро в такую
минуту! Может быть, самую решающую в их жизни.

Тита медленно брела между фруктовыми деревь-
ями сада, запах апельсинового цвета смешивался

с ароматом жасмина, источаемым ее телом. Педро с бесконечной нежностью вел ее под руку.

— Почему Вы не сказали мне об этом?

— Потому что сначала хотела принять решение сама.

— И Вы его приняли?

— Нет.

— Я полагаю, что прежде Вы должны знать и мое мнение. Иметь с Вами ребенка — наивысшее для меня счастье, и, чтобы со всей полнотой насладиться им, я бы хотел находиться с Вами вместе как можно дальше отсюда.

— Мы не можем думать только о себе. А Росаура и Эсперанса? Что будет с ними?

Педро ничего не мог ей ответить. До этого момента он не думал о них. Говоря по правде, ему вовсе не хотелось причинять им вред. Тем более расставаться с маленькой дочкой. Надо было найти решение, которое устроило бы всех. И найти его должен был он. В одном он был теперь твердо уверен: Тита никогда не покинет ранчо с Джоном Брауном.

Их встревожил шум за спиной. Кто-то шел по их стопам. Педро мгновенно выпустил руку Титы и словно невзначай оглянулся, чтобы увидеть соглядатая. Это был пес Пульке, который, наслушавшись на кухне крикливых причитаний Гертрудис, искал тихое местечко, где бы мог вздремнуть. Хотя их и не застали на месте преступления, они решили продолжить разговор позже. В доме было много народу, и было опасно в такой обстановке обсуждать столь деликатные дела.

На кухне Гертрудис безуспешно пыталась заставить сержанта Тревиньо довести сироп с фруктами до нужной кондиции — никакие ее приказы этому не помогли. Она раскаивалась, что избрала для столь важного дела именно Тревиньо. А все дело в том, что, когда Гертрудис спросила на дворе у группы солдат, кто знает, что такое фунт, именно он первый сказал, что фунт соответствует четыремстам восьмидесяти граммам, а куартильо — четверти литра, вот она и сочла, что он все знает, да просчиталась.

Надо сказать, что Тревиньо впервые не исполнил ее поручение. Она вспомнила случай, когда должна была обнаружить шпиона, который завелся у них в отряде.

Одна приставшая к отряду девка, бывшая его любовницей, прознала о его деятельности, и предатель, страшась, что она на него донесет, безжалостно разрядил в нее целую обойму. Гертрудис возвращалась после купания с реки и застала ее при смерти. Та успела сообщить одну его примету: на внутренней стороне правой ляжки у негодяя было красное родимое пятно в форме паука.

Гертрудис не могла осмотреть всех мужчин отряда: не говоря о том, что это было бы неверно понято, шпион, раньше времени догадавшись, убежал бы прежде, чем его нашли. Она поручила эту миссию Тревиньо. Для него это тоже было нелегким делом. Начни он заглядывать в промежности мужчинам своего отряда, о нем могли бы подумать еще хуже, чем о Гертрудис. Набравшись терпения, Тревиньо дождался прибытия отряда в Сальтильо.

Тут же после вступления в город он приступил к обходу всех действующих борделей, завоевывая сердца местных шлюх одному ему известными доблестями, главной из которых было то, что он относился к ним, как к дамам высшего света, так что они возомнили себя чуть ли не королевами. Вел он себя крайне воспитанно и галантно. Предаваясь любви, он читал им наизусть стихи и целые поэмы. Не было ни одной, которая не попалась бы в его сети и не была бы готова ради него служить революционной цели.

Благодаря этой уловке не прошло и трех дней, как изменник стал известен: с помощью своих высокочтимых шлюх Тревиньо устроил ему засаду. Предатель пришел в комнатенку публичного дома к одной крашенной перекисью водорода блондинке по прозвищу Хрипатая, а за дверью притаился Тревиньо.

Он захлопнул дверь и позволил себе с неслыханной жестокостью умертвить предателя, собственноручно забив его до смерти. После чего отрезал ему мошонку.

Когда Гертрудис спросила, зачем он убил его так зверски, если можно было сделать это одним выстрелом, Тревиньо ответил, что это был акт его личной мести. Незадолго до этого человек, у которого на внутренней стороне ляжки было красное пятно в форме паука, изнасиловал его мать и его сестру, которая перед смертью, так же как недавняя жертва, рассказала об этой примете. Вот он и смыл позор со своего семейства, и это была единственная в его жизни жестокость. В дальнейшем он выказывал во всем одну только тонкость и изысканность, не исключая случаев, когда ему приходилось убивать. Делал он это с крайней щепетильностью. Со времени захвата предателя за Тревиньо укрепилась слава закоренелого бабника, что было недалеко от истины, хотя любовью всей его жизни стала Гертрудис. Долгие годы он понапрасну стремился завоевать ее расположение, никогда не теряя надежды на успех, пока Гертрудис снова не встретила Хуана. Тогда-то он и понял, что потерял ее навсегда. Сейчас он попросту служил ей как верный сторожевой пес, защищая ее от любых напастей, не покидая ее.

Он был одним из лучших ее солдат на поле боя, но на кухне показал полную свою никчемность. Гертрудис, однако, было жаль его прогонять: Тревиньо был очень чувствителен и, когда она, случалось, давала ему нагоняй, неизменно напивался. Вот и не оставалось ей ничего иного, как скрепя сердце смириться с тем, что выбрала его, и попытаться вместе с ним сделать все наилучшим образом. Вдвоем они внимательно и не торопясь изучили упомянутый рецепт, пытаясь его понять.

Для изготовления особо чистого сиропа, необходимого, например, для подслащивания ликеров, нужно после всего вышесказанного наклонить кастрюльку или горшок, в котором он находится, чтобы отстоялся осадок, который потом отделяется от сиропа. Осадок, впрочем, может быть аккуратно удален и без изменения положения сосуда, в котором он готовился.

В рецепте не говорилось, что такое густота шарика, и Гертрудис приказала сержанту поискать разъяснение в большой поваренной книге, находившейся в чулане.

Тревиньо старался обнаружить необходимую информацию, но так как он едва знал грамоту, то читал, медленно водя пальцем по строкам, чем окончательно переполнил чашу терпения Гертрудис.

Различают несколько степеней готовности сиропа: сироп ровной густоты, сироп большой ровной густоты, сироп жемчужной густоты, сироп большой жемчужной густоты, сироп густоты обдувания, сироп густоты пера, просто густой сироп, сироп леденцовой густоты, сироп густоты шарика...

— Наконец-то! Вот она, густота шарика, моя генералка!

— А ну-ка, дай сюда! Я уж и надеяться зареклась.

Громким голосом и с завидной беглостью Гертрудис прочитала сержанту окончание инструкции.

Чтобы определить данную степень густоты, необходимо намочить пальцы в чашке с холодной водой, обмакнуть их в сироп и снова быстро опустить в чашку с водой. Если остывший сироп похож формой на шарик, а вязкостью — на пасту, то это свидетельствует о том, что он достиг густоты шарика...

— Понял?

— Да вроде бы, моя генералка!

— Смотри у меня, вот прикажу тебя расстрелять, попляшешь!

В конце концов Гертрудис собрала все искомые сведения, и теперь оставалось только, чтобы сержант приготовил сироп, что и даст ей вожделенную возможность полакомиться гренками.

Тревиньо, над головой которого нависла суровая угроза наказания в случае, если он как надобно не состряпает веленное начальством блюдо, несмотря на полное отсутствие опыта, изловчился выполнить приказ.

Его подвиг был принят на ура. Тревиньо был на верху блаженства. По поручению Гертрудис он собственноручно отнес несколько гренок Тите, чтобы та оценила содеянное. Тита не спустилась к столу и провела вечер в постели. Тревиньо вошел в спальню и поставил гренки на столик, который Тита использовала в случаях, подобных этому, когда не хотела спускаться к ужину. Она поблагодарила сержанта, поздравив его с удачным блюдом: гренки и вправду получились вкусные. Тревиньо опечалился, что Тита плохо себя чувствует, потому что уж так был бы рад, если бы она соизволила разок сплясать с ним во время танцев, которые устраиваются во дворе по случаю отъезда ихней генералки Гертрудис. Тита пообещала, что со всей охотой станцует с ним, если наберется сил спуститься вниз. Тревиньо тут же ретировался и с гордостью оповестил все воинство о Титином обещании.

Как только сержант ушел, Тита снова прилегла, у нее не было никакого желания покидать спальню, боли в животе не позволяли ей сидеть подолгу.

Тита вспоминала, сколько раз ей приходилось проращивать пшеницу, фасоль, люцерну, другие семена и зерна, не задумываясь, что́ все они испытывают, когда растут и столь невиданно преображаются. Сейчас она изумлялась их готовности лопаться, позволять воде проникать в свое нутро, чуть ли не взрываться — только бы открыть дорогу новой жизни. С какой гордостью выпускали они первый росток будущего корешка, с какой скромностью теряли присущую им форму, с каким изяществом показывали миру свои листочки! Вот бы, думала она, стать простым семечком, чтобы не надо было никому рассказывать, что творится у тебя во чреве, а просто носить у всех на виду созревший живот, ничуть не страшась быть отвергнутой обществом. У семян нет подобных забот и, главное, нет матери, которой бы они боялись, страха, что их осудят. Конечно, физически у Титы теперь тоже не было матери, и все же она до сих пор никак не могла избавиться от ощущения, что в любой момент на нее обрушится неописуемо жестокое наказание, и не откуда-нибудь, а свыше и по наущению Матушки Елены! Это ощущение было ей знакомо с детства: оно связывалось с ужасом, который она испытывала, когда не следовала неукоснительно предписаниям рецептов. Всегда она стряпала, уверенная в том, что Матушка Елена обязательно углядит какое-либо отступление от правил и, вместо того чтобы похвалить, обрушит на ее голову громы и молнии за то, что Тита осквернила священные предписания. Но разве могла она воспротивиться соблазну преступить столь жестоко навязанные матерью законы кухни и… жизни?

Какое-то время она набиралась сил, полулежа в постели, и тут услышала, как Педро запел под окном песню о любви. Одним прыжком она приблизилась к окну и распахнула его. Возможно ли, чтобы Педро осмелился на такое! Увидев его, она все поняла. За версту было видно, что он чертовски пьян. Стоявший рядом Хуан подыгрывал ему на гитаре.

Тита насмерть перепугалась. Только бы Росаура не проснулась: проснется — тут уж держись!

И конечно, разъяренная Матушка Елена не преминула тут же ворваться в спальню с криком:

— Видишь, как далеко все это зашло! Какие же вы с Педро бесстыдники! Если не хочешь, чтобы в доме произошло кровопролитие, убирайся туда, где ты никому не сможешь причинить вреда!

— Кому и надо убраться отсюда, так это Вам. Устала я от Ваших мучительств. Раз и навсегда оставьте меня в покое!

— И не подумаю, пока ты не станешь себя вести, как хорошая женщина, то есть порядочно!

— Что значит — вести себя порядочно? Как Вы, что ли?

— Именно!

— Почему же непорядочная именно я? Разве не Вы прижили дочь на стороне?

— Ты поплатишься за то, что осмелилась так со мной разговаривать!

— А Вы как со мной разговариваете?

— Заткнись! Ты кто такая?!

— Ваша дочь Тита! Существо, имеющее полное право жить так, как ему заблагорассудится. Оставьте меня раз и навсегда, глаза бы мои на Вас не глядели! Скажу больше, ненавижу Вас и всегда ненавидела!

Эти магические слова позволили Тите спровадить Матушку Елену туда, откуда она впоследствии больше не возвращалась. Впечатляющий образ матери стал таять, пока не превратился в слабое подобие тени. По мере того как наваждение исчезало, облегчение растекалось по всему телу Титы. Перестало печь в животе и колоть в грудях. Мускулы в глубине ее чрева расслабились, открыв путь бурной менструации.

Это на долгие дни задержавшееся излияние немного развеяло ее печаль, позволив ей глубоко и успокоенно вздохнуть: она не была беременна.

Но этим ее беды не ограничились. Неожиданно робкая тень материнского образа начала быстро кружиться.

Она пронзила оконное стекло и вылетела во двор, с шипением крутясь, как сумасшедшая пороховая шутиха. Педро в подпитии не заметил грозящей ему опасности. В окружении охмелевших, подобно ему, революционеров он с упоением горланил под окном Титы романс Мануэля М. Понсе «Звездочка». Гертрудис и Хуан тоже не почувствовали запаха жареного. Как юные влюбленные, при свете нескольких керосиновых ламп, расставленных по всему двору для освещения празднества, они как ни в чем не бывало танцевали.

Внезапно бешено крутящаяся шутиха подобралась к Педро и яростно зашипела, в результате чего ближайшая к нему керосиновая лампа, взорвавшись, разлетелась на тысячи мелких кусочков. Пылающий керосин метнулся на лицо и тело Педро!

Тита, закончив все, что долженствует сделать при начале месячных, услышала шум, вызванный неожиданным происшествием. Она метнулась к окну, снова распахнула его и ужаснулась, увидев, как Педро мечется по двору, превратившись в живой факел.

К нему бросилась Гертрудис. Одним рывком оторвав подол юбки, она набросила его на Педро, одновременно повалив его наземь.

Тита не помнила, как скатилась с лестницы, — подле Педро она оказалась буквально через несколько секунд, как раз в тот момент, когда Гертрудис срывала с него тлеющую одежду. Педро выл от боли. Ожоги были у него по всему телу. Несколько солдат бережно отнесли пострадавшего в его комнату. Тита взяла его за левую — необожженную — руку и не выпускала ее. Когда они поднимались по лестнице, на пороге своей комнаты показалась Росаура.

Вышла она потому, что учуяла вблизи сильный запах паленого. Она подошла к лестнице, намереваясь спуститься, чтобы посмотреть, не случилось ли чего, и тут столкнулась с людьми, которые несли дымящегося Педро. Рядом шла безутешно рыдавшая

Тита. Первым побуждением Росауры было броситься на помощь мужу. Тита решилась выпустить руку Педро, чтобы Росаура могла приблизиться к нему, но Педро, испуская стоны, воскликнул, впервые обратившись к ней на ты:

— Не уходи, Тита! Не оставляй меня...

— Успокойся, Педро, я не сделаю этого.

Она снова взяла Педро за руку. Росаура и Тита на миг смерили друг дружку взглядами соперниц. И тогда Росаура поняла, что ей здесь нечего больше делать, и, убежав в свою комнату, заперлась на ключ. Не показывалась она целую неделю.

Так как Тита не могла, да и не хотела отлучаться от Педро, она приказала Ченче принести взбитые на растительном масле яичные белки и как можно больше сырого, хорошо размятого картофеля. Это были лучшие из известных ей средств от ожогов.

Белок наносится на обожженную поверхность кожи тонким перышком, с повторными нанесениями этого мягчительного средства тут же после его высыхания. Затем надо наложить пластырь из сырого размятого картофеля, чем смягчается само воспаление и отчасти снимается боль. Тита провела всю ночь, пользуя страдальца этими домашними средствами.

Накладывая картофельный пластырь, она, не отрываясь, вглядывалась в любимые черты. От его густых бровей и больших ресниц не осталось и следа. Квадратный подбородок, вздувшись от ожога, стал овальным. Тите было безразлично, что останется от той или иной подробности его облика, но Педро это было небезразлично. Что сделать, чтобы избежать рубцов? Нача тут же пришла на помощь с советом, который в свое время дала Тите и Свет-рассвета: всего лучше в таких случаях приложить к коже кору дерева тепескоуйте[1]. Тита тут же, несмотря на то что была глубокая ночь, разбудив Николаса, послала его раздобыть с лучшим в округе знахарем упомянутую кору. Только к утру ей удалось немного унять боль, которую испытывал Педро, и он на короткое время забылся сном. Она воспользовалась передышкой, чтобы проститься с Гертрудис, так как незадолго до этого услышала беготню и голоса солдат, которые седлали лошадей, готовясь к отбытию.

Гертрудис долго не отпускала Титу, она сожалела, что не могла остаться, помочь ей в этом несчастье, но пришел приказ штурмовать Сакатекас. Гертрудис поблагодарила сестру за то, что смогла провести вместе с ней несколько счастливых дней. Она посоветовала Тите не отступаться от Педро и, прежде чем тронуться в путь, рассказала, каким способом солдатки избегают беременности: после каждой интимной встречи они подмываются кипяченой водой с несколькими каплями уксуса. Подошедший Хуан, прервав их беседу, напомнил Гертрудис, что пора уезжать.

Хуан крепко обнял Титу и передал Педро пожелание скорейшего выздоровления. Тита и Гертрудис с волнением обнялись. Гертрудис вскочила на лошадь и ускакала. Но не одна: рядом с ее ногой в переметной суме позвякивала банка с детством — гренки на сливках в сиропе с фруктами.

Тита проводила их со слезами на глазах. То же и Ченча, с той разницей, что, в отличие от Титы,

---

[1] Растущее в Мексике дерево, кора которого используется при ожогах и различных инфекционных заболеваниях кожи, экземах, аллергиях, послеродовых осложнениях и т. п.

слезы ее были слезами радости. Вот уж она отоспится!

Когда Тита входила в дом, она услышала испуганный крик Ченчи:

— Быть не может! Возвертаются!

И действительно, похоже было, что кто-то из отряда скачет к ранчо, только вот из-за пыли, поднятой при отъезде конскими копытами, женщины никак не могли разглядеть, кто это.

Приглядевшись, они разглядели повозку Джона. Он возвращался. Увидев его, Тита, однако, почувствовала замешательство. Она не знала, что должна сделать или сказать. С одной стороны, она была несказанно рада его возвращению, с другой — чувствовала крайнее неудобство оттого, что должна нарушить брачное обязательство. Джон подбежал к ней с огромным букетом цветов. Он крепко обнял Титу и, поцеловав, сердцем почувствовал в ней неуловимую перемену.

Продолжение следует...

Очередное блюдо:
Крупная фасоль
с перцами-чиле по-тескокски.

ноябрь

крупная фасоль с перцами-чиле по-тескокски

ПРОДУКТЫ:

крупная фасоль,
свинина,
шкварки,
широкие перцы-чиле,
лук,
тертый сыр,
салат-латук,
авокадо,
редис,
перец-торначиле,
оливки

Способ приготовления:

Сначала необходимо выварить фасоль в растворе текеските[1], после чего, промыв, снова варить вместе с кусочками свинины и шкварками.

Встав в пять часов утра, Тита первым делом поставила варить фасоль.

На сегодняшний обед были приглашены Джон и его тетушка Мэри, приехавшая с ним из Пенсильвании исключительно ради того, чтобы присутствовать на свадьбе Титы и Джона. Тетушка Мэри изнывала от желания как можно скорее познакомиться с избранницей своего любимого племянника, но не могла сделать это, учитывая всю неуместность подобного посещения в связи с неважным состоянием здоровья Педро. Они выждали неделю, пока он поправится, и теперь намеревались нанести торжественный визит. Тита была опечалена невозможностью отменить это знакомство. Шутка ли, тетушке Джона было за восемьдесят, а проделала она столь долгий путь исключительно для того, чтобы осуществить заветную мечту — познакомиться с ней. Приготовить хороший обед было не самое лучшее из того, что Тита хотела бы сделать для милой старушки

[1] Минеральное вещество, широко используемое мексиканцами из-за его щелочных свойств.

и Джона, но чем еще могла она уважить их, разве что сообщением, что не может выйти за Джона?.. Она чувствовала себя совершенно опустошенной, подобно блюду, на котором остались лишь жалкие крохи от невиданно красивого торта. Она поискала продукты в чулане, но тех и след простыл — их словно ветром сдуло. Наезд Гертрудис на ранчо покончил со всеми припасами. Единственное, что оставалось в амбаре, так это маис, из которого можно было сделать вкусные лепешки, да еще рис и фасоль. При хорошем расположении духа и воображении из них тоже можно приготовить достойную еду. Совсем неплохим было бы меню из риса с бананами-ма́чо[1] и фасолью по-тескокски[2].

Так как фасоль была не столь свежей, как обычно, и поэтому на ее варку уйдет больше времени, Тита поставила ее вариться пораньше, а пока что занялась потрошением широких перцев-чиле.

Очистив перцы от прожилок, их вымачивают в горячей воде и перемалывают.

Положив перцы вымачиваться, Тита приготовила завтрак и отнесла его Педро.

Он успешно поправлялся. Тита то и дело меняла на обожженных местах пластыри из коры тепескоуите, что позволило избежать рубцов. Джон процедуры одобрил целиком и полностью. Любопытно, что он сам на протяжении некоторого времени занимался исследованиями коры этого дерева, которые начала еще его бабка Свет-рассвета.

Педро с нетерпением ожидал приходов Титы. Помимо неописуемо вкусных яств, которые она что

---

[1] Один из сортов банана, идущих в готовку: его жарят и тушат.
[2] Тескоко — штат в Мексике.

ни день ему приносила, на его чудесное выздоровление влияла и такая немаловажная вещь, как беседы, которые они вели каждый раз после того, как он поест. Однако этим утром Тита не могла уделить ему много времени — ей надо было как можно лучше подготовиться к приходу Джона. Педро, закипая от ревности, сказал ей:

— Вместо того чтобы приглашать его на обед, ты бы твердо сказала ему, что не выйдешь за него замуж по той простой причине, что ждешь от меня ребенка.

— Я не могу ему это сказать, Педро.

— Ага! Боишься расстроить докторишку?

— Не то что боюсь, но разве справедливо так обращаться с Джоном? Он заслужил все мое уважение, и я хотела бы выбрать более подходящий момент для серьезного разговора с ним.

— Не сделаешь этого ты, так сделаю я.

— Нет, ты ничего ему не скажешь. Во-первых, я не позволяю, а во-вторых, я вовсе не беременна.

— Не понимаю тебя!

— То, что я посчитала за беременность, оказалось простым расстройством. А сейчас все в порядке.

— Вот оно что! Теперь я хорошо понимаю, что с тобой происходит. Ты не хочешь говорить с Джоном потому, наверно, что выбираешь, остаться ли со мной или выйти за него, так ведь? Расхотелось быть рядом с жалким калекой!

Тита не могла взять в толк, почему Педро так себя ведет, — точь-в-точь маленький капризный ребенок. Он говорил так, будто собирался болеть до конца своих дней, а ведь это не так — неделя-другая, и он совсем поправится. Скорее всего, несчастный случай помутил его сознание. Может быть, голова его все еще забита дымом от его горевшего тела, и точно так же, как подгоревший хлеб заполняет гарью дом, так что дышать нечем, так и его закопченные мозги исторгают черные мысли, заменяя его всегда вежливые слова злыми оскорблениями? Как он может сомневаться в ней, как может утратить то, что было неизменной чертой его взаимоотношений со всеми, — достоинство?

Она выбежала, задетая поведением Педро, который перед тем, как она затворила дверь, крикнул ей вдогонку, что не желает больше получать еду из ее рук, — пусть присылает Ченчу, а сама спокойно обнимается со своим Джоном.

Вне себя от негодования, Тита влетела на кухню и села позавтракать. Она не успела сделать это раньше — сперва спешила ублажить Педро, потом пошли обычные дневные дела и всякое разное, да только к чему все это? Почему Педро, вместо того чтобы все это оценить, оскорбляет ее словами и помыслами? Да он со своим себялюбием и ревностью стал настоящим чудовищем!

Она приготовила несколько чилаки́лес и присела поесть за кухонный стол. Ей не нравилось кушать в одиночестве, но в последнее время ей не оставалось ничего другого, — Педро не покидал постель, Росаура ни под каким видом не желала выходить из своей комнаты, где сидела взаперти, не принимая пищу, а Ченча, родив первенца, взяла несколько дней отгула.

По этой причине чилакилес не порадовали ее, как всегда: им тоже не хватало компании. Неожиданно Тита услышала шаги. Дверь кухни распахнулась, и появилась Росаура.

Титу ее вид поразил. Она была худа, как до замужества. А всего-то не ела одну неделю! Казалось невероятным, что за какие-нибудь семь дней она потеряла тридцать килограммов веса, однако так оно и было. То же самое случилось с ней, когда они переехали жить в Сан-Антонио, — Росаура быстро похудела, но стоило ей вернуться на ранчо, как ее опять разнесло!

С надменным видом она уселась напротив Титы. Час схватки наступил, но не Тита же должна была начать баталию! Она отодвинула тарелку, пригубила кофе и начала медленно отщипывать маленькие кусочки от краев лепешки, которую использовала, когда готовила свои чилакилес.

Обычно они общипывали во время еды края всех лепешек, чтобы после кормить кур, как они делали это с краюшкой хлеба, неизменно находившейся в одном из карманов. Сестры пристально посмотрели друг другу в глаза и помолчали. Первой заговорила Росаура.

— Кажется, у нас есть о чем поговорить, не правда ли?

— Да, конечно. И думаю, мы должны были сделать это, еще когда ты вышла замуж за моего жениха.

— Хорошо, если хочешь, начнем оттуда. Ты заимела жениха неоправданно. Тебе не надлежало его иметь.

— По мнению кого? Мамы или, может быть, по твоему мнению?

— Согласно семейной традиции, которую ты нарушила.

— И которую я нарушу столько раз, сколько будет необходимо, доколе эта проклятая традиция не станет считаться со мной! Я имела такое же право на замужество, что и ты, а ты не имела никакого права становиться между двумя людьми, которые горячо любят друг друга!

— Не так уж и горячо. Сама видишь, как легко Педро сменял тебя на меня. И я вышла за него только потому, что он сам этого захотел. Было бы у тебя хоть немного гордости, ты бы забыла его навсегда.

— Да будет тебе известно, что женился он на тебе лишь для того, чтобы быть рядом со мной. Никогда он тебя не любил, и ты прекрасно это знаешь.

— Вот что, не будем говорить о прошлом, меня не интересуют причины, по которым Педро на мне женился. Женился — и вся недолга. Но я не позволю, чтобы вы оба смеялись надо мной, заруби это себе на носу! Этого я не потерплю.

— Никто не желает над тобой смеяться, Росаура, ничего-то ты не понимаешь.

— Это я-то? Не понимаю, в какое положение ты меня ставишь? Когда все на ранчо видят, как ты рыдаешь возле Педро и любовно тискаешь его руку? Это я-то не понимаю, зачем ты это делаешь? Да чтобы сделать из меня посмешище! Вот уж Бог тебя не простит! И вот что еще я тебе скажу: мне совершенно безразлично, что ты и Педро попадете к черту на рога за то, что чмокаетесь по темным углам. Более того, отныне и впредь встречайтесь сколько вашей душе угодно. Пока никто не видит, мне и дела нет, что у Педро нужда якшаться с кем попало. Что касается меня, то теперь я его на порог не пущу. У меня-то достоинство есть! Пусть для своего свинства ищет кого хочет, вроде тебя. Только женой в этом доме буду оставаться я. И в глазах посторонних людей тоже. Потому что в тот день, когда кто-нибудь застукает вас и вы снова выставите меня на посмешище, клянусь, вы об этом пожалеете!

Крики Росауры перемешались с неутешным плачем Эсперансы. Девочка начала плакать еще за несколько минут до этого, но повышала тон медленно, пока ее рыдания не достигли непереносимо высокого уровня. Определенно она проголодалась. Росаура медленно поднялась и сказала:

— Дочь покормлю я. С этого дня я не желаю, чтобы ты делала это. Еще заляпаешь ее своей грязью. Чего доброго, подашь ей какой-нибудь плохой пример и научишь дурному.

— Уж я-то открою ей глаза. И не позволю тебе отравлять жизнь дочери сумасбродством, которое втемяшилось в твою больную голову. Не позволю загубить ее жизнь нашей идиотской традицией!

— Ах, так! И как же ты этому помешаешь? Или ты возомнила, что я снова подпущу тебя к ней? Так знай, крошка, не бывать этому. Где это ты видела, чтобы уличных девок подпускали к девочкам из порядочных семейств?

— Ты что же, серьезно считаешь, что семейство наше порядочное?

— Моя маленькая семья, безусловно, порядочная. И чтобы она таковой оставалась, я запрещаю тебе приближаться к моей дочери, иначе я буду вынуждена выгнать тебя из этого дома, который мама оставила в наследство мне. Поняла?

Росаура вышла из кухни с кашей, которую Тита сварила для Эсперансы, и отправилась кормить дочь. Ничего худшего для Титы она не могла придумать — Росаура хорошо знала ее слабое место.

Эсперанса была для Титы самым дорогим существом в мире. До чего же больно ей стало! Отщипывая последние кусочки от лепешки, она ото всей своей души пожелала сестре провалиться в тартарары. Это было самое малое, чего та заслуживала.

За спором с Росаурой Тита не переставала щипать лепешку, накрошив целую горку. С яростью ссыпав крошки на тарелку, она выскочила во двор покормить кур, чтобы тут же вслед за этим заняться приготовлением фасоли. Все веревки на дворе были заняты белоснежными пеленками Эсперансы. Это были распрекрасные пеленки: домочадцы долгими вечерами с любовью расшивали их по краям. Ветер раздувал их, и от этого казалось, будто по двору перекатываются пенящиеся волны прибоя. Тита едва оторвала от них взгляд. Ей надо было отрешиться от мысли, что девочка впервые ест без нее, если она не хочет, чтобы приготовление обеда пошло прахом. Тита бросилась в кухню и снова принялась за фасоль.

Покрошенный лук жарят на жиру. Когда он подрумянится, добавляют перетертые широкие перцы-чиле и соль по вкусу.

Когда подливка готова, в нее добавляют фасоль вместе с мясом и шкварками.

Мысли о маленькой Эсперансе не выходили у Титы из головы. Когда она сыпала в кастрюлю фасоль, она вспомнила, как нравится девочке фасолевый отвар. Чтобы дать его племяннице, она усаживала малышку на колени, повязывала ей на грудь большую салфетку и кормила с серебряной ложки. Какую радость она испытала в тот день, когда услышала стук ложки о первый зубок Эсперан-сы! Сейчас у нее появились еще два зубика. Чтобы их не повредить, Тита кормила ее с превеликой осторожностью. Хорошо, если бы Росаура учитывала это. Да разве она способна! Разве хоть раз до этого она кормила ее? Приготовила хоть раз ванну с листьями салата-латука, чтобы маленькой спокойно спалось до утра? Разве умела одевать, целовать, обнимать, баюкать, как это делала Тита? Она подумала: может, и впрямь самое лучшее покинуть ранчо? Педро разочаровал ее. Росаура в отсутствие Титы сможет наладить свою жизнь, и девочка рано или поздно привыкнет ухаживать за родной матерью. Если Тита еще больше привяжется к ней, она будет страдать так же, как страдала по малышу Роберто. Тита не имела к ней отношения, это была не ее семья, в любой момент ее могли выкинуть из дома с той же легкостью, с какой выкидывают какой-нибудь камешек из фасоли, когда перебирают ее. В то же время Джон предлагает ей создать новую семью, которой никто не сможет ее лишить. Он человек замечательный и очень ее любит. Со временем ей нетрудно будет по-настоящему полюбить его.

Ее размышления прервало дикое кудахтанье кур. Казалось, что они спятили или поголовно превратились в боевых петухов. Они клевались, пытаясь завладеть последними кусочками лепешки, рассыпанными на земле. Они лягались и беспорядочно носились по двору, с яростью нападая одна на другую. Среди них выделялась одна, самая злая, пытавшаяся выклевать глаза подругам и забрызгавшая кровью наибелейшие пеленки Эсперансы. Перепуганная Тита попыталась остановить схватку, выплеснув на дерущихся ведро воды. Добилась она лишь того, что куры взбесились еще больше, драка превратилась в настоящее побоище. Куры образовали круг, внутри которого они стали с невероятной скоростью носиться одна за другой. Теперь их неудержимо несла сумасшедшая энергия собственного бега, ни одна из них не могла вырваться из вихря перьев, пыли и крови, который все с большим напором кружил и кружил, пока не превратился в могучий смерч, сметавший все, что попадалось на его пути. А в первую очередь это были пеленки Эсперансы, развешанные во всех уголках двора. Тита попыталась некоторые из них спасти, но едва потянулась к ним, как была захвачена мощным торнадо, который поднял ее на несколько метров, заставив сделать смертельные сальто под перекрестными клевками, и с силой перебросил ее на другой конец двора, где она шмякнулась оземь, будто какая-нибудь картофелина.

Ни жива ни мертва, Тита лежала, прижавшись грудью к земле. У нее не было желания подняться. Если смерч снова ее подхватит, куры наверняка оставят ее без глаза. А куриный вихрь, буравя двор, сотворил глубокий шурф, в котором на веки вечные и сгинуло большинство кур. Земля поглотила их. Страшную эту сечу пережили лишь три лысые, кривые на один глаз хохлатки. А из пеленок — ни одна.

Отряхиваясь от пыли, Тита оглядела двор: от кур не осталось и следа. Но больше всего ее озаботило исчезновение пеленок, которые она вышивала с такой нежностью. Надо было как можно быстрее заменить их новыми. В общем-то, если подумать, теперь это была не ее забота — Росаура ведь ясно сказала, что не желает ее видеть подле Эсперансы. Вот и пускай сама занимается своими делами, а у Титы и своих хлопот полон рот. Сейчас, к примеру, самое время закончить приготовление обеда для Джона и его тетушки Мэри.

Она поспешила на кухню поглядеть, не готова ли фасоль, и каково же было ее удивление, когда она обнаружила, что за все эти долгие часы фасоль на плите так и не разварилась.

Нечто из ряда вон выходящее творилось на ранчо. Тита припомнила, как Нача говорила, что, когда две или больше кумушек спорят, готовя тамали[1], они так и остаются сырыми. Их могли варить дни напролет, но они все такими же и оставались, а все потому, что кумушки злились. В этих случаях надобно было тамалям что-нибудь спеть, чтобы они развеселились, и тогда они быстренько доваривались. Тита подумала, что то же самое случилось и с ее фасолью, которая подслушала их спор с Росаурой. И ей не осталось ничего другого, как попытаться сменить печаль на радость и спеть фасоли что-нибудь ласковое: времени оставалось всего ничего, а обед для приглашенных готов не был.

Самое верное было вспомнить какую-нибудь превеликую радость и во время пения держать ее в уме. Тита закрыла глаза и запела вальс:

Я счастлива с той первой встречи,
тебе любовь я отдала
и душу чистую в тот вечер...

---

[1] Острое кушанье из маисовой муки с кусочками мяса, в обертке из бананового листа.

В ее сознании пронеслись картины первой встречи с Педро в темной комнате: нетерпеливая страсть, с которой Педро снимал с нее платье, отчего всю ее плоть пронизало жаром, едва он коснулся своими пылкими руками ее кожи. Кровь запылала в ее жилах, сердце исторгало всплески желания. Мало-помалу горячка пошла на убыль, уступив место бесконечной нежности, успокоившей их разгоряченные души.

Тита напевала, а фасоль порывисто булькала, пропитываясь собственным отваром, и стала разбухать, чуть ли не лопаясь от довольства. Открыв глаза, Тита подцепила вилкой одну из фасолин и попробовала ее — варево было в самый раз готово. У нее оставалось еще время, чтобы до прихода тетушки Мэри почистить перышки. Весьма довольная, она покинула кухню и направилась к себе, чтобы принарядиться. Сперва надо было почистить зубы. Кувыркание на земле, которое ей пришлось пережить во время куриного урагана, привело к тому, что на зубах у нее скрипел песок. Она набрала щеткой порошок и стала с ожесточением полировать зубы.

В школе ее научили делать такой порошок.

Для его приготовления берут пол-унции[1] винного камня, пол-унции сахара и пол-унции кости каракатицы, а также две драхмы[2] флорентийского ириса и драцены, все это измельчают в порошок и перемешивают.

Объяснила детям, как самим делать зубной порошок, учительница Ховита, маленькая хрупкая

---

[1] Мера веса чуть меньше 30 граммов.
[2] Мера веса, равная одной восьмой части унции, приблизительно 3,594 грамма.

женщина. Она была наставницей Титы в течение трех лет. Все ее долго вспоминали, не столько из-за тех знаний, которые от нее получили, сколько потому, что она была прелюбопытнейшим существом. Рассказывали, что в восемнадцать лет она осталась вдовой при сыне. Она так и не пожелала приискать ему отчима и по собственной воле прожила остаток дней в безбрачии. Одному Богу ведомо, в какой мере она от этого выиграла, в какой мере проиграла, но только с годами бедняжка тронулась рассудком. Чтобы отрешиться от дурных мыслей, она истязала себя работой. Ее излюбленное изречение было: «Лень — мать всех пороков». Сама Ховита без передышки трудилась с утра до ночи. С каждым днем она работала все больше, а спала все меньше. Со временем домашних хлопот ей стало мало, и для успокоения души она стала выходить из дому в пять часов утра подметать тротуары. Начинала со своего, а после мела и соседские. Постепенно круг ее деятельности расширился до четырех кварталов, и вот так мало-помалу — in crescendo[1] — она дошла до того, что перед тем, как идти в школу, навострилась подметать в Пьедрас-Неграс все тротуары. Порой в волосах у нее застревали клочки мусора, и дети насмешничали над ней. Тита, глядя в зеркало, заметила, что ее облик смахивает на облик учительницы Ховиты. Может, единственно из-за того, что после всей этой катавасии в волосах у нее запутались перья, только Тита не на шутку переполошилась.

Она никоим образом не хотела превратиться в еще одну учителку Ховиту! Тита стряхнула перья

---

[1] Крещендо, по возрастающей (*муз., итал.*).

и, взяв гребенку, с силой расчесала волосы перед тем, как спуститься к Джону и его тетушке Мэри, — об их появлении на ранчо оповещало тявканье Пульке.

Тита встретила их в гостиной. Тетушка Мэри была точно такой, какой она ее представляла, — деликатной и приятной сеньорой в летах. Несмотря на годы, она выглядела безукоризненно.

На ней была скромная, пастельных тонов шляпка с искусственными цветами, особенно хорошо выглядевшая на седине. Белоснежные перчатки гармонировали с цветом ее волос. При ходьбе она опиралась на палку красного дерева с серебряным набалдашником в форме лебедя. Ее речь была крайне любезна. Тетушка была в восторге от Титы и горячо поздравила племянника с удачным выбором, а Титу похвалила за ее прекрасный английский язык.

Тита извинилась за отсутствие сестры, которой нездоровилось, и пригласила гостей в столовую.

Тетушку восхитил рис с поджаренными бананами, похвалила она и то, как была приготовлена фасоль.

Она подается с тертым сыром и украшается нежными листиками салата-латука, кусками авокадо, нарезанным редисом, перцами-торначилес и оливками.

Тетушка привыкла к другой пище, но это не помешало ей оценить вкус поданных Титой блюд.

— Восхитительно!

— Вы очень любезны...

— Право, тебе повезло, Джонни. Отныне ты действительно сможешь хорошо питаться. Признайся,

Кэт готовит из рук вон плохо. Благодаря женитьбе ты еще и располнеешь.

Джон, видя состояние Титы, спросил по-испански:

— Тебя что-то заботит?

— Да, но сейчас я не могу тебе ничего сказать, тетушке не понравится, если мы будем говорить не на английском.

Джон ответил ей, также на испанском:

— Ничего, она абсолютно глуха.

— Как же она умудряется беседовать?

— Читает по губам. Но лишь по-английски, не беспокойся! К тому же, когда она ест, она не замечает ничего и никого вокруг, так что, прошу тебя, скажи, что тебя беспокоит? У нас не было времени поговорить, а свадьба через неделю.

— Джон, думаю, лучше ее отложить.

— Но почему?

— Не заставляй меня говорить об этом сейчас.

Тита, стараясь, чтобы тетушка не догадалась о том, что они разговаривают на весьма деликатную тему, улыбнулась. Тетушка ответила тем же. Смакуя фасоль, она была вполне счастлива и совершенно спокойна. Действительно, испанскую речь она по губам не читала. Тита могла говорить с Джоном без всякой опаски. А он настоятельно требовал ответа.

— Ты меня... разлюбила?

— Сама не знаю...

Легко ли было Тите продолжить объяснение, видя, как по лицу Джона прошла судорога? Однако он тут же взял себя в руки.

— В твое отсутствие у меня была связь с человеком, в которого я всегда была влюблена, и я потеряла девственность. Разве теперь я могу выйти за тебя замуж?

После долгого молчания Джон спросил:

— Ты больше влюблена в него, чем в меня?

— Я не могу тебе ответить, я не знаю этого. Когда тебя нет, я думаю, что люблю его, а когда вижу тебя, все меняется. Рядом с тобой я чувствую себя спокойной, уверенной, беззаботной… И все же… Не знаю… Прости меня.

По щекам Титы скатились две слезинки. Тетушка Мэри взяла ее за руку и с глубокой нежностью сказала:

— Какое чудо видеть влюбленную девушку, которая плачет от счастья. Я тоже не раз плакала, когда, бывало, собиралась выходить замуж.

Джон понял, что слова тетушки могут заставить Титу разрыдаться и ситуация выйдет из-под контроля.

Он потянулся к Тите, взял ее за руку и сказал, улыбнувшись, дабы тетушка оставалась в неведении:

— Тита, мне все равно, что ты сделала. В жизни случаются вещи, которым не следует придавать большого значения, если они не меняют главного. То, что ты рассказала, не изменит моего взгляда на наши отношения, и я повторяю тебе, что с превеликой радостью стал бы на всю жизнь твоим мужем. Но я хочу, чтобы ты хорошенько подумала, я ли тебе нужен? Если ты ответишь согласием, мы сыграем свадьбу через несколько дней. А нет, я первый пожму руку Педро и попрошу его, чтобы он позволил тебе занять рядом с ним достойное тебя место.

Титу не удивили слова Джона — они соответствовали его сути. Что ее по-настоящему поразило, так это полное понимание Джоном того, что его соперником является Педро. Она не учла удивительного чутья Джона.

Тита не могла больше оставаться за столом. Извинившись, она вышла во двор и выплакалась. Успокоившись, она тут же вернулась, чтобы подать десерт. Джон встал и пододвинул ей кресло, сделав это с присущей ему деликатностью и глубоким уважением к ней. Это и впрямь был замечательный человек. Как он вырос в ее глазах! И сколько сомнений прибавилось в ее душе! Жасминовый шербет на десерт принес ей некоторое облегчение, первый же его глоток разлился свежестью по всему телу и прояснил ее мысли. Отведав шербет, тетушка обезумела от восторга. Ей и в голову не могло прийти, что жасмин идет в пищу. Заинтригованная, она хотела выяснить все тонкости приготовления подобного яства, чтобы непременно приготовить такой же шербет по возвращении домой. Тита, не торопясь, дабы тетушка могла со всей ясностью читать по ее губам, сообщила ей рецепт.

Истолочь ветку жасмина и хорошенько перемешать массу в трех куартильо воды с половиной фунта сахара. Когда весь сахар растворится, пропустить смесь через плотную ткань и заморозить в шербетнице.

Остаток вечера прошел как нельзя лучше. Перед уходом Джон поцеловал Тите руку и сказал:

— Я не хочу оказывать на тебя никакого давления, хочу только уверить тебя, что со мною ты будешь счастлива.

— Я знаю.

Конечно, она знала это. Конечно, она учтет это, когда примет решение — то последнее решение, от которого зависит все ее будущее.

Продолжение следует...

Очередное блюдо:
Перцы-чиле под соусом
из орехов и пряностей.

декабрь

перцы-чиле под соусом из орехов и пряностей

ПРОДУКТЫ:

25 перцев-побланос,
8 гранатов,
100 грецких орехов,
100 граммов свежего сыра,
1 килограмм молотой говядины,
100 граммов изюма,
1/4 килограмма миндаля,
1/4 килограмма маленьких орехов,
1/2 килограмма хитоматес,
2 средние луковицы,
2 цитрона,
1 персик,
1 яблоко,
тмин,
белый перец,
соль,
сахар

Способ приготовления:

Орехи очищают за несколько дней до приготовления блюда, так как это очень кропотливая работа, которая растягивается на долгие часы. Освободив ядра от скорлупы, необходимо также очистить их от пленки. Делать это надо с особой тщательностью, чтобы на орехе не осталось ни кусочка пленки, так как эта пленка, попав при перемолке и перемешивании со сметаной в соус, делает его горьким, сведя на нет все затраченные усилия.

Тита и Ченча заканчивали чистить орехи, расположившись около обеденного стола. Орехи должны были пойти на приготовление перцев-чиле в соусе из орехов и пряностей как основного блюда к завтрашней свадьбе. Домочадцы оставили их одних, под тем или иным предлогом дезертировав из столовой. Только эти две славные героини продолжали из последних сил сражаться с орехами. По правде говоря, Тита не осуждала дезертиров. Они и так помогали ей всю неделю — ей ли было не знать, сколь трудно очистить сто орехов. Единственным существом, которое могло, не выказывая ни малейших признаков усталости, выдержать подобное испытание, конечно, была Матушка Елена.

Она не только могла перечистить корзины орехов за считанные дни, но еще и получала от этого занятия истинное наслаждение.

Давить, крошить, обдирать — были далеко не все ее увлечения. Матушка Елена не замечала, как летит время, стоило ей воссесть на дворе с мешком орехов на коленях. Она не вставала, пока в мешке не оставалось ни единого ореха.

Для нее было бы детской игрой разбить эту тысячу орехов, а им это стоило неимоверных усилий! Данное количество объяснялось просто: при ста орехах на каждые двадцать пять перцев на двести пятьдесят перцев соответственно требуется тысяча. Приглашенных на свадьбу родственников и самых близких друзей оказалось восемьдесят персон. Каждый, буде пожелает, может съесть самое малое три перца. Празднество было чисто семейным, таких давно уже не устраивали, и Тита непременно хотела, чтобы обед был из двадцати блюд. Само собой разумеется, подобный обед не мог обойтись без такого лакомства, как перцы-чиле под соусом из орехов и пряностей, — запоминающееся событие заслуживало этого, какого бы подвига ни стоила очистка стольких орехов и какими бы черными после этого ни были пальцы у Титы. Свадьба заслуживала подобной жертвы, ведь она имела для Титы особое значение. Для Джона — так же. Он был счастлив и с воодушевлением принял самое деятельное участие в подготовке торжественного обеда. Джон последним покинул поле битвы, чтобы немного отдохнуть. Он заслужил это.

Полуживой от усталости, у себя дома он мыл руки в ванной. После очистки стольких орехов у него ныли ногти. Он испытывал большое волнение, но решил поспать. Через несколько часов он породнится с Титой — подумав об этом, он испытал неописуемую радость. Свадьба была назначена на двенадцать часов дня. Придирчивым взглядом он осмотрел висевший на стуле смокинг. Все, необходимое к завтрашнему дню, было тщательно подготовлено, ожидая часа, когда будет красоваться на хозяине. Туфли сверкали как никогда, галстук-бант, кушак и сорочка были безукоризненны. Ну что же, все в идеальном порядке — он глубоко вздохнул, лег и, едва коснулся головой подушки, крепко заснул.

А Педро метался по своей комнате. Адская ревность разрывала ему сердце. Его бесило, что он должен присутствовать на свадьбе и выносить невыносимое — видеть Титу сидящей рядом с Джоном.

Ну и Джон — у него не кровь в жилах, а кисель-атоле! Знает ведь, что было у него с Титой, и хоть бы бровью повел! Взять нынешний вечер: Тита хотела разжечь огонь и не нашла спичек, — так этот Джон, вечный ухажер, тут же вызвался пособить ей! Если бы только это, так нет! Запалив огонь, он торжественно вручил Тите коробок спичек, взяв ее руки в свои. Что за идиотская выходка — нужны Тите эти глупые подарочки! Это ведь только повод, чтобы на глазах у Педро тискать ее руки. Ишь какие манеры! Но он покажет, что должен делать мужчина, когда по-настоящему любит женщину!.. Схватив пиджак, Педро намерился отыскать Джона, чтобы набить ему морду.

Но в дверях задержался — вот уж пойдут сплетни: свояк Титы дерется с Джоном накануне свадебной церемонии.

Тита не простит ему этого. Он с яростью отбросил пиджак на кровать и стал искать пилюлю от головной боли. Эта боль сторицей усиливалась от шума, производимого на кухне Титой. Заканчивая чистить немногие из оставшихся на столе орехов, Тита думала о сестре. Росаура была бы так рада этой свадьбе. Но бедняжка год назад умерла. Чтя ее память, они объявили, как того требовал религиозный уклад, годичный траур. Смерть настигла ее самым странным образом. В тот день, поужинав, она по своему обыкновению тут же ушла к себе. Тита осталась побеседовать в столовой с Эсперансой. Педро поднялся пожелать Росауре перед сном спокойной ночи. Сидя в столовой, находившейся в удалении от комнат, Тита с Эсперансой ничего не приметили. Поначалу Педро не удивился, услышав, даже при закрытой двери, как его Росаура портит воздух. Однако насторожился, когда один из этих неприятных свистов затянулся дольше обычного, показавшись ему бесконечным. Педро попытался сосредоточиться на книге, которую держал в руках, подумав, что этот протяженный звук никак не может быть продуктом пищеварительных затруднений его супруги. Пол сотрясался, свет замигал. В какой-то момент Педро решил, что громовые залпы свидетельствуют о возобновлении революции, но тут же отринул эту мысль, поскольку к этому времени в стране воцарился относительный покой. Возможно, этот шум производил мотор соседского автомобиля. Но моторы подобного зловония не распространяли. И еще было странно, что он слышал этот смрадный запах несмотря на то, что предусмотрительно обкурил всю комнату, обнеся ее ложкой с куском тлеющего угля, присыпанного сахаром.

Это наиболее действенное средство от дурных запахов. Когда он был мальчиком, подобное неукоснительно делали в комнате, где испражнялся страдавший животом родственник, и с неизменным успехом добивались того, что очищали помещение от смрада. Сейчас это средство не помогало. Крайне озабоченный, он подошел к разделяющей их комнаты двери и, постучавшись, спросил Росауру о ее самочувствии. Не получив ответа, он открыл дверь и наткнулся на жену: у нее посинели губы, тело опало, как прохудившийся мяч, глаза вылезли из орбит, взгляд был отсутствующим. Тут же, у него на глазах, она испустила свой последний пердящий вздох. Джон поставил диагноз: острая желудочная гиперемия.

Похороны были немноголюдными, так как со смертью Росауры усилился неприятный запах, исходивший от ее тела. И это не многих воодушевило на посещение кладбища. Но уж кто не отказал себе в присутствии на погребении, так это стервятники-сопилоте, стаями кружившие над кортежем до самого конца погребения. Убедившись, что этой падалью поживиться не удастся, они разочарованно улетели, оставив Росауру почивать в ее вечном прибежище...

А Тите пока некогда было отдыхать. Ее тело молило об этом, но, прежде чем позволить ему расслабиться, она во что бы то ни стало должна была покончить с соусом из орехов и пряностей. Так что вместо воспоминаний о былых событиях лучше было поскорее управиться со стряпней и уж тогда вполне заслуженно отдохнуть.

Когда все орехи очищены, их перетирают в ступе-метате вместе с сыром и сливками. Соль и белый перец добавляют по вкусу. Этим соусом поливают фаршированные перцы, которые затем украшаются зернами граната.

НАЧИНКА ДЛЯ ПЕРЦЕВ:

В небольшом количестве растительного масла жарят лук. Когда он подрумянится, к нему добавляют перемолотое мясо, тмин и немного сахара. После того как мясо немного поджарится, с ним вместе тушатся персики, яблоки, орехи, изюм, миндаль и нарубленный хитомате. Затем добавляют по вкусу соль и держат на огне, пока мясо немного не уварится.

Перцы-чиле по отдельности поджаривают и очищают от кожицы, после чего надрезают и удаляют из них семена и прожилки.

Тита с Ченчей, нагрузив перцами двадцать пять подносов, поставили их в холодное место. На следующий день нанятые слуги отнесли их к столу, и выглядели перцы как нельзя лучше.

Слуги обносили вином оживленно беседующих гостей. Прибытие на торжество Гертрудис привлекло всеобщее внимание. Она приехала в двухдверном закрытом скоростном «форде» марки «Т», который только что начали выпускать. По выходе из автомобиля с нее чуть было не слетела огромная шляпа с широкими полями, украшенная страусовыми перьями. Ее платье с большими плечами выглядело вызывающе модным. Хуан не отстал от нее: на нем был элегантный костюм в обтяжку, шоферская фуражка и краги. Их старший сын превратился в скульптурно-стройного мулата. У него были тонкие черты лица. Темная кожа оттеняла голубизну глаз. Цвет кожи он унаследовал от деда, а глаза — от Матушки Елены. Они были точь-в-точь, как у нее. За ними шел сержант Тревиньо, который после завершения революции стал личным охранником Гертрудис. У входа на ранчо Николас и Росалио, оба в праздничных мексиканских костюмах, отбирали приглашения у все новых и новых гостей. Приглашения были на загляденье. Алекс и Эсперанса сами их изготовили. Бумага и черная тушь, которой были надписаны приглашения, золотая краска, окаймляющая конверты, сургучные печати — поистине им было чем гордиться. Все было изготовлено согласно традициям и с помощью домашних секретов семейства Де ла Гарса. Черную тушь специально делать не пришлось, она в избытке осталась со свадьбы Педро и Росауры. Конечно, тушь высохла, но в нее налили немного воды, и она залоснилась, как свежая.

Для ее приготовления надо смешать восемь унций гуммиарабика, пять с половиной унций чернильных орешков, четыре унции железного купороса, две с половиной унции кампешевого дерева и пол-унции медного купороса. Для позолоты берут одну унцию аурипигмента и одну унцию тонко измельченного хрусталя. Эти порошки взбиваются в пяти или шести яичных белках, пока жидкость не станет похожей на воду. А для приготовления сургуча варят вместе фунт шеллака, полфунта бензоя, полфунта канифоли и фунт киновари. В растопленном виде смесь выливается на стол, заранее смазанный миндальным маслом, и, пока она не застыла, из нее лепят палочки либо бруски.

Эсперанса и Алекс долгими вечерами штудировали эти рецепты, они хотели, чтобы приглашения были уникальными, и своего добились. Каждое было произведением искусства, являясь своего рода образцом кустарного художественного производства, которое, к сожалению, стало выходить из моды, подобно длиннополым одеяниям, любовным письмам и вальсам.

Но разве мог для Титы и Педро выйти из моды вальс «Юные очи»! Именно его по настоятельной просьбе Педро исполнял в эти минуты приглашенный на торжество оркестр. Под эти звуки они кружились, воплощая собой само изящество и красоту. Тита была обворожительна. Двадцать два года, пролетевшие со дня свадьбы Педро и Росауры, казалось, не тронули ее. В свои тридцать девять она была свежа и аппетитна, как свежесорванный с грядки огурчик.

Джон провожал танцующих взглядом, в котором сквозила нежность и безропотная покорность судьбе. Педро то и дело касался щекой щеки Титы, которая ощущала спиной невероятно жаркую ладонь Педро.

— Ты помнишь, когда впервые мы услышали эту вещь?

— Как я могу забыть!

— В ту ночь я не заснул, все думал, как я попрошу твоей руки. И не знал, что через двадцать два года снова спрошу тебя, хочешь ли ты быть моей женой.

— Ты это серьезно?

— Серьезнее, чем ты думаешь. Я не хочу умереть прежде, чем ты станешь ею. Всю жизнь сплю и вижу, как я вхожу с тобой в храм, затопленный белыми цветами, и ты среди них самый красивый цветок.

— И на мне белое платье?

— Конечно! Как пожелаешь. Знаешь, и, если уж мы поженимся, я непременно хочу иметь от тебя ребенка. Нам еще не поздно, разве не так? Эсперанса нас покидает, кто-то ведь должен ее заменить?

Тита не могла ему ответить. Ком в горле помешал ей сделать это. По щекам ее покатились слезы. Первые в ее жизни слезы радости.

— И знай, ты не переубедишь меня. Мне все равно, что обо мне подумает моя дочь. Или еще кто-нибудь. Мы прожили долгие годы, опасаясь чужой молвы, но с этой ночи никто не сможет меня с тобой разлучить.

По правде говоря, после всего, что выпало на ее долю, Тите тоже было совершенно безразлично, что подумают люди, если им станут известны ее с Педро любовные отношения.

Двадцать долгих лет она оставалась верной соглашению, которое они оба заключили с Росаурой, — теперь с нее хватит! Соглашение состояло в том, что Педро и Тита обещают быть крайне осторожными при своих встречах и держать ото всех в тайне свои интимные отношения, поскольку для Росауры жизненно необходимо поддерживать видимость счастливого семейного очага, где ее дочь растет в атмосфере священных семейных традиций, благодаря которым, по мнению Росауры, только и можно надеяться, что Эсперанса вырастет совестливой женщиной. Для сторонних глаз они останутся самой нормальной семьей. Ради этого Тита воздержится от того, чтобы иметь незаконнорожденных детей. Взамен Росаура согласна, чтобы Тита совместно с ней опекала Эсперансу, но только Тита будет заниматься ее питанием, а Росаура — воспитанием.

Со своей стороны Росаура обязалась жить с ними в мире, избегая сцен ревности и попреков.

В основном они держались уговора — кроме всего, что касалось воспитания Эсперансы. Тита была совершенно не согласна с тем, как Росаура намеревается устроить жизнь дочери. Поэтому, хотя это и не входило, согласно уговору, в круг ее обязанностей, она использовала каждый момент, когда Эсперанса была рядом, чтобы открывать девочке глаза на вещи, о которых у ее матери было превратное представление.

А таких моментов было предостаточно, так как кухня была излюбленным местом Эсперансы, а Тита — ее лучшей наперсницей и подругой.

Именно в один из таких вечеров, когда они коротали время за беседой на кухне, Тита узнала, что сын Джона Брауна — Алекс ухаживает за Эсперансой. Тита первая догадалась, чем кончится дело.

По прошествии многих лет Алекс снова увидел Эсперансу во время праздника на подготовительных курсах, где та училась. Алекс успешно заканчивал медицинский факультет. Их сразу потянуло друг к другу. Когда Тита услышала от Эсперансы, что от взгляда Алекса той показалось, будто она пирожок, попавший в кипящее масло, она поняла, что не миновать Алексу и Эсперансе совместной жизни.

Росаура делала все, чтобы помешать этому. С самого начала она открыто и решительно этому воспротивилась. Педро и Тита вступились за Эсперансу, и между ними началась настоящая война не на жизнь, а на смерть. Теперь Росаура открыто кричала о своих правах — Педро и Тита нарушили соглашение, а это нечестно!

Не в первый раз Эсперанса становилась яблоком раздора. Сначала распри возникли по поводу того, что Росаура всячески отваживала дочь от посещения школы, считая занятия пустой тратой времени: если единственная миссия Эсперансы всю жизнь ухаживать за матерью, то и ни к чему ей широкие познания, предпочтительней занятия музыкой, пением и танцами. Знакомство с этими искусствами пригодится ей гораздо больше. Во-первых, музыкой, пением и танцами она поможет Росауре на старости лет коротать вечера, а во-вторых, сделает участие Эсперансы в местных праздниках особенно заметным. Подобным образом она привлечет к себе всеобщее внимание и будет благосклонно принята в высшем обществе. Огромных усилий стоило им после долгих разговоров убедить Росауру, что помимо пения, танцев и занятий на фортепьяно для Эсперансы не менее важно поддерживать интересную беседу с теми, кто к ней подойдет, а для этого посещать школу крайне необходимо. Росаура, скрепя сердце и скрежеща зубами от досады, согласилась пускать девочку в школу, допуская, что получение навыков интересной и приятной беседы позволит дочери еще лучше общаться со сливками общества. Только тогда они смогли определить Эсперансу в самую лучшую школу, где она с удовольствием оттачивала свои знания. Лепта Титы в ее образование была не менее значительной: тайны жизни и любви через посредство кухни.

Победа над Росаурой дала временную передышку, однако вскоре возник новый спор, вызванный появлением на горизонте Алекса и вытекающей из этого возможностью замужества Эсперансы. Росауру бесила безоговорочная защита Педро и Титой ее дочери. Она использовала все средства и сражалась как львица, защищая то, что и должна была, согласно семейной традиции, защищать, — дочь, которой надлежит ходить за матерью до самой ее смерти. Она кричала, топала ногами, вопила, плевалась, блевала, в отчаянии грозила Тите и Педро всеми смертными карами. Впервые она сама нарушила уговор, во всеуслышание проклиная Педро и Титу, бросая им в лицо попреки за все те муки, которые она из-за них приняла.

Дом превратился в поле битвы. Хлопанье дверей сотрясало стены. К счастью, эта тяжба не затянулась надолго — после трех дней яростного и ожесточенного сражения Росаура из-за серьезных проблем, связанных с пищеварением, умерла... вследствие того, отчего умерла.

Наивысшим жизненным триумфом стало для Титы то, что она дождалась свадьбы Алекса и Эсперансы. Она испытывала невероятную гордость, видя, как уверена в себе Эсперанса, как умна, воспитанна, счастлива, способна и, в то же время, насколько женственна, насколько — женщина в самом широком понятии этого слова! Ей так шло подвенечное платье, когда она танцевала с Алексом вальс «Юные очи».

Как только музыка стихла, Пакита и ее муж подошли поздравить Педро и Титу. Хорхе обнял счастливого отца.

— Прими наши поздравления, Педро. Вряд ли твоя дочь могла найти лучшую пару, чем Алекс. На десять миль вокруг не сыщешь такого!

— Согласен, Алекс Браун действительно прекрасный юноша. Единственная беда в том, что они нас покидают. Алекс добился стипендии в докторантуре Гарвардского университета. Сегодня же после свадьбы они и уедут.

— Вот напасть! Что же ты теперь будешь делать, Тита? — не без намека спросила Пакита. — С отъездом Эсперансы тебе уже незачем жить в этом доме. Но прежде чем ты уедешь, не забудь дать мне рецепт перцев под соусом из орехов и пряностей. Ты только погляди, какие они аппетитные!

Эти перцы не только соблазнительно выглядели, но и впрямь были восхитительными. Никогда прежде они так не удавались Тите. Кушанье это горделиво являло все цвета флага: зелень перцев, белизну соуса, красный цвет граната.

Трехцветные подносы продержались недолго: в мгновение ока они были опустошены... И Тита снова вспомнила тот далекий день, когда почувствовала себя последним перчиком в ореховом соусе на подносе, перчиком, который стыдливо оставляют, чтобы не прослыть обжорой...

Тита спрашивала себя: исчезновение перцев — свидетельство того, что люди забыли о хороших манерах, или они действительно получились на славу?

Многочисленные сотрапезники были на седьмом небе. Как разительно отличалась эта свадьба от свадьбы Педро и Росауры, когда все гости изошли тошнотой! На этот раз, наоборот, отведав перцы-чиле под соусом из орехов и пряностей, вместо тоски и подавленности присутствующие испытали чувство, близкое к тому, которое испытала Гертрудис, отведав пресловутую перепелку в лепестках роз. И похоже, Гертрудис снова почувствовала приступ того сладостного недомогания. Посреди двора как никогда весело она танцевала с Хуаном польку «Мой любимый капитан». Каждый раз, выкрикивая слова припева «Ай-я-яй, мой любимый капитан!», она вспоминала ту далекую пору, когда Хуан был еще только капитаном и она встретилась с ним в открытом поле в чем мать родила. Неожиданно она почувствовала знакомый жар в ногах, покалывание пониже живота, ее стали одолевать греховные мысли, и ей захотелось, во избежание бог весть каких неприятностей, как можно скорее уединиться с мужем. Гертрудис первая обратилась в беспорядочное бегство. За ней последовали остальные, под тем или иным предлогом ретируясь с блудливым выражением лица. Новобрачные в душе благодарили их — это позволяло им, захватив чемоданы, незамедлительно отправиться в далекий путь. Правда, не раньше чем они уединятся в отеле...

Не успели Тита и Педро оглянуться, как оказались лишь в компании Джона, Ченчи и их самих. Остальные, включая работников, уже находились в том или ином, подальше от ранчо, укромном местечке, где старательно занимались свальным грехом. Наиболее консервативные — внутри своих автомобилей, кое-как припаркованных на дороге. Остальные —

где смогли, повсюду: на реке, на лестнице, в корыте, на печной трубе, на прилавке аптеки, в шкафу, в купах деревьев. Потребность — мать всех выдумок и поз. В этот день было больше зачатий, нежели когда-либо в истории рода человеческого.

Со своей стороны Тита и Педро делали все возможное, чтобы не дать сорваться с цепи своему любострастию, но оно было настолько сильным, что прорвало заслон их кожи и вышло наружу жаром и своеобразным запахом. Джон почувствовал это и, не желая быть третьим лишним, простился. Тите больно было видеть, что он уходит один. Джону надо было непременно жениться тут же после того, как она отказалась быть его женой, да он не захотел.

После ухода Джона Ченча незамедлительно попросила разрешения поехать в родное селение: вот уже несколько дней, как ее муж отправился строить дом, и ей вдруг сильно захотелось повидать его.

Пожелай Педро и Тита уединиться во время медового месяца, они бы и тогда не получили столь быстро такой возможности. Первый раз в жизни они могли спокойно обладать друг другом. Долгие годы им надо было принимать меры предосторожности, чтобы их, паче чаяния, не увидели, чтобы никто ничего не мог заподозрить, чтобы Тита не забеременела, чтобы, не дай Бог, стон наслаждения не сорвался с их уст, когда они до беспамятства растворялись друг в друге. Теперь все это оставалось в прошлом.

Не тратя слов, они взялись за руки и направились в темную комнату. Прежде чем войти в нее, Педро поднял любимую, ногой медленно отворил дверь и обомлел: темная комната совершенно преобразилась. Исчезло все барахло. Одна только железная кровать царственно возвышалась в центре. Шелковая простыня и одеяло были белого цвета, точно так же, как ковер из цветов на полу и двести пятьдесят свечей, которые освещали комнату, назвать которую темной было бы теперь несправедливо. Тита пришла в волнение, представив, сколько усилий должен был приложить Педро, чтобы украсить ее столь замечательным образом, но и Педро испытал не меньшее волнение при мысли о том, что все это Тите пришлось делать втайне от него.

Чувства настолько переполняли их, что они не заметили, как в дальнем углу Нача, затеплив последнюю свечу, бесшумно растворилась в воздухе.

Педро опустил Титу на кровать и начал медленно, одну за другой, снимать с нее все части покрывавшего ее наряда. После взаимных ласк и бесконечно нежных взглядов они дали выход страсти, которую умеряли столько долгих лет.

Грохот железного изголовья о стену и горловые стоны обоих смешались с воркованием тысяч голубей, в беспорядочном бегстве поспешно покидавших ранчо. Присущее живым созданиям седьмое чувство подсказало им эту необходимость. То же самое сделали остальные животные — коровы, свиньи, куры, перепелки, ягнята и лошади.

Но Тита не знала об этом. Она так остро чувствовала приближение оргазма, что увидела закрытыми глазами сияющий туннель!

В тот же миг она вспомнила слова, сказанные однажды Джоном: «Если из-за очень сильного волнения загорятся сразу все спички, находящиеся в нас, они произведут такую сильную вспышку, что осветят даль, которую мы обычно не в силах охватить взглядом, и тогда перед нашими глазами как бы откроется сияющий туннель, который показывает путь, забытый нами при рождении и зовущий найти заново наше утраченное божественное начало. Так душа стремится заново обрести место, откуда она происходит, а для этого навсегда покинуть лишенное чувств тело…»

Тита сдерживала свои чувства. Она не хотела умирать. Она хотела пережить этот взрыв чувств еще много раз. Это было только начало.

Она сделала над собой усилие, чтобы выровнять учащенное дыхание, и только теперь услыхала шум крыльев множества голубей, покидающих ранчо. Кроме этого шума она слышала лишь биение сердец — своего и Педро. Оно было сильным. Она чувствовала удары сердца Педро кожей груди. Внезапно это биение резко оборвалось. Смертельная тишина разлилась по комнате. Ей понадобилось немного времени, чтобы понять: Педро мертв.

С его смертью умерла надежда когда-либо еще запалить ее внутренний огонь, с ним исчезли все ее запалы. Она знала, что естественное тепло, которое она в себе ощущает, мало-помалу улетучится, унося ее самое, как только у нее не останется горючего вещества для поддержания этого горения.

Вне всякого сомнения, Педро скончался от избытка чувств при входе в сияющий туннель. Она раскаялась, что не сделала того же. Теперь она никогда больше не увидит это сияние, ведь она не способна испытывать какие-либо чувства. Ей остается лишь блуждать в потемках, вечно одинокой, бесконечно одинокой. Надо было найти какое-то, пусть даже самое искусственное, средство, чтобы снова запалить огонь, могущий осветить путь возвращения к истокам и — к Педро. Но сперва надо было прогнать леденящий холод, который начал сковывать ее. Она встала и побежала за своим бесконечно длинным покрывалом, которое она вязала на протяжении стольких ночей одиночества и бессонницы, и набросила его на плечи. Им она покрыла три гектара, которые занимало ранчо. Она вынула из ящика ночного столика подаренный Джоном спичечный коробок. Ее организму был крайне необходим фосфор. И она стала поедать спичку за спичкой, пока не опустошила весь коробок. Пережевывая спичку, она крепко зажмуривала глаза и пыталась вызвать в памяти самые волнующие моменты ее встреч с Педро. Первый его взгляд, первое прикосновение, первый букет роз, первый поцелуй, первая ласка, первое соединение тел. И она добилась своего. Когда спичка, которую она пережевывала, соприкасалась с сияющим воспоминанием, спичка тут же загоралась. Мало-помалу зрение ее прояснилось, и вскоре появился туннель. У его входа она увидела сияющую фигуру Педро — он ждал ее! Тита отбросила все сомнения. Она пошла к нему, и они сплавились в одном долгом объятии, вновь испытав сладострастное любовное потрясение. Рука об руку отправились они к потерянному раю. И никогда больше не разлучались.

В этот момент пылающие тела Педро и Титы стали рассыпать вокруг себя сверкающие искры. Сначала искры подожгли покрывало, а от него загорелось все ранчо. Так вот почему загодя покинули это место все животные — они спасались от близкого пожара! Темная комната превратилась в бушующий вулкан. Далеко вокруг разбрасывал он камни и куски пепла. Достигнув высоты, камни разлетались на тысячи осколков, превращаясь в разноцветные огни. Жители округи за несколько километров от ранчо дивились этому зрелищу, полагая, что таким и должен быть фейерверк на свадьбе Алекса и Эсперансы. Но так как он растянулся на целую неделю, всем стало любопытно: что там все-таки происходит?

Многометровый слой пепла покрыл ранчо. Когда моя мать Эсперанса вернулась из свадебного путешествия, она нашла под обугленными развалинами того, что прежде было ее родным домом, эту поваренную книгу, которую она и завещала мне, умирая, и которая каждым из своих кулинарных секретов рассказывает Историю испепеленной любви.

По мнению многих, пепел способствовал тому, что земли эти стали самыми плодородными в округе.

В детстве я имела счастье наслаждаться вкуснейшими фруктами и овощами, произраставшими здесь. Со временем мама велела выстроить на этой земле жилое здание. В одном из его апартаментов доныне живет Алекс, мой отец. Сегодня вечером он придет ко мне на мой день рождения. Поэтому я и готовлю рождественский пирог — излюбленное мое кушанье. Мамочка пекла мне его каждый год. Мамочка!.. Как мне недостает ее вкуса, запахов ее кухни, ее бесед за стряпней, ее рождественского пирога! Ума не приложу, почему он мне не удается так, как ей, не понимаю, почему я проливаю столько слез, когда готовлю его, — не оттого ли, что я столь же чувствительна к луку, как Тита — моя двоюродная бабка, которая не умрет, пока хоть кто-то будет следовать ее рецептам.

стремительный,
как желание

Памяти моего отца
Хулио Сесара Эскивеля Местре

Север — он ощущается, охватывает нас со всех сторон, отмечает своей печатью. И неважно, как далеко отстоим мы от центра его тяжести, ибо он все равно притянет нас к своему ядру, закрутив в невидимом потоке. Он притянет нас, как земля притягивает воду, как магнит — иголку, как кровь, что влечет за собой другую кровь, как желание, неизбежно встречающее другое желание.

Север — вот откуда я родом; он скрывается в первом влюбленном взгляде, которым обменялись когда-то бабушка с дедушкой, таится в их первом ласковом прикосновении. Возможность моего появления на свет обрела вполне реальные черты с рождением той, кому суждено было стать моей матерью. Мне оставалось только подождать, пока ее желание соединится с желанием моего отца, а уж потом мое появление на свет стало просто необратимым.

В какой миг волевой взгляд северного магнита встретился с прохладным взглядом моря? Ведь вторая ветвь моего происхождения, вторая половина меня самой связана с морем. Происхождение рода. Мой отец родился у моря. Там, у бирюзовых волн, встретились и слились воедино желания двух людей, что дали отцу возможность прийти в этот мир.

Сколько времени требуется желанию, чтобы передать тот самый, единственно нужный сигнал?

И сколько придется ждать желанного ответа? Вариантов может быть множество, но нельзя отрицать лишь то, что история любви начинается со взгляда, с одного взгляда. Он открывает ту дорогу, тот единственно верный, чарующий путь, по которому вновь и вновь суждено идти влюбленным.

Присутствовала ли я при том, как мои родители обменялись первым взглядом, полным любви? Где я была в тот миг, когда это произошло?

Я все не могу отвлечься от этих мыслей, особенно сейчас, когда вижу беспомощные, потерянные глаза отца, который, уже без сознания, витает где-то в бескрайнем пространстве. Что он ищет — новые вселенные? Новые желания? Новый взгляд, который вмиг поманит его к себе, перенесет в другой мир? Он уже не может говорить. И я этого никогда не узнаю.

Я хотела бы знать, к чему он прислушивается, каков тот зов, которого он так ждет. Хотела бы знать, кто позовет его в другой мир и когда это произойдет. Как звучит этот прощальный сигнал? Кто его протрубит? И кто поведет моего отца за собой, кто укажет ему дорогу? Если здесь, в этом мире, двери в жизнь распахиваем мы, женщины, то не так же ли все устроено и там? Кто станет акушеркой, что примет его в том мире?

Мне хочется верить в то, что фимиам, неустанно курящийся в моей комнате, поможет явить ту путеводную нить, ту невидимую связь, по которой придет столь нужная отцу помощь. Таинственный ароматный дымок не переставая расползается кругами по комнате, поднимается спиралью кверху, и я представляю его в виде пуповины, что соединит отца с небесными сферами, чтобы вернуть его туда, откуда он пришел в этот мир.

Вот только откуда именно он пришел — мне неведомо. Как и то, кто или что ожидает его там, потом.

Слово «тайна» пугает меня. Чтобы противостоять страху, я прибегаю за помощью к воспоминаниям, к тому, что мне известно о моем отце. Мне кажется, он тоже опасается чего-то, ведь его невидящие глаза — плохие помощники в том, чтобы разглядеть, что его ждет впереди.

Если взгляд — основа всему, то я боюсь, что отец не заметит своих будущих спутников, тех, что придут помочь ему сделать первый шаг на новом пути. Как бы я хотела, чтобы он прозрел! Чтобы кончились его страдания! Пусть новое желание притянет и поглотит его!

Дорогой папочка, если бы ты знал, что я готова отдать все на свете, лишь бы осветить твою дорогу. Помочь тебе в этом походе, как ты помог мне прийти в этот мир. Согласен? Знай я, что твои сильные и нежные руки встретят и поддержат меня, я ни за что не ждала бы так долго, чтобы появиться на свет!

Но разве об этом узнаешь заранее! До того как я увидела тебя и маму, вокруг все было темно и непонятно. Наверное, ты примерно так же представляешь себе будущее. Но ты не бойся, я уверена в том, что там, куда ты уходишь, есть кто-то, кто ждет тебя, — так, как когда-то ты ждал меня. Я не сомневаюсь, что чьи-то глаза сейчас сгорают от желания скорее тебя увидеть. Здесь ты оставляешь только добрые воспоминания. Пусть на твоем пути тебя сопровождают добрые слова. Пусть звучат голоса всех, кто тебя знал. Пусть они укажут тебе верную дорогу. Пусть они станут теми глашатаями, теми гонцами, что принесут в тот мир весть о твоем приходе.

Пусть поведают о любящем отце, о лучшем в мире телеграфисте и несравненном рассказчике, о том, на чьем лице всегда была улыбка.

I

Родился он, когда в доме царило хорошее настроение, в праздничный день, и принят был всей семьей, собравшейся посидеть за общим столом по случаю какого-то торжества. Рассказывают, что его мать так звучно смеялась по поводу очередной застольной шутки, что вдруг почувствовала влагу между ног. Сначала она решила, что это мочевой пузырь подвел ее, не выдержав испытания смехом, но опыт быстро подсказал ей, что истинной причиной послужило вот-вот ожидавшееся рождение уже двенадцатого ребенка.

Под общий хохот она выскользнула из-за стола и проследовала в свою комнату. Одиннадцать раз рожавшая раньше, в тот день она управилась в считанные минуты. На свет появился мальчик, причем пришел он в этот мир не так, как все дети: не со слезами и плачем, а смеясь и улыбаясь.

Приведя себя в порядок, донья Хесуса вернулась в столовую и сообщила родственникам:

— Смотрите-ка, что со мной приключилось!

Все обернулись к ней, и она продемонстрировала компании крохотный сверток, лежавший у нее на руках.

— Надо же было так смеяться, — сказала она, — чтобы от смеха ребенок родился!

Взрыв хохота и общие аплодисменты прокатились по столовой — все радостно приветствовали появление нового члена семьи. Супруг доньи Хесусы, Либрадо Чи, вскинув руки, завопил:

— Вот радость-то! Вот это праздник!

Так ребенка и назвали. И пришлось ему это имя как нельзя кстати. Хубило[1] словно явился воплощением радости, веселья и жизнелюбия. Даже потом, многие годы спустя, уже ослепший, он так и не потерял чувства юмора. Казалось, что дар чутья на счастье присущ ему от рождения и ничто на свете не может лишить его этой способности. Я имею в виду не способность быть счастливым самому, а тот редчайший дар наполнять счастьем жизнь всех тех, кого сводила с ним судьба.

Где бы он ни появлялся, его сопровождали смех и улыбки. И неважно, насколько тяжела была атмосфера до его прихода: стоило ему появиться — и словно по мановению волшебной палочки напряжение спадало, страсти утихали, и даже самый отчаянный пессимист начинал видеть мир с его лучшей стороны. В общем, составной частью волшебного дара Хубило была способность привносить умиротворение в души людей.

Впрочем, следует признать, что единственный раз в жизни этот дар не помог ему. И надо же было такому случиться, что осечка эта вышла не с кем-нибудь, а именно с его женой. Тем не менее этот — особый — случай и составил то самое исключение, которое лишь подтверждает правило.

В общем же, никто не мог устоять перед его очарованием и доброжелательностью. Даже Итцель Ай, его бабушка по отцовской линии, на лицо которой

---

[1] Хубило (jubilo) — праздник, радость, веселье (*исп.*). (*Здесь и далее — примеч. пер.*)

женитьба ее сына на белой женщине, казалось, навеки наложила печать неистребимой угрюмости, начинала улыбаться, стоило ей увидеть внука. За это она звала его *Che'ehunche'en Wich*, что на языке майя значит «Тот, у кого улыбка на лице».

До рождения Хубило донья Хесуса и донья Итцель не слишком-то ладили между собой. Причиной разногласий служил национальный вопрос. Донья Итцель была плоть от плоти народа майя и никак не могла одобрить привнесения в ее расу испанской крови доньи Хесусы. Она годами не появлялась в доме собственного сына, и ее внуки росли, не слишком избалованные бабушкиным вниманием. Отторжение было столь сильным, что свекровь начисто отказалась общаться с невесткой, объяснив это решение своим незнанием испанского.

Донье Хесусе пришлось взяться за язык майя, но оказалось, что учить чужой язык, столь не похожий на родной, и растить при этом дюжину детей, несколько затруднительно; вот почему общались обе женщины редко и не слишком-то ладно.

Лишь с рождением Хубило все изменилось. Бабушка вновь стала частым гостем в доме сына: ей нравилось быть рядом с новорожденным, чего — судя по опыту предыдущих одиннадцати внуков — за ней раньше не водилось. Но стоило ей впервые увидеть Хубило, как бабушкино сердце было покорено его улыбкой.

Хубило появился на свет словно подарок небес, подарок сколь нежданный, столь же и пришедшийся кстати, тот самый подарок, с которым все носятся, не зная, куда его положить и где пристроить. Разница в возрасте между ним и его братьями и сестрами была столь велика, что Хубило рос, как если бы он оставался единственным ребенком в семье. Более того, товарищами по детским играм ему стали племянники примерно одного с ним возраста, потому что некоторые из его братьев и сестер уже успели обзавестись собственными семьями и даже детьми. Так как его матери приходилось одновременно быть мамой, женой, бабушкой, свекровью, тещей и невесткой, Хубило волей-неволей проводил немало времени с прислугой до тех пор, пока бабушка не признала его любимым внуком. С того дня большую часть времени они проводили вместе — гуляя, играя или болтая о чем-нибудь. Разумеется, бабушка общалась с ним на языке майя, в результате чего Хубило стал первым двуязычным внуком доньи Итцель. Вот почему уже с пяти лет Хубило взвалил на себя ношу исполнения обязанностей официального семейного переводчика. Между прочим, дело это было весьма нелегкое: каково ребенку уяснить для себя, что, если донья Хесуса говорит о море, она имеет в виду то самое море, что плещется прямо перед домом и куда вся семья ходит купаться; когда же донья Итцель произносит слово *K'ak'nab*, речь идет не столько о самом море, сколько о «госпоже моря» — одной из фаз луны, а плюс к тому это связано с выпечкой из замешенного на воде теста, которая, в свою очередь, на языке майя произносится точно так же. Так что Хубило приходилось учитывать не только подобные тонкости, но и малейшие изменения в интонации, степень напряженности голосовых связок, жесты и мимику как мамы, так и бабушки.

Работа эта была сложной, но Хубило всегда брался за нее с удовольствием и, разумеется, подходил к делу творчески. Перевод его никогда не бывал буквальным, он всегда позволял себе добавить одно-два любезных словечка, которых так не хватало в репликах обеих женщин. Со временем эта маленькая хитрость привела к тому, что свекровь с невесткой стали худо-бедно ладить между собой, а затем и вовсе полюбили друг друга. Этот опыт открыл Хубило ту силу, что дана словам, которые могут приблизить или отдалить людей, а также то, что язык, на котором произносятся эти слова, не столь важен, в отличие от истинного содержания того, что в них вложено.

Звучит это очень просто, но в действительности все было изрядно запутано. Когда бабушка наговаривала Хубило то, что следовало перевести, в большинстве случаев слова ее не совпадали с тем, что она хотела сказать на самом деле. Выдавали ее скованная артикуляция и напряжение голосовых связок. Даже неискушенному ребенку, каким и был Хубило, не составляло труда догадаться о том, что бабушка прикладывает немалые усилия, чтобы не дать сорваться с губ лишним словам. Тем не менее, сколь странным это ни покажется, Хубило прекрасно слышал эти самые — непроизнесенные — слова. И, что самое интересное, этот «безмолвный голос» как нельзя более точно выражал истинные мысли и желания бабушки. Так что Хубило, не утруждая себя долгими раздумьями, частенько переводил эти невысказанные, «съеденные» мысли, опуская при этом сказанное вслух. Само собой разумеется, ни за что на свете он не стал бы делать этого со зла или из вредности, наоборот — его истинной целью всегда было поймать, сформулировать и произнести то волшебное слово, которое эти две столь дорогие и нужные ему женщины никак не решались сказать друг другу, давя в себе невысказанное желание. Прекрасным тому примером служили постоянные споры, что вели между собой его мать и бабушка. У Хубило не оставалось сомнений в том, что когда одна из них говорит «черное», на самом деле ей хочется сказать «белое», и наоборот.

А вот чего он, по своему малолетству, никак не мог понять, так это зачем они так усложняют жизнь себе, а следовательно, и всем своим близким; ведь любая их ссора немедленно отражалась на всех членах семьи. Они же умудрялись ни дня не провести «впустую». Повод для ругани находился всегда. Если одна заявляла, что индейцы глупее и ленивее испанцев, то вторая уверяла ее в том, что испанцы куда противнее и несноснее тех самых индейцев. А уж чего-чего, но аргументов у обеих хватало в избытке. Однако самой больной темой для них, несомненно, было все, что так или иначе касалось образа жизни и порядков, заведенных доньей Хесусой.

Донья Итцель очень переживала, что ее внуки живут неподобающей, по ее разумению, жизнью. Во многом именно поэтому она предпочла отдалиться от их дома — чтобы не мучиться, наблюдая за тем, как невестка воспитывает ее внуков. Но теперь она вернулась и была готова спасти от нещадной прополки еще не окрепшие корни признанного ею — наконец-то! — внука.

Чтобы мальчишка не забывал о своем происхождении, она снова и снова рассказывала ему не только сказки и легенды майя, но и бесчисленные сюжеты из реальной истории, в основном о том, что за войны пришлось вести индейцам, чтобы хоть в какой-то мере сохранить себя, свою культуру и традиции. Последней по времени в этой череде была Война каст — восстание, в ходе которого погибло около двадцати пяти тысяч индейцев и в котором бабушка, само собой, играла весьма заметную роль. Одной из побед, одержанных несмотря на общее поражение, стало то, что ее сын Либрадо оказался во главе едва ли не крупнейшей компании-экспортера агавы и к тому же сумел жениться на испанке. Последнее было весьма и весьма необычно, ибо в Юкатане смешанные браки случались намного реже, чем в других городах, завоеванных испанцами. В колониальные времена ни один испанец не провел и суток где-нибудь в деревне, за стенами города. С индейцами их мало что связывало, и когда приходило время жениться, они уезжали на Кубу, где и подыскивали себе невест среди испанок, но никак не среди местных женщин. Так что уж говорить о женитьбе мужчины-майя на испанке — о таком здесь, пожалуй, еще и не слыхивали.

Тем не менее этот союз не только демонстрировал победу доньи Итцель, но и нес в себе большую опасность. Доказательством могло служить хотя бы то, что ее внуки, за исключением Хубило, не говорили на языке майя и предпочитали пить шоколад, сваренный на молоке, а не на воде. Едва ли кому-либо понравилось бы находиться на кухне в тот момент, когда две женщины сходились в принципиальном споре по этому поводу. Исключением, разумеется, был Хубило, которому выпадало переводить дискуссию. В таких случаях ему приходилось быть вдвойне настороже, потому что любая неверно переведенная фраза могла быть воспринята как объявление войны.

В тот день страсти особенно накалились. Стороны уже обменялись парой неправильно понятых посланий, что очень огорчало Хубило, который никак не мог смириться с тем, что слова бабушки так сильно ранят его маму. Самым же трудным для понимания оставалось то, что на самом деле ни одна из них не вела спор о рецепте приготовления шоколада. Шоколад был всего лишь поводом.

То, что хотела сказать донья Итцель, скорее всего выглядело так:

— К твоему сведению, «дочка», мои предки возвели величественные пирамиды, обсерватории, храмы и задолго до вашего разбирались в астрономии и математике. Так что сделай одолжение, не пытайся учить меня чему-либо, а уж тем более — тому, как заваривать шоколад.

В свою очередь, изрядно уязвленной донье Хесусе очень хотелось бы заявить:

— Послушайте, «мама», вы так привыкли презирать всех, кто не принадлежит к вашему народу потому, что майя, с одной стороны, такие приставучие и прилипчивые, а с другой — так и норовят похвастаться своей непокорностью и независимостью. Я же не могу себе позволить смириться с таким отношением. Если вы так меня презираете, сделайте одолжение, не приходите в мой дом и не пейте мой неправильный шоколад.

В конце концов ситуация накалилась настолько, что, видя ярость, с которой каждая из споривших женщин отстаивала свою точку зрения, Хубило не на шутку забеспокоился. Особенно когда его мама потребовала:

— Вот что, сынок. Скажи-ка своей бабушке, что в мой дом не приходят совать нос в мои дела и что я не потерплю, чтобы здесь кто-то распоряжался, а уж тем более она!

Хубило ничего не оставалось делать, как переводить:

— Бабушка, мама говорит, что в этом доме не позволит распоряжаться никому... ну, кроме тебя, конечно.

Стоило прозвучать этим словам, и донью Итцель как подменили. Впервые в жизни невестка согласилась допустить ее к семейным делам! В свою очередь, донья Хесуса тоже не могла прийти в себя от удивления. Она никак не ожидала, что свекровь отреагирует на ее воинственное заявление такой любезной и умиротворенной улыбкой. Наконец, взяв себя в руки, она тоже улыбнулась и впервые за все время, прошедшее с того дня, как она вышла замуж за сына доньи Итцель, вдруг почувствовала, что свекровь приняла ее как родственницу. Хубило сумел одной лишь фразой дать обеим то, чего им так не хватало: ощущение нужности и признания собственной значимости. С того дня донья Итцель перестала соваться на кухню с проверками: она и так была уверена в том, что все ее указания выполняются как нельзя более точно; в свою очередь донья Хесуса, почувствовав, что свекровь признала правильным ее образ жизни, смогла наконец выразить свою нежность и заботу по отношению к старой женщине. Ну и, разумеется, вся семья, облегченно вздохнув, зажила нормальной жизнью благодаря столь точному и исчерпывающему исполнению Хубило своей работы (к немалому удовольствию последнего). Он так рано открыл для себя силу слов и с такого раннего возраста тренировался в их передаче, что нет ничего удивительного в том, что в отличие от многих других мальчишек он не хотел стать ни пожарным, ни полицейским. Его мечтой было вырасти и выучиться на телеграфиста.

Эта мысль оформилась в его голове в один прекрасный день, когда он покачивался в гамаке, слушая рассказ отдыхавшего рядом отца.

Со времени Мексиканской революции прошло уже
несколько лет, но рассказы о том, что происходило
в годы восстания, еще живо передавались повсюду
их непосредственными участниками. В тот день разговор зашел о телеграфистах. Хубило слушал отца,
затаив дыхание. Вообще для него мало что могло
сравниться с тем чувством восторга, когда он просыпался после обязательного в его возрасте послеобе-
денного сна под звуки голоса отца, рассказывавше-
го очередную историю.

Жара, обычная в этих тропических краях, вынуж-
дала всю семью устраиваться на сиесту в гамаках,
подвешенных в задней части дома, куда доносился
морской ветерок. Там-то, у моря, *K'ak'nab*, они отды-
хали и беседовали. Шум набегавших волн погружал
Хубило в сладчайшую дремоту, и не менее сладким
было постепенное пробуждение под негромкий рит-
мичный гул разговора взрослых. Постепенно, не торопясь, слова развеивали дрему, и наступало время
пиршества воображения. Так, плавно вырвавшись
из ласковых объятий сна под тропическим небом,
Хубило протирал глаза и готовился внимать каждому слову отца.

В тот день речь зашла о генерале Вилье и его кор-
пусе телеграфистов. Всем известно, что одним из
факторов успеха Вильи как военачальника являлось
то внимание, какое он уделял средствам связи. Он
отчетливо сознавал всю мощь этого новшества по
тем временам и великолепно сумел применить его.

В качестве примера отец привел один случай, когда использование телеграфа обеспечило повстанцам возможность захватить целый город — Сьюдад-Хуарес.

Этот приграничный город, очень важный по своему расположению, был настоящей крепостью — хорошо укрепленной и отлично снабжаемой. Вилья решил не вступать в открытое сражение с федералами; перейти границу, чтобы окружить город, он не мог. Вот он и придумал захватить эшелон с углем, направлявшийся в Сьюдад-Хуарес из Чихуахуа, чтобы использовать его в качестве этакого «троянского коня». Погрузив в вагоны всю свою армию, он на первой же промежуточной станции приказал захватить телеграф и вместо тамошнего телеграфиста посадил своего человека, который тотчас же отправил федералам телеграмму: «Вилья преследует нас по пятам. Что делать?»

Ответ был получен следующий: «Двигайтесь в Сьюдад-Хуарес как можно быстрее». Так они и сделали. Угольный эшелон прибыл в Сьюдад-Хуарес глубокой ночью. Федералы пропустили его в город, а когда выяснилось, что вагоны под завязку забиты не углем, а вооруженными повстанцами, было уже поздно. Таким образом Вилье удалось захватить Сьюдад-Хуарес практически бескровно.

Как говорится: «Тому, кто умеет слушать, много раз повторять не надо». Хубило было достаточно услышать, как его отец произнес: «Без помощи того телеграфиста генерал Вилья ни за что не одержал бы победу», как образ этого безымянного героя предстал в его воображении. Если этим человеком так восторгается его отец — он тоже хочет стать телеграфистом! Ему надоело догонять братьев и сестер, у которых была фора величиною в целые годы учебы и самой жизни. Тот из них, кто не стал юристом, выучился на врача, та, что не танцевала лучше всех, была необыкновенно умна. Все они являлись средоточием добродетелей, достоинств и вполне реализованных возможностей. Хубило то и дело замечал, что отцу было в какой-то мере интереснее разговаривать с его братьями и сестрами, чем с ним самим, смешнее казались отцу и их шутки, серьезнее относился он и к их успехам. Младший чувствовал себя обойденным и мечтал выделиться перед отцом любым способом. Он хотел предстать в глазах отца настоящим героем, и вот стало ясно, что нет для этого способа лучше, чем сделаться телеграфистом. Хубило уже знал за собой особый дар слышать и передавать чужие слова, так что эта работа не должна была оказаться ему в тягость. Он рвался как можно скорее стать одним из них, тех самых героев.

Что нужно для того, чтобы стать телеграфистом? Где на них учатся? Как долго? Вопросы сыпались из него со скоростью пулеметной очереди, и ответы не заставляли себя ждать. Больше всего его взволновало известие о том, что, для того чтобы быть телеграфистом, нужно, оказывается, знать азбуку Морзе — особый алфавит, ключ для передачи информации, владеют которым лишь немногие.

Перспективы вырисовывались самые радужные! Если то, что нужно передать, понимать будет он один, значит, и формулировать полученную информацию можно будет по своему усмотрению! Мысленно он уже соединял влюбленных, улаживал семейные распри, восстанавливал пошатнувшиеся браки и прекращал всякого рода вражду и раздоры. Кому как не ему суждено было стать лучшим телеграфистом в мире! Это он чувствовал сердцем. Доказательством могли служить установившиеся наконец, не без его участия, добрые отношения между мамой и бабушкой. Вряд ли овладение азбукой Морзе окажется более сложной задачей. А кроме того, он ощущал в себе особый дар. Умение «слышать» истинные чувства человека, скрытые за прочной стеной произносимых им слов, свойственно далеко не каждому. Чего Хубило в те дни не мог предвидеть, так это того, что дар этот превратится с годами в его главнейшее несчастье. Оказалось, что умение читать секреты и невысказанные желания людей — вовсе не так приятно и забавно, наоборот, этот талант в своем роде видеть других насквозь очень быстро становится причиной множества переживаний, головной боли — в прямом и переносном смысле, — а также огромных любовных разочарований.

Но в те веселые и радостные дни кто мог бы предупредить Хубило о том, что жизнь — тяжелая штука? Кто смог бы предсказать, что в последние дни он будет прикован к постели, ведя почти растительный образ жизни, и главное — не имея возможности общаться с людьми? Кто?!

— Привет, Хубиан! Как ты?

— Да... никак.

— Да ты что? А на мой взгляд, так ты — еще ничего.

— А ты... на мой... нет...

— В каком смысле? Что, я по-твоему плохо выгляжу?

— Да нет же, дон Чучо. Папа имеет в виду, что он вас совсем не видит, а не то, что у вас нездоровый вид. Это шутка, просто вы не дали ему договорить.

— Извини, старина, ты говоришь так медленно, вот я и поторопился.

— Да, к сожалению, это доставляет ему большие неприятности. Вот на днях Аврорита, его сестра-сиделка, спросила его, не хочет ли он пообедать с нами вместе. Он, конечно, ответил, что да, но сначала ему нужно в ванную. Ну, Аврорита сажает его в кресло-каталку, везет в ванную, поднимает и начинает расстегивать ему ширинку. Вот тут папа и произносит, неторопливо так: «Не надо, я только руки хотел помыть». Аврорита, конечно, смеется и говорит: «Ай-яй-яй, дон Хубило! Ну и зачем я вам тогда штаны расстегиваю?» На что мой папа ей заявляет: «А я думал, ты это так — по собственному желанию...»

— Ну, старина, ты даешь! Годы идут, а ты все такой же, не меняешься.

— Нет... да и чего ради-то?

— Дон Чучо, скажите, а что, отец всегда был такой шутник?

— Всегда ли? Что скажешь, Хубиан? Да сколько я его знаю!

— А сколько?

— Ну, я уж и не упомню. Ему, наверное, тогда лет девять было, а мне — лет шесть, кажется. Он только что приехал из Прогресо: по-моему, там закрылась экспортная контора твоего дедушки, вот они сюда и перебрались. Как сейчас помню, как я его впервые увидел: стоит себе рядом с чемоданом, только-только с поезда. Я еще удивился, что на нем были короткие штанишки — ну, знаешь, матросский костюмчик такой. Само собой, вся наша компания соседских детей собралась поглазеть на новенького, ну и давай над ним зубоскалить... Мол, матрос, где же твой корабль, да как тебя сюда занесло, до моря-то отсюда... Спрашиваем его, где сегодня бал-маскарад, ну да сама знаешь, как дети дразнятся.

— А что папа?

— Да ничего. Рассмеялся в ответ и говорит: «Какой еще бал-маскарад? Вам разве еще не сказали, что я и море с собой привез? Вон и волна следом идет — смотрите!» Мы и давай вертеться да оглядываться, в общем, стоим как дураки. Ну, тут уж папочка твой от души посмеялся. Вот с того дня мы с ним и дружим, он мне как-то сразу понравился. Мы тогда жили на улице Альсате, твой папа — в доме двадцать семь, а мы напротив. Так что мы целыми днями играли вместе, друзья были — водой не разольешь. А потом мы переехали на Наранхо, и Хубиан после школы каждый вечер заходил ко мне. Мы все время играли на улице; тогда ведь было совсем спокойно, никто ни на кого не нападал, машины проезжали редко-редко, а уж грузовики и вовсе в диковинку были. Да жизнь совсем другая была, квартал наш — рай земной, не то что сейчас: не успеешь выйти на улицу вечерком, как тебя тут же изобьют или ограбят. Когда со мной такое приключилось, так пришлось даже в больницу лечь. Такое творится, что даже в аптеке на углу — помнишь угловую аптеку, Хубиан? — даже там поставили на окна решетки, чтобы ее не ограбили. А я помню, как в том же доме, над аптекой, жили сестры Гонсалес, и мы вечерком попозже приходили к их окнам, чтобы, если повезет, подсмотреть, как те будут раздеваться и укладываться спать. Эй, Хубиан, ты меня слышишь? Воспользуюсь-ка я тем, что ты толком говорить не можешь, и открою глаза твоей дочке кое на что, а то ты бы мне быстро рот заткнул.

— Это... я бы... с радостью...

— Не сомневаюсь. Единственное, что меня успокаивает, так это то, что ты и пошевелиться толком не можешь. Что, старина, съел? То-то же... Кстати, а ты знаешь, что твой отец по молодости был ох как не дурак подраться?

— Нет.

— Да ты что? Такого не знать? Между прочим, он даже умудрился нокаутировать самого Чуэко Лопеса, это боксер такой был в наше время, он еще за твоей мамой хотел приволочиться.

— Правда?

— Конечно. Дело вот как было: мы собрались у меня, на Наранхо, по какому поводу — даже не помню. Вышли втроем на балкон, а тут на улице появляется Чуэко и тотчас же лезет на ближайший столб, чтобы — представь себе только — пофлиртовать с твоей мамой. Ну а дальше — понятное дело: папочка твой рассердился, полез в драку с Лопесом и набил-таки ему морду!

— А почему он так рассердился? Они давно были знакомы с мамой? Он уже считался ее парнем?

— Да что ты! Я их только-только познакомил! Нет, дело было в том, что Хубиану, понимаешь ли, показалось, будто Чуэко недостаточно уважительно обошелся с твоей мамой, хотя, если уж говорить начистоту, — Хубиан, ты слышишь? — все это происходило у меня на глазах, и я не припомню ни единого его слова, которое можно было бы считать оскорблением...

— Он... не сказал, но... но подумал!

— Брось, Хубиан!

— Подождите, дон Чучо, так это вы познакомили моих родителей?

— Увы, да, и твой папа так и не может мне этого простить. Правда, старина?

— Н-ни... за что!..

— Мог бы и снять с меня проклятье, в конце концов виноват-то ты сам. В тот вечер, вместо того чтобы лупить несчастного Чуэко, лучше бы подсобил ему, приободрил. Глядишь — он и женился бы на Люче, так нет же... И какая муха тебя тогда укусила?

— Да как бы я... такую свинью... парню... я ведь... им восхищался...

— Бедняга Лопес, добрейший был человек. Он ведь и меня научил боксу, представляешь себе? Возился со мной, хотя сам уже известным боксером был, потом он даже выступал на «Арене Мехико» и «Арене Либертад». А тренировать меня он стал, потому что пожалел: меня в школе лупили почем зря. Я ему как-то пожаловался, и он меня спросил, не хочу ли я научиться драться. Я, конечно, ответил, что да, и он стал заниматься со мной. У него дома в подвале висел мешок для отработки ударов, ну штанга там была, перекладина, вот я и усваивал там первые уроки. Главное, говорил он мне, никогда не закрывай глаза, потому что противник только того и ждет. Я потом всегда повторял это Хубиану: когда баба тебя лупит, ты только глаза не закрывай, тогда и увернешься. Да что толку-то, отец твой никогда меня не слушал... Ну да ладно, жизнь — она такая штука: вот Чуэко Лопес — проморгал да прогулял все, пить начал, а под конец дошел до того, что стал подавальщиком в парикмахерской.

— Это как же?

— Ну, раньше в парикмахерской клиенту всегда рюмочку подносили, пульке[1] или еще чего-нибудь.

---

[1] Алкогольный напиток из сока молодой агавы.

Сейчас уже такого нет. А делал это специально наня-
тый человек, официант не официант, а так, просто
на побегушках. Ну да все проходит... вот и мы тут си-
дим... Чуэко-то давно умер, а мы еще барахтаемся...
вот я и пытаюсь пожить в свое удовольствие, пока
живется. Хожу в кегельбан, люблю я это дело; по три
раза в неделю играю. Партнерам моим — и партнер-
шам — лет по семьдесят будет, а многим и поболее.
Одному недавно девяносто исполнилось, а он ничего — держится, играет. И неплохо у него получается.
В такие-то годы... а там один шар десять фунтов ве-
сит! Плохо только, что стали дорого брать за это дело, по восемьдесят песо за дорожку. С нашими-то
пенсиями такие деньги — куда там. Ни за что бы себе не позволил. А тут — такое дело: иду я по улице
Салливан и вдруг вижу кегельбан на втором этаже,
прямо над обувным магазином. Смотрю, играют там
девчонка одна и мужик какой-то. Ну, я и спрашиваю,
можно ли поиграть и сколько это будет стоить. Оказалось, это заведение специально арендовано, чтобы по утрам там могли играть пенсионеры-профсо-
юзники. Я им говорю, что я, мол, тоже пенсионер,
но только у меня государственная пенсия, так представляешь, они ответили, что это неважно и что я
тоже могу поиграть. Там за дорожку берут по восемнадцать песо, но это для всех, а нам, пенсионерам,
вообще по девять уступают, да к тому же угощают
чашкой кофе. А я, сам понимаешь, сумел подружиться с хозяйкой буфета, так она мне и две, и три ча-
шечки нальет, а я ей, ясное дело — то коробки помо-
гу нести, то еще что... Всяко мне легче, чем ей, вот и
дружим. Я ведь уже лет тридцать в кегли играю, а все
так, ни шатко ни валко, средненько получается.
В среднем сто пятьдесят — сто семьдесят выбиваю,

хотя сам знаешь, любому, кто играет, неймется пять сотен сразу отхватить. Тут пару недель назад я пятьсот восемьдесят три выбил — с трех попыток-то! Представляешь себе? Хубиан? Эй, Хубиан... Устал ты, похоже, от моей болтовни... молчишь.

— Нет, дон Чучо, дело не в этом. С ним такое бывает: не то устает, не то еще что... особенно, когда речь о маме заходит.

— Ну и дела! А кстати, она его что — не навещает?

— Да нет. Говорит — не хочет.

Последние слова я произношу с опаской. Почти тайком. Уж кто-кто, а я-то знаю, насколько хорошо отец может услышать разговор, что ведется одновременно. Вот он вроде и забылся, потерялся в воспоминаниях, но это вовсе не мешает ему следить за нашей беседой. Долгие годы работы на телеграфе оставили ему в наследство редкое умение управляться сразу с несколькими делами и сообщениями.

А мне меньше всего хотелось бы, чтобы он узнал, что думает мама по поводу его болезни. Хотя, с другой стороны, вполне вероятно — именно о ней он будет думать в свою последнюю минуту, несмотря на то что вот уже столько лет ее не видел.

Каков, интересно, образ мамы, сохранившийся в его памяти? Какая она для него теперь? Такая, как в день их расставания? Или такая, какой он впервые увидел ее? Или как в тот день, когда она стояла на балконе, пробуждая все мыслимые желания в мужчинах, что с восхищением глядели в ее лицо?

А мама... каким остался для нее отец? Может ли она представить его таким, какой он сейчас? Думает ли она о нем по вечерам, отсмотрев свои сериалы? Если да, то каким он видится ей? Я постоянно спрашиваю себя, способна ли она представить его улыбающимся — как в лучшие времена, когда они танцевали дансон[1] на центральной площади Веракруса и магнит севера притягивал к себе волны прилива в глазах цвета моря.

II

Мелодия дансона топила в себе центральную площадь Веракруса. Пары скользили по танцплощадке с лебединой грацией. И при каждом шаге тела источали чувственность. Густую атмосферу сладострастия, казалось, можно было резать ножом и подавать кусками.

Одна пара отличалась от всех остальных. Это были Хубило и его жена. Сам Хубило был одет в белый льняной костюм, а Люс Мария, его супруга, в платье из органзы — тоже белое. Цвет одежды контрастировал с бронзой загара на их коже. Вот уже месяц они ежедневно ходили на пляж, и результат не замедлил сказаться. Солнечный жар, собранный, сконцентрированный в их телах, вырывался наружу, излучая пылкость, и страсть, и плотские желания. Люс Мария, для своих просто Люча, лишь слегка поводила бедрами, но особая чувствительность Хубило приумножала это движение и воспринимала его словно накатывающуюся волну огня, лихорадочного жара, пьянящего, льющегося пламени, поднимавшего и без того запредельную температуру его тела. Пальцы

---

[1] Национальный мексиканский танец кубинского происхождения.

Хубило, умевшие передавать телеграфные сообщения с невероятной быстротой, только на вид неподвижно лежали на спине и на талии партнерши. На самом деле они ежесекундно ощущали и передавали ему каждое ее движение, каждую частицу ее страсти, ее желания, таящегося под кожей. Ненасытные антенны, подушечки его пальцев, ловили электрические импульсы, которые она непрерывно посылала ему, словно бесконечно приказывая двигаться в ритме играющей музыки. Люче не нужны были слова, чтобы сказать мужу о том, как она его любит и как она его желает. Если слова движутся со скоростью желания, то, отправляя любовные послания, можно обойтись и без них. Единственное, что нужно, чтобы расшифровать такое послание, это особый чувствительный аппарат, которым Хубило обладал с рождения, сполна, и находился тот прямо в его сердце. Он мог получать и расшифровывать любое количество посланий, исходивших из сердца другого человека, независимо от того, хотел ли тот, чтобы его сообщение было прочитано, или нет. Хубило обладал способностью перехватывать послания раньше, еще до того как те обретут словесную форму.

Не раз и не два эта способность подбрасывала ему лишние заботы: люди ведь не привыкли к тому, чтобы их истинные намерения становились понятны другим. Они скрывают их от посторонних, прячут под покрывалом красивых речей, заглушают их, чтобы не нарушать принятого порядка вещей.

Это несоответствие, что существует между желаниями и словами, порождает всякого рода коммуникационные проблемы и служит почвой для появления двойной морали как у отдельных людей, так и у целых народов, которые, говоря одно, делают другое. Потому-то обычные люди, привыкшие в основном следовать за словами, оказываются в полном тупике, обнаружив, что чьи-либо поступки в очередной раз противоречат заявленному ранее. Немалых трудов им стоит догадаться о лживости слов говорящего, но почему-то они предпочитают быть снова обманутыми и не признавать предупреждений таких людей, как Хубило, об истинных намерениях того или иного человека. Хубило даже привык к тому, что его самого обвиняли во лжи как раз тогда, когда он говорил чистую правду.

К счастью, электрические импульсы, пробегавшие сейчас по телу его жены, имели только одно значение и целиком совпадали с тем, что она думала, а кроме того, с тем, чего желал Хубило. То, как согласованно двигались в танце их тела, предвосхищало удовольствие, что ожидало их позже, по возвращении домой.

Женаты они были всего полгода и до сих пор занимались лишь тем, что познавали друг друга, целуясь и предаваясь любви в каждом из тех городишек, куда Хубило отправляли в командировку, — как квалифицированный телеграфист он временно исполнял обязанности местных сотрудников телеграфа, уходивших в отпуск или на больничный. На этот раз ему выпала очередь ехать в великолепный Веракрус, за что молодая пара могла лишь благодарить судьбу.

Это назначение стало для них настоящим подарком, особенно для Хубило, которого совершенно измотали события последних нескольких месяцев. Морские купания, соленый песок, запах свежей рыбы и кофе в «Ла Паррокии» оказались для него прекрасным тонизирующим и общеукрепляющим средством. По крайней мере куда лучше, чем «Эмульсия Скотта», которую пыталась навязать ему Люча. Крики чаек, шелест вееров и шум набегающих на берег волн оживляли его, мысленно возвращая в бесконечно счастливые дни детства. Он снова осознал, что жизнь — приятная штука и что в ней у него нет иных обязанностей, кроме как заниматься любовью. Хотя, если уж говорить совсем начистоту, он не мог не признаться себе в том, что не способен думать ни о чем, кроме плотских утех, независимо от того, находился ли он сейчас в Веракрусе или в Кочинчине. Причем — даже на работе.

Отправляя телеграммы, он постоянно помнил, как его пальцы ласкают самые интимные места Лючи. Играя с ее клитором, они словно посылали ей сообщения азбукой Морзе, и если она и не понимала их дословно, они все равно были достаточно красноречивы, чтобы Люча отвечала на них взрывом страсти. Это был тот случай, когда сознание Хубило не отделяло любовную игру от работы, а работу от самой нежной ласки. Он оправдывал себя тем, что на самом деле эти два занятия тесно связаны между собой. Во-первых, и для того и для другого требовался электрический ток. Телеграф получал его по проводам, а в маленьких удаленных деревнях, где еще не было света, телеграфная служба работала при помощи специальных приемных устройств: стеклянные, сантиметров тридцать—сорок в высоту и около пятнадцати в диаметре, они наполнялись кусочками сульфата и заливались водой. В верхней части сосуда помещалась медная спираль с двумя контактами: один уходил в воду, другой примыкал к спирали. Плюс и минус. Эти склянки работали, как батареи Вольта: чтобы получить нужное напряжение, их устанавливали по несколько штук последовательно.

Влагалище его жены функционировало сходным образом: в нем имелась влага, и размер его как раз соответствовал тому, чтобы при контакте с половым членом мужа, этим усложненным подобием медного кабеля, возникал источник электрического тока, подобный Вольтовой батарее.

Хорошо это или плохо — в зависимости от того, как посмотреть, — но батарейки Хубило хватало ненадолго, и ему то и дело требовалось вновь подзарядиться, для чего следовало в очередной раз подсоединить приемный кабель к источнику тока. Они с Лючей просыпались рано утром и занимались любовью; затем Хубило собирался и уходил на работу. Отправив положенное количество телеграмм, он отправлялся на обеденный перерыв — домой. Пообедав, они с Лючей вновь занимались любовью, затем он снова шел работать. Передав очередную порцию сообщений, он возвращался домой. Вечером они выходили прогуляться, ужинали и перед сном опять занимались любовью. Единственным изменением в этом режиме стало по приезде в Веракрус ежедневное посещение пляжа. Но в общем их жизнь представляла собой эту радостную рутину новобрачных. Впрочем, в последнее время в ней наметились некоторые перемены. Это ни в коем случае не означает того, что их встречи стали менее страстными, или того, что беременность супруги воспрепятствовала их бесчисленным совокуплениям, но тем не менее Хубило стал ощущать некое воздействие, препятствующее энергетическому обмену между ним и его женой. Он не знал, как это выразить, но подсознательно ощущал, что Люча что-то от него скрывает. Она не отваживалась объясниться перед ним, а самому Хубило никак не удавалось определить, что происходит, что едва заметно течет у нее в крови. Так можно объяснить происходившее, если принять во внимание, будто мысль подобна электрическому импульсу, который бежит по лучшему из проводников — человеческой крови. Вот почему Хубило было нетрудно «ощутить» мысли жены в минуты энергетического обмена, что происходил между ними, когда они занимались любовью. Лоно жены было для него источником энергии, компанией-поставщиком электричества, и в последнее время напряжение этого тока стало давать сбои. Хубило пришел в отчаяние. Он спрашивал Лючу, но та все отрицала, а у него не было аппарата, подобного телеграфному, который смог бы уловить и расшифровать эти скрываемые от него мысли. Приходилось строить догадки, а как бы ему хотелось вместо этого превратить эти электрические импульсы в слова! Если бы только найти ключ к ним, придумать дешифровщик мыслей!

По его разумению, мысли представляли собой особые частицы или даже существа, которые начинают свое бытие с того момента, как их обдумывают; затем, воплотившись в сгустки энергии, они путешествуют и вибрируют в пространстве — невидимые и неслышимые — до тех пор, пока их не перехватит какой-нибудь приемный механизм, преобразуя их в письменный текст, в устную речь или — а почему бы и нет? — в зрительный образ. Хубило верил в то, что в один прекрасный день будет изобретен специальный аппарат для преобразования мыслей в соответствующие им видимые образы.

С его точки зрения, непреодолимых препятствий этому не было. Пока же ему приходилось довольствоваться единственной доступной системой восприятия, которую представлял он сам. И вполне возможно, что требовалось всего-то тоньше настроить свой приемник, чтобы иметь возможность поймать самые слабые волны, и это позволило бы ему невероятно усилить свои способности к непосредственной коммуникации с окружающим миром.

Хубило твердо верил в то, что все сущее во Вселенной имеет душу, чувствует, мыслит. Все — от крохотного цветка до самой далекой галактики. Каждый по-своему заявляет миру: «Я здесь, я существую». По его теории получалось, что звезды говорят, общаются, обладают способностью создавать и пересылать сигналы, отражающие их самые потаенные мысли и переживания. Древние майя ощущали свою связь с разумом Солнца и считали, что если человек сумеет установить контакт с Королем Звезд, то ему станут ведомы не только его мысли, но и его желания. И Хубило, как достойный потомок своего великого народа, не переставал себе на радость упражняться в попытках открыть разум, распахнуть его навстречу мысленному излучению солнца, звезд и других галактик; он изо всех сил пытался найти чей-нибудь сигнал, послание, какой-нибудь знак или скрытое за ним значение, любую пульсирующую вибрацию, которая обратилась бы прямо к нему.

Как же грустно, наверное, осознавать, что твои импульсы никем не будут приняты! Чувствовать, что никто и никогда не поймет их скрытый смысл! Знать, что отправляемые тобой сообщения сгинут навеки в ночи времен!

Наверное, для Хубило не существовало ничего более тревожного, более противоестественного, чем мысль о послании, которое не приходит к своему адресату. Он, родившийся с такой необыкновенной восприимчивостью, позволявшей ему принимать и передавать послания, отправленные практически в любой форме, приходил в отчаяние, обнаружив отправленное и никем не принятое сообщение, на которое так и не поступило ответа. Это словно ласка, которой не суждено прикоснуться к коже возлюбленного, словно спелый финик, незаметно упавший на пол и так никем и не съеденный, сгнивший где-то под порогом. По мысли Хубило, самое горькое заключалось в том, что в мире было немало таких посланий — отправленных, но не полученных, и потому беспорядочно мечущихся по Вселенной. Сколько же этих пульсирующих сущностей — невидимых и неслышимых — вьются вокруг каждого человека, вокруг какой-либо планеты или звезды? Эта простая мысль наполняла Хубило чувством вины, заставляла его ощущать свою ничтожность — словно он был обязан принять все не полученные другими адресатами сообщения. Как бы он хотел объявить всему миру, что он… он способен, готов принимать все, что отправлено, что он знает цену этим посланиям, что они вибрируют в космосе не напрасно! С годами он обнаружил, что лучший способ предоставить людям подтверждение в получении их послания — это воплотить свои самые потаенные желания посредством честного и добросовестного отношения к своей работе.

Возможно, зародилось в нем это чувство в тот день, когда бабушка отвела его далеко в сельву и показала дорогу к потайному месту, путь к которому еще не был осквернен историками и археологами. Там на небольшой поляне стояла древняя стела народа майя. Ребенку она показалась таким огромным сооружением, которое и взглядом-то объять — нелегкое дело. Столь же велика была ее способность притягивать к себе внимание. Высеченные на каменных боках иероглифы мгновенно пробуждали воображение всякого, кто останавливал на них взгляд. Бабушка с внуком долго осматривали стелу, причем донья Итцель все это время курила сигару. Эти сигары она делала сама, завертывая табак в лист кукурузы. Речь идет о целом, неразрезанном кукурузном листе, так что сигары получались чудовищных размеров, а следовательно, и курились они, прямо скажем, не быстро. В общем, пока бабушка разбиралась со своим творением, прошло немало времени, в течение которого Хубило неотрывно разглядывал иероглифы.

— Бабушка, что здесь написано?

— Не знаю, родной мой, не знаю. Говорят, на этой стеле отмечены какие-то важные даты, но расшифровать, понять их до сих пор никому не удалось..

Маленький Хубило пришел в ужас от этого известия. Если древние майя потратили столько сил и времени, чтобы высечь эти даты на камне, то, наверное, считали их особенно важными. Как же могло получиться, что о них забыли? Нет, он не мог в это поверить.

— Бабушка, ну правда, ну скажи, неужели действительно никто не понимает, что это за цифры?

— Да нет, *Che'ehunche'eh Wich*, дело-то не в этом. Что тут за цифры — известно, вот только непонятно, какому году нашего календаря они соответствуют. У майя был другой календарь, не такой, как у нас, и теперь нам не хватает главного — ключа, с помощью которого можно было бы расшифровать эти надписи.

— А где этот ключ? У кого он?

— Нигде и ни у кого. Этот ключ был утерян, когда нашу страну захватили испанцы. Я ведь тебе уже рассказывала, что они сожгли книги майя, и мы теперь уже никогда не узнаем многого о наших предках.

И пока донья Итцель докуривала свою сигару, Хубило даже позволил себе пустить слезу. Он отказывался верить в то, что все потеряно безвозвратно. Этого просто не могло быть! Вот он — этот камень, и он говорит с ним, и пусть его язык пока непонятен, Хубило уверен, что рано или поздно он его разгадает, ну или хотя бы попытается сделать это.

Немало времени он провел, изучая систему счисления майя. Система была двадцатичной — от одного до двадцати, и для записи чисел в ней использовались точки и черточки. Самое любопытное заключалось в том, что эти занятия помогли ему много лет спустя изучить азбуку Морзе. Но в то время он еще не знал, что ему суждено стать телеграфистом, и его ум занимала одна задача: найти ключ к расшифровке календаря майя. Что касается его бабушки, то едва ли он мог доставить ей большее удовольствие чем-либо еще. Видеть внука, поглощенного изучением культуры древних майя, было для нее поводом к нескрываемой гордости. По всей видимости, это увлечение Хубило и помогло ей мирно, со спокойной душой уйти в лучший мир: она могла быть уверена, что ее наследие не пропадет, но сохранится и продолжит жить хотя бы в одном из потомков. В том, что Хубило не забудет своих предков и свой народ, сомнений не оставалось.

Она умерла спокойно, с улыбкой на лице. И Хубило, как бы ему ни было жаль бабушку, не переставал благодарить судьбу за это. Донья Итцель умерла вовремя — чуть-чуть не дожив до того времени, когда бурное развитие экономики и техники, сметая все на своем пути, ворвалось в Прогресо, ее родной город. По иронии судьбы донье Итцель довелось жить в городе с таким символичным названием, хотя она, несмотря на всю необратимость своих взглядов и участие в революционной борьбе, ни в коей мере не разделяла идею неизбежности и необходимости прогресса, столь бурного именно в те времена. Она признавала за женщинами право курить и право бороться за другие права. Более того, в 1916 году она поддержала движение, выступавшее за разрешение в Юкатане абортов, но при всем этом до конца своих дней не желала примириться с появлением телеграфа, телефона, железной дороги и прочих достижений цивилизации, которые, по ее мнению, только забивали людям головы лишним шумом, заставляя их жить наспех и отвлекая от всего истинно важного.

В какой-то степени бабушка считала технические достижения проявлением позитивистского мировоззрения, которому следовала так называемая «группа ученых». Этой компании ничтожеств тем не менее удавалось в течение довольно продолжительного времени удерживать у власти президента Порфирио Диаса. Именно в период его диктатуры, в 1901 году, была опубликована работа врача-позитивиста Порфирио Парры «Мексика: ее социальная эволюция». Этот «научный» труд оказался неопровержимым свидетельством того, что думали столь уважаемые и утонченные представители государственной элиты о мексиканском народе. В этой книге абсолютно безапелляционно отвергалось какое бы то ни было значение индейского наследия. Оно просто отбрасывалось в сторону. При этом утверждалось, что до пришествия испанцев индейцы не умели считать больше чем до двадцати и что их познания в арифметике если и могли худо-бедно обеспечивать повседневные нужды, то уж ни в коей мере не служили научным инструментарием.

По словам Парры, у истоков мексиканской науки стояли знания, привнесенные конкистадорами, но никак не те, что были на вооружении у индейцев. Это утверждение отдавало расистским душком, не говоря уже о том, что демонстрировало невежество автора. Тем не менее донья Итцель не без основания опасалась того, что все эти достижения современной науки предадут забвению борьбу великих мексиканцев, таких как Хосе Басконселос, Антонио Касо, Диего Ривера, Мартин Луис Гусман и Альфонсо Рейес, против мрачного наследия, оставленного этой «позитивистской наукой», борьбу за возрождение «духа», за развитие гуманитарных наук, за новое обретение мексиканской реальности, наконец, борьбу за индейца.

Для нее было ясно, что главное в железной дороге — это не возможность быстро добраться куда-либо, а то, зачем это делается. Все технические новшества не стоят ломаного гроша, если их не сопровождает духовное развитие. Вот эту-то опасность ясно видела донья Итцель. Ведь несмотря на все победы, несмотря даже на революцию, мексиканцы так и не обрели более цельного понимания того, кто они такие. А живя впопыхах, все время догоняя кого-то или что-то, как можно восстановить утерянную связь с собственным прошлым? И когда теперь, в какой миг истории им суждено перестать быть теми, кем они не являются и не должны быть?

Бабушка умерла, так и не найдя ответа на свои вопросы, и Хубило, несмотря на то что ее уход на какое-то время сильно выбил его из колеи, решил не оставлять попыток разгадать тайну иероглифов. Занятия в области математики привели его к тому, что он открыл для себя календарь майя. При помощи всего тринадцати цифр и двадцати символов майя сумели описать всю мудрость, которой овладели их превосходные астрономы. Древний народ прекрасно ориентировался в небе и в пути движения планет. Майя могли не только предсказывать затмения, но и рассчитывать орбиту, по которой Земля движется вокруг Солнца, причем делали это с невероятной точностью — их расчеты до тысячных долей после запятой совпадают с теми, что производит современная наука. Как объяснить наличие подобных знаний у цивилизации, не имевшей современных измерительных приборов, у культуры, которая даже не открыла для себя колесо в качестве транспортного средства? Хубило пришел к выводу, что причиной этому была особо прочная связь, которую майя сумели установить с окружающим их миром. Сами майя использовали термин *Kuxan Suum* для определения того, в чем именно состоит наша связь с Галактикой.

Kuxan Suum переводится как «Небесный Путь, ведущий к пуповине Вселенной». Речь идет о своего рода энергетической пуповине каждого человека, которая выходит из его солнечного сплетения, проходит насквозь через Солнце и достигает *Hunab-Ku*, что означает «Источник жизни, находящийся дальше, чем Солнце».

Для майя Вселенная не была прерывистой, разделенной на атомы. Они верили в то, что некие тончайшие невидимые волокна осуществляют связь одних предметов с другими; иными словами, в то, что Галактика представляет собой некую резонирующую матрицу, внутри которой происходит непрерывная передача информации и знаний. Таким образом, люди, обладающие восприимчивостью, достаточной для того, чтобы поймать вибрацию предметов и их систем, могут подключаться к этому процессу обмена информацией и получать космические знания напрямую.

Конечно, когда *Kuxan Suum* скрывается во мраке, наша способность к восприятию резко снижается, и Солнце, даже оказавшись прямо перед нашими глазами, не в силах передать нам хоть что-либо.

Представлять Галактику в виде огромного резонатора оказалось крайне интересно. Резонировать — значит снова, повторно звучать. А звучать — значит вибрировать. Весь космос пульсирует, вибрирует, звучит и — резонирует. Где? В предметах, способных воспринимать энергетические волны.

Хубило открыл для себя, что остроконечные предметы значительно лучше принимают энергетические колебания, чем те, что по форме ближе к кругу. Благодаря этому открытию обрели логическую связь пирамиды, возведенные его предками, и вертикально установленные телеграфные столбы, которые современники стремились расположить как можно выше.

Понимание этой закономерности натолкнуло его на дальнейшие умозаключения: так, например, его угловатый на ощупь череп представлял собой мощную антенну, позволявшую воистину чудесным образом подключаться к космосу. Антенной был и его напряженный половой член, готовый в таком состоянии к неимоверно глубокому контакту с самым чувствительным резонатором мира — тем, что принадлежал телу его женщины. Отсюда понятна легкость, с какой Хубило устанавливал отношения со всеми людьми, даже на расстоянии. Ничуть не хуже устанавливал он связь и с предметами, и с сущностями куда более абстрактными, например — с числами. Возможным объяснением этого феномена может служить то, что Хубило, как всякая высокочастотная антенна, не только перехватывал малейшие, едва заметные колебания, но и начинал вибрировать с ними в унисон.

Говоря другими словами, Хубило не довольствовался тем, чтобы перехватить нужную волну, но стремился к тому, дабы погрузиться в нее и начать вибрировать на той же ноте, с той же частотой и амплитудой. Совсем как гитарная струна, которая, уловив звук струны другого инструмента, настроенного в той же тональности, начинает звучать сама, не дожидаясь прикосновений пальцев музыканта. Зазвучать в унисон — вот чего добивался Хубило, настроившись на ту или иную вибрацию, говорящую: «Я здесь, я существую». Это было своего рода ответом, его способом сказать: «Я тоже здесь, я тоже существую, и я вибрирую, звучу вместе с тобой».

Вот почему нет ничего странного в том, что Хубило так хорошо поладил с числами. За долгое время, посвященное изучению нумерологии майя, он раз и навсегда понял, что написать, например, цифру «пять» — это вовсе не то же самое, что изобразить «четыре». И дело даже не в ином наборе элементов, а в том, что каждая цифра звучала, вибрировала по-своему, как по-разному звучат все музыкальные ноты. Для Хубило, который прекрасно отличал «до», скажем, от «соль», не составляло большого труда увидеть также масть и достоинство любой перевернутой карты, положенной на стол. Это делало его невероятно удачливым игроком, но, что интересно, играл он очень редко и никогда — с друзьями. Ему казалось нечестным использовать свои способности для извлечения материальной выгоды. Исключение он сделал единственный раз в жизни. Было это в Уичапане, небольшом городке у подножия Сьерра-де-Пуэблы, где он, как обычно, заменял ушедшего в отпуск штатного телеграфиста.

Уичапан был типичным городком Тихоокеанского побережья: не проходило и дня, чтобы на него не обрушивался сильнейший ливень. Длинные козырьки свисали с крыши каждого дома, чтобы, проходя по улицам, люди имели хоть слабую защиту от дождя. Такой климат способствовал развитию в местных жителях своеобразной разновидности меланхолии, которая пропитывала их до самых костей — куда быстрее, чем вездесущая влага. Все места, где можно было собраться, располагались под крышами, и ни одно из них не могло сравниться по популярности с местной таверной. Впрочем, за те две недели, что Хубило и Люча уже провели в этом городке, у Хубило не возникло ни малейшего желания познакомиться со столь популярным у местных жителей заведением. Он предпочитал проводить любой свободный час в постели с женой, но... в один прекрасный день к нему на телеграф зашел один из самых постоянных клиентов почтовой службы в городе — молодой крестьянин по имени Хесус. Он зашел к Хубило, чтобы отправить очередную телеграмму Люпите, своей невесте, жившей в Пуэбле.

Через полмесяца Люпита и Хесус собирались пожениться. Подготовка к свадьбе шла полным ходом, и Хубило уже успел переслать невесте бесчисленное множество телеграмм, в которых ей сообщалось о дате и времени венчания в местной церкви, о том, сколько цветов и свечей будут украшать саму церковь, скольким курицам предстоит принести себя в жертву праздничному обеду... К тому же Хубило был в курсе того, сколько раз собирался Хесус поцеловать свою ненаглядную Люпиту, а самое главное — куда.

Разумеется, эти сведения поступали к нему от жениха не напрямую. Утечка столь конфиденциальной информации происходила подсознательно, и Хубило лишь, сам того не желая, получал ее, наблюдая за тем, как Хесус сочиняет телеграммы. Он стал, таким образом, своего рода непрошеным союзником в этом любовном заговоре.

Но в то утро, едва увидев Хесуса, вошедшего в помещение телеграфа, Хубило понял, что стряслось что-то ужасное. Хесус появился, опустив голову, печальный и подавленный. Вода, стекавшая с полей его не снятой шляпы, залила бланки, разложенные на стойке, но он даже не заметил этого. Похоже, парню было ни до чего, даже не до минимума хороших манер. Хубило, стараясь не обращать на себя внимания, сумел отодвинуть стопку телеграфных бланков так, чтобы те не попадали под печальную капель; Хесус брал из этой стопки лист за листом, но очередной вариант телеграммы неизменно отправлялся в мусорную корзину. Не нужно было обладать особой чувствительностью, чтобы понять: Хесусу предстояло сообщить невесте весьма и весьма неприятные известия. Желая хоть как-то помочь несчастному влюбленному, Хубило тактично предложил ему помочь в составлении телеграммы и при этом сумел так расположить его к себе, что парень взял да и поделился всем, что случилось с ним накануне.

Хесус был заядлым игроком в покер и каждую пятницу ходил играть в таверну. Но в прошлую пятницу он принял фатальное решение: перенести игру на субботу, чтобы она совпала с обещанным друзьям прощанием с холостяцкой жизнью. Результат оказался ужасен. Начав играть, Хесус проиграл все. Все! Ранчо, где они с Люпитой собирались жить, деньги на свадьбу — на церковь и на банкет, на платье невесты и даже на свадебное путешествие, о котором они так мечтали.

Описывать состояние парня нет необходимости. Помимо всего прочего, проиграл он свое имущество не кому-нибудь, а дону Педро, крупному местному землевладельцу; этот человек, вдобавок к грубости, невоспитанности и нечестности, славился жадностью и умением особо изощренно пользоваться несчастьями других — и все это, не считая прочих отрицательных черт характера. Хубило никак не мог понять, почему, зная все это, Хесус решился играть против него, да к тому же поставить на кон все свое имущество. Это просто не укладывалось в его голове. Хесус пытался объяснить свой поступок тем, что избежать этого было невозможно: дон Педро ни с того ни с сего подошел к их столу и спросил, нельзя ли присоединиться к игре. Отказать ему, естественно, никто не посмел.

Это было вполне понятно. Без объяснения оставалось другое: почему Хесус решил рискнуть всем, что у него было. Слушая сбивчивый рассказ парня, из которого следовало, что виной всему оказалась лишняя пара рюмок, выпитых к тому времени, Хубило мало-помалу настроился на волну страдания Хесуса и вскоре нашел ответ, который скрывался за полными слез глазами и унылыми словами проигравшего: причиной всему была слабая, почти не осознанная даже для самого Хесуса надежда на то, что ему удастся выиграть — единственный раз обыграть человека, который столько лет держал в подчинении всю его семью, порой лишая крестьян последнего куска хлеба.

Это объяснение придавало некую логику внешне абсолютно иррациональному поведению Хесуса за карточным столом в тот вечер. Теперь, когда последняя надежда была растоптана, на парня накатила волна сознания собственного бессилия. Бессилия многих поколений крестьян, терпевших всевозможные издевательства со стороны богатых латифундистов. Хубило настолько настроился на волну горя Хесуса, что сам почувствовал это бессилие, снесенные оскорбления, очередное унижение. В тот же миг он возжелал стать мстителем, которому суждено отплатить за несчастного, вынужденного теперь ломать голову над тем, как сообщить невесте, что свадьбу, которая должна была состояться через пару недель, придется отложить на неопределенное время. А ведь дело шло к тому, что в ближайшие дни Люпита и ее родственники собирались покинуть Пуэблу и направиться в Уичапан, где семья Хесуса с нетерпением ждала их приезда.

Как теперь объяснить, что произошло? Как извиняться? Хесус никак не мог найти подходящие слова. Хубило сумел убедить его в том, что отчаяние — не лучший советчик и редактор и что до тех пор, пока оно заполняет сердце, ему вряд ли удастся написать хоть одну внятную, осмысленную фразу. Ему даже удалось отправить Хесуса домой: разумеется, с обещанием тотчас же составить и отослать подобающую положению дел телеграмму.

Так он и поступил. Само собой, в его послании ничего не говорилось об отмене свадьбы, зато Люпите, от имени ее жениха, вновь сообщили, как он ее любит. Говорить что-либо еще не было смысла. По крайней мере, пока. Предстояло еще многое сделать, но дело Хесуса вовсе не представлялось Хубило неразрешимым. Единственное, что требовалось, — это время, а именно его-то и было в обрез. Поэтому Хесус, не тратя ни минуты даром, тотчас же принялся строить планы восстановления справедливости.

Среди тех немногих черт, что Хубило не мог терпеть в людях, было злоупотребление властью или силой. За то недолгое время, пока он пробыл в городке, ему уже стали известны многие неблаговидные поступки, совершенные доном Педро. Знал он и не об одной обесчещенной помещиком девушке, и о том, как тот нещадно эксплуатирует крестьян, как без стыда обворовывает их при расчетах, равно как и о том, что тот жульничает, организуя петушиные бои и, как теперь выяснилось, играя в покер.

Хубило так разозлился, что, даже будучи едва ли не самым миролюбивым человеком на свете, уже всерьез пожалел о том, что этому самому дону Педро удалось пережить революцию. Вот было бы здорово, если бы восставшие, пользуясь всеобщей сумятицей, влепили ему пулю в лоб! Таким образом они оказали бы изрядную услугу обществу и к тому же избавили бы Хесуса от лишних страданий. Но — ввиду явного упущения со стороны революционеров — за дело предстояло взяться самому Хубило.

В уточнении планов мести прошла рабочая неделя, настала суббота — вечер покера в таверне.

В восемь ноль-ноль он появился в зале и прямиком направился к столику дона Педро. Играть Хубило был готов на свои сбережения и зарплату, полученную за последний месяц. Дон Педро встретил его с распростертыми объятиями, словно какой-нибудь вампир — пятнадцатилетнюю девушку. В Хубило он явно видел очередную возможность сорвать деньжат по-легкому. Хубило почти мгновенно вычислил, каким образом дон Педро устанавливает свои правила за столом. Если первая сданная ему карта оказывалась тузом, всем остальным надеяться было уже не на что. Дон Педро начинал взвинчивать ставки, вынуждая таким образом небогатых партнеров отказаться от игры. Остаться и вести игру по-крупному — на это хватало азарта и силы духа совсем у немногих.

Вдобавок ко всему дон Педро был игроком не только очень искусным, но и невероятно везучим. Если у кого-то из соперников выстраивалась на руках тройка, он перебивал ее другой — более высокого достоинства. Если кто-то ухитрялся выстроить каре, дон Педро перекрывал его флешем. В тех редких случаях, когда ему действительно не везло, он прибегал к испытанному средству — блефовал, поднимая ставки до сумм, рисковать которыми большинство из его партнеров не могли себе позволить. Разумеется, доверия к его словам никто не испытывал, однако все предпочитали оставаться при своих сомнениях, но и при деньгах. Проверка комбинации, имевшейся на руках у дона Педро, могла обойтись слишком дорого, потому как к моменту, когда следовало открывать карты, на кону оказывалась сумма, равная целому состоянию одного из игроков, весьма, впрочем, скромная для второго.

Дон Педро не любил проигрывать и потратил немало усилий на то, чтобы овладеть всеми приемами, помогающими выигрывать. Прибегал он к ним умело, в зависимости от складывавшейся обстановки. Более того, он внимательно следил за каждым движением, за малейшим изменением в поведении своих оппонентов. Если человек хотя бы на миг выказывал сомнение или нерешительность перед тем, как уравнять ставку, дон Педро делал вывод о том, что у него на руках не больше захудалой пары, и старался тотчас же воспользоваться ситуацией. Если противник равнял ставки решительно — следовало поостеречься, вполне возможно, неплохой комбинации у него на руках. Если же тот выставлял фишки на стол не только не раздумывая, но даже перебивал его ставку, дон Педро не рисковал и предпочитал пропустить игру. Вот так просто. Не рисковать и не заигрываться, просчитывать каждую ставку — вот нехитрые правила, следуя которым дону Педро удавалось почти всегда выигрывать и лишь изредка оставаться при своих деньгах.

Ловко управляясь с цифрами, Хубило позволил дону Педро обыграть себя несколько раз — даже при том, что у него на руках порой оказывались лучшие карты. Ничего, ночь предстояла длинная, и Хубило хотел, чтобы дон Педро поверил в легкую победу. Так и получилось: где-то через час игры дон Педро пребывал уже в полной уверенности, что его противник — весьма посредственный игрок и расправиться с ним будет совсем не сложно. Тем временем Хубило стал потихоньку менять ритм игры. Он воспользовался тем, что сдавать выпало Сесару, местному аптекарю, сидевшему слева от него. При таком раскладе Хубило имел возможность почувствовать, что ему выпало. Настал черед сдачи пятой карты — последняя возможность для дона Педро заказать ставку. На столе перед каждым из игроков лежало по четыре карты — три открытые и одна вверх рубашкой. У дона Педро были открыты валет, восьмерка и тройка, закрытым же оставался еще один валет. У Хубило были девятки, семерка и король открытыми, и еще один король — закрытым; следовательно, его пара была сильнее, чем у дона Педро, о чем тот наверняка знать не мог. Чтобы выяснить это обстоятельство, дон Педро поднял ставку, ожидая, что, будь у противника на руках два короля, он тотчас же постарается перебить его ставку. Хубило не стал этого делать. Если бы дон Педро понял, что у соперника на руках лучшие карты, он того и гляди вышел бы из игры, а вот как раз этого Хубило хотелось меньше всего. Он мечтал разбить противника наголову и знал, что второго шанса у него не будет. Поэтому Хубило ограничился тем, что уравнял ставку, да и то — предварительно изобразив сомнения и нерешительность. Для дона Педро такое поведение противника послужило сигналом о том, что у того на руках, скорее всего, какая-нибудь пара девяток — курам на смех!

Дон Педро успокоился. Сумма на кону стояла уже не маленькая, и он твердо вознамерился унести ее сегодня всю без остатка. Перед сдачей последней карты дон Педро открыл свою пару, рассчитывая, что Хубило не станет рисковать и откроет свои девятки. Тот же, к удивлению противника, оставил своего короля закрытым, чем вынудил Сесара сдать еще по одной карте. Хубило был уверен в том, что ему достанется еще один король, а дону Педро — очередной валет, что, впрочем, уже не имело большого значения — три его короля в любом случае были сильнее любой валетной тройки. Когда Сесар положил на стол последнюю карту, среди зрителей послышались перешептывания и удивленные возгласы. Король величественно, как в замедленной съемке, лег на стол под бесстрастным взглядом дона Педро. По всем его расчетам, у Хубило была на руках пара девяток, открыл же он двух королей. Это дону Педро совсем не понравилось. Хубило, того и гляди, грозил уйти из-под его контроля. Вынув изо рта сигару, он неспешно придвинул к себе свою последнюю карту и так же, не торопясь, посмотрел ее. У него едва не вырвался вздох облегчения, а на лице расплылась торжествующая улыбка, когда он увидел, что получил третьего валета. Валетная тройка! А это значит, что он выиграл! Имея пару королей, противник мог бы и поднять ставку, но он этого не сделал и предпочел спасовать. У дона Педро участился пульс. Он, уже уверенный в победе, лихо поднял ставку на девяносто песо. Хубило только того и ждал. Он спокойно уравнял ставку и, к удивлению дона Педро, еще и перебил ее на двадцать песо — все остававшиеся у него деньги. Дон Педро решил, что Хубило по неопытности слишком рассчитывает на две свои карты и не предполагает вполне очевидной вероятности того, что у противника запросто может оказаться полноценная тройка. В общем, он преспокойно уравнял ставку и уже в качестве формальности поинтересовался:

— Ну, и что мы имеем?

На что, как гром среди ясного неба, прозвучал ответ Хубило:

— Три короля.

Дон Педро не был сломлен проигрышем. Наоборот, эта столь редкая для него ситуация подхлестнула его. Красный от злости, он сосредоточился и, используя все свои знания, приемы и опыт, навалился на Хубило изо всех сил. Если Хубило делал ставку, он пропускал ход. Когда же, напротив, ставку делал дон Педро, у Хубило как назло оказывались на руках хорошие карты, и он продолжал игру. В общем, мало-помалу дон Педро отыграл все то, что было так неожиданно проиграно.

У Хубило игра пошла плохо, он стал нервничать. Сколько он ни пытался сосредоточиться, ему уже не удавалось определить, какая карта шла к нему, а уж тем более — какие были на руках у дона Педро. Объяснения происходящему он не находил, но было ясно, что волшебная связь с числами оборвалась, и играть ему приходится вслепую. Ладони его взмокли, зато во рту пересохло. От выигрыша не осталось и следа, и вскоре он уже проигрывал свои последние запасы. На столе у него лежала пара семерок. Дон Педро открыл только одиночные карты. Сдали по последней. Хубило не повезло, он остался со своими двумя семерками. Ему оставалось только ждать, пока дон Педро увидит свою последнюю карту и сделает ставку, что позволит предположить, насколько она оказалась для него удачной. До этого момента у дона Педро не было никакой комбинации, но карты его были сильнее, чем те, что лежали перед Хубило. А значит — любая образовавшаяся пара обеспечивала дону Педро победу. Посмотрев последнюю карту, дон Педро уверенно заявил:

— Ставлю весь ваш остаток.

Хубило засомневался. Прочие игроки давно ушли из-за стола, и если он не согласится со ставкой, то никто уже не узнает, что за карты оказались на руках у его соперника. С другой стороны — дон Педро делает ставку на все оставшиеся у Хубило деньги! За километр было видно, что землевладелец старается оставить противника нищим: он ведь наверняка знал, что деньги, последние в этой игре, являются и последними сбережениями небогатого телеграфиста. Хубило мысленно пытался подсчитать все варианты, при которых он мог выиграть. Велика была вероятность того, что дон Педро блефует, но единственный способ выяснить это — согласиться с его ставкой, потому что всякая способность связываться напрямую с людьми, вещами и цифрами, казалось, была потеряна раз и навсегда. В общем, он уравнял ставку — лишь затем, чтобы с болью в сердце обнаружить в руках дона Педро валетную пару. Словно ледяная волна окатила Хубило с ног до головы. Он проиграл все. ВСЕ. Ставить больше было нечего. Дон Педро, собрав тем временем причитавшиеся ему фишки, не выпуская сигару изо рта, сказал:

— Большое спасибо, дружище. Похоже, вам больше нечего ставить?

— Увы...

— А что вы скажете о вашем симпатичном «паккардике»? Не хотите сыграть на него?

Хубило как обухом по голове ударили. Да, они с Лючей действительно приехали в этот город на машине, но у него и в мыслях не было поставить «паккард» на кон хотя бы потому, что тот ему вовсе не принадлежал. Это был свадебный подарок тестя и тещи. Семья Лючи была весьма богата, и подарок, помимо демонстрации добрых чувств к новобрачным, имел целью облегчить «сокровищу», доставшемуся Хубило, поездки по «медвежьим углам», куда загоняли семью телеграфиста его постоянные командировки. Машина стоила примерно три с половиной тысячи песо.

Неожиданно легко для самого себя Хубило заявил:

— Идет! Машина так машина!

Дон Педро улыбнулся. С тех пор, как Хубило и его красавица жена появились в городе, землевладелец едва не умер от зависти. Это страстное чувство вызывали у него как машина, так и женщина. По мнению дона Педро, возжелавшего обладать обеими, Хубило не заслуживал ни той, ни другой. И вот телеграфист сам предоставил ему возможность воплотить в реальность одно из этих желаний.

Дон Педро стал быстро мешать карты, но тут Хубило после небольшой паузы прервал его, сказав:

— Только в покер я больше играть не буду. Не везет сегодня. Я ставлю машину плюс ко всему, что есть на столе, но ставлю на победу Кида Ацтека в бое за звание чемпиона мира во втором полусреднем весе, который проходит сегодня в Мехико.

Дону Педро это предложение показалось весьма соблазнительным, но, приняв его, он утрачивал контроль над ситуацией. Никакие его хитрости, никакие уловки не могли повлиять на результат. Все зависело от слепого случая. Но в ту ночь ему так везло, никогда еще он не выигрывал так красиво столь крупную сумму... В общем, дон Педро, почти не колеблясь, принял пари. Сложность была всего одна, и заключалась она в том, что репортаж об этом бое по радио не передавали, и единственной возможностью узнать результат было дождаться утра, когда в город привозили свежие газеты. Так как было уже далеко за полночь и до рассвета оставалось всего несколько часов,

Хубило предложил пересчитать находившиеся на столе деньги — целое состояние, как оказалось, — и всем вместе пойти на станцию, чтобы там уже дожидаться утреннего поезда, этого своего рода средства распространения массовой информации. Взяв газету из первой же пачки, они выяснят, кто выиграл, отдадут победителю деньги — и дело с концом.

Все присутствовавшие, включая и дона Педро, с готовностью согласились с предложенным планом и вместе отправились на железнодорожную станцию. По дороге компания обсуждала это необычное пари, звучали самые разные комментарии, кто-то восторгался идеей, кто-то — рисковостью игроков, а кто-то даже пытался предугадать окончательный исход. Не было там ни одного человека, не желавшего победы Хубило, большинство ненавидели дона Педро лютой ненавистью, а оставшимся не хватало самой малости, чтобы воспылать к нему тем же чувством. Сам же Хубило в основном молчал. Он чуть поотстал от компании, чтобы покурить в свое удовольствие. Взгляд его был прикован к горизонту, руки засунуты в карманы. Товарищи по игре с уважением отнеслись к его праву на одиночество, полагая, что его, наверное, раздирает сейчас на части неуверенность, схожее с пыткой ожидание в неведении. Никому и в голову не могло прийти, что в эти минуты страдания Хубило были совсем иного рода: его мучили угрызения совести.

Чучо, друг детства Хубило и коллега по работе, жил в Мехико и был большим любителем бокса. Он посмотрел матч, а позже сообщил Хубило результат по телеграфу. До того, как тот вышел с работы и направился в таверну. Итак, заключая пари, Хубило уже знал, кто победил на ринге. Ставка была стопроцентно верной. И вот теперь чувство вины сжигало его. Нет, дело было не в том, что дон Педро не заслуживал тарелки каши, сваренной по его же рецепту, а в том, что Хубило нарушил тайну пересылки информации, которую всем телеграфистам полагается свято чтить. Единственное, что хоть как-то могло утешить его, — это то, что у Хесуса и Люпиты теперь будут деньги на свадьбу, да еще то, что Люча, его супруга, когда он наконец явится домой уже утром, сможет потребовать с него отчет только о том, где он пропадал, но не о том, куда он подевал их «паккард».

Накатившее на него уныние не позволило ему порадоваться вместе со всеми, послушать радостные возгласы знакомых, с должным рвением принять их поздравления. А между прочим, всеобщая радость была такова, что победителя подняли на руки и чуть было так и не понесли домой. Единственный, кому не пришелся по душе выигрыш Хубило, был, разумеется, дон Педро. Прочитав газету, он развернулся и пошел прочь, матерясь во весь голос.

Он не умел проигрывать. Учиться этому ему особо не приходилось, а переучиваться в пятьдесят лет уже достаточно сложно. Мысленно он поклялся когда-нибудь отомстить обидчику.

Взгляд, который дон Педро бросил на Хубило перед тем, как уйти со станции, красноречиво свидетельствовал, что у того появился заклятый и беспощадный враг — на всю жизнь. Но Хубило не стал придавать этому значения. Через две недели его собирались перевести в Пацкуаро, и он надеялся, что судьба больше никогда не сведет его с доном Педро. Ему не суждено было знать, что у судьбы имелись на их счет другие планы. Впрочем, в тот момент он не был способен думать о чем-либо, кроме того, чтобы побыстрее оказаться в объятиях Лючи. К тому же он страшно устал и хотел поскорее забыть об этой ночи, вернуться к привычной жизни, но... было уже поздно. Эта ночь стала водоразделом, поворотным пунктом всей его жизни.

Кое-кто из собравшихся намекнул на то, чтобы отправиться на открывшийся уже рынок и поесть козлятины, свежезажаренной на открытом огне, да пропустить по рюмочке — просто чтобы отпраздновать его победу. Но Хубило было не до того, он как мог вежливо извинился перед приятелями и поспешил удалиться. Отпраздновать? А что ему праздновать-то? Победу? Так разве это победа? Сам себя Хубило ощущал проигравшимся вчистую.

Проиграл он многое: пропала его связь с числами, себя самого он подвел, оказавшись никуда не годной приемной антенной. На благородное имя телеграфиста легло пятно позора. Рухнуло всё, все важнейшие победы и достижения его жизни. Теперь даже солнце — и то не могло согреть его. И это вовсе не было просто метафорой. Мелкий дождик, «чипи-чипи», как называли его местные жители, потихоньку поливал улицы городка. Шума от него не было, но мешал он от этого не меньше. Морось, висевшая в воздухе, как нельзя лучше соответствовала настроению Хубило. У него болело все тело, до костей, но еще сильнее — душа. А затянутое тучами небо лишало его последнего средства, что могло бы облегчить его участь. Для Хубило огромным наказанием была невозможность видеть солнце, подключиться к его теплу, окунуться в его согревающие лучи.

Неожиданно, словно небо сжалилось над ним, облака расступились и позволили первым солнечным лучам коснуться земли. Хубило тотчас же остановился, чтобы, не торопясь и не отвлекаясь, встретить чудо рассвета. Вот уже много лет такая встреча солнца была для него своего рода ритуалом. Бабушка научила его этому, и он старался строго следовать заведенному порядку, да так, что чувствовал себя не в своей тарелке, если с утра не получал благословения небесного светила.

Хубило поднял руки к небу и привычно поприветствовал восходящее солнце, но на этот раз не было ему ответа. Солнце отказалось говорить с ним. Хубило понял, что таково будет его наказание. Не подобало ему использовать свои способности медиума и передатчика для столь мелкого и ничтожного занятия, как игра в карты. Нельзя и пользоваться полученной по секрету информацией для своей личной, к тому же — материальной, выгоды. Но, тем не менее, он почему-то чувствовал, что назначенное ему наказание излишне сурово. Нет, он признавал и осознавал свои ошибки, был готов отвечать за содеянное, но — не в такой же степени! Впервые в жизни он просто ошибся. Все эти толкования неполадок в коммуникации, все предположения, касающиеся степени вины, не имели ничего общего с реальностью.

Солнце вовсе не отказывалось говорить с ним и уж никак не собиралось наказывать его. На самом деле все обстояло так: Земля попала под воздействие атмосферных явлений, причиной которых является изменение солнечной активности. Когда на Солнце появляются видимые даже с Земли пятна, происходят возмущения в электромагнитном поле нашей планеты, в результате чего затрудняется прием радиосигналов, нарушается их передача. В том, 1937-м, году Солнце находилось на пике активности, и не стоило ожидать, что каждая попытка Хубило установить связь со светилом увенчается успехом. По этой же причине он не мог перехватить сигналы, подаваемые мыслями дона Педро во время игры; она же мешала ему до конца понять Лючу, женщину, отмеченную магнитом севера, страдавшую, как никто другой, при появлении пятен на Солнце.

Знай он тогда об этом — и многие проблемы решились бы сами собой. В первую очередь, он понял бы, что иногда одного лишь желания, одной доброй воли мало для того, чтобы установить надежную связь с космосом; что из-за появления солнечных пятен порой повисает какой-нибудь не подключенный ни к чему провод, остается не установленной какая-либо связь, а то или иное не нашедшее своего адресата желание превращается в яркую вспышку метеорита, перечеркивающую небо.

К сожалению, Хубило узнал обо всем этом много позднее, когда проходил курс дополнительной подготовки для работы оператором радиоаппаратуры в Мексиканской Государственной авиакомпании. Зато ему, к счастью, не пришлось ждать столько лет, чтобы понять: способность получать не высказанные вслух сообщения не пропала, не исчезла навсегда. Там, в Веракрусе, рядом с морем, рядом с Лючей, рядом с его предками-майя он вновь обрел этот дар. Танцуя дансон, он уловил послание. Исходило оно от его жены. Отправлено оно было посредством едва заметного движения бедер, и Хубило не только сумел принять его, но и прочитал абсолютно безошибочно. Какое же это счастье, когда ничто не мешает передаче и приему! Как здорово, когда едва уловимое «клик-клик» отзывается искрой понимания в сознании того, кому оно адресовано. Эти мгновения — сравнить их, поставить вровень можно только с оргазмом. Бедра Лючи, двигаясь в ритме и темпе, задаваемом музыкой, словно твердили мужу, отстукивали ему этакой азбукой Морзе:

— Я люблю тебя, Хубило… Я хочу тебя… Люблю… Хочу…

В этот миг мир был совершенен; ничто не могло нарушить их единства. Жар тропического вечера, музыка, соло на трубе, сердца, бьющиеся в унисон, попадающие в резонанс желания…

— Я… хочу…

— Чего желаете, дон Хубило? Хотите, чтобы я измерила вам давление?

— Хочу…

— Нет? Хотите, я подниму вам голову?

— Хочу…

— Нет? Может быть, подать вам судно? Или нет — хотите воды?

— Хочу… тра-хать-ся!

— Ай, дон Хубило! Ну вы и проказник! Разве так можно? Давайте-давайте, вот мы снова засыпаем, глазки закрываем, ну… Что? Включить вам музыку?.. Ну хорошо, только негромко и ненадолго. А то вы опять не выспитесь, а ведь завтра к вам гости придут, и вы должны быть в форме…

III

Быть рядом с отцом и не понимать, что он говорит, — это приводит меня в отчаяние. Словно смотришь на стелу майя, скрывающую в себе целый мир древних знаний, и осознаешь их недоступность для непосвященных. В профиль, в лучах послеполуденного солнца, в лице отца становятся виднее те черты, что роднят его с народом майя. Плоский лоб, орлиный нос, скошенный подбородок.

Вот только что отец повернулся лицом к окну, словно желая выйти за пределы комнаты. Я пытаюсь представить себе, что это такое — не иметь возможности говорить, и понимаю, что для него это должно быть сущей пыткой. Сегодня у нас в гостях были его друзья, они только что ушли, и после них остался в комнате какой-то кисло-сладкий запах. Отец, наверное, сильнее воспринимает запахи, чем я. А мне, кстати, эти визиты оказались очень полезны: я все больше узнаю для себя отца, понимаю, что по-настоящему и не знала его раньше. Это совсем другой человек, не тот, что учил меня ходить и кататься на велосипеде, читал мне сказки и вместе со мной делал уроки, помогал мне во всем. За привычным обликом отца вдруг открывается совершенно новый человек — непростой и загадочный, человек, большая часть жизни которого прошла рядом с товарищами по работе. Этот, другой человек, оказывается, любил порой выпить, умел говорить женщинам комплименты и был не прочь пофлиртовать с кем-нибудь из секретарш. А еще он, оказывается, был когда-то ребенком, мальчишкой, которому так нравилось гонять мяч по бульвару Санта-Мария ла Ривера. Потом этот мальчишка, почувствовав в себе мужчину, тайком подглядывал за раздевавшимися перед сном соседками. Сколько же он успел за свою жизнь — пошутить, вкусно поесть, потанцевать, провести бессонные ночи в компании вот этих самых друзей, от которых мы, дети, сами того не желая, отбирали его. Меня невероятно трогает то, насколько эти люди легко общаются между собой, как мгновенно понимают друг друга, хотя порой я даже сержусь на них за то, что не чувствую себя посвященной в этот круговорот намеков и заговорщицких подмигиваний. Чтобы расхохотаться, им бывает достаточно одной фразы, одного «а помнишь?» — и вот уже между ними установилась особая неподвластная мне связь.

За то время, что они пробыли у нас, я успела к ним присмотреться и почувствовать, что за шутками-прибаутками все скрывают огромную боль. Нет, они, конечно, стараются ничего не показывать, но мне все равно ясно, чего им стоит видеть моего отца в таком состоянии. Я уж не говорю о том, что их должно приводить в ужас сознание того, что любого из них может ждать та же участь.

Рейес, дольше всех не видевшийся с отцом, чуть не разрыдался, подойдя к нему. Он-то помнил его сильным, энергичным, абсолютно дееспособным. Контраст оказался невыносимым. Могу только представить, чего стоило признаться в том, что от Хубило-спортсмена, Хубило — рассказчика баек и анекдотов не осталось ровным счетом ничего. Перед Рейесом предстал исхудавший старик в инвалидном кресле, слепой и почти потерявший способность говорить. Впрочем, чувство юмора он сумел сохранить в полной мере, что и помогло всем собравшимся взять себя в руки, преодолеть боль и провести эти полдня как нельзя лучше.

Появление в доме этих старых телеграфистов не оставило сомнений: отец мне вовсе не принадлежит. Мой папа, мой любимый, обожаемый папочка, оказывается, далеко не только мой. Он в такой же мере принадлежит своим друзьям, городским улицам, лестницам из каррарского мрамора на старом Центральном телеграфе, прибрежному песку, по которому он учился ходить. А еще он принадлежит воздуху — его любимой стихии, которая — вот ведь ирония судьбы — давно уже не вибрирует, разнося во все стороны звуки его голоса.

Недавно к нам заходил мой сын с женой. Федерико и Лорена поспешили сообщить мне и дедушке, что скоро у них будет ребенок. По улыбке, которой одарил их отец, стало ясно, как по душе пришлась ему эта новость. После всех объятий и поздравлений мне вдруг сделалось грустно. Я отчетливо поняла, что моему будущему внуку уже не суждено будет узнать голос моего отца. Это навело меня на мысль о том, как мне повезло слышать его, наслаждаться его звучанием, принимать адресованные мне нежные слова. Голос моего папы... Только в этот миг я осознала, как мне его не хватает, как я по нему скучаю и насколько важно сделать так, чтобы он не исчез навсегда, чтобы хоть в какой-то мере сохранился для будущих поколений нашей семьи.

Несколько дней назад, пытаясь обрести эхо утраченного голоса, я отправилась прогуляться по району, где когда-то жили мои родители. Я решила начать с дома № 56 по улице Наранхо, где поселился отец, только-только переехав в Мехико, и, найдя его, увидела старое и едва живое здание — точь-в-точь как мой отец. Как никогда остро я ощутила горечь от упадка, в котором находится наше городское хозяйство. Как же так? Неужели никому нет дела до того, что у нас на глазах гибнет целая культура? Неужели никому не приходит в голову привести в божеский вид фонтан на бульваре Санта-Мария, где мой папа учился стоять на роликовых коньках? А как же Мавританский павильон, где впервые поцеловались мои родители? У меня комок в горле застрял, когда я перешагнула порог музея Чопо, куда отец столько раз приводил меня за руку. Какое счастье, что хоть это здание было выстроено из стекла и стали — эта конструкция позволила ему безболезненно противостоять течению времени. Я вспомнила, что когда-то это помещение принадлежало Музею естественной истории, и была здесь великолепная экспозиция кукол в самых разных костюмах. Если не считать китайской крестьянки, больше всего мне нравилась свадебная пара: невеста в белом платье с букетом и жених в черном костюме и гетрах — я почему-то была уверена, что именно так выглядели мои родители в тот день, когда поженились. Мама всегда смеялась, когда я так говорила, и я старалась при всяком подходящем случае повторить свои слова — уж очень мне нравилось, как ее смех разносится под стеклянными сводами анфилады музейных залов.

Затем я повернула к тому дому, где долгое время располагался Французский колледж — школа, где училась мама. Я постояла, прислонившись спиной к дереву, что росло точь-в-точь напротив входной двери, на противоположной стороне улицы. Мне показалось, что именно здесь отец должен был сотни раз дожидаться, пока закончатся уроки и отпустят домой «тощих кобыл», как называли довольно щегольски одетых девочек в платьях цвета морской волны с изящной бахромой и белоснежными манжетами, воротничком и поясом.

Не знаю, печаль или ностальгия, а может быть — и то, и другое послужило причиной тому, что у меня в груди что-то зазвучало. Я, пожалуй, не смогу объяснить этого, но не связать эти вибрации с бархатным мягким звучанием отцовского голоса было невозможно. Любимый, такой знакомый с детства голос. Его отзвук во мне был едва уловим, чуть слышен, но он успокоил и ободрил меня. Я почувствовала себя защищенной и окруженной заботой, как в детстве, когда отец укладывал меня спать и ласково желал спокойной ночи.

Часы на здании Геологического музея отбили шесть, разрушив колдовские чары. Пора было возвращаться домой — кормить отца. Я быстрым шагом направилась к булочной «Ла Роза», которая, к счастью, оставалась на том же месте, и купила несколько булочек. Вернувшись домой, я приготовила отцу его любимый шоколад так, как готовила его бабушка — на воде, в деревянной кружке, и перед тем как сесть за стол, поставила музыку — пластинку трио «Лос Панчос». Совершенно неожиданно я как никогда раньше ясно представила себе отца, поющего эти песни. Мама как-то рассказывала, что папа, было дело, тоже баловался пением и вместе с двумя приятелями не раз исполнял серенады под ее окнами. Что же случилось потом? — задалась я вопросом. Почему отец больше никогда не играл на гитаре? Почему я никогда не слышала, чтобы он пел песни о любви? Чтобы найти ответы, мне теперь придется научиться слушать его молчание.

Я чувствую, что отец мыслями сейчас не здесь, где-то в мире своих воспоминаний. На память мне приходит давний образ: после обеда отец готовит себе свой «куба либре»[1] и, поставив пластинку Вирхинии Лопес, закуривает сигару. В такие минуты я старалась не подходить к нему, не беспокоить. Мне это казалось бестактным. Такое же чувство я испытываю сейчас. В его глазах я вижу желание побыть одному. Наверное, одиночество — это то, что ему нужно после ухода гостей. И я не нарушу этого одиночества.

Мне тоже нужно побыть одной. Тем более что появилась у меня одна мысль, которая никак не дает мне покоя.

Сегодня, когда у нас были гости, отцу в какой-то момент настолько захотелось нормально поговорить с друзьями, что Рейес попытался облегчить его страдания, соорудив импровизированный «телеграф». Этот, с позволения сказать, аппарат представлял собой всего-навсего две ложки, сложенные вместе и сжатые в руке отца. Их перестук, пусть даже едва слышный, позволял бывшим коллегам-телеграфистам понимать то, что «говорил» им отец. Эксперимент прошел не гладко, но вполне успешно, и теперь я с каждой минутой обретаю все большую уверенность в том, что можно помочь отцу общаться с миром при помощи волшебного ключа — азбуки Морзе, а мне дать возможность докопаться наконец до расшифровки тайных знаний, что заключены в голове этого наследника древних майя.

Мама всегда говорит, что у всего, что существует, есть свое «почему». Мне бы очень хотелось узнать, какое «почему» скрывается за тем, что мои родители расстались. Почему они не только разошлись, но и перестали разговаривать друг с другом. Чего

---

[1] Коктейль, смешанный из рома, кока-колы и сока лайма (лимона).

отец так не хотел видеть, что ослеп. Что хотел сохранить, удержать любой ценой, всеми силами — так, что от напряжения его даже поразила болезнь Паркинсона? Что он сделал такого, отчего перестали звучать в унисон эти две струны? В какой миг эти два тела перестали танцевать в одном ритме?

IV

Любить — это глагол. Тот, кто любит, являет свое чувство в действиях. И тот, кого любят, ощущает это, получая поцелуи любящего, объятия, ласку и благородные поступки. Человек, который любит, всегда будет заботиться о том, чтобы тому, кого он любит, было хорошо и душой и телом.

Никто не поверит матери, которая, заявляя, что любит своего ребенка, не будет кормить его, заботиться о нем, укутывать, когда ему холодно, не будет прикладывать все усилия для того, чтобы он вырос, выучился, встал на ноги.

Никто не поверит мужчине, что он любит жену, если вместо того, чтобы обеспечивать свою семью, тот станет тратить деньги на выпивку и шлюх. То, что мужчина первым делом думает о нуждах семьи, а не о своих потребностях, — это и есть проявление любви. Может быть, поэтому мужчинам, способным на это, нравится признание их заслуг, и их переполняет гордость, когда супруга говорит: «Дорогой, какое чудесное платье ты мне подарил! Оно мне так нравится».

Эти слова дают мужчинам столь нужное подтверждение того, что подарок был выбран правильно, что они не только смогли выбрать эту вещь, но и оплатить ее, что они, наконец, просто способны сделать счастливой свою половину.

Как видим, глагол «любить» можно спрягать по-разному: либо поцелуями, ласками и комплиментами, либо подарив своей возлюбленной безбедную жизнь. Накормить, выучить, одеть-обуть — все это можно истолковать как проявление любви. Мы демонстрируем человеку свою любовь, целуя его или покупая так нужную ему пару обуви. В этом смысле туфли могут быть приравнены к поцелую. Они тоже являются доказательством любви. Но это вовсе не значит, что они смогут заменить, подменить собой любовь. Материальные блага, передаваемые без любви, служат лишь подтверждением состоявшейся сделки купли-продажи, на которую одни люди идут ради того, чтобы обеспечить себе расположение и благосклонность других.

Если считать верным, что не хлебом единым жив человек, то нельзя не отказать в справедливости и утверждению о том, что «одной любовью сыт не будешь». Вот почему столь печальное зрелище представляет собой бедный влюбленный. Как бы безупречны и восхитительны ни были отношения двух людей, преданных друг другу душой и телом, нехватка денег может омрачить, а с течением времени свести на нет даже самое сильное чувство.

Люс-Мария Ласкуррайн, девочка из очень обеспеченной семьи, привыкла получать самые разные подарки и всевозможные знаки внимания. Не было куклы, которой она не могла бы играть, платья, которого ей не могли бы купить, лакомства, которое она не могла бы себе позволить.

Она была младшей из четырнадцати братьев и сестер, а значит, и самой избалованной. У нее было все, что нужно, и, можно сказать, много чего еще. Все знали, что семья Ласкуррайн первой приобрела телефон, патефон и, уже позднее, радио. Отец Лючи, дон Карлос, полагал, что деньги — это необходимое средство для того, чтобы занять должное место в современном мире, чтобы получить все блага, предлагаемые развивающейся наукой и техникой. Он никогда не пытался сэкономить на чем-либо из новомодных приспособлений, призванных сделать более комфортной повседневную жизнь, — за что супруга была ему безмерно благодарна. Деньгам он был обязан и тем, что смог перевезти семью с севера страны в столицу, где его близким была обеспечена куда более надежная защита от опасностей революционного времени. Переехали они в Мехико, когда Люче исполнился месяц, и провели опасные годы за стенами роскошного особняка на Санта-Мария ла Ривера. Таким образом, для четы Ласкуррайн деньги означали спокойствие, безопасность и уверенность в том, что своим детям они смогут дать достойное место в быстро меняющемся мире. Учитывая такое воспитание, можно понять, что для Лючи, чтобы жить спокойно и уверенно, а также иметь возможность проявлять любовь, были нужны деньги. Она выросла, видя, как обладание немалыми финансовыми средствами обеспечивало счастье ее семьи.

Хубило, в свою очередь, провел детство совершенно в иной обстановке. Для его родителей нехватка денег никогда не служила препятствием тому, чтобы продемонстрировать свою любовь друг к другу, а уж тем более — к детям. Те, несмотря на то что имели лишь самое необходимое, выросли в атмосфере любви. Дон Либрадо, когда началась неразбериха в экономике и рухнула его компания по экспорту агавы, тоже был вынужден перебраться в столицу, но сделать это ему пришлось несколько в иных условиях, нежели главе семьи Ласкуррайн. Сбережений хватило ненадолго. Детям пришлось ходить в простую государственную школу и забыть обо всех излишествах. Разумеется, сам дон Либрадо тоже подсчитывал все до гроша, прежде чем сделать какую-либо покупку.

Хубило это никогда не было в тягость. Наоборот, по его мнению, обладание даже простой одеждой и мебелью, не говоря уже о роскоши, делало человека рабом своей собственности. Он считал, что следует хорошенько подумать, перед тем как купить что-либо: ведь любая вещь требует к себе определенного внимания, и все вместе они постепенно превращаются в бесполезных тиранов, требующих, чтобы их защищали от охотников до чужого добра, содержали в должном состоянии... В общем получалось, что владеть — значит быть зависимым, а Хубило слишком любил свободу, чтобы тратить деньги на собственные же веревки и кандалы. По этой же причине он не спешил делать людям дорогие подарки. Во-первых, потому что не считал это необходимым средством проявления нежных чувств, а во-вторых, поскольку полагал, что, делая такой подарок, он вручает человеку частицу рабства, лишает его доли свободы. Само собой, это не относилось к недолговечным милым пустячкам вроде цветов или шоколадных конфет.

По его разумению, ценность вещей заключалась в том, что они значили для дарящего, а не в его платежеспособности. Он не придавал деньгам никакой ценности и менее всего полагал их достойной мерой проявления любви. Для него, например, серенада, исполненная в три часа ночи под окном возлюбленной, несомненно стоила куда больше, чем браслет с бриллиантами. Первый подарок свидетельствовал о том, что он готов не спать, мерзнуть, рисковать нарваться на хулиганов или грабителей, а то и быть облитым водой или помоями из соседних окон. Это стоило куда больше, чем опустошение толстого кошелька. Ценность вещей была для него весьма относительной. А деньги оказывались всего лишь большим увеличительным стеклом, к тому же — кривым, искажающим реальность и позволяющим вещам занимать в наших глазах куда больше места, чем им положено.

Сколько стоит любовное письмо? С точки зрения Хубило — немало. И в этом смысле он был готов выложить все, что у него хранилось в душе, ради того чтобы продемонстрировать свою любовь. Делал он это от всего сердца, вовсе не считая, что чем-то жертвует. Для него любовь являлась жизненной силой, самой важной из всех, что поддерживают существование человека. Только ощутив ее прилив, человек способен забыть о себе и думать о другом, желать быть с ним, обнимать его, слиться с ним воедино. Для этого нет необходимости сорить деньгами, для этого достаточно желания.

Он лучше, чем кто-либо другой, знал, что желания и слова идут рука об руку; и те и другие влекомы стремлением соединить, связать, найти общее в двух людях независимо от того, говорим ли мы о словах, оставленных на бумаге или только произнесенных. Хубило видел в любом слове возможность выйти за рамки себя самого и передать сообщение другому человеку. Разумеется, больше всего ему нравились слова-путешественники, те, что способны долететь далеко-далеко, до самых неожиданных, невероятных мест. Вот почему встреча с радио произвела на него такое впечатление.

Услышав впервые доносящийся из какого-то ящика голос, он подумал, что столкнулся с колдовством. Было это в доме Фернандо, его старшего брата, купившего для семьи эту новинку, познакомиться с которой Хубило пригласили племянники-одногодки. Радио представляло собой в то время внушительных размеров ящик, к нему можно было подключать до восьми пар наушников — динамики тогда еще не были придуманы. Тот, кто хотел испытать новое достижение прогресса, должен был сесть рядом с остальными и, водрузив наушники на голову, присоединиться к слушающим. Получалось, что восемь человек, одновременно слушавших одно и то же, оказывались особым образом связаны между собой и, понимая это, переглядывались с видом заговорщиков.

Уже переехав в Мехико, Хубило узнал про радио с громкоговорителем. Он всегда с нежностью вспоминал не только этот момент, но и весь тот день, когда это случилось, день особенный и необыкновенный.

Шел 1923 год, и дон Либрадо, отец Хубило, решив познакомить сына с городом, в котором тому предстояло жить, взял мальчика на прогулку. Для ребенка, только что приехавшего в столицу, все было в диковинку. На каждом шагу он делал открытия. Главным оказалось одиночество. Ему не хватало жары родного города, дружеской компании племянников, привычной кухни и более всего — юкатанского акцента.

В столице говорили по-другому, и Хубило чувствовал себя иностранцем в своей родной стране. Тем более он был благодарен отцу за то, что тот предоставил ему возможность поближе познакомиться с этим городом. Они наняли повозку и вместе с мамой отправились в путь. Не успели они толком отъехать от дома, как начался сильный дождь, не отстававший от них весь день. Кучер развернул войлочный навес, прикрывавший в хорошую погоду заднюю часть экипажа, и Хубило пришлось отодвигать драпировку, чтобы увидеть хоть что-то. Дождь, наскоро сполоснувший улицы, придал городу свежести и очарования. В те годы столица была не такой уж большой: на востоке она заканчивалась вокзалом Сан-Ласаро, перестроенным теперь под Палату депутатов. На западе Мехико доходил до Рио Консуладо, до Тлакспаны — в общем, обрывался там, где сейчас проходит Внутренняя кольцевая. Границей города на севере считался мост Альварадо, рядом с которым располагался железнодорожный вокзал Буэна-Виста. А на юге город заканчивался у вокзала Колония, там, где сейчас проходит улица Салливан.

Вот и все. Но и этого оказалось достаточно, чтобы произвести неизгладимое впечатление на Хубило и убедить мальчишку в том, что он, пожалуй, действительно сможет выжить здесь, так далеко от моря. Стук колес, катившихся по булыжной мостовой, казался великолепным заменителем гула волн. Кроме этого ласкового звука, город не поскупился, даровав Хубило целую палитру восхитительных шумов: гудение толпы, шарканье, стрекотание, какие-то скрипы, треск. А в довершение ко всем приятным событиям этого дня уже на подъезде к дому они встретили Чучо, соседского мальчика, который, чтобы засвидетельствовать новичку свою дружбу, пригласил его к себе домой — послушать радио. Так и получилось, что все друзья-приятели встретились 8 мая 1923 года, чтобы послушать первый передававшийся на всю страну концерт. Радиостанция называлась тогда «Ла Каса дель Радио», и принадлежала она газете «Эль Универсаль Илюстрадо».

В тот вечер глазам, точнее ушам, Хубило открылся целый мир. Ему показалось невероятным, что голоса дикторов могут казаться настолько близкими, что при желании можно вообразить себя в компании этих незнакомых людей, которые смогут облегчить твои страдания, заменить оставшихся вдалеке друзей, родственников, школьных приятелей.

Разумеется, его дружба с Чучо с того дня еще более окрепла, и по вечерам, наигравшись на улице, они приходили домой, чтобы послушать музыку. Хубило следовал за другом повсюду, куда того забрасывало: его родители, казалось, были одержимы навязчивой идеей переезжать с места на место при каждом удобном случае, по малейшему поводу. Было похоже, что переезды просто доставляют им удовольствие. К счастью, все новоселья ограничивались пределами одного района и не препятствовали дружбе Хубило и Чучо; от друзей лишь требовалось подстроиться под растянувшееся или сократившееся число шагов или кварталов, разделявших их дома, а это препятствие не было достаточно серьезным для того, чтобы заставить их отвыкнуть от чуть ли не ежевечернего прослушивания самых разных радиопередач.

С годами изменилась лишь частота их встреч. Хубило пошел в школу раньше Чучо и вскоре оказался изрядно занят уроками и домашними заданиями. Шарики, волчки, мячи и кегли мало-помалу стали перебираться в ящик с воспоминаниями. Но друзья по-прежнему встречались по выходным, чтобы сходить в кино, покататься на велосипеде или тайком покурить. Каникулы Хубило обычно проводил в Юкатане, у родственников.

Вернувшись после очередного отъезда, он обнаружил, что друг опять куда-то переехал. Хубило решил немедленно повидать его хотя бы для того, чтобы продемонстрировать Чучо свои начавшие пробиваться усы. Направляясь к тому дому, где жил теперь Чучо, Хубило почувствовал, как в животе у него словно завязался большой узел. Нет, больно не было, просто этот узел вздрагивал, будто пытаясь сказать о чем-то. Ощущение было похоже на своего рода предчувствие — или на страх.

Завернув за угол, он тотчас же наткнулся на Чучо. Друзья помахали друг другу руками, и Чучо, болтавший до этого с двумя знакомыми, поспешил представить им Хубило. Это были брат с сестрой, и, направляясь к ним, Хубило ощутил, как растет внутри него незнакомое, беспокойное чувство. Ему захотелось остановиться, повернуться и броситься бежать, но поступить так он не мог: во-первых, Чучо уже видел его, а во-вторых, вся компания явно его поджидала.

Совершенно некстати он вдруг вспомнил, как голуби, жившие под крышей его дома, однажды все до единого улетели куда-то, за день предугадав обрушившееся на Мехико землетрясение.

Делая последние шаги, он уже понял все: перед ним стояла девочка лет тринадцати — самая красивая из всех, когда-либо им виденных. Чучо должным образом представил друзей — Хубило и Люс-Марию с Хуаном Ласкуррайн. Протянув девочке руку, Хубило чуть не согнулся пополам от боли, полоснувшей его по животу.

Прикосновение к ней, к ее коже перевернуло его мир, навсегда лишило его спокойного сна. Улыбнувшись, Люс-Мария сказала, что ей больше нравится, когда ее называют Лючей. Хубило хотел что-то произнести, но во рту у него пересохло, и из горла вырвалось лишь нечто, напоминающее петушиный крик. Все посмеялись над его ломающимся голосом. Хубило покраснел, но рассмеялся вместе с остальными, и причиной его радости была вовсе не комичность ситуации, — он различил в себе звучание воистину нового голоса — голоса любви.

Это был какой-то особый гул, слышавшийся в смехе, в шуме прибоя, в раскатах грома и шорохе сухих листьев, несомых ветром. Он священной музыкой звучал внутри него, в животе, в волосах, вибрировал по всей поверхности кожи и, конечно, раздавался в ушах.

Звук любви обрушился на него так неожиданно и с такой силой, что на миг Хубило полностью оглох. А тем временем Люча, очарованная его смехом, пригласила всех к себе домой послушать новую пластинку Глена Миллера. Хубило, разумеется, тотчас же принял приглашение, и компания направилась к дому семьи Ласкуррайн.

Дом Лючи был, пожалуй, тем местом, где больше всего любили собираться ее знакомые. Ее родители были людьми веселыми и общительными; двери их дома всегда были распахнуты для друзей. Хубило не стал исключением, его приняли как родного, мгновенно причислив к компании старых друзей Лючи. Хубило был несказанно благодарен им за это — по многим причинам: во-первых, здесь он получил возможность встретить новых друзей; во-вторых, здесь он мог сколько угодно слушать радио и граммофон, которых у него дома не было; а самое главное — здесь он находился рядом с Лючей, этой тринадцатилетней девочкой, раз и навсегда лишившей его покоя.

Люча была на два года младше Хубило, но, как это обычно происходит в таком возрасте, казалась при этом взрослее него. В то время, как у Хубило только-только ломался голос и пробивались усы, у Лючи уже была довольно соблазнительная грудь, а бедра день ото дня становились все более широкими. Она снилась Хубило каждую ночь, и по утрам он просыпался на влажных простынях. Она была героиней его самых ярких и волнующих эротических фантазий. Только ее образ стоял перед ним при всех — от первой до последней — поллюциях. Весь мир вращался вокруг нее, становясь от этого только ярче и светлее.

Вскоре на уроке физики Хубило узнал, что своим магнетизмом Земля обязана слою расплавленного железа, медленно циркулирующего вокруг ее ядра. Учитель рассказал и о том, что в крови людей и животных также есть элемент под названием магнетит, который позволяет им улавливать электромагнитное излучение планеты. У некоторых эта способность выражена гораздо лучше, чем у большинства других. В наличии этого элемента кроется и способность некоторых животных «предчувствовать» перемены, происходящие в толще Земли и готовые вырваться на поверхность. Обычно следствием этого бывает землетрясение, и животные, чтобы не погибнуть, бегут от того места, где оно может произойти.

Хубило тотчас же вспомнил день, когда он познакомился с Лючей. Без сомнения, его магнетит в тот миг попал в резонанс с магнитным центром Лючи и попытался предупредить его о грозящей катастрофе. Его хотели предостеречь: его жизнь в опасности, по крайней мере, его прежняя жизнь, сказать, что с этого дня его существование будет поделено на «до» и «после» знакомства с Лючей, что жизнь его изменится до неузнаваемости.

Хубило полагал, что железо, входившее в состав крови Лючи, было каким-то особенным и могло излучать магнетизм, очень схожий с магнетизмом Земли; к этой девочке, словно пчелы на нектар, слетались пробужденные ею мужские желания. Эти желания, оставшись неудовлетворенными, продолжали кружиться вокруг, попадая в резонанс с ее магнетизмом и увеличивая его до угрожающих размеров.

Во всей округе не было ни одного парня, не хотевшего стать ее избранником, тем, кто первым поцелует ее, станет ее первым мужчиной. Этим счастливчиком оказался Хубило. Спустя каких-то несколько месяцев после знакомства, на рождественских каникулах, он признался ей в любви, и, к удивлению родственников, друзей и знакомых, Люча — неприступная Люча — ответила ему согласием.

В первые месяцы после помолвки Хубило был образцовым в смысле скромности женихом. Он позволял себе лишь держать Лючу за руку да легким поцелуем прикасался к ее губам. Но мало-помалу он стал решаться на большее.

Люча навсегда запомнила, как язык Хубило впервые скользнул между ее губами. Это ощущение было очень странным. Она даже не могла бы сказать наверняка, было ей это приятно или нет. Зато на следующий день она точно не могла посмотреть ему в глаза, не покраснев при этом до ушей.

С тех пор они стали позволять себе подолгу обниматься и целоваться. С течением времени росло их доверие друг к другу, не говоря уже о кипевшей в обоих страсти. Объятия становились более крепкими, тела их плотно прижимались друг к другу... так что однажды Люча почувствовала, как к ее лобку прижимается напряженный член Хубило. В таких объятиях руки Хубило позволяли себе робко скользить по спине Лючи. Вот здесь-то и начиналось самое трудное для нее.

Люча привыкла получать все, чего ей хотелось. А теперь, когда она страстно желала, чтобы Хубило позволил себе ласкать не только ее спину, но и чуть ниже, ей приходилось брать себя в руки, чтобы не попросить его об этом. То же самое происходило с ней, когда, сидя в гостиной, они слушали музыку, и он брал ее за руку. Иногда Хубило, желая или не желая того, прикасался рукой к ее ногам, отчего кожа девушки покрывалась мурашками. Как бы ей хотелось, чтобы он не прячась погладил ее колени и там — выше, но всякая подобная возможность начисто отвергалась существовавшими в то время нормами морали. Вот только после того, как Хубило уходил, белье Лючи становилось влажным, ее щеки пылали, и она при этом учащенно дышала.

С каждым днем они все более настойчиво искали возможность побыть наедине. Удавалось им это далеко не всегда: у них не было недостатка в непрошеных соглядатаях, будь то кто-нибудь из еще не женатых братьев или незамужних сестер Лючи, ее родители или прислуга.

Однажды им выпала редкая удача. Одна из сестер дона Карлоса скончалась, и вся семья уехала на похороны. Лючу оставили дома, потому что у нее страшно разболелась голова. Причиной болезни было не что иное, как тайное желание, тщательно подавлявшееся и копившееся в течение уже семи лет знакомства. Не успела она остаться дома одна, как Хубило заглянул с обычным своим визитом. Они вместе прошли в гостиную, и, пока звучала пластинка Дюка Эллингтона, Люча вдруг взяла руку Хубило и положила ее прямо себе на грудь. Хубило, наполовину довольный и наполовину испуганный, принял столь откровенное предложение и стал ласкать ее со страстью, но и с не меньшей нежностью. В тот день Люча поняла, что настало ей время выходить замуж за Хубило, потому как негоже приличной девушке позволять жениху такие вольности. Более того, ей стало понятно и то, что путь назад отрезан. Страсть могла вот-вот вырваться из-под контроля. Она устала и не могла больше сдерживать так долго подавляемое желание. Но в таком случае оказывалось очевидным, что ей не удастся пойти под венец девственницей, чего от нее ожидали и на что надеялись родители.

Люче этот тезис общественной морали казался полным абсурдом. Если чистота женщины утрачивается вместе с потерей девственности, получается, что самой нечистой вещью в мире является пенис. А вот с этим она не могла согласиться. В течение долгих лет обучения в католической школе ей повторяли, что Бог создал человека по своему образу и подобию. Следовательно, в человеческом теле не должно быть ни одной неподобающей, нечистой части, ибо все они соответствовали божественному замыслу.

Кроме того, ей казалась еще большей чушью мысль о том, что Бог дал мужчинам руки с условием не прикасаться к женщинам, а женщинам — клитор только для того, чтобы никто никогда к нему не притрагивался. Разумеется, ей и в голову не приходило использовать эти аргументы, чтобы уговорить родителей позволить ей выйти замуж за Хубило. Нет. Она воспользовалась множеством других, убедивших их в том, что младшая дочка крепко вбила эту блажь себе в голову, и теперь легче разрешить ей выйти замуж, чем пытаться доказать неверность этого шага. По их мнению, Хубило в свои двадцать два года не мог в достаточной мере обеспечивать ее сейчас, и, более того, блестящих перспектив у него не вырисовывалось и в обозримом будущем.

Люча добилась своего, но вот теперь, получив желаемое, она обнаружила, что ей многого не хватает. Она никогда не задумывалась о том, что быть замужем не так уж легко, а стать женой человека небогатого — вдвойне. Родители предупреждали ее, но — кто же слушает родительские советы, когда любит, любит, любит?.. Никто.

Часы, проводимые в постели вдвоем с Хубило, были великолепны. Но потом он уходил на работу, а она оставалась дома, одна. Как только за Хубило закрывалась дверь, дом погружался в тишину. Смех уходил вместе с ним. Говорить Люче было не с кем. Ей очень недоставало родных. Она скучала по подругам, по шуму и суете родительского дома. Ей хотелось снова услышать разговоры прислуги, скрип тачки, на которой привозили на кухню овощи, посвист домашних канареек. Очень не хватало ей граммофона и любимых пластинок. Будь у нее хотя бы радио, ей не было бы так скучно одной. Но радио не было и в ближайшее время не предвиделось, потому что Хубило откладывал все, до последнего сентаво, чтобы поскорее купить собственный дом.

Тоска по прежней жизни все сильнее охватывала Лючу. При этом рядом с ней не было никого, кто бы мог развеять ее опасения. В тех городках, куда они приезжали не больше чем на месяц, она не успевала завязать достаточно доверительные отношения ни с кем из женщин, которым можно было бы поведать о своих трудностях. Вообще люди в провинции оказались довольно скрытными и подозрительными. К тому же Люча не понимала, что само ее появление в этих городках уже воспринималось как вызов. Ее прическа, ее манера одеваться, делавшие ее похожей на женщин, которых здесь видели только на страницах модных журналов, вызывали пересуды и неодобрительное перешептывание за ее спиной. Людям вообще свойственно критиковать всех, кто ведет себя не так, как они, и в этом отношении Люча была прекрасной мишенью.

Она была молода, красива, одевалась, как актрисы в кино, и к тому же — водила машину, причем свою! Естественно, она не могла не привлекать к себе внимания. Вот только это не помогало ей избавиться от одиночества. Особенно мрачно оказалось в Уичапане. Постоянный дождь нагонял на нее уныние, ей страшно не хватало солнца. Мама с детства повторяла ей, что солнечные лучи отбеливают ткань и делают ее чище. Теперь Люча была уверена в том, что очистительные свойства солнца простираются куда дальше, что солнцу дано отмыть самую черную душевную грязь. У себя дома в Мехико, ну, если точнее, в доме, где она жила раньше, у родителей, она всегда могла выйти в сад и полежать на солнышке; особенно это помогало в те минуты, когда хотелось развеять тоску.

Для девочки, выросшей в атмосфере всеобщей любви и восхищения, жизнь рядом с Хубило не могла не казаться трудной. И дело было не в том, что он недостаточно сильно любил ее или уделял мало внимания. Нет, просто семейная жизнь вышла совсем не такой, какой она ее себе представляла. Люча предполагала, что у нее, как у ее мамы, будет прислуга, которая возьмет на себя все заботы по дому, а ей останется только музицировать, принимать гостей, болтать с подружками да ходить по магазинам.

Родители воспитывали ее как будущую даму высшего света. В школе она изучала два иностранных языка — английский и французский, умела играть на фортепиано и могла накрыть стол по всем правилам высокого этикета. Были у нее и уроки «домоводства», но готовить ее учили на газовой плите, а не на дровяной, и не мексиканские, а по большей части французские блюда. О Мексике она, по большому счету, вообще знала немного, и менее всего — о национальной кухне. Ее Мексика ограничивалась столицей, скорее даже тем районом, где располагался их дом. Она с чистой душой полагала, что во всей стране едят так, как у них в семье, а после обеда убирают то, что осталось, в холодильник. Ей и в голову не могло прийти, что выпить чашечку кофе — независимо от времени суток — означает необходимость встать, пойти на кухню и растопить печь! Этому ее просто никогда не учили. А все освоенные ею премудрости в этой жизни применить не было никакой возможности. Ей пришлось на собственном опыте познавать то, чему не учил ее никто из учителей, например тому, что продукты, если нет возможности хранить их в холодильнике, очень быстро портятся, протухают, скисают, в них заводятся черви, от них исходит зловоние. Чтобы суметь прожить без холодильника, потребовалась настоящая перестройка сознания. Пришлось по-настоящему заняться дисциплиной ума, чтобы постоянно помнить, когда, чего и сколько нужно купить в магазине или на рынке. Не помогло полученное образование и в области стирки вручную в тазу. Дома у мамы Лючи была стиральная машина — последняя модель, на подшипниках, — и стирка руками оказалась для нее неприятным открытием. Вдобавок ни одна из вещей ее гардероба, как оказалось, не была приспособлена к тому, чтобы выполнять в ней домашнюю работу. Люча чувствовала себя совершенно не на своем месте — словно какой-нибудь заезжий гринго на деревенских танцах.

Единственным утешением было то, что Хубило во всем помогал ей. Рядом с ним проблемы вообще имели обыкновение решаться сами собой. Эта, не знакомая ей, Мексика к нему оборачивалась с радушной улыбкой на лице. Рядом с ее мужем еда, купленная на деревенском базаре, становилась деликатесом, и даже конский навоз на улице не омерзительно вонял, а источал запах дальних странствий и едва ли не будущих свершений. Благодаря Хубило Люча узнала настоящую Мексику, ее провинцию, индейцев, ее бедность и отсталость. Страну, которая только-только понемногу покрывалась сетью железных дорог и телеграфных линий. Правда, Люче казалось, что эта сеть — паутина, тянущая страну к прогрессу, — лично ее оставила по другую сторону новой жизни, навсегда отделив от благ цивилизации. Перемены, произошедшие в ее жизни, стали пугать ее, она оказалась совершенно не готова к ним. Больше всего ее мучила нехватка денег: будь их достаточно, все бы пошло по-другому. Начать с малого: имей она возможность подкупить другой одежки-обувки — и не чувствовала бы себя таким инородным телом на местном рынке. Не помешала бы ей и пара джутовых сумок, чтобы носить покупки домой. С другой стороны, оставшись без износившихся шелковых чулок, Люча тоже сильно страдала. Новая жизнь потребовала от нее по-новому одеваться, причесываться, носить другую обувь, а у нее не было денег! Как не было их и у человека, от которого она теперь полностью зависела.

Нет, выходя замуж, она знала, что ее избранник молод, небогат и толком не устроен — его карьера телеграфного служащего только-только начиналась. Но ей и в голову не приходило, какое огромное значение все это имеет в реальной жизни. Ей так не терпелось лишиться девственности — и вот теперь пришло время рассчитываться за это, навсегда забыв жизнь изнеженной, избалованной девочки. Она осталась без ежедневного, ежечасного внимания матери, братьев, сестер и няни, а главное, без материальной поддержки отца. Приходилось все делать самой: разжигать плиту по утрам, готовить на огне, стирать вручную, выбивать и вытирать пыль, учиться обходиться без духов и зубной пасты «Colgate», да еще стараться делать все это так, чтобы Хубило не замечал ее недовольства. Он вовсе не заслуживал лишних неприятностей. Он всегда был предельно добр и ласков с женой и старался дать ей все, что мог, и пусть это «все» было весьма скромным, отдавал он от всего сердца. Люча не могла не признать, что он изо всех сил старался сделать ее счастливой и что рядом с ним она не скучала ни по дому, ни по друзьям, ни по семейным праздникам, ни даже по пластинкам и радио. Но — стоило ему уйти, и она начинала плакать, причем слезы могли покатиться у нее из глаз в самый неподходящий момент, даже тогда, когда нужно было пересчитать деньги, выделенные на очередной ежедневный обход продуктовых лавок. Перед выходом из дому ей нужно было просчитать расходы на все предстоящие покупки до сентаво, да еще и постараться по возможности сэкономить. Покупки и приготовление пищи стали для нее невольным способом тренировки фантазии: каждый день она решала для себя задачу, как приготовить полноценный обед из наименьшего количества продуктов. Купив необходимое, она шла домой, продумывая, как лучше использовать уже имеющийся набор продуктов, и ни на секунду не прекращая мечтать о том дне, когда все эти проблемы навсегда уйдут из ее жизни.

В то утро, когда Хубило вернулся из таверны с большим выигрышем, она было решила, что этот день настал. Ей взбрело в голову взять да и потратить все деньги сразу. Хубило воспротивился такому безрассудству, и это стало поводом для их первой серьезной ссоры. Люча в сердцах заявила ему, что он даже не отдает себе отчета, без скольких нужных вещей ей приходится обходиться. На что Хубило возразил, что, именно осознавая это, он и решил не тратить деньги, а продолжать копить их, чтобы как можно скорее купить приличный дом где-нибудь по соседству с домом родителей Лючи, чтобы она не так скучала по привычной жизни. Она видела скорое решение проблемы, он же считал его не столь быстрым. Она жаждала скорейшего, пусть даже временного облегчения, он, в свою очередь, был намерен со временем решить проблему раз и навсегда. В конце концов было найдено некое подобие компромисса: Хубило разрешил Люче купить себе кое-что из белья и одежды, а она обязалась не трогать до поры до времени оставшиеся деньги.

Возможность купить себе хоть что-то привела Лючу в восторг. Она смело могла сказать, что приобретение плаща-дождевика буквально изменило ее жизнь. Она наконец обзавелась столь полезной и по-своему элегантной вещью, ставшей с тех пор непременной составной частью ее гардероба.

Люча гордо шла по улице, затянув на шее застежку новенькой накидки. Со дня свадьбы она впервые отправилась не за насущными покупками — на рынок или по продуктовым лавкам, — а просто решила пройтись по магазинам! Невероятно гордая и довольная собой, она уже по пути домой заглянула в угловой магазинчик, чтобы купить свечек — про запас. На прилавке стояли две вазы: с маринованным перцем-чиле и с острыми оливками. Запах маринада стоял в воздухе, отчего у Лючи в буквальном смысле потекли слюнки. Вот уже несколько месяцев она была вынуждена обходиться без острых закусок, и пройти мимо них сегодня было выше ее сил. Она попросила взвесить ей граммов сто оливок, но, открыв кошелек, обнаружила, что деньги, взятые с собой, почти закончились. На свечи у нее еще хватало, но на оливки — уже нет. Она стала лихорадочно пересчитывать монеты по одному-два сентаво, надеясь с помощью выуженной со дна кошелька мелочи выйти из неприятного положения, и надо же было такому случиться, что именно в этот момент в магазин зашел дон Педро, от цепкого взгляда которого, разумеется, этот конфуз ускользнуть не мог. Он не раздумывая достал из кармана несколько монет — примерно столько, сколько недоставало Люче, — и положил деньги на прилавок, при этом по возможности любезно прибавив:

— Разрешите мне... с вашего позволения...

Люча обернулась, и ее взгляд словно споткнулся об это злобное лицо, которое, даже с натянутой на него улыбкой, никак нельзя было назвать приветливым. И принадлежала эта физиономия не кому иному, как человеку, которого Хубило накануне обыграл на такую крупную сумму! Люча вежливо, но твердо отодвинула монеты и возразила:

— Нет, ни в коем случае. Очень любезно с вашей стороны, но в этом нет никакой необходимости. Я сейчас схожу домой и доплачу недостающую сумму.

— Такая очаровательная женщина не заслуживает столь печальной участи: я имею в виду лишнюю прогулку под дождем. Я прошу вас, примите эту ничтожную помощь в знак моего к вам уважения.

— Я повторяю: премного вам благодарна, но я в помощи не нуждаюсь. Мне не трудно снова зайти сюда, тем более что для этого мне даже не придется мокнуть под дождем. Я пользуюсь машиной и не хожу пешком.

— В любом случае, мне кажется неразумным ездить сюда дважды из-за такой ерунды. Прошу вас, не обижайте меня: три сентаво — слишком смешные деньги, чтобы вообще задумываться о них.

Предоставьте мне эту скромную возможность быть вам хоть чем-то полезным.

С этими словами дон Педро взял Лючу за руку и запечатлел на ней легкий учтивый поцелуй, явно давая понять, что считает дискуссию законченной.

Люча не знала, как поступить. Ей за версту было понятно, что этот человек не привык к тому, чтобы ему в чем-то отказывали. Проще было уступить, чем пытаться его переспорить. В конце концов, речь шла о сущем пустяке, а аромат оливок уже изрядно пробудил в ней чувство голода; в общем, подумав, она решила поступить так: сухо поблагодарив назойливого «благодетеля», она забрала покупки и, не оглядываясь, вышла из магазина. При этом ее не покидало ощущение, будто она делает что-то плохое. Больше всего ей не понравилась довольная улыбка, расплывшаяся на лице дона Педро, когда она все-таки соизволила взять у него деньги. Люча никак не могла понять, в чем дело и почему такая, в общем-то, ерунда никак не дает ей покоя. Она и не подозревала, что дон Педро безошибочно нащупал ахиллесову пяту Хубило и нанес первый ответный удар в это уязвимое место.

Маслины «пошли» не так хорошо, как того ожидала Люча. В животе у нее что-то бурлило, сжималось и дрожало. С одной стороны, ее давило сознание только что проявленной слабости. С другой — в противоречие вступало удовольствие от возможности позволить себе пусть крохотную, но все-таки роскошь — покупку не чего-нибудь необходимого, но очень-очень вкусного. Разумеется, эти два чувства не могли мирно соседствовать в ее душе. Что в ней происходило — этого Люча точно сказать бы не смогла. Ей было стыдно, словно она каким-то образом подвела Хубило, словно лично распахнула двери собственного дома перед самим Люцифером, словно теперь они с Хубило оказались по ее вине перед лицом неизвестной, но очень серьезной опасности. Это походило на некое предчувствие, которое заставляло ее нервничать, беспокоиться и даже подкатывало тошнотой к горлу. Чем-то это напоминало то чувство, которое она испытала в миг знакомства с Хубило, но... нет же, тогда все было иначе. Тогда этот комок в горле, поднимающийся куда-то вверх, был даже приятен, а дрожь, вызванная им, скорее походила на какое-то редкостное удовольствие. Чем-то это напоминало гул, которым отвечает большой барабан на легкое к нему прикосновение. Разница заключалась в том, что тогда ее внутренняя вибрация входила в резонанс с энергией, исходившей от Хубило, а сейчас — звучала в унисон с чем-то темным, грубым, отвергаемым всем ее существом, но готовым неожиданно обдать ее волной раздражения, заставить «резонировать» со злобой, подключиться напрямую к некоему черному солнцу, излучающему темный свет.

Люча ощутила, как наваливается на нее эта неведомая прежде сила, как проникает к ней в душу. Ей никак не удавалось избавиться от брезгливого воспоминания о прикосновении липких губ дона Педро к ее руке. Кроме того, этот внешне учтивый поцелуй был воплощением греховности. Люче казалось, что, позволив дону Педро такое, она раз и навсегда потеряла чистоту и невинность. Забыть, стать такой, как прежде, — это, по ее мнению, стало невозможным.

Пытаясь успокоить саму себя, она отправилась на телеграф. Ей хотелось скорее услышать голос Хубило, его звонкий смех. Ей хотелось очиститься, освободиться от налипшей на нее грязи, и произойти это могло только рядом с мужем. Когда он был близко, все становилось светлее и чище.

Неожиданный визит Лючи привел Хубило в восторг. Его улыбка заставила ее на миг забыть обо всех неприятностях. Глаза Хубило сверкали так, что в долю секунды достигли того же, что и солнечные лучи, которые Люча часами ловила в саду у себя дома, желая очистить душу. Она мигом снова ощутила себя прежней — чистой, светлой, легкой и невинной. Хубило попросил ее подождать, пока он закончит обслуживать «вон ту сеньору»; до обеденного перерыва оставались считанные минуты, и ему захотелось съездить домой вместе с нею. Люча с радостью согласилась и отошла подальше от стойки, чтобы не мешать мужу работать.

«Сеньора» оказалась торговкой с рынка, попавшей точь-в-точь в такую же ситуацию, в которой некоторое время назад оказалась Люча. У нее не хватало денег на телеграмму, которую нужно было отправить как можно скорее. У Лючи на глаза навернулись слезы, и, чтобы Хубило этого не заметил, она отвернулась и стала смотреть в окно.

По правде говоря, эта предосторожность была излишней. Хубило был настолько поглощен своей работой, так стремился помочь посетительнице, что вряд ли замечал вокруг себя что-либо, кроме очередного бланка, который та безнадежно пыталась заполнить нужными словами. Поразмыслив, он предложил женщине свою помощь в составлении краткого по возможности текста, который передал бы суть проблемы и при этом не выходил бы за пределы имевшейся у нее суммы. Изначально в телеграмме говорилось: «Знаю, что уже должна Вам денег и не смогла вовремя заплатить долг. Но все равно мне очень нужны десять ящиков помидоров. Умоляю Вас выслать их. Как только продам, рассчитаюсь за весь долг».

После вмешательства Хубило послание приняло следующую форму: «Заключила отличную сделку. Продав десять ящиков помидоров, верну долг. Срочно высылайте, жду».

Сократив текст таким образом втрое, Хубило не только сэкономил женщине деньги на телеграмму, исправил ошибки, но и сделал куда более вероятным благоприятный для отправительницы исход дела. Скорее всего, получив такую телеграмму, ее кредитор отправил бы ей требуемый груз.

Плохо было другое: за то время, что Люча была предоставлена самой себе, она, погрузившись в свои мысли, снова стала изводить себя воспоминаниями о том, что произошло в магазине. И опять выходило, что виной всем неприятностям в жизни — отсутствие денег. Будь у нее с собой достаточно наличных — и она ни за что не оказалась бы в такой ситуации, в которой пришлось принять помощь от дона Педро.

Другим подтверждением того, что корень всех бед кроется в финансовом неблагополучии, служил пример несчастной посетительницы телеграфа, оказавшейся в еще более сложном положении, чем Люча, — она действительно попала в зависимость от своих кредиторов. Люче было не по душе ощущение собственной беззащитности и уязвимости. Ее пугала перспектива оставаться зависимой от человека бедного, недостаточно обеспеченного.

Окружавший ее мир был создан для богатых, бедным в нем нечего было делать. Ей вдруг стало понятно, почему произошла Мексиканская революция. Быть бедным — страшно. А она, если бы не необходимость ездить вместе с мужем по всей стране, никогда бы и не узнала, в какой бедности, в каких чудовищных условиях живут десятки и сотни тысяч мексиканцев. Люча лучше знала Европу, чем родную страну, и самым горьким для нее открытием стала нищета, в которой живет большинство ее соотечественников. Чтобы в доме была тарелка супа — нужны деньги. Чтобы земля давала урожай — нужны деньги. Чтобы переехать из одного места в другое — деньги. Построить дом — тоже деньги. Деньги нужны на все: чтобы поставить телеграфные столбы, чтобы иметь возможность связываться с дорогими тебе людьми. И когда женщина оказывается в зависимости от другого человека, от того, сколько он зарабатывает или сколько выделяет ей этих самых денег, ее право на принятие решений оказывается изрядно урезанным.

Тот, у кого есть деньги, может заплатить. Те, у кого они есть, решают, что, когда и сколько будет есть крестьянин. Какой сорт кукурузы ему сеять. Да что там! Даже то, в котором часу кукарекать петухам! Люче казалось несправедливостью то, что за телеграмму нужно платить, что кто-то ставит условия и ограничения тем, кому надо связаться друг с другом, что от наличия или отсутствия денег зависит, будет ли доступно человеку это средство связи, которое, по идее, должно принадлежать всем и каждому. Все это мучило и даже злило Лючу, которая не привыкла к тому, чтобы кто-то или что-то ограничивали ее желания и диктовали, как ей вести себя, как поступать. Единственное, что могло ее на время утешить, это то, что Хубило наконец закончил возиться с телеграммой и был готов отправиться домой.

———

Близость Хубило тотчас же убаюкала Лючу. Рядом с ним все проблемы казались пустяками, никакое препятствие не выглядело непреодолимым. Этот редкий дар был в полной мере присущ мужу Лючи. Отсутствие денег тотчас отошло на второй план. Ей не нужны были деньги, чтобы погладить мужа по руке, посмотреть ему в глаза, страстно поцеловать его, ощутить его эрекцию. Не успев войти в дом, они бросились в спальню и предались любви, как безумные. Люча испытала какое-то новое, невероятно сильное удовольствие от того, как пенис Хубило входил в нее; тем большим было ее удивление, когда Хубило неожиданно отстранился и произнес:

— Ты... ты какая-то другая... Люча, я чувствую, что ты не такая... не такая, как раньше.

Сердце Лючи чуть не остановилось. Ее страшная, позорная тайна была открыта! Ей показалось, что Хубило каким-то непостижимым образом уже узнал о злосчастных трех сентаво дона Педро. Она отвела взгляд и срочно стала искать подходящие извинения. Через несколько секунд ей удалось выдавить из себя лишь бессмысленные уточняющие вопросы:

— Не такая, говоришь... А какая? Какая — другая?

Хубило не ответил, но зачем-то положил ладонь ей на живот... Передвинул ладонь чуть выше, затем ниже, прижал немного плотнее... и вдруг расхохотался на всю комнату:

— Да ты же беременна! Люча, любимая, у нас будет ребенок!

Он осыпал ее поцелуями. Люча была поражена. Да, у нее действительно случилась задержка — несколько дней, меньше недели, но срок был еще такой небольшой, что она даже не подумала всерьез о такой возможности.

— А ты откуда знаешь?

— Я чувствую. Не знаю, как тебе это объяснить. Ты излучаешь совсем другую энергию.

Люча впервые слышала от него такие слова. Она, конечно, знала, что у Хубило особенно чувствительные руки, но чтобы настолько… Тем не менее она с готовностью поверила ему. В общем-то, ничего такого уж сверхъестественного в этом не было. Если разобраться, врачи ведь ставят диагнозы, приложив одну руку к телу пациента и легко постукивая по ней другой. По тому, как отзывается на стук тот или иной орган человеческого тела, можно определить, в каком из них обосновалась болезнь. Так что не было ничего удивительного, что Хубило сумел прочувствовать малейшие изменения в том, как вибрировали, как отзывались на его прикосновения ее детородные органы.

Но не только это подтолкнуло Лючу к скорейшему согласию с Хубило. Ну конечно, она беременна! Никаких сомнений! И это, только лишь это было причиной тошноты и головокружения, которые навалились на нее, когда дон Педро поцеловал ей руку. В таком свете все выглядело по-иному, обретало другой смысл. Если поразмыслить спокойно, то и ничего зазорного в ее поведении не было. Каприз беременной женщины — острые маринованные оливки, ее же слабость — позволить постороннему мужчине добавить какую-то мелочь, которой у нее не оказалось с собой! Просто пустяк, не более того. И нечего переживать и мучиться из-за такого пустяка: волнение матери может плохо отразиться на будущем ребенке. Еще, чего доброго, родится какой-нибудь… не такой…

Со слезами на глазах она обняла Хубило, вместе они отпраздновали это событие — еще не зная о том, что несчастье, злая судьба уже выбрали их себе в жертву.

V

Дон Хубило проснулся, задыхаясь. В последние дни его мучил один и тот же кошмар: он плыл под водой, где-то в глубине моря, и, хотя никакого водолазного костюма на нем не было, дышал он в воде легко и спокойно. Движения его были плавными и неторопливыми, вода — приятно теплой; несколько разноцветных рыбок сопровождали его в этом плавании. Неяркого, рассеянного света было, тем не менее, вполне достаточно, чтобы видеть все вокруг. Неожиданно до его слуха начинали доноситься какие-то голоса, затем чей-то смех. Эти звуки шли сверху, с поверхности моря. Хубило поднимал голову и видел над собой яркие солнечные лучи, пробивавшиеся сквозь толщу воды и заставлявшие ее играть всеми цветами радуги. В этот миг, без какой бы то ни было видимой причины, он узнавал это море. Именно то море, в котором он когда-то учился плавать. Он прекрасно понимал, что вот эта самая вода, эти самые волны плескались у берега, где стоял дом его родителей.

Хубило это знал, как знал и то, что голоса, издали доносившиеся до него, принадлежат бабушке Итцель, донье Хесусе — его маме, дону Либрадо — его отцу. Хубило хотелось оказаться рядом с ними, разделить их разговор, смех, веселье. Он делал попытку всплыть, чтобы выйти из воды, но обнаруживал, что ноги его ушли в песок, который крепко удерживает их, не давая ему сдвинуться с места, несмотря на все усилия. Хубило начинал кричать, но его никто не слышал. Звуки вырывались из его горла пузырьками воздуха, но, поднявшись на поверхность, они лопались в полном безмолвии. Отчаяние охватывало его, он кричал все сильнее, но все так же безрезультатно. Вода заливала ему легкие, он начинал задыхаться, но никто ничего не слышал и не мог прийти к нему на помощь.

К счастью, на этот раз его вовремя разбудила Льювия[1], его дочь.

— Папа, к тебе гости, твои друзья. Что случилось? Дурной сон?

Дон Хубило лишь кивнул в ответ. Вот уже почти месяц, как он практически не говорил. Ему приходилось прикладывать невероятные усилия, чтобы издать несколько слабых звуков, которые, увы, частенько были непонятны для тех, кто пытался его слушать.

Стараясь найти способ исправить такое положение, Льювия вспомнила об эксперименте дона Чучо с парой ложек и тотчас же приступила к поискам телеграфного аппарата. Первым делом она, разумеется, зашла на ближайшую почту, но, услышав ее вопрос, служащие, отвечавшие за прием и отправку телеграмм, чуть не рассмеялись.

Оказалось, что телеграф как таковой в его изначальном виде уже давно нигде не используется. Где можно найти такой аппарат — никто не знал и не мог подсказать. После нескольких неудачных походов на Лагунилья — блошиный рынок — Льювия решила поискать нужную ей вещь в магазинах,

---

[1] Льювия (lluvia) — дождь (исп.). Также редкое женское имя.

торгующих антиквариатом. Поиски оказались нелегкими, ей даже пришлось перенести их из столицы в другие города. Наконец старый телеграфный аппарат был найден.

Первым порывом Льювии было сразу же отдать его отцу, но она заставила себя удержаться от такого рискованного шага. Отца нельзя было волновать попусту. Получив в руки телеграфный ключ, дон Хубило немедленно начнет отстукивать свои сообщения, которые, к его ужасу, никто не сможет расшифровать. Дети Льювии подсказали ей, что существует специальная программа, позволяющая вводить информацию в компьютер не с обычной клавиатуры, а при помощи азбуки Морзе. Практически одновременно программа расшифровывала эти точки-тире, переводя их в привычный текст, высвечивающийся на экране монитора. Таким образом любой человек мог бы прочесть то, что «говорил» дон Хубило. Льювии это приспособление показалось просто чудом. Но в силу своей редкости и ограниченности применения оно не поступало в свободную продажу. Пришлось заказывать его у специализированной фирмы и три недели ждать изготовления и доставки по почте. Чтобы не терять времени, Льювия решила сама заняться освоением телеграфного мастерства или, по крайней мере, пройти базовый курс обучения, который позволил бы ей понять первые «слова» отца без помощи компьютера. Первым делом она обратилась за помощью к дону Чучо, другу детства ее отца. К сожалению, тот большую часть времени проводил в больнице у жены, страдавшей закупоркой сосудов головного мозга. Чучо посоветовал ей обратиться к Рейесу, коллеге Хубило по работе. Тот с удовольствием согласился поучить

Льювию азбуке Морзе. Медсестра Аврорита, не желавшая отставать от Льювии, присоединилась к занятиям. Она ухаживала за доном Хубило уже достаточно долгое время, и между нею и ее пациентом давно установились особые близко-дружественные отношения. С годами Хубило стал для нее лучшим другом, благодаря его советам Аврорита сумела преодолеть кризис в своей личной жизни, научилась смеяться над жизненными трудностями и видеть мир с его лучшей стороны. Она была так благодарна дону Хубило, что сделала бы все возможное, лишь бы лишний раз выразить ему свое нежное отношение и сочувствие. Аврорита отнеслась к занятиям с таким же интересом и прилежанием, с каким она читала своему подопечному вслух, вывозила на прогулку, делала массаж или кормила с ложечки.

Третьей ученицей в группе стала Наталия, ночная сиделка, нянечка, которую все ласково звали Нати и у которой, как и у Авֶориты, установились с доном Хубило настолько теплые и близкие отношения, что Льювия порой просыпалась посреди ночи от смеха, разносившегося по дому из комнаты отца. И это несмотря на то, что двери в ее спальню, как и в отцовскую, всегда были закрыты. Шутки дона Хубило рождались в любое время суток, а звонкий смех Нати встречал их в любой час с неизменным энтузиазмом. Сиделка была лучшим товарищем в бессонные ночи. У нее было отменное чувство юмора и при этом уникальная способность проявлять нежность. Эта невысокая полноватая женщина приняла дона Хубило, как принимают в семью ребенка. Она меняла ему белье и простыни, купала его, помогала одеться и раздеться, баюкала, мурлыкая его любимые болеро[1] и по-матерински гладя по голове.

Нати и Аврорита стали важнейшими участницами трио «девочек» дона Хубило. Им так недоставало его шуток, баек, советов! Голосовые связки дона Хубило превратились в твердые прутья решетки под воздействием лекарств, призванных облегчить болезнь Паркинсона. Эта решетка заключила в суровую тюрьму жившие в Хубило слова и мысли. И Льювия, равно как и Нати с Авроритой, с нетерпением ожидали, когда же наконец вырвутся на свободу эти слова, комом стоявшие в горле Хубило.

Телеграф представлялся им неким великим спасителем, освободителем и — вновь, впервые после окончания его славной истории, — соединителем душ и чувств. Льювия, до сего дня сопротивлявшаяся разным новшествам в быту, теперь готова была боготворить науку и технику за то, что те предлагали ей способ снова дать отцу возможность общаться с миром. Самой серьезной проблемой оказалось то, что Льювия принадлежала к поколению, мало знакомому с компьютером. Ее дети спокойно пользовались им, она — нет. Ей исполнился пятьдесят один год, она старалась поддерживать себя в форме и была достаточно энергична. Считать себя старой для чего-либо ей не пришло бы в голову, но вот что касается компьютера… Льювия обнаружила, что принадлежит к поколению *on/off*[2], которое умеет только включать и выключать механизмы, нажимая одну-две клавиши, но никак не общаться

---

[1] Народный музыкальный жанр в Испании и Латинской Америке, включающий в себя слова, положенные на мелодию, и танец.

[2] Вкл./выкл. (*англ.*).

с интеллектуальной машиной. Пожалуй, этот порог был единственной неразрешимой проблемой в ее отношениях с новым поколением.

Льювия не без труда освоила видеомагнитофон, и то пользовалась им лишь на самом примитивном уровне. Она могла поставить кассету и посмотреть какой-нибудь фильм, но, например, запрограммировать аппарат на прием и запись нужной ей передачи — куда там, об этом не шло и речи. В инструкциях по пользованию она не понимала абсолютно ничего. Ей казалось, что для того, чтобы разбираться в этой китайской грамоте, нужен как минимум диплом Гарвардского университета. Поэтому, купив тот или иной электронный аппарат, она, чтобы не усложнять понапрасну себе жизнь, просила детей объяснить, как им пользоваться, а инструкцию запихивала куда-нибудь в нижний ящик стола. И вот ей потребовалось освоить не что-нибудь, а настоящий компьютер. Она готова была сойти с ума — ей не было понятно ни-че-го!

«Ввести» и «вывести» информацию? Что за чушь такая?! Куда ее вводить, и откуда она выводится? И где, кстати, все это добро хранится? Создать файл и сохранить его — а где он на самом деле будет лежать и не потеряется ли? Перла, ее дочь, взяла на себя труд научить маму пользоваться Интернетом. Ей удалось заинтересовать и порадовать Льювию образным сравнением этой диковины со всемирной сетью или паутиной пользователей. Льювии очень понравилось, что через Интернет можно ощутить себя подключенной ко всему миру.

С дилетантской точки зрения Льювии, Интернет представлялся небесполезной и уж совершенно точно — абсолютно безопасной игрушкой. Само собой, ни Перла, ни Федерико не стали рассказывать ей о том, как неонацисты используют электронную связь для координации своих преступных действий, или о том, что при помощи нескольких нажатий на клавишу любой человек может получить сведения, достаточные для того, чтобы собрать и привести в действие атомную бомбу. Смысла пугать маму не было, а что касается любого достижения цивилизации, так всегда найдется кто-то, кому по душе использовать его отнюдь не в гуманных целях. Маме же и без того хватало проблем: одновременно с компьютером она узнала азбуку Морзе.

Если уж Льювии приходилось нелегко, то что говорить о бедных Нати и Аврорите! Они к компьютеру в жизни близко не подходили и, впервые прикоснувшись к клавиатуре, почувствовали себя, наверное, так же, как первый человек, шагнувший на поверхность Луны. Тем не менее привязанность к дону Хубило оказалась сильнее всех препятствий, и Льювии оставалось только удивляться способностям к обучению, открывшимся у обеих женщин. Перла с удовольствием занималась с ними, как с малыми детьми, и не переставала напоминать о том, что не следовало бы им так утруждать себя. Но им было не до того: научи их пользоваться компьютером — и все тут! Изучение азбуки Морзе Перле казалось и вовсе делом излишним. К чему дополнительные мучения, если компьютер прекрасно переведет то, что дедушка настучит своим телеграфом? Но «девочки» дона Хубило отметали все сомнения вполне резонным доводом, что, мол, делают это на тот случай, если компьютер вдруг сломается или в доме отключат электричество. Обе они вовсе не желали попадать в излишнюю зависимость от техники.

Шли дни напряженных тренировок. Занятия решено было проводить по вечерам, когда освобождалась Аврорита. Все ждали, пока дон Хубило закончит полдник и уснет. После этого начинался урок. Дон Хубило спал на больничной кровати с металлическими перекладинами по бокам. Эти перекладины, с одной стороны, не позволили бы больному случайно упасть, а с другой — изрядно облегчали ему задачу изменить положение тела. К одной из этих штуковин Льювия прикрепила маленький передатчик с микрофоном, который обычно использовался в тех случаях, когда у нее оставался ночевать маленький внук. Ребенок ложился спать, а бабушка, оставаясь в другой комнате, могла слышать все, что происходит около детской кроватки. Что старый, что малый — теперь дон Хубило находился под наблюдением, словно младенец. Впрочем, обычно он спал спокойно, и пары часов его предвечернего сна вполне хватало для урока.

Дополнительное очарование этим занятиям придавал музыкальный фон, так как дон Хубило имел обыкновение включать радио, чтобы скорее заснуть. Его любимой станцией была та, что находилась на частоте 790 и передавала в основном музыку прошлых лет. В программу включались лучшие романтические болеро разных времен, которые через передатчик на кровати доносились до соседней комнаты, приспособленной под «школу телеграфисток». Так у Льювии выработался своего рода условный рефлекс: стоило ей услышать музыку, как пальцы тотчас же начинали искать ключ, чтобы немедленно передавать сообщение.

Для того чтобы стать хорошим телеграфистом, прежде всего нужна хорошая память. Слова передаются линейно, буква за буквой, и эту последовательность точек и тире следовало запомнить с первого раза, чтобы составить из них слово. Затем его тотчас же нужно было записать на бумаге, а передача сообщения между тем не прекращалась. Таким образом одновременно надо было, с одной стороны, записывать только что расшифрованное, а с другой — слушать, запоминать и продолжать расшифровывать все новые и новые слова. Делом это оказалось непривычным и далеко не простым. К тому же после достаточно длительного сеанса перевода звуков в письменную речь начинали сильно болеть уши.

О человеке можно сказать, что у него хороший телеграфный «почерк», если в его исполнении знаки звучат четко и хорошо различимы, а значит — легко воспринимаются на слух. Но есть и те, у кого «почерк» неровный, их точки тянутся почти так же долго, как тире, и понимать сообщения таких телеграфистов куда сложнее. Во второй категории безоговорочно оказались как Льювия, так и Аврорита с Нати. «Хороший почерк» был только у Рейеса, что, впрочем, и неудивительно: как-никак тот сорок лет проработал на телеграфе и даже после многолетнего перерыва восстановил навык за каких-то несколько часов занятий. В отличие от него, «девочки» дона Хубило с трудом осваивали это ремесло: то у них точки сливались с тире в одну непрерывную линию, то они путали группы знаков на приеме, а значит — записывали не те буквы, никак не желавшие складываться в слова. В общем, ученицы они были, говоря начистоту, не самые способные, но зато отменно прилежные.

Чтобы по-настоящему освоить эту профессию, им потребовались бы еще долгие недели, если не месяцы и годы занятий. Но за первые три недели они наловчились принимать сообщения хотя бы в той мере, чтобы понять первые слова дона Хубило.

Настал знаменательный день. Льювия пригласила Рейеса и Чучо — присутствовать при столь важном событии. Еще была приглашена Лолита, их общая давняя подруга, проработавшая всю жизнь секретарем в Центральном управлении телеграфа.

Все собрались минута в минуту. Гостей уже ждали Льювия, Перла с Федерико, а также Аврорита и Нати. Дон Хубило ни о чем не подозревал, но, узнав о приходе дона Чучо, стал догадываться, что должно произойти какое-то важное событие: иначе чего ради тому приходить сюда, а не сидеть в больнице рядом с тяжело больной женой. Но, само собой, ему и в голову не могло прийти, какой подарок приготовили для него друзья и родные. Когда внучка Перла установила у него на коленях компьютер-ноутбук и телеграфный аппарат, лицо дона Хубило просияло. Никто из видевших его в тот миг никогда не забудет улыбку, осветившую его лицо, когда пальцы слепого старика ощупали и мгновенно узнали телеграфный ключ. Что-либо долго объяснять не было необходимости. Хубило сразу понял, для чего ему принесли эту штуковину, и не заставил себя долго упрашивать. Чуть робко, но все же достаточно твердо он отстучал свое первое после многолетнего перерыва послание:

— Спасибо тебе, дочка. Я так люблю тебя.

У Льювии на глаза навернулись слезы, и она, боясь разрыдаться, положила руку на ключ, чтобы отстучать в ответ:

— Я тебя тоже очень люблю.

Дон Хубило широко открыл невидящие глаза. Как это? Его дочь знает азбуку Морзе? Вот это сюрприз так сюрприз! А в довершение всего выяснилось, что и обе его «девочки» тоже владеют этим волшебным ключом! Аврорита с Нати попросили слова и по очереди тоже засвидетельствовали азбукой Морзе свою любовь к дону Хубило. Своеобразный, ни на что не похожий звук телеграфного аппарата буквально прорвал плотину, не позволявшую красноречию дона Хубило излиться в мир. Момент был очень волнующим. Лолита вспомнила слезы, пролитые в день официальных похорон старого телеграфа в 1992 году. Она присутствовала на церемонии, прекратившей навсегда использование этого «чуда техники» в системе государственной связи. Телеграфист, которому выпала честь отстучать последнюю телеграмму в зале Центрального телеграфа, позволил себе добавить motu proprio[1]: «Прощай, мой Морзе, прощай навсегда». И если тогда слезы Лолиты были слезами печали, то теперь она проливала их от радости. Слезами телеграф провожали, слезами же приветствовали его возвращение.

Федерико, который полагал, что так хорошо, как он, дедушку не знает никто, вспомнил, что дон Хубило не любил демонстрировать на людях свои эмоции. Увидев слезы в глазах деда, Федерико решил нарушить сентиментальность момента, прочитав короткую, но содержательную лекцию о принципах работы программы-переводчика. Отношения Федерико и дона Хубило действительно были очень теплыми. Дедушка вообще считал детей Льювии своими лучшими, самыми любимыми и близкими внуками. К сожалению, отношения с тремя сыновьями Рауля у него складывались неровно и напряженно.

---

[1] Motu proprio — букв.: «собственным движением»; от себя, по своему решению (лат.).

Рауль еще в молодости уехал работать за границу, и повелось так, что в Мексику он приезжал только в отпуск или вместе с детьми — на каникулы. А в последнее время и эти визиты стали совсем редкими. Ребята выросли, обзавелись собственными женами и детьми, и уже — увы — не так часто приезжали навестить своих мексиканских родственников. Общение с этой ветвью семьи Хубило поддерживал только по почте да изредка — по телефону. Зато что касается детей Льювии — он видел, как они появились на свет, помогал им учиться ходить, до изнеможения играл с ними, сажал их на велосипед, учил запускать волчок и сбивать кегли, а с тех пор, как Льювия развелась с мужем, во многом заменил им отца. Этот отец был на редкость мудрым, понимающим и безмерно любящим. Он помог им преодолеть подростковый возраст и достойно ступить в юность, научил водить машину и даже разрешил брать ее, когда им уж очень нужно было куда-нибудь съездить. А еще — он никогда не давал советов, пока его не просили об этом, и как никто другой умел с уважением отнестись к образу жизни и манере поведения своих внуков. Учитывая такой опыт сосуществования, нет причин удивляться тому, как Перла и Федерико обожали дедушку и как переживали, когда болезнь свалила его с ног.

Дон Хубило внимательно слушал рассказ внука о компьютере и особой программе-переводчике азбуки Морзе в привычные слова, а сам тем временем ласково поглаживал чуть вздрагивающими руками телеграфный аппарат — словно ему на колени положили самую большую драгоценность за всю его жизнь. Когда Федерико закончил объяснения, дон Хубило снова взял слово и отстучал:

— Эта штуковина дарит мне целый мир новых возможностей. Спасибо вам всем огромное!

— Не стоит благодарности, старина. Зря ты так расчувствовался. На самом деле мы просто придумали способ побыстрее «отбить» деньги, вложенные в это дело Льювией. Держись, скоро мы тебя вытащим куда-нибудь на площадь Санто-Доминго, будешь сидеть себе да подрабатывать писцом. Тебе будут надиктовывать тексты, а кто не сможет выразить свою мысль, так ты уж за него додумаешь...

Льювия давно не слышала, чтобы ее отец так легко и искренне смеялся.

Идею тем временем подхватили и стали развивать:

— Льювия, разве ты не знаешь, что твой папа, когда было худо с деньгами...

Дон Хубило застучал ключом, вступая в разговор:

— ...что значит — постоянно...

— ...Нет, серьезно! Он в свое время подрабатывал на Санто-Доминго, сочиняя любовные письма. И знаешь, каким успехом пользовались его услуги!

— Да вот только, как говорится, что пользуется спросом, то рано или поздно ломается. В те времена я еще мог говорить и самостоятельно передвигаться...

— Может быть, ты ничего и не видишь, но своего не упустишь. Что схватил, то у тебя уже не вырвешь. Смотри-ка, как вцепился в аппарат, да и стучишь ловко.

Все рассмеялись и удивились тому, насколько быстро и точно пользовался ключом Хубило, несмотря на долгие годы перерыва. Присмотревшись профессиональным взглядом к его движениям, Рейес сказал:

— Нет, старина, ты молодец. Даже я не смог бы так ловко управиться с этой штуковиной.

— Эй, в каком это смысле — «даже я»? Ты что, считаешь себя более классным телеграфистом, чем я?

— Ладно тебе, Хубиан, оставь его в покое. Видишь, какой он важный стал? А все почему? Потому что он, видите ли, принимает меньше таблеток, чем любой из нас.

— Ничего подобного! Ты, Чучо, вообще здоров как бык, наверное, и не знаешь, что такое лекарства.

— Кто — я? Да ты что! Я их принимаю от давления, для пищеварения, от сердца и от астмы!

— Ну вот, а я по шесть штук глотаю. На две больше, чем ты!

— А ну кончай спорить, ребята! А не то я вас, как раньше, выставлю отсюда в шею.

— Ты посмотри на этого лежачего больного! Вот разошелся-то. Ладно, старина, я у тебя в долгу: познакомил с девочкой — на твою голову. Такая кого хочешь в могилу сведет.

Льювия, Перла, Федерико, Аврорита и Нати радовались, видя, как смеются старые друзья. И пусть их познания азбуки Морзе пока были невелики, чтобы участвовать в таком разговоре на равных: прочитав фразы, появлявшиеся на экране компьютера, они с удовольствием смеялись над шутками стариков.

Льювия была в восторге, поняв, что отец действительно сможет теперь «говорить» — общаться, вспоминать разные истории из своей жизни. При помощи компьютера она, например, тотчас же узнала о том, как папа подшутил над Рейесом, чуть не доведя того до инфаркта.

В течение нескольких лет они были сменщиками по работе на телеграфном узле Мексиканской нефтяной компании. Дон Хубило дежурил днем, вечерняя же смена доставалась Рейесу. Работа там была не столько трудной, сколько тяготила одиночеством; Хубило очень скучал по друзьям из Главного управления. Здесь же ни поговорить было не с кем, ни анекдот рассказать... Вот они с Рейесом потихоньку и обзавелись собственной системой шуток и развлечений. Подшучивать друг над другом стало у них нормой, едва ли не правилом. Удачные и не очень, легкие и по-настоящему «черные», эти шутки помогали худо-бедно скрасить однообразие долгих часов, проводимых на рабочем месте.

На этот приемный пункт стекалась информация, поступавшая с разных нефтяных вышек со всех месторождений. Помещение было достаточно просторным, чтобы разместить в нем всю необходимую аппаратуру для приема радиосигналов. При этом было там очень холодно. Работали в этом «холодильнике» только Хубило с Рейесом. Зимой Рейес приспосабливал какой-то электрообогреватель, чтобы хоть немного поднять температуру возле своего рабочего места. Нельзя при этом забывать и о том, что Хубило работал днем, когда помещение более-менее прогревалось солнцем, ему даже удавалось порой немного позагорать. Вечерами же, в смену Рейеса, об этом осталось только мечтать.

Как-то раз, в декабре — а дело было как раз на неделе Посады[1], — Рейес пришел на работу, включил свой обогреватель, сел в кресло, поплотнее закутавшись в плед. Вскоре до его слуха донесся звук

---

[1] Народный праздник, приходящийся на 16–24 декабря.

нескольких взрывов. Волосы у Рейеса встали дыбом. Он вскочил с места, не зная толком, что делать. Ему показалось, что один за другим повыходили из строя все приемники. Такой катастрофы даже инструкции не предусматривали. Когда же он, взяв себя в руки, попытался разобраться в случившемся, то обнаружил, что Хубило подложил на обогреватель упаковку петард, фитили которых, естественно, воспламенились, когда температура поднялась достаточно высоко.

Отомстил Рейес быстро — на следующий же день — и сурово. Он просто-напросто позвонил напарнику домой и осведомился у Лючи, не знает ли та, куда, мол, подевался Хубило, якобы вот уже неделю не показывавшийся на работе.

На этом месте рассказ был прерван взрывом общего хохота. Все прекрасно знали, какой фурией могла стать донья Люча, если заставить ее попусту беспокоиться. А если еще и не попусту... В общем, все живо представили себе, каково пришлось в тот день дону Хубило. Когда все отсмеялись и немного отдышались, Лолита вдруг начала вспоминать, как подшучивали друг над другом в Управлении.

— Помните, как кто-то забил гвоздем ящик стола Чучо, а он все пытался вытащить его, не понимая, что же могло случиться?

— А что вы скажете о том, чтобы обклеить копировальной бумагой телефонную трубку дона Педро? Ну, ту ее сторону, что к уху прикладывается...

Вдруг смех как-то стих, а Хубило и вовсе стал совершенно серьезным. Лолита жестом показала, чтобы друзья поскорее сменили тему, и Рейес поспешил исправить положение:

— Да уж, не знаю, как мы на такое решились, — произнес он и вдруг, вспомнив подходящий случай, оживился: — А еще веселее было, когда я спрятался за колонной, у которой стоял стол Лолиты. На столе у нее, разумеется, было полно всяких бумаг; ну, я стою себе да тихонько так веером помахиваю. Она меня не видит, зато бумаги затрепетали да вдруг как полетят во все стороны. Лолита, само собой, все собрала, сложила аккуратно и не успела сесть, как ее бумажки опять разлетелись. Она их снова собрала, огляделась, подошла к окну, чтобы проверить, плотно ли оно закрыто, и вернулась к столу. А тут как раз опять ветерок подул...

— Да, старина, нашел над кем издеваться. Над Лолитой, скромной, серьезной девушкой. Она, наверное, очень расстроилась... Или нет, подожди-ка... только не говори, что ты тем самым пытался намекнуть ей на что-то...

Все опять рассмеялись. Все, кроме дона Хубило. Льювия не могла этого не заметить. Что-то случилось, у папы пропало настроение... Провожая Лолиту, она уже в дверях спросила:

— Скажите, а кто это такой — ваш дон Педро?

— Да так, один наш начальник, который очень уж был не по душе твоему отцу. Как, впрочем, и всем нам. Ну ладно, дочка, пойду я, поздно уже, пока еще до дому доберусь...

Обычно Лолита, любившая поболтать, надолго застревала в прихожей перед тем, как окончательно попрощаться. Сразу было видно, каких трудов ей стоило отказаться от продолжения разговора, и эта ее решительность только больше заинтриговала Льювию. Если уж Лолита не хочет говорить про этого дона Педро, то вот тут-то, наверное, собака и зарыта. Но все расследования пока пришлось отложить — слишком уж много переживаний выпало в этот день. Сейчас ей больше всего нужно принять ванну и хорошенько отдохнуть.

Вода, ее любимая стихия, оказывала на Льювию магическое действие. Она мгновенно успокаивала ее. Погрузившись в воду, та обычно в считанные секунды могла отдохнуть и набраться сил. Обычно, но не сегодня.

Чем больше она представляла радостное, просветлевшее лицо отца, когда ему вручили любимый аппарат, позволивший вновь полноценно общаться с людьми, тем больше вставало в памяти вмиг появившееся на нем печальное, даже мрачное выражение. Таким она отца, пожалуй, никогда еще не видела. Удивившись и поразмыслив, она связала перемену в его настроении со старой фотографией, что принесла им в подарок Лолита. Это была обычная коллективная фотография на память: среди множества сотрудников телеграфа Льювия узнала Лолиту — еще без очков, дона Чучо с роскошной в те годы шевелюрой, Рейеса, тогда подтянутого и не седого, разумеется, отца — в полном расцвете сил, и маму — явно на немалом сроке беременности. Фотография молчала, но и без слов, по глазам отца Льювии было понятно, что в тот миг его что-то беспокоило, причиняло ему боль.

Судя по всему, сотрудники отмечали чей-то день рождения или какой-нибудь праздник, но по лицу отца было видно, что ему совсем не до веселья. Что-то мучило его. Рядом с ним стояла ее мама, красивая как всегда; он нежно обнимал ее за талию, но, несмотря на эту телесную близость, Льювия не могла избавиться от ощущения того, что между родителями пролегла какая-то трещина. На обороте фотографии стояла дата: сентябрь 1946 года. Два года до рождения самой Льювии.

Глядя на маму, можно было смело предположить, что она на пятом-шестом месяце. Попытавшись отсчитать нужный срок, Льювия стала загибать пальцы и обнаружила, что все это время держала их так, словно собиралась настучать ключом какие-то слова. Оказывается, навык работы на телеграфном аппарате уже становился автоматическим. Если так пойдет и дальше, — не без удовлетворения подумала Льювия, — то вскоре ей удастся догнать отца по скорости работы ключом.

На миг она совсем отвлеклась от текущих проблем; она сосредоточилась на своих руках и задумалась над тем, как разбегаются по поверхности воды чуть заметные волны, порожденные еще менее заметным дрожанием ее пальцев. Ее внимание остановилось на случайно родившейся мысли: чем сильнее дрожат руки, тем больше появляется волн, а следовательно, по их количеству можно определить, если что-то случилось, и даже то, насколько это событие значимо.

Ведь, например, один поцелуй — это не то же самое, что тысяча. Один полученный оргазм не равен пяти. В зависимости от того, сколько раз повторилось то или иное событие, эфир вибрирует по-иному. С этой точки зрения, числа представляли собой не только средство обозначения количества денег, как полагала мама Льювии, но, скорее, имели глубокое символическое значение, ибо обеспечивали прямую связь с мирозданием, и к этой связи взывал человек, называя то или иное число. Числа таким образом становились некими архетипами.

Льювия обнаружила, что со словами получается то же самое. Каждое из них звучало по-своему и в силу этого по-особому отражалось в вибрациях эфира. В этот момент ей пришла в голову мысль, что между числами и словами должна существовать тайная связь. Они должны взаимодействовать друг с другом, как, например, кнопки на пульте дистанционного управления телевизором и кинескоп. Льювия вознамерилась докопаться до этой связи, найти и понять ее.

Поиски начались тотчас же. Для начала она попыталась «написать» какое-нибудь слово азбукой Морзе, используя свои пальцы — подушечки стали точками, а фаланги — тире, черточками. Таким образом она стала переводить слова в последовательность точек и черточек. Следующим шагом стала попытка превратить этот набор знаков в соответствующие нумерологии майя цифры. Затем следовало попытаться найти скрытый в них смысл. Не особо задумываясь, она взяла для первого эксперимента имена своих родителей, и их сумма, записанная в числовой форме, как оказалась, соответствовала сентябрю 1946 года.

Это открытие заставило ее вернуться к фотографии. Подсчитав заново на пальцах примерный срок, когда маме полагалось произвести на свет ребенка, она обнаружила, что получившаяся дата довольно далеко отстоит от времени ее собственного рождения. Льювии никогда не рассказывали о том, что у нее был (или должен был быть) еще один брат, кроме Рауля.

В чем же дело?

Единственное, в чем Льювия была уверена, так это в том, что состояние здоровья отца никак не соответствует ведению бесед на подобные темы. Следовательно, самым очевидным, даже напрашивающимся решением было нанести визит госпоже Люс-Марии Ласкуррайн, донье Люче.

VI

По значимости сразу после любви следует доверие, и жизнь вдвоем как раз предполагает возможность в полной мере наслаждаться им. Доверие — для того, чтобы обнажить душу и тело, не испытывая стыда. Доверие — чтобы броситься в объятия любимого, отдаться ему, раскрыть все безумие страсти без страха быть неправильно понятым или осужденным. Доверие — чтобы иметь право сказать жене или мужу: «Дорогой (дорогая), у тебя между зубов застрял кусочек фасолевой кожуры», или, наоборот, не стыдясь, узнать от близкого о том, что у тебя скопился гной в уголке глаза или чуть выглянули из носа сопли.

Любовь и доверие идут рука об руку. Только доверие обеспечивает круговорот любовной энергии между двумя людьми, позволяет им приблизиться друг к другу. Первым признаком того, что доверие утрачено, становится внутреннее сопротивление близкому контакту, когда уходит стремление к ласкам, поцелуям, физической близости.

В течение восьми лет, что Люча и Хубило уже были женаты, они горстями, полной чашей одаривали друг друга безграничным доверием. Ни один из них не обидел другого, ни раз не опустившись до ревности.

Они любили и уважали друг друга, несмотря на все имевшееся между ними несходство характеров. Несомненно, важнейшим из них было несоответствие между тем, чего в жизни хотелось Люче, и тем, что мог ей предоставить Хубило. По его мнению, в этом крылась и главная причина того, что его супруга все не могла вновь забеременеть. Впрочем, это не сильно его огорчало. И не потому, что ему не хотелось иметь детей, а потому, что зарплаты телеграфиста и так едва хватало на то, чтобы прокормить Лючу и Рауля, их первенца. Появление других детей было бы роскошью, пока что — непозволительной. По крайней мере, дать им то, что хотелось бы Люче, он не мог, ее требования к жизни были настолько высоки, что он пока и мечтать не смел о том, чтобы исполнить их все.

Тех денег, что он выиграл у дона Педро, после вычета суммы, выделенной Хесусу и Люпите на свадьбу, они едва смогли наскрести на покупку понравившегося Люче дома. Здание было небольшим, но достаточно уютным, а главное — располагалось совсем неподалеку от дома родителей его жены. Находился их новый дом все в том же районе Санта-Мария ла Ривера, разве что чуть ближе к границе Санто-Томаса. Разумеется, размерами он уступал особняку семьи Ласкуррайн, но при этом выглядел очень симпатично. Была в нем элегантная гостиная с балконом-галереей, выходившим на улицу, три спальни с высокими потолками, под которыми виднелись деревянные балки — стропила крыши; двери комнат выходили в коридор с большими керамическими кадками для цветов, в конце коридора располагались столовая и ванная. Рядом со столовой разместилась кухня, выходившая во внутренний дворик, где маленький Рауль мог играть в свое удовольствие.

На какое-то время Люча почувствовала себя счастливой. Обосноваться в столице, в своем собственном доме, после бродячей жизни, которая выпала им сразу после свадьбы, — этого в тот момент было ей вполне достаточно. Выбирать новую мебель и переставлять по своему вкусу что-то из старой казалось ей не менее увлекательным, чем в детстве — играть в кукольный домик. Ей доставляло огромное удовольствие все, что так или иначе было связано с обустройством их нового очага. Впервые с того дня, как она вышла замуж, у нее появилась возможность забить гвоздь в стену или поставить вазу с цветами там, где ей заблагорассудится. Те дома или гостиничные номера, где они жили до этого, им не принадлежали и не стали для нее настоящим домом. А для Лючи владеть вещью было куда важнее, чем иметь возможность ею пользоваться.

Хубило же, наоборот, казалось, мог утолить жажду обладания одним лишь взглядом. Он с одинаковым удовольствием вдыхал аромат цветов, не задумываясь о том, доносится ли он из соседского сада или с клумбы перед его собственным домом. Зато он умел делать своею чужую боль и печали, умел разделять несчастья друзей, сопереживать им и искренне радоваться их успехам. Может быть, поэтому он и стал хорошим телеграфистом. Отправляя телеграмму, он делал это так, словно речь шла о его собственном деле, за которое надлежит болеть всей душой. И поэтому, наверное, ему так не хватало прямого, непосредственного контакта с людьми.

В маленьких городках, где ему доводилось поработать на пунктах приема телеграмм, он чувствовал себя как дома: если было нужно, он легко изменял текст передаваемого сообщения, зная наверняка, какова будет реакция адресата на ту или иную телеграмму. В столице же, напротив, его работе недоставало человеческого тепла, личного участия. Он даже не знал толком, куда и как именно передаются проходящие через него сообщения, и потому работа перестала удовлетворять его как раньше, потеряла частицу своего смысла.

Он перестал понимать, зачем так стараться, прикладывать столько усилий. Его дар быть посредником, соединяющим человеческие души, терялся на глазах в силу своей невостребованности. Здесь, в огромном учреждении, от него требовалось только одно — отправлять и получать сообщения с наибольшей возможной быстротой; главное внимание уделялось количеству, а не внутренней, истинной эффективности работы. Хубило ощущал себя несколько потерянным и утешался тем, что все делает правильно: то, чего ждет от него Люча, то, что нужно для их ребенка.

Работал он ради них, а не ради самого себя, и были в этом свои приятные стороны. Возможность видеть, как радуется Люча, получив в распоряжение собственный дом, и осознание того, что его сын одет-обут-накормлен как надо, делали его счастливым. Люча была благодарна ему за прилагаемые усилия, но деньги, которые он получал за работу, ей казались совершенно недостаточными, особенно при наличии в семье подрастающего ребенка. Она хотела дать ему самое лучшее образование, покупать только лучшую одежду и обувь, дарить ему только лучшие велосипеды и мячи, а на все это требовались деньги. С годами она стала мягко, но настойчиво добиваться, чтобы Хубило брал сверхурочную работу и оставался на дополнительные дежурства, а еще — постоянно пилила его за недостаток честолюбия.

Хубило такая точка зрения казалась несправедливой. Цели, к которым следовало стремиться, у него в жизни были. Другое дело, насколько они совпадали с теми, что ставила для себя Люча. Он не торопился богатеть во что бы то ни стало, не к этому стремилась его душа. Хесуса, его мать, часто говорила, что люди, у которых много денег, очень бедны, потому что кроме денег у них нет ничего. Он был абсолютно согласен с этим. В жизни много вещей куда более важных и интересных, чем накопление и правильное вложение средств. С точки зрения Хубило, богатым был тот, кто мог считать себя счастливым, и он по возможности старался добиться этого.

Рауль родился, когда Хубило было двадцать два года, а Люче и вовсе только исполнилось двадцать. Они сами по большому счету были еще детьми. Они поженились так рано, что Хубило по-настоящему и не нагулялся еще с друзьями. В первые месяцы после появления ребенка он чувствовал себя совершенно потерянным, даже обманутым. Этот младенец был самозванцем, лишавшим его большей доли внимания и нежности Лючи. Но стоило малышу начать улыбаться и тянуть к нему ручки, как отношение отца к нему полностью изменилось. Он стал видеть в ребенке младшего брата, которого у него никогда не было, и вскоре они стали лучшими приятелями по играм. Их отношения были настолько близкими, что даже первое слово, сказанное Раулем, было «папа»; если же малыш падал или с ним приключалась какая-нибудь неприятность, он сквозь всхлипывания и слезы не звал маму, но требовал, чтобы в качестве утешителя выступил папа. Чересчур молодой папа, сам еще слишком похожий на подростка, папа, который после напряженного рабочего дня возвращался домой и хотел отдохнуть, что означало для него — поиграть с сыном, а потом — смотаться к друзьям, чтобы побренчать на гитаре и попеть песни.

С точки зрения Лючи, это свидетельствовало о полном отсутствии стремления к успеху в жизни. Вместо того, чтобы впустую тратить время на свою гитару, как она полагала, Хубило вполне мог пойти на курсы английского или французского языков, бухгалтерского учета, или — например — заняться поисками другой, более денежной и перспективной работы, которая обеспечила бы достойное будущее ей и их сыну. То же, что вырисовывалось в ближайшей перспективе, прямо скажем, нисколько ее не обнадеживало.

Рауль рос, и мать хотела отдать его в хорошую школу — в колледж Уильямса или в какое-нибудь подобное заведение. По мнению Хубило, в этом не было необходимости. Когда он с родителями переехал в Мехико, отец определил его в ту самую школу. Впрочем, продолжалась эта роскошь недолго, и по мере того, как таяли семейные сбережения, мальчика пришлось перевести в государственную школу. Хубило там понравилось куда больше, чем в частном заведении, и он не видел смысла зазря мучить своего сына, повторяя ту же самую ошибку. Люча же, отучившаяся полный курс во Французском колледже, полагала, что образование — это главный стартовый капитал в жизни, и, не говоря об этом супругу в открытую, считала, что разница между уровнем образования, полученного им и ею, видна невооруженным глазом.

Хубило не говорил на иностранных языках, не бывал в Европе, не умел вести себя в обществе и уже поэтому, с точки зрения Лючи, был практически обречен влачить жалкую, усредненную жизнь. Сама же она была уверена в том, что стоит ей захотеть — и ее возьмут на любую работу, а уж дальнейший карьерный рост ей просто обеспечен. Она даже пыталась завести разговоры на эту тему, но Хубило мгновенно пресекал их. Мысль о том, что его жена может пойти работать, мягко говоря, не радовала его. Ему с детства внушали, что в будущем он станет единственным кормильцем в семье. Вот почему, решив положить конец дискуссиям экономического толка, он засучил рукава и, забросив музыку — трио, в котором пел с друзьями песни Гути Карденаса, мечты выступать с концертами, а также вечерние игры и посиделки с Раулем, — устроился на работа оператором радиоаппаратуры в Мексиканской авиакомпании, куда уходил по вечерам, после дневной смены на телеграфе.

Благодаря такому совместительству они с Лючей вскоре смогли купить новый холодильник, хорошую стиральную машину и заменить дровяную колонку на электрический водонагреватель. Люча была счастлива, а глядя на нее, чувствовал себя счастливым и Хубило.

На какое-то время их семейная жизнь заметно наладилась. Люча могла позволить себе прогуляться, сходить в косметический салон и парикмахерскую, пройтись по магазинам. Купленная стиральная машина, скороварка и кухонный комбайн экономили ей время и силы. Она была очень благодарна Хубило за эти подарки и не переставала повторять ему об этом, равно как и превозносить удобство холодильника и прочей домашней техники. Хубило едва ее слышал, потому что возвращался домой полумертвый от усталости и не без труда мог дослушать рассказ жены о том, чем она занималась в течение дня, не заснув при этом крепким сном прямо в гостиной.

Таким образом, у Лючи появился новый повод быть недовольной мужем. Теперь она ставила ему в вину недостаток интереса к ее словам и отсутствие должного внимания к сделанным ради него *manicure* и *pedicure*. Хубило ласково и терпеливо пытался объяснить ей, что дело вовсе не в его невнимательности, а в том, что редкие свободные минуты, когда они могли побыть вместе, он предпочитал потратить на то, чтобы заняться с ней любовью, а не транжирить драгоценное время на всякую болтовню.

Люча сердилась и кричала ему, что ей нужен человек, с которым можно поговорить, а не только валяться в постели, потому что она личность, а не какая-нибудь проститутка. На это Хубило возразить ничего не мог. С его точки зрения, для женщины было куда более лестно осознавать, что мужчина сходит с ума от любви и желания обладать ею, и он не мог взять в толк, почему его жене было важнее, чтобы он выслушал ее да еще и поддержал беседу.

К счастью, этому непониманию быстро приходил конец. Стоило им обняться, поцеловать друг друга, как оба рассыпались в извинениях и очень скоро оказывались в постели, где им уже было не до бесед.

После одного из таких нежных примирений Люча вернулась к разговору о том, чтобы Хубило разрешил ей устроиться на службу. Хубило, вконец отчаявшийся заработать на все, что требовалось его супруге, сдался перед ее натиском, выставив только одно условие — устраиваться на работу она должна была только в Центральное управление телеграфа. Он считал, что если уж им обоим придется работать, то, по крайней мере, следует найти возможность быть рядом друг с другом в течение большей части рабочего дня.

Родители Лючи не одобрили такого решения дочери; в их семье ни одна женщина никогда не работала. Тем не менее, они согласились помочь ей с устройством именно туда, куда она хотела. Благодаря своему влиянию и связям они организовали нужную встречу в Министерстве связи и попросили, чтобы их дочери предоставили возможность занять должность личного секретаря директора Центрального управления телеграфа; как-никак Люча, пусть и не имевшая специального образования секретаря-референта, великолепно говорила как по-английски, так и по-французски.

Впрочем, приняли ее на это место не столько из-за знания языков, сколько благодаря внешним данным. Директор Управления посчитал, что наличие такой красавицы-секретарши сможет значительно повысить его статус.

Появление Лючи в конторе повысило статус не только директора, но и всей организации. Хубило и в голову не пришло ревновать ее, наоборот, он даже гордился тем, что эта женщина, которая пробуждала столько желаний в остальных мужчинах, была его женой. Впрочем, большинство сотрудников телеграфа были его старыми друзьями, и, испытывая искреннее восхищение Лючей, ни один из них не позволил бы себе ничего лишнего по отношению к ней. Хубило видел это по их глазам, и когда Люча под восхищенными взглядами проходила по просторному залу, где размещались рабочие столы, самое большое удовольствие получал именно он. Чтобы такая жена да была рядом с тобой целый день на работе — об этом он мог только мечтать. Когда она находилась поблизости, ему и работалось легче.

Там, в Центральном управлении, прошли лучшие годы их совместной жизни. Проводить рабочее время вместе оказалось лучшим средством сохранить отношения влюбленных. Встречаясь в коридорах, они обменивались полными нежности взглядами; они постоянно искали, а найдя — не упускали ни малейшей возможности подержаться за руки, поцеловать или обнять друг друга. Оказавшись одни в лифте, они бросались навстречу друг другу и, крепко обнявшись, страстно целовались. Бывали случаи, когда их распаляло настолько, что они запирались в туалете, чтобы овладеть друг другом. Они вели себя скорее как любовники, чем как муж и жена, и казалось просто невероятным, что у этой парочки растет сын, которому уже исполнилось восемь лет.

Рауль, оставленный на попечение бабушки и дедушки, сначала скучал по родителям, но быстро привык к новому распорядку. С понедельника по пятницу он жил в окружении забот и лучших игрушек, зато по выходным родители целиком и полностью принадлежали ему. Субботы и воскресенья становились праздниками семьи Чи. Хубило пытался по мере возможности что-то противопоставить влиянию родственников на его сына. Он брал с собой Рауля на прогулку, вместе они ходили обедать на рынок, он показывал мальчику Ксочимилко[1], знакомил с наиболее интересными уголками города, в общем — делал все, чтобы Рауль знал Мехико с самых разных сторон. Ему казалось принципиально важным, чтобы его сын, прежде чем знакомиться с другими культурами, хорошо узнал и полюбил традиции собственного народа, его историю и культурное наследие.

Люча пользовалась долгими прогулками мужа и сына, чтобы отдохнуть, поваляться на солнышке во дворике и набраться сил перед новой рабочей неделей. Когда ребенок был с ними, родители ходили по дому в халатах и пижамах, когда же бабушка забирала Рауля, они большую часть времени проводили обнаженными в спальне.

Таким образом, работа Лючи помогла им на несколько лет вновь почувствовать горячую страсть, ощутить себя молодоженами, если не женихом и невестой. Люча, получив наконец возможность тратить лично ею заработанные деньги, по большей части — на белье и одежду, вновь обрела вкус к жизни, и, казалось, счастье навсегда развеяло все их семейные проблемы.

Тем не менее злая судьба ворвалась в их жизнь, откуда не ждали, и навсегда изменила ее течение.

Первым признаком грядущих перемен стало известие о новой беременности Лючи. Этого не ожидали ни она, ни ее муж. Они уже были уверены

---

[1] Район Мехико, где сохранились древние ирригационные каналы, по которым передвигаются на лодках. Это небогатый район «дачного типа», чьи постройки напоминают традиционную мексиканскую деревню.

в том, что после рождения Рауля у нее никогда больше не будет детей, но, как оказалось, оба ошиблись. Следует принять во внимание и другое совпадение: вместе с новостью о беременности Лючи в их жизни появился и другой персонаж, о котором они оба уже успели забыть, а именно — дон Педро, тот самый помещик из Уичапана.

Дон Педро принадлежал к той группе беспринципных, но пронырливых дельцов, которые сумели воспользоваться революционной сумятицей, чтобы пролезть на важные государственные посты с тем, чтобы воровать там с размахом, в свое полное удовольствие. Вскоре после того, как Хубило обыграл его в покер, дон Педро вступил в Революционную Институционалистскую партию и добился того, чтобы его избрали депутатом. Позднее он занимал множество управленческих постов, из которых должность руководителя государственного телеграфа была едва ли не самой малозаметной. Но дон Педро умел терпеть и не жаловался, понимая, что время от времени нужно проявить свою исполнительность и верность партийным нуждам.

Такой человек, почти наркотически привязанный к власти, был готов занять любую должность — пусть даже инспектора туалетов в борделях, лишь бы она обеспечивала ему возможность обладать единоличным правом руководства. Кроме того, все увиденное им в первый день на новом рабочем месте оказалось не так уж плохо. Первое, что привлекло его внимание в Управлении телеграфа, было не прекрасной архитектуры здание, не красота его интерьеров, а парочка крепких ягодиц той женщины, которую ему представили как его будущую секретаршу. Эта попка выглядела так аппетитно и при этом почему-то показалась ему смутно знакомой. Не успев толком поздороваться с ее обладательницей, он поспешил осведомиться:

— Мы с вами раньше не встречались?

На что Люча ответила:

— Да, сеньор. Мы познакомились, когда мой муж временно работал на телеграфе в городе Уичапан. Это было несколько лет назад.

— Ну конечно, конечно! Как же я мог забыть. Ваш супруг еще выиграл у меня тогда изрядную сумму... Да, вот она — жизнь: еще не успел появиться на новой работе, а уже встречаю старых знакомых.

Для Хубило назначение дона Педро пришлось как нельзя некстати. Находиться в подчинении у такого омерзительного человека было весьма нерадостной перспективой. Поздоровались они с доном Педро холодно, как старые враги. Было понятно, что и дону Педро вовсе не улыбалось иметь среди подчиненных мужа секретарши, на которую он уже положил глаз. Он ведь привык добиваться своего: куда прицелился — туда и стреляй. Что ж, на этот раз дело представлялось несколько более сложным. Это он безошибочно прочел во взгляде Хубило.

Дон Педро ни за что не вспомнил бы своего бывшего партнера по покеру, если бы не более цепкая память на женские ягодицы, на этот раз оказавшиеся частью фигуры жены его обидчика. За прошедшие годы Хубило отрастил усы и отпустил бороду, что придавало ему значительно более серьезный и мужественный вид. А вот дон Педро совсем не изменился, если не считать заметно округлившегося живота. В остальном же он оставался все тем же человеком — без моральных устоев, каких бы то ни было принципов, но теперь — обладающим куда большим влиянием и нажившим значительно больший опыт в достижении поставленных целей.

Хубило прекрасно понимал, на что способен его новый начальник, и его подозрениям суждено было подтвердиться весьма скоро. Едва заняв новое кресло, дон Педро ощутил себя полновластным хозяином всего подчиненного ему учреждения. С его точки зрения, ему здесь принадлежало все: здание, мебель, аппаратура, сотрудники — телеграфисты и... и секретарши; он мог делать с ними все, что ему захочется, мог произвольно играть ими, манипулировать, использовать по своему усмотрению. Среди сотрудников немедленно поползли слухи о том, что дон Педро пристает к своим секретаршам. Совершенно очевидно, что главной его целью была Люча, та, что больше всех ему нравилась и была вынуждена проводить с директором больше всего времени.

Для Лючи работа превратилась в пытку. Ей не только приходилось терпеть все прелести первых месяцев беременности, с их тошнотой, головокружениями и даже обмороками, но и сносить соседство с бесстыжим доном Педро. Каждую секунду она ощущала на себе его взгляд, впившийся ей в грудь или бедра. Люча уже не знала, как одеться, чтобы спрятать привлекающие внимание части своей фигуры. Хуже всего было то, что из-за беременности они становились день ото дня все заметнее. Дон Педро, похоже, не придавал этому значения, зато прекрасно замечал изменения в объемах, которые выглядели для него так соблазнительно. И плевать он хотел на то, что Люча была замужем и более того — беременна! Наоборот, эта ситуация, казалось, возбуждала его еще сильнее. С каждым днем его натиск становился все бесцеремоннее. Если поначалу он позволял себе лишь двусмысленные шуточки да легкое прикосновение к ее плечу, когда, проходя в кабинет, останавливался у ее стола, то позднее дело дошло до цветов и шоколада, которые появлялись у нее на столе в сопровождении пошловатой, но вполне приличной записочки; наконец он перешел к этапу целенаправленного психологического давления, даже изматывания избранной им жертвы.

Например, заканчивая диктовать очередное письмо, он осведомлялся у секретарши:

— Что с вами, Лючита? Плохо себя чувствуете?

— Нет, сеньор, — следовал ответ.

— А то вы со мной так строги и неприветливы...

— Да нет, просто я немного не в духе. Что-то мне нехорошо, — срывалось у нее.

— Ну вот, я же говорил! Вы плохо себя чувствуете, возможно, даже приболели. Я вообще не понимаю, как может ваш муж гнать на работу такую очаровательную женщину.

— Он меня никуда не «гонит». Устроиться на работу — это было мое личное решение.

— Ну разумеется, личное. А то как же... Собственное решение, принятое под давлением обстоятельств. Ни одна женщина не променяет дом и детей на ежедневный труд просто ради удовольствия... Вот скажите, только честно: неужели вам не хотелось бы сидеть сейчас дома, в окружении близких и заботливых людей, вместо того чтобы приходить сюда и слушать всякую чушь, которую несет этот старый ловелас?

Люче приходилось срочно продумывать правильный ответ. Ведь согласись она, это выглядело бы подтверждением предположений дона Педро о том, что лишь сложные обстоятельства вынудили ее пойти работать. Если же дать ему отрицательный ответ, он имел бы полное право истолковать его по-своему: мол, на самом деле она в восторге от того, что может находиться здесь, на работе, и выслушивать пошлости, навязываемые ей этим не то что ловеласом, а бесстыдным бабником и похабником. В итоге Люче оставалось просто пожать плечами и выйти из кабинета.

Но по возвращении на свое рабочее место она начинала ощущать действие яда, разлитого в речах ее начальника. Ее гнев и досада мысленно изливались на Хубило. Да, ей действительно куда больше хотелось бы сидеть дома, лелея свою беременность и ощущая свою чистоту, а не придумывать, каким еще бесформенным платьем спрятать живот от наглых взглядов дона Педро. От этих мыслей ее начинало тошнить, и частенько дело заканчивалось приступом рвоты где-нибудь в женском туалете.

Хубило тоже был в отчаянии. Работа перестала быть для них желанным местом. Опасность словно висела в воздухе, а он не знал, что делать, и чувствовал себя абсолютно бессильным что-то изменить. Он делал все, что мог, чтобы достойно содержать семью, нашел себе дополнительный заработок. Будь в сутках не двадцать четыре часа, а тридцать шесть, он потратил бы их на еще одну работу.

Ему не терпелось, чтобы Люча уволилась с места, но она никак не соглашалась. Нет, ее первым порывом после появления дона Педро было бросить все и не появляться там больше... но — они с Хубило решили купить другой дом, где была бы еще одна комната для ожидавшегося ребенка, и очень рассчитывали на ее зарплату. Поэтому она решила остаться и просто по мере возможности держаться подальше от дона Педро, однако добилась лишь того, что начальник стал изводить ее своим вниманием, а Хубило даже получал меньше денег — поскольку вместо того, чтобы полноценно работать, он то и дело отвлекался и думал о том, что сейчас происходит между доном Педро и его женой.

Хубило был не единственным, кому не нравилась сложившаяся в Управлении обстановка. Одним своим появлением дон Педро разрушил сложившуюся в коллективе дружескую рабочую атмосферу, которую сменила всеобщая неуверенность и подавленность. Кроме того, новый начальник не замедлил приступить к активному руководству — пошли увольнения, и каждый работник стал серьезно опасаться, как бы не оказаться следующим. Исчезло взаимное доверие, сотрудники даже почти перестали подшучивать друг над другом, да и вообще смеяться. Все боялись. Единственный, кто мог бы противостоять общему унынию, — Хубило — был слишком занят своими личными делами. Ситуация ухудшалась день ото дня, час от часа. Наконец наступила развязка.

Как-то раз, уже на шестом месяце беременности, Люча отдыхала в обеденный перерыв в компании Лолиты. Малыш, которого она носила в своем чреве, тоже, видимо, воспользовался подходящей минуткой, чтобы как следует потянуться. Лолита, заметившая, насколько изменилась форма живота Лючи в последнее время, из женского любопытства попросила у подруги разрешения послушать, как двигается ребенок в утробе матери. Лолита была старой девой, чья жизнь прошла в стенах Управления, и ей не терпелось приложить руку к животу будущей мамы. Люча, само собой, согласилась, и в таком положении их застал дон Педро, который немедленно воспользовался моментом, чтобы попросить у смущенной Лючи разрешения также приложить ладонь к ее животу.

Доводы он привел те же, что и Лолита: ему было любопытно почувствовать под рукой движение плода. Перед Лючей встала дилемма: ей вовсе не хотелось, чтобы этот человек прикасался к ней, но она никак не могла найти достойных аргументов, чтобы отказ не выглядел грубостью — все-таки она только что позволила Лолите то же самое. Пока она обдумывала ответ, дон Педро, не дожидаясь разрешения, перешел от слов к делу. Убрав руку Лолиты с живота Лючи, он заменил ее своей ладонью. Более того, дон Педро позволил себе движение, которое явно свидетельствовало о том, что он намеревается погладить и грудь Лючи. Ей хватило секунды, чтобы успеть вспыхнуть от стыда и злости, потому что именно в этот момент к ним подошел Хубило, одним рывком оттащивший директора от жены.

— Я не желаю, чтобы вы когда-либо впредь прикасались к моей жене. Надеюсь, я высказался достаточно ясно?

— Да кто ты такой, чтобы приказывать мне?!

Ответ Хубило был краток, но весом. Резко размахнувшись, он изо всех сил врезал кулаком по лицу дона Педро. Прямой правый прошел на редкость удачно, а что касается силы удара, так он был достоин, пожалуй, самого Кида-Ацтека. Пока грузное тело директора катилось вниз по лестнице, по которой только что на цыпочках поднялся Хубило, в помещении Управления стояла полная тишина. Никто сначала не поверил своим глазам. Хубило — всегда любезный, вечно улыбающийся, доброжелательный Хубило, этот парень, умевший, казалось, подружиться с кем угодно, — подрался, да не с кем-нибудь, а с самим директором, внушавшим ужас всем работникам и единодушно ненавидимый всеми.

Нет нужды говорить о том, что общие симпатии были на стороне Хубило, но сотрудникам, затаившим дыхание, пришлось скрывать свои чувства. Рейес, оказавшийся ближе других к скатившемуся с лестницы директору, протянул руку, чтобы помочь тому встать, но дон Педро оттолкнул его, отвергнув помощь.

— Ничего не случилось, — сказал он, поднимаясь на ноги. — Я просто споткнулся. Все за работу. Быстро!

Дон Педро встал, отряхнул свой костюм, вынул из кармана носовой платок, чтобы вытереть кровь, текущую из рассеченной губы, и проследовал в кабинет. Едва дверь за ним закрылась, как в голове его завертелись планы мести. Он не любил проигрывать и не умел делать этого достойно, а Хубило уже во второй раз одержал над ним победу! Самое страшное заключалось в том, что обидчик выставил его на посмешище перед подчиненными. Этого прощать было нельзя. Боль в разбитой губе и изрядно пострадавшей челюсти не шла ни в какое сравнение с мучениями уязвленного самолюбия.

Своим поступком Хубило подписал приговор любимой работе, но сейчас это волновало его меньше всего. Он был уверен в правоте своих действий, и единственное, чего ему не хватало, — так это согласия Лючи положить на стол заявление об увольнении одновременно с ним. Люча же, к его удивлению, считала, что следует сначала успокоиться, все обдумать, а уж затем принимать столь серьезное решение. Они находились не в той ситуации, чтобы остаться без работы. Тем более — вдвоем.

В любом случае, это происшествие изрядно подпортило готовившийся праздник. Тот день был днем рождения Лолиты, и сотрудники решили устроить ей сюрприз — настоящее чествование с тортом и свечами и прочими полагающимися по такому случаю атрибутами.

Праздник состоялся, но явно удался куда хуже, чем в былые годы. Больше всего ему недоставало смеха и шуток Хубило. Но, понятное дело, ни самому Хубило, ни всем остальным было не до веселья. Чтобы люди смеялись в свое удовольствие, нужна атмосфера доверия, а в коллективе Управления она таяла не по дням, а по часам. Рейес как мог старался расшевелить коллег, взяв на себя обычные функции Хубило, но максимум, чего ему удалось добиться, — это один раз рассмешить их, заставить улыбнуться широко и непринужденно, чтобы было не стыдно сделать общую фотографию на память.

Льювия осторожно и внимательно рассматривала фотографию. В том, что ее мама на этой карточке беременна, сомнений не оставалось, слишком очевидными были все внешние признаки. Внимание Льювии привлекло то, как ее мать держит руки — выставив их перед животом, словно пытаясь защитить еще не родившееся дитя от какой-то опасности. Перевернув снимок, она еще раз удостоверилась в том, что он был сделан в 1946 году — за два года до ее рождения. Нет, здесь, наверное, какая-то ошибка. Если верить фотографии и дате, то получается, что ее мама была беременна трижды. Невозможно. Представлялось невероятным, чтобы за все эти годы никто, в первую очередь сама мама, ни словом не обмолвился об этом. Донья Люс-Мария Ласкуррайн не имела обыкновения лгать. Ложь всегда была одним из наиболее жестко осуждаемых в семье пороков. Странно было обнаружить, что ее мать нарушила кодекс чести, свято соблюдавшийся ею в течение всей жизни. А может быть, она вовсе и не обманывала никого, не лгала, а просто не договаривала всю правду, желая скрыть какие-то события, имевшие место в ее жизни, причем очень давно.

А отец? Он-то почему молчал все эти годы? Зачем скрывать предполагавшееся появление на свет этого ребенка? А может быть, все дело в том, что малыш так и не родился — случился выкидыш, преждевременные роды, младенец мог родиться мертвым или умереть сразу после родов… В любом случае, ничто не могло оправдать или объяснить глухую стену молчания, воздвигнутую вокруг этого события.

А Рауль? Ему ведь тогда было лет восемь — не такой уж младенческий возраст, чтобы не понимать совсем ничего. Если бы ребенок родился, Рауль, конечно же, запомнил бы это, а если нет?.. Точно так же, как и она, он мог остаться в неведении. А может быть, даже зная или о чем-то догадываясь, он никогда не рассказывал ей об этом — комплекс старшего брата-защитника? Льювии никогда не нравилось, что Рауль относится к ней как к беззащитному, слабому до неполноценности созданию, которое нужно оберегать от всего, чтобы оно не погибло под натиском обрушившегося на него мира. Она устала быть младшей сестрой, а если точнее — от того, что с нею так обращаются. Нет, ну почему все, все они — до единого — сговорились, чтобы скрыть от нее эту историю? Она чувствовала себя обманутой и злилась все сильнее и сильнее.

VII

Меня мучает вопрос: сколько времени прошло с того момента, когда Бог сказал: «Да будет свет», и до того, когда «свет стал». Иногда достаточно одной секунды, разделяющей два события, чтобы в течение этого промежутка наша жизнь развернулась на сто восемьдесят градусов.

В какой миг любовь оборачивается ненавистью? Как люди приходят к этой черте? Что дает толчок этому превращению? Бесконечное повторение раздражающих, злых или унизительных поступков или же — одно единственное событие, но разрушительное по силе, достаточной для того, чтобы разорвать узы любви?

Дома́ могут долго стареть и постепенно разрушаться в течение многих лет, а могут превратиться в груду развалин в мгновение ока, например, от взрыва бомбы.

Целые города веками растут, а затем постепенно увядают или стираются с лица земли одним мощным толчком землетрясения.

Человек может постепенно слабеть от множества болезней и от старости, а может покинуть этот мир мгновенно. Достаточно, предположим, всего лишь одной шальной пули.

Так и образ любимого человека в нашей душе может становиться со временем все более ярким и полным, а может стереться в долю секунды. Наш собственный образ точно так же может складываться при помощи теплых слов, адресованных нам, и может разрушиться под воздействием ранящих, злобных признаний. И близость других людей может как сделать нас лучше, так и разрушить раз и навсегда чувство нашего уважения к самим себе. Иногда достаточно одного слова. Одно лишь слово — и рушится уверенность в самом себе, создаваемая годами душевной работы. Вот почему перед тем, как пойти в гости к маме, я привычно воздвигаю вокруг себя стены, призванные защитить меня от исходящего от нее отторжения, от ее недоверия, от склонности отвергать и отрицать все вокруг.

— Здравствуй, дочка. Как дела?

— Все хорошо, мамочка. А у тебя?

— Да так себе... Сама знаешь, огорчений всегда хватает. Но что это мы обо мне, иди сюда, дай я на тебя погляжу. Давненько ты ко мне не заходила... Ой, девочка, как ты плохо выглядишь! Говорила я тебе, не убивайся ты так, ухаживая за отцом. Тебе бы отдохнуть, съездить на море, позагорать. На твоем месте я бы отправила его в хорошую богадельню, где за ним будут ухаживать, а сама бы пожила нормальной жизнью. Ты вся измучилась, вымоталась, да и твои дети, наверное, устали от того, что в доме все время столько народу, и все посторонние люди... Это несправедливо...

— Вот и папу отправлять в дом престарелых тоже несправедливо! Я тебе это уже сто раз повторяла и больше...

— Все-все-все, не будем спорить. Я не собираюсь лезть в твою жизнь, я только пытаюсь довести до твоего сведения то, что думаю. А кажется мне, что для тебя будет лучше, если... Ну да ладно. Кстати, как дела у Перлы?

— Хорошо, мамочка. Она со своим парнем...

— Эх, дочка, дочка... Если бы ты знала, как я за нее волнуюсь. Ты занята только отцом и за его здоровьем не видишь других проблем. Наплачется еще твоя дочь, я тебе говорю. Это пока все хорошо, но рано или поздно каждая ошибка, каждый неверный шаг аукнется! Поговорила бы ты с нею, нельзя же так — столько лет они уже вместе, а все не женятся. Помнишь, когда в последний раз собирались все вместе, — ты-то, может быть, и не заметила, — им и дела не было до того, что рядом кто-то есть. Сидят себе, за ручки держатся да целуются... Я тебе вот что скажу, дочка: когда жених с невестой уже не замечают, одни они или на людях, — добра не жди!

— Брось, мама. Пусть себе живут, как им нравится.

— Ну пускай, я ведь что — так, о них беспокоюсь. А учить их я не собираюсь. Сказано было — не буду лезть ни к кому со своими советами, вот и не полезу.

— Вот и молодец!

— Я тебе скажу только вот что: боюсь я за нее, потому что мужчины — все, поверь мне, все до единого, — они только и норовят свинство какое-нибудь учинить. И знаешь, почему? Потому что свиньи — они и есть свиньи, вот почему!

Настал час возводить стены, закрывать все ворота, запираться наглухо в своей крепости! Дальнейшие слова мамы я могу произнести за нее наперед:

«Все мужчины одинаковы. Все они думают только о том, чтобы поиметь любую женщину, попавшую в поле их зрения. И неважно, кто это — соседка, служанка или жена собственного сына. Мужчины — они все свиньи; живут в грязи, жрать способны любые отбросы, а как напьются, так готовы спать хоть с крысами...»

Не знаю, о каких мужчинах говорит моя мать и где она набралась таких сведений. Насколько мне известно, у нее самой был только один парень, за которого она и вышла замуж. А что касается отца, то при всем желании я и близко не смогла бы отнести к нему те характеристики, которыми награждает мужчин мама. Наоборот, сколько я его помню, вечно он помогал по дому, пек груды лепешек, по воскресеньям — торчал на кухне, готовя детям что-нибудь особенно вкусное. Мы с Раулем все время были на его попечении. Я не помню ни одного похотливого взгляда отца; ни на кого он не смотрел так, чтобы стыдиться потом этого взгляда, — ни на соседок, ни на прислугу — ни на кого. Если что за ним и водилось, то мы ни о чем не догадывались, а ведь детей обмануть трудно. В общем, я в любом случае не собираюсь продолжать этот разговор и вместо того, чтобы как-то отреагировать на мамины слова, поднимаю брови, придавая лицу неопределенное выражение. Этот мимический прием можно толковать как угодно, и он отлично помогает сменить тему разговора, чтобы избежать долгих и ненужных споров.

— Слушай, мама, а как Рауль?
— Хорошо. Мы вчера говорили по телефону, он спрашивал, как отец, и я ему сказала, что тот совсем

плох. Рауль, кстати, тоже считает, что его лучше отправить в дом престарелых.

— Он, чем «считать», лучше бы почаще звонил ему!

— Скажешь тоже! Ты же знаешь, как он занят. А вот ты, вместо того чтобы осуждать брата, лучше поблагодарила бы его за то, что он присылает деньги на сестру и сиделку! Если бы не он — сама можешь представить... Я потому и говорю, что давно пора...

— Мама, я же сказала: никуда я отца не отдам. Он для меня вовсе не обуза, скорее наоборот.

— Ну конечно. Вот только что-то ты, как ни зайдешь, так жаловаться начинаешь — то самочувствие плохое, то Перла собирается от тебя уехать...

— Мама, не надо! Я прошу тебя...

— Хорошо, дочка. Сколько я тебе говорила, что не хочу лезть в твою жизнь. Ты только пойми, я просто думаю: из-за того, что твой отец остается дома, у тебя столько проблем, столько головной боли! Не понимаю, почему ты в него так вцепилась, защищаешь его, заботишься... Вот ведь как оно все обернулось! Та самая дочь, рождения которой он вовсе не хотел, теперь готова положить свою жизнь ради него.

— Мама, ну зачем ты так?

— А затем, что так оно и было! Твой ненаглядный папочка хотел, чтобы я сделала аборт, когда я носила тебя под сердцем...

Я сдаюсь. От моей мамы уйти в спокойном состоянии духа невозможно. Ей всегда удается нанести мне неожиданный, болезненный удар. Не знаю, правда ли то, что она говорит. Даже если это так, то наверняка у отца были веские причины предлагать ей такой выход. Какое, в конце концов, мне сейчас дело! Этими обвинениями меня уже не заставишь разлюбить отца или поверить в то, что он меня не любит. За всю мою жизнь не было ни единого случая, чтобы я могла усомниться в его любви, чтобы мне вдруг не хватило его нежности.

И если хорошенько подумать, то, будь я мужчиной, да еще и женатым на моей маме, — мне, может быть, тоже не захотелось бы иметь общих с нею детей. Но, в конце концов, не хочу я принимать ее правила игры! Хватит, надоело! Пришла моя очередь вставать за дирижерский пульт и брать в руки палочку.

— Да, кстати, о папе. Он просил передать, что хочет поговорить с тобой.

— Сколько раз тебе повторять: мне с ним не о чем говорить! Он для меня давно уже в прошлом. Навсегда.

— Как и эта фотография? Я не ошиблась?

— Откуда она у тебя?

— Лолита принесла. Ну, и кем ты здесь беременна, не хочешь сказать?

— Она что, к нему приходила?

— Да, но ты мне не ответила: кого из твоих детей ты ждала, когда был сделан этот снимок?

— Кого-кого, тебя, конечно! Кого же еще? Ты только посмотри... Скольких из тех, кто на этой фотографии, уже нет в живых. Хуанито, Лало, Кике — все уже умерли... Кажется, и Пепито... впрочем, что это я разболталась? Тебе, наверное, неинтересно —

ты ведь почти никого из них не знаешь. Скажи мне лучше, как там Федерико? Не растолстел?

— Нет, мама. По-прежнему худой, как щепка. Но ты мне лучше признайся, почему ни ты, ни отец никогда не говорили мне, что у вас был еще один ребенок?

— Это отец тебе рассказал?

— Нет.

— Ну-ну... А не Лолита ли язык распустила, а? Эта сплетница всю жизнь была влюблена в твоего отца. Она и сейчас готова наврать с три короба, лишь бы перессорить нас друг с другом. Вот видишь, не зря же она приволокла тебе этот снимок. Надо же, какая забота! И вот ведь какое совпадение — из всех фотографий она решила подарить тебе именно эту!

— А почему она такая особенная — эта фотография? Что в ней такого, из-за чего мы могли бы поссориться?

— Слушай, Амбер[1], вот потому-то мы с тобой всегда и ссоримся. Ты вся в отца: любишь, как он, вложить свои мысли в слова другого человека, додумать за него, полагаешь, что догадываешься, о чем он на самом деле думает... Так вот, мне скрывать нечего... а если бы и было что, так это мое право, детям ни к чему знать все о родителях. Ни к чему! Нет, ну посуди сама, тебе понравилось бы, например, начни твои дети вдруг допытываться у тебя, почему ты разошлась с мужем? Рассказала бы ты им все, как на духу? Нет ведь? То-то же. Тогда по какому праву ты приходишь в мой дом, чтобы судить меня?

---

[1] Амбер (ambar) — янтарь (*исп.*). Также женское имя.

— Мама, никто тебя не судит и не осуждает! Я просто спрашиваю...

— А по какому праву? Этого мне еще не хватало! Да кто ты такая, чтобы устраивать мне допросы? С какой такой моральной колокольни ты собираешься судить меня?

— Я ведь уже сказала, что не собираюсь никого судить.

— Ой не похоже, дочка! А если так, то будь добра, смени тон, когда говоришь с матерью. Какая ни есть, а мать есть мать. Я тебя родила и имею право на уважение. У меня были свои причины поступать в жизни так или этак. Все мои дела и решения были обдуманы. Вот только отчитываться перед тобой я не собираюсь — с какой стати? Кто тебя назначил меня исповедовать? Никто? Вот то-то же. Никто! Если тебя внезапно обуяло такое любопытство, ну захотелось вдруг покопаться в чужой жизни, — так пойди и расспроси собственную дочь о том, сколько раз за прошедшую ночь парень поцеловал ее в губы, как они обнимаются и как там у них вообще... Посмотрю я, что она тебе на это ответит. Уважение к праву ближнего на частную жизнь — вот залог мира в семье и в душе. А если тебе так интересно, были ли у меня еще дети, то я тебе отвечу: да, были! Был еще один мальчик, но он умер. Хочешь знать почему — иди спроси у папочки! Он тебе расскажет... Ну что, довольна? Добилась своего? Почему было сразу не спросить об этом вместо того, чтобы изводить меня намеками? А теперь уходи, Амбер. Рассердила ты меня, боюсь наговорить тебе лишнего... А я никогда, слышишь, никогда не делала ничего, чтобы обидеть тебя! Никогда этого не хотела. Думаю, что я была не самой плохой матерью: я всегда любила тебя, заботилась, старалась передать тебе лучшее, что было во мне, а если и ошиблась в чем, так не считаю, что слишком сильно. Ты уж не взыщи. Боюсь, что тебе сейчас пришлась бы ко двору действительно плохая мать. Вот тогда-то ты вволю бы обвиняла ее, осуждала, жаловалась на судьбу. Мать — детоубийца, алкоголичка, избивавшая тебя, — вот тогда бы ты сполна предъявила ей список претензий...

Я услышала то, что хотела услышать. То есть не то чтобы хотела, но ожидала. Странно, меня это ничуть не удивило, словно все было известно заранее и только ждало подтверждения. Интересно другое: мама так и не привыкла называть меня моим настоящим именем. Выбрал его мне, как говорят, отец, и оно мне очень нравится. Он всегда называл меня Льювией и только иногда, в порыве особой нежности, обращался ко мне «Чипи-Чипи» — Кап-кап, — подражая звуку легкого дождика. А вот мама почему-то всегда пользовалась именем Амбер, которое, по ее мнению, означает то же самое; только я никак не пойму, какая здесь связь. Мама говорит, что не любит имя Льювия, потому что оно напоминает ей о том времени, когда они с папой жили в Уичапане, вскоре после свадьбы, и там все время шел дождь...

Кстати... мне только что пришла в голову интересная мысль. Начну с того, что, когда мы изучали азбуку Морзе, Рейес по ходу дела дал нам пару уроков по теории электричества — чтобы мы лучше поняли принцип работы телеграфа. Он напомнил нам, что электричество — это такой поток, возникающий при трении двух предметов различной природы. Существуют вещества, которые ток проводят, а другие нет — так называемые изоляторы. Вода — проводник. Мое имя — Льювия — тоже проводник. Однако оно не помогает мне установить нормальный контакт с мамой. Наверное — потому что она меня им никогда не называет! Она его вообще не произносит. Чтобы обратиться ко мне, она пользуется именем Амбер. Амбер — это янтарь, а ведь он — изолятор! Правда, порой мамины слова вместо того, чтобы отскакивать от меня, отражаясь, проникают насквозь, и их электроразряды больно бьют меня в самое сердце.

Мне нужно найти что-то, что надежно закроет меня от этих обидных слов, защитит мою душу. Иначе я никогда не смогу спокойно приходить к маме, а главное — уходить от нее целой и невредимой. Пока что, выйдя из ее дома, я мчусь к отцу, чтобы он привел меня в чувство. Его слова — чистая алхимия. Они обладают потрясающей, невероятной, почти колдовской способностью — наподобие электрического тока — превращать темноту в свет.

VIII

— Что, дочка, дождик на улице?

— Нет, папа, это я пытаюсь вбить в стену гвоздь, чтобы повесить фотографию, ту, что подарила нам Лолита.

— Ой, дочурка, неужели ты думаешь, что я уже не способен отличить стук молотка от звука падающих капель? Не хватало мне еще вдобавок ко всему оглохнуть.

Льювия высовывается в окно и замечает, что на улице действительно пошел дождь. Вот только он такой слабый, и капли такие мелкие, что ни о каком шуме и речи быть не может.

— Ну да, в самом деле — дождь… Как ты догадался?

— Увидел капли, и все.

Льювия смеется отцовской шутке; она знает, что он давно ослеп.

— Нет, правда, откуда ты знаешь?

— Все просто. Нужно только прислушаться хорошенько.

— Ты услышал, как падают эти капли? Невероятно! Нет, нужно подождать, пока дождь пойдет сильнее, а так — невозможно.

— А ты и не пытаешься. Попробуй — раз, другой. Постепенно научишься слышать намного больше, чем привыкла. Я начал с того, что стал прислушиваться к тому, как звучит мое собственное тело, потом — дом, после очередь дошла до ближайших кварталов. А теперь я могу слышать даже то, что говорят звезды.

— Правда?

— Честное слово, Льювия, я не шучу.

— Посмотрим-посмотрим… Вот скажи, о чем сейчас говорит Полярная звезда?

— Именно сейчас?

— Да.

— Э-э… что-то не слышно… Да это ты со своим молотком — глушишь все нормальные звуки.

Отец с дочерью смеются вместе. Льювия с каждым днем все с большим удовольствием разбирает «телеграммы», отстукиваемые ей отцом. Она уже так навострилась разбирать сигналы на слух, что компьютер ей почти не нужен.

— А чтобы ты не подумала, будто я тебя обманываю, давай проведем эксперимент: ты задумываешь вопрос и настраиваешься на то, чтобы связаться с какой хочешь звездой. Словно она действительно слушает тебя. Ответ придет почти мгновенно. А если ты его не услышишь — я его тебе передам.

— Любой вопрос? О чем захочу?

— Да.

— Сдается мне, что нет нужды обращаться к звездам, чтобы узнать, почему мама на фотографии беременна. Кого она ждет? По-моему, на этот вопрос ты можешь ответить сам.

— Что еще за фотография?

— Да все та же. Та, которую я сейчас вешаю на стену.

— Тогда это Рамиро, твой брат.

— Его звали Рамиро? Что с ним случилось? Почему мне никто не рассказывал о нем? Никто, никогда!

— Неужели? Ах вот как...

Хубило вернулся домой как раз вовремя, чтобы услышать от Хуана, своего шурина, новость: Люча только что родила. Мальчика. Хуан, медик по профессии, давно практиковал в качестве лечащего врача их семьи; он взял на себя и труд принять роды у Лючи. Не все прошло гладко, но, слава богу, закончилось хорошо. Хубило вошел в комнату жены и опустился на колени перед ее кроватью, чтобы поцеловать руку Лючи. Та только отвернулась. Ей не хотелось его видеть, она так от всего устала! Было четыре часа утра, а Хубило только-только вернулся домой, и в каком виде... Когда должен был родиться Рауль, их первенец, Хубило ни на шаг не отходил от жены, сейчас же ей пришлось выдержать это испытание без поддержки самого близкого человека. Нет, одна она не осталась: с нею были ее мать и брат-врач, но все это было не то. Хубило стал просить у Лючи прощения, но в ответ лишь две слезы скатились по ее щекам. Больше всего ее расстроило то, что теперь вся ее семья узнает о запое Хубило. Она прикладывала все усилия, чтобы родственники оставались в неведении относительно их жизни в последнее время. Единственное, что ей не удалось скрыть от них, — это увольнение Хубило. Это стало известно всем — хотя бы из-за того, что тому предшествовало. Лючу оставили на работе благодаря вмешательству тех же знакомых, которые ее туда устраивали, но она-то прекрасно понимала и другую причину, по какой дон Педро даже после такого скандала охотно согласился видеть ее рядом с собой, пусть даже в качестве секретаря.

Оставшись на работе одна, Люча почувствовала себя уязвимой и абсолютно беззащитной. Тем не менее увольняться ей смысла не было, и она это прекрасно понимала. До декретного отпуска ей оставалось отработать считанные недели, а потом, оформив все документы, она могла три месяца получать ту же зарплату, сидя дома с детьми и с Хубило. А уж за это время они как-нибудь сумеют решить проблему с его работой. Она пошла на такую жертву ради благополучия своей семьи и рассчитывала на то, что Хубило оценит ее поступок и поддержит ее в это трудное время. Но все пошло не так, как она хотела...

Первым побуждением Хубило после скандального случая с доном Педро было уволиться вместе с женой, не медля ни дня. Поскольку Люча воспротивилась этому, он был вынужден приготовиться потерпеть, чтобы не оставлять ее одну, чтобы защищать, огораживать от липких взглядов дона Педро. Впрочем, терпеть пришлось недолго: дон Педро постарался, и уволили Хубило практически сразу же.

Эти месяцы стали для Хубило сущим адом. Он очень переживал из-за своего увольнения. Его ударили по самому больному месту, и ударили дважды: во-первых, лишив любимой работы и зарабатываемых с ее помощью денег, а во-вторых, заставив мучиться по поводу того, что он оставил жену без защиты и опеки на той же работе. Умом он понимал, что ей действительно стоит сжать зубы и потерпеть до получения декретного отпуска, но все объяснения мало успокаивали его.

Он чувствовал себя неполноценным мужчиной, осознавая, что сам сидит дома, а его беременная жена — работает! Да в каких условиях — рядом с самим доном Педро. Ему становилось плохо от одной мысли о том, что они могут находиться друг возле друга. Ревность начала сжигать его изнутри. Он чувствовал себя ограбленным, лишенным самого дорогого, что у него было, словно какое-то неведомое чудовище вырвало у него одно легкое или отрезало уши. Нет, словно с него содрали кожу, а в голову, в мозг насыпали сухого льда!

Он не мог спать, не мог есть, не мог думать — ему все мешало, все раздражало. Будто прямо в теле у него прожгли большую сквозную дыру, и края раны еще продолжали тлеть. Не было ему ни секунды покоя. Его мозг, словно проигрывая поцарапанную пластинку, показывал ему вновь и вновь то, что ни на миг не удавалось забыть: дона Педро, тянущего руку к его жене. Это ничтожество, это средоточие всех пороков и бед, этот мерзавец, отличившийся во времена чингады[1], — осмелился протянуть свои

---

[1] Словом «чингада» история Мексики характеризуется как кровавая и подчас позорная.

грязные лапы к тому, что было для Хубило свято, — к телу его жены! ЕГО ЖЕНЫ. Это было осквернением его храма, его богини, величайшей любви его жизни. Он прекрасно понимал, что Люча не виновата; но ему все равно тяжело было видеть, как она — слишком спокойно, по его мнению, — каждое утро уходит на эту проклятую работу. Это просто бесило его, он злился на Лючу, разумеется, на дона Педро, на весь мир и при этом прикладывал огромные усилия, чтобы его близкие ничего не замечали. Он искренне пытался оставаться заботливым, как раньше, и даже прикидывался по-прежнему веселым, но в глубине души все понимали, что он уже не тот, что его смех скорее походил теперь на плач или на крик отчаяния. В первые дни, проводив Лючу на службу и собрав Рауля в школу, он снова шел в спальню и ложился в постель, еще хранившую тепло и аромат его жены, и старался думать о чем угодно, лишь бы не о доне Педро, чтобы не сойти с ума окончательно. Он пытался слушать «Южные песни» — свою любимую передачу — и не мог. Музыка, доставлявшая ему раньше столько удовольствия, теперь раздражала его, напоминая о том, другом Хубило, который так мечтал сам стать музыкантом. Он выключал радио и пробовал заняться чем-то другим.

Без Рауля и Лючи дом казался пуст и безмолвен. Хубило бродил по комнатам, затем выходил на улицу, покупал в ближайшем киоске газету и возвращался домой читать ее. Он садился в гостиной, где было слышно лишь тиканье настенных часов, висевших в столовой. Это «тик-так» захватывало весь дом. Хубило никуда не мог деться от этого звука, как не удавалось ему избавиться и от мыслей о том, что в эту минуту происходит там, на его бывшей работе. Каждые пятнадцать минут часы проигрывали мелодию, а о наступлении нового часа оповещал своеобразный колокольный звон.

Хубило было нетрудно представить, что происходит в Управлении в девять, десять часов, в полдень. Он словно наяву видел Лючу, встававшую из-за стола и уходившую по коридору, Чучо, разворачивавшего газету, Рейеса, наливавшего себе кофе или пудрящую нос Лолиту.

Хуже всего было, когда он представлял себе, чем сейчас занимается дон Педро. Его мысли мгновенно цеплялись за то, о чем он старался не думать, и пытка возобновлялась. Он рисовал в воображении, как дон Педро открывает дверь своего кабинета и требует, чтобы Люча вошла к нему, потому что он собирается продиктовать ей письмо. Он видел, как та встает из-за стола и, аккуратно ступая, чтобы не споткнуться, идет куда приказано, под сальным взглядом дона Педро, нацеленным на ее бедра. А под конец он видел торжествующую улыбку, которая расплывалась на лице директора перед тем, как тот затворял дверь. И он, Хубило, сидя дома, ничего не мог сделать, никак не мог помешать этому кошмару! Невозможность видеть Лючу, быть рядом с нею сводила его с ума, а сознание собственного бессилия переполняло злостью.

Жизнь не могла подкинуть ему более страшного наказания, чем сделать зрителем, наблюдателем за происходящим со стороны. Самое же страшное заключалось в том, что ревность, именно ревность не позволяла ему трезво посмотреть на вещи и разобраться в ситуации. Она полупрозрачной пеленой опускалась ему на глаза и, словно в театре теней, превращала реальность в мир чудовищ и привидений — огромных, внушающих ужас, неуязвимых. Не успевала по ту сторону экрана появиться чья-то рука, как по эту сторону зритель уже видел крокодилью пасть. Театр теней существует только в полумраке. Чтобы избавиться от наваждения, нужно было вновь обрести связь с Солнцем, а это Хубило как раз и не удавалось. Избавиться от ревности, увидеть свет! Свет и свою Люс-Марию![1] Ведь встреча с Лючей изменила всю его жизнь не менее решительно, чем появление электрического освещения изменило жизнь всего человечества.

Возможность превращать ночь в день стала одним из главных достижений и событий века. С этого времени лампы и прочие приспособления, использующие электрическую энергию, на глазах изменили жизнь людей, особенно в больших городах.

Появление радио подарило многим мексиканским семьям новых родственников. Так, семья Чи состояла из Хубило, Лючи, Рауля, Августина Лары и Гути Карденаса. Когда отключали свет, семья как будто распадалась, в ней оставались лишь Хубило, Люча и Рауль. Но когда из дома уходили жена и ребенок, Хубило чувствовал себя куда более одиноким, чем когда выключалось электричество. Одиночество и тишина — это было для него невыносимо.

Но страшнее всего было даже не ощущение брошенности, не то, что Люча не поддержала его в момент выбора, но продолжала работать в Управлении, а то, что делала она это так, будто ничего не случилось; словно дон Педро не пытался дотронуть-

---

[1] Люс (luz) — свет (*исп.*). Также женское имя, аналог Светланы.

ся до ее груди, словно в ответ на это оскорбление Хубило не ударил его, словно тот, в свою очередь, не отомстил за оплеуху, уволив обидчика, и теперь, оставшись с жертвой один на один, мог безнаказанно оскорблять ее — пусть даже одними нечистыми взглядами. То, что Люча делала непроницаемое лицо и вела себя так, будто все происходящее абсолютно естественно, с его точки зрения было достойно упрека и осуждения. Поведение Лючи делало ее соучастницей этого грязного действа. Хубило никак не мог смириться с тем, что его жена, равно как и товарищи по работе, все как один готовы терпеть любые издевательства, любую несправедливость — и все ради того, чтобы не потерять работу. Но почему? Неужели действительно нет другого выхода? Неужели невозможно заработать себе на жизнь, не жертвуя при этом собственным достоинством?

Неужели никто из них не замечает, что дон Педро — без денег и должности — никто? Неужели они не видели, как он от одного удара скатился мешком по лестнице? Неужели это ничтожество способно наводить такой ужас, что все готовы унижаться перед ним, молчать и терпеть любые его издевательства?

В такие минуты ему очень недоставало присутствия бабушки. Да, именно доньи Итцель, которая славилась ясным, аналитическим складом ума и была непримиримым борцом со всяким неравенством. Будь она жива, ее стараниями коллектив уже взбунтовался бы и поставил кое-кого на место.

Чтобы отвлечься от этих мыслей, Хубило старался думать о том, что сказала бы бабушка — яростная противница технического прогресса, — доживи она до сего дня, когда этот прогресс, подсознательно внушавший ей такой страх, проник везде и всюду, в самое сердце домашнего очага. Почти в каждом доме уже были радио и телефон. А только недавно запатентованное телевидение уже стало многим доступно, и люди давились в очередях, чтобы быстрее других заполучить этот диковинный аппарат, позволявший передавать изображение на расстоянии.

Убедившись в том, что ее страхи абсолютно обоснованны и что прогресс оказался вовсе не так безобиден, как ей пытались втолковать, бабушка наверняка узрела бы главную опасность в том, как владелец радиостанции определял, что именно услышат радиослушатели, а хозяин телекомпании — что полагается видеть телезрителям. Этот контроль над средствами распространения информации логично перетекал в контроль над самой информацией, а следовательно — в возможность управлять общественными мнением.

Между прочим, сам Хубило тоже не был безгрешен в этом отношении. Он всю жизнь занимался тем, что исправлял и дополнял чужие сообщения, с одной лишь разницей — делал он это с единственной целью: наладить отношения между людьми. В отличие от него, кто-то посвящал свое время и силы тому, например, чтобы подключить к прогрессу тех, кто оставался от него в стороне; и это, увы, всего лишь с корыстной целью — навязать этим «облагодетельствованным» такой образ жизни, где все оценивается, продается, покупается, используется, пока это возможно, а затем безжалостно выбрасывается.

Хубило легко мог представить себе, как бабушка, вынув изо рта сигару, криво усмехается и цедит сквозь зубы:

— Хубило, я тебя не узнаю! В чем дело? Почему ты соглашаешься с тем, что человек, который плевать хотел на связь и связистов, становится директором телеграфного Управления? Того и гляди, я умру, а дело останется нерешенным. Не хватало еще, чтобы мы, совершившие революцию ради того, чтобы Мексика стала лучше, гнили в земле, а эти, с позволения сказать, «попутчики» пользовались плодами нашей победы! Почему ты позволяешь твориться несправедливости? У тебя что — кишка тонка? Как ты можешь допускать, что этот мерзавец находится рядом с твоей Лючей, а ты тем временем сидишь на скамейке в парке и жалуешься сам себе на судьбу? Не будь тряпкой! Ты же мужчина, сделай что-нибудь!

Но что, что он мог сделать? Заставить Лючу уволиться с работы? Но она не ребенок, которому можно приказать, потребовать поступить именно так, а не иначе. А кроме того, Хубило не видел для себя реальной возможности прокормить семью в такой ситуации. Если бы еще в детстве ему не втемяшилось в голову стать телеграфистом, а не юристом или врачом, он не оказался бы сейчас в положении, когда уволивший его начальник командовал абсолютно всем телеграфным хозяйством по всей стране. Другой профессии у Хубило не было, год от года развивались новые средства связи, штат телеграфистов сокращался с каждым днем, и найти новую работу было неимоверно трудно. Он жаждал вызволить Лючу из кошмара, в котором она существовала, но даже примерно не мог себе представить, когда и как сможет это сделать. Вынужденный признаться себе в том, что семья существует на ее зарплату, он ощущал себя абсолютно неполноценным человеком.

К счастью, его приработок в авиакомпании не пострадал, и эти деньги как-то примиряли его с жизнью, облегчая горечь поражения. Если бы не это, он давно вскрыл бы себе вены.

Была ли эта беда предопределена свыше? Положение, в котором он оказался, — было ли оно предначертано ему загодя? Неужели, как и все, что происходит вокруг, это элемент общего космического порядка? В том районе, где жил и который так любил Хубило, все шло в согласии с естественным, священным порядком вещей. Монашки шли в церковь в одно и то же время. Часы на здании Музея геологии пунктуально оповещали округу о наступлении нового часа. Булочки в «Ла Розе» вынимались из печи ровно в семь, а в час пополудни, независимо от погоды, даже в грозу и ураган, доктор Атль выходил на ежедневную прогулку. Женщины выливали на тротуары около домов по нескольку ведер воды, тщательно терли тряпками, и лишь после этого дети выходили из домов и шли в школу. Точильщик приезжал на велосипеде всегда в одно и то же время и вставал только в раз и навсегда определенном месте. Все и вся жили в давным-давно заведенном ритме.

Хубило не знал, насколько позволительно нарушить этот порядок, до какой степени он, простой смертный, имел право менять ход событий. Предопределена ли его судьба заранее? И можно ли попытаться что-то изменить в ходе этого неведомого плана?

Единственное, что он умел делать в жизни, — это связывать людей и еще — любить Лючу. Больше он не умел и не хотел ничего. С детства он знал, что больше всего удовольствия доставляет ему поднимать настроение близким и улучшать этим самым свои с ними отношения. Без ложной скромности он полагал, что это ему удается неплохо. С того дня, как он впервые увидел Лючу, он всей душой возжелал быть с нею рядом — всегда, до последнего дня жизни. Такова была его воля; но, похоже, это никак не согласовывалось с чьими-то отнюдь не менее продуманными планами.

Второй раз в жизни он ощутил себя потерянным, сбитым с толку и полностью лишенным возможности устанавливать прямую связь с кем бы то ни было.

Надо же было случиться такому совпадению, чтобы дон Педро снова ворвался в его жизнь. Повстречай его Хубило на улице, и волна ненависти захлестнула бы его: он бил бы дона Педро до потери сознания, швырнул бы его на землю и пинал, пинал, стараясь попасть по чреслам, чтобы они тому больше не понадобились, он налил бы ему в глаза кипящее масло, чтобы тот больше никогда не смог бросить похотливый взгляд ни на Лючу, ни на другую женщину...

А его руки! Эти руки, которыми он посмел прикоснуться к его жене, эти лапы, которыми он обирал своих крестьян, убивал невиновных, подписывал приказ об увольнении Хубило... Эти руки он сплошь бы покрыл мелкими порезами, а потом окунул бы их в лимонный сок с перцем, чтобы этот сладострастник не сумел сложить их даже в подобие кулака и никогда больше не смог бы мастурбировать, чем он, по разумению Хубило, постоянно занимался, думая при этом о груди его Лючи. Хубило был уверен в том, что прикасаясь к ее груди, дон Педро умирал от желания сорвать прикрывавшую ее ткань, сильно сжать ее руками, впиться губами в сосок… Ему ли было не знать, какие страсти может пробудить в мужчине одно легкое прикосновение к этой женщине! В тот день, когда она впервые положила его руку себе на грудь, открыто приглашая приласкать ее, он чуть не получил инфаркт. Первый опыт всегда остается в памяти, и Хубило мог вспомнить те минуты во всех подробностях, и та упругая, нежная девичья грудь очень отличалась от пышных округлых форм, ныне принадлежавших его беременной жене.

Познавая свою жену, он получал все большее удовлетворение от близости с нею. Хубило считал себя невероятно счастливым, потому что искусство любви ему довелось постигать в объятиях этой женщины. Вместе с нею он учился целовать, ласкать, действовать языком, проникать… Вместе они доставляли удовольствие друг другу. Для Хубило руки были едва ли не самым важным органом в сексуальной близости. С их помощью можно дать любимому человеку и получить от него невероятное наслаждение. Если пенисом он ласкал влагалище жены изнутри, то руками он мог ласкать все ее тело. Все эрогенные зоны на теле Лючи были ему прекрасно известны; он до миллиметра точно мог положить ладонь или палец на любую из ее чувствительных точек. Грудь Лючи играла особую роль в их любовном действе. Он знал, с какой стороны она более чувствительна, насколько сильно можно ласкать ее, не причиняя боли, насколько страстно облизывать и прикусывать соски, чтобы ни в коем случае не доставить любимой неприятных ощущений, не ущипнуть такую уязвимую в этом месте кожу.

Неожиданно что-то довольно сильно ударило его по голове. Откуда-то — словно с неба — на него упал мяч, заставив выйти из состояния прострации. Он увидел виновато столпившихся поодаль детей, улыбнулся и вернул им мяч. Ему вдруг стало стыдно не только за то, что он, вместо того чтобы искать работу, сидит себе на скамейке в парке, но и за то, что позволил себе столь откровенные мысли и воспоминания, сидя в непосредственной близости от невинных детей. Чтобы создать впечатление занятости, он попытался сосредоточиться на каком-то кроссворде, но не слишком в этом преуспел. Ему не хотелось, чтобы люди видели его бездеятельным и подавленным. В конце концов, людям свойственно судить о других по их делам или по тому, сколько те зарабатывают денег. По правде говоря, с обеих этих точек зрения он выглядел весьма неприглядно — этакий, если можно так выразиться, «господин Никто».

Рядом с ним на скамейку присел грязный, одетый в лохмотья человек. Его появление отвлекло Хубило от размышлений. Приглядевшись к незнакомцу, он далеко не сразу узнал в нем Чуэко Лопеса; по всей видимости, тот вконец опустился. Он тоже некоторое время смотрел на Хубило мутными глазами, а узнав, тотчас же бросился к нему, полез обниматься и хлопать его по плечу. К тому же он назвал Хубило «братом по несчастью» — и пригласил его пропустить по рюмочке в ближайшей забегаловке. Честно говоря, Хубило не пришел в восторг от такого приглашения, но делать ему все равно было нечего, и он согласился. Весьма быстро выяснилось, что платить Лопесу нечем, и приглашающей стороной оказался Хубило, но он был вовсе не в обиде. Наоборот, эта встреча помогла ему открыть для себя обезболивающий эффект алкоголя, который произвел на него огромное впечатление.

На некоторое время переживания и грустные мысли действительно покинули его. Он смеялся — чего с ним не случалось уже много дней. Он забыл про Лючу и ее грудь, про шаловливые ручищи дона Педро, про то, наконец, что сам он оказался в положении полубезработного.

Наверное, излишне будет говорить о том, что с того дня Хубило стал завсегдатаем этого заведения. Несколько рюмок — и жизнь представала перед ним совсем в ином свете. Он снова мог рассказывать анекдоты, шутить, заставлять окружающих смеяться.

Изменения такого времяпрепровождения не заставили себя ждать. Хубило перестал настойчиво искать работу. Здесь, в таверне, он чувствовал себя нужным. Вскоре он стал закадычным другом нескольких пьяниц, с которыми так весело было проводить время по утрам. Проводив Рауля до школы, он прямиком направлялся в любимое заведение, где всегда можно было найти, с кем сыграть в домино, обменяться свежими анекдотами, выпить пару рюмок, разумеется, за женщин. Курить он стал намного больше — до трех пачек в день.

Таверну он покидал только тогда, когда бой часов извещал о том, что пора идти за сыном к школе и отводить его к родителям Лючи. Оттуда Хубило забирал служебный пикап-развозка, доставлявший его прямо к аэропорту и, что немаловажно, — всегда вовремя. Здесь Хубило служил радиотелеграфистом. Приезжал он на работу, пропахший алкоголем и табачным дымом, зато в хорошем настроении. Отдежурив положенные часы, он возвращался домой и ложился в кровать к уже спавшей Люче. Обняв ее одной рукой и положив другую на живот, где уже вовсю шевелился их будущий малыш, он ощущал, что жизнь обретает смысл.

Вскоре даже в этой псевдоидиллии начались перебои. То Хубило вдруг отказывался вовремя вставать, мыться, одеваться и завтракать уже одетым, а вместо этого долго валялся в постели и выходил к завтраку в пижаме. То ему вдруг надоедало бриться, и он ходил с многодневной щетиной, то однажды ему расхотелось идти на работу в авиакомпанию, что он преспокойно и сделал.

Любой психоаналитик без труда определил бы у Хубило развитую форму депрессии, но Люче эти научные материи были чужды, и в один прекрасный день она взорвалась. Больше она терпеть не могла! Все это время ей приходилось делать вид, что ничего не происходит. Происходит, еще как происходит! Каждый день ей приходится брать себя в руки и отправляться на работу, где она вынуждена сносить приставания дона Педро, причем делать это твердо, но вежливо, чтобы не злить его. Ей приходилось терпеть запах алкоголя, которым, казалось, пропиталось все тело Хубило, — несмотря на то, что ее тошнило от этой вони. От нее требовалось есть помногу, зачастую — когда она вовсе этого не хотела, все ради ребенка, которого она носила под сердцем. Этот ребенок не был ни в чем виноват, о его появлении Люча молилась Богу, прося о том, чтобы он появился на свет здоровым, чтобы мимолетное, но от этого не менее омерзительное прикосновение дона Педро никак не сказалось на нем. Все эти мысли она держала в себе, не решаясь поделиться ими с мужем. Она приходила с работы, застилала постель, наводила порядок, готовила Раулю ужин, выкраивала часок, чтобы поиграть с ним, а там пора уже было снова расстилать постель. Долго, очень долго она не жаловалась Хубило на то, что тот не помогает ей по дому; она понимала, какой трудный момент в жизни переживает он. Но теперь ее терпение лопнуло.

Если Хубило и показалось, что молчать и не отвечать на упреки — это самое достойное и приемлемое поведение в подобной ситуации, то на этот раз он убедился в ошибочности такой точки зрения. Как это — молчать, когда тебе выдвигают такие несправедливые обвинения?! Оба супруга переживали по поводу разлада; дело зашло так далеко, что даже общая постель, снимавшая раньше все противоречия, перестала быть надежным убежищем их близости. Люча должна была вот-вот родить, и именно сейчас Хубило взбрело в голову бросить ту работу, которая у него осталась!

Ссора продолжалась долго. Люча сполна излила все, что у нее накипело, и добилась кой-какого результата. По крайней мере, на следующий день Хубило вышел на службу. Но чуда не произошло, путь его пролег через ближайшую забегаловку, где ему удалось преизрядно «набраться». Люча была в отчаянии. Ей стало понятно, что на Хубило надеяться нельзя, что ей придется рассчитывать только на себя.

К счастью, вскоре подоспел долгожданный декретный отпуск. Люча перестала ходить на работу, и их отношения с Хубило во многом наладились.

Как только у Хубило появилась возможность дольше видеть, слышать свою жену, прикасаться к ней, ему сразу же стало легче жить. Ему, без сомнения, было приятнее находиться рядом с ней, чем с друзьями-приятелями в таверне. Вместе с Лючей они ходили на рынок, готовили, встречали Рауля из школы, вместе обедали перед тем, как Хубило уезжал в аэропорт. В его увольнении с телеграфа они даже обнаружили свою светлую сторону. Благодаря появившемуся у Хубило свободному времени по утрам они с Лючей могли снова пожить жизнью влюбленных. Не любовников, конечно, потому что живот Лючи никак не располагал к бурным проявлениям страсти, но именно влюбленных. Давно уже их отношения не были такими нежными. Они были вместе и чувствовали себя счастливыми, даже несмотря на то, что Хубило по-прежнему не мог найти себе полноценную работу.

Хубило почти забыл о существовании дона Педро. Это имя в доме старались не упоминать. Тем сильнее был удар, полученный им в тот день, когда один-единственный телефонный звонок напомнил ему о реальности.

Хубило сходил в ближайшую пекарню за лепешками, вернулся домой и, проходя по коридору, заметил, что Люча, сидевшая в спальне, разговаривает по телефону. От его внимания не ускользнуло то, насколько напряжена и скована была при этом его жена. Чтобы не показаться нескромным, Хубило проследовал дальше, в столовую, но постарался, насколько это возможно, уловить хотя бы фразу из того, что говорила Люча. Когда она зашла в столовую, Хубило уже заканчивал накрывать на стол. Рауль мылся в ванной. Хубило почему-то был уверен в том, что телефонным собеседником жены был не кто иной, как дон Педро. Тем не менее вопрос он постарался задать как можно более спокойно и даже небрежно.

— Кто звонил?

— Дон Педро.

— Что ему нужно?

— Ничего. Просто хотел узнать, как я себя чувствую. Еще он спрашивал, решили ли мы с тобой, кто будет крестным малыша.

— Ну и ну. И что ты ему ответила? Неужели он думает, что может быть крестным отцом нашего ребенка?

— Похоже, что так...

— Надеюсь, ты сказала ему, что это невозможно?

— В открытую — нет. Я сказала, что мы еще не решили, что мы думаем и что я должна посоветоваться с тобой.

— Нет, это уж слишком! Я знал, что он проходимец и мерзавец, но додуматься до такого!..

— Тише, дорогой, Рауль услышит.

— Да пусть слышит! А ты? Ты, Люча, почему ты не сказала ему «нет»? Почему сразу не оборвала его? Что — захотелось стать его родней? Соскучилась?

— Да нет же! Нет. Я на дух не хочу подпускать его к своему ребенку, но и хамить ему тоже не следует...

— Ах да, конечно. Этот почтенный господин заслуживает нашего глубочайшего уважения.

— Нет, Хубило, ты не прав. Просто я не вижу смысла ссориться с ним. Как ни крути, он мой начальник, и мне с ним еще работать. Не забывай, через несколько месяцев мне снова придется видеться с ним каждый день, и будет лучше, если наши отношения останутся ровными.

— Удобный ты нашла момент напомнить о том, что ты единственная, кто в нашей семье работает.

— Ну что ты! Я совсем не хотела тебя обидеть. Не придумывай!

— Мама, что случилось?

Появление встревоженного Рауля заставило родителей взять себя в руки и прекратить разговор на повышенных тонах. Но это не смогло воспрепятствовать тому, что после завтрака Хубило вышел из дома и вернулся лишь к четырем часам утра — уже после того, как у Рауля появился маленький братик.

Из всех достоинств и отличительных черт нового члена семьи Чи самым заметным был голос. Этот младенец орал день и ночь и к тому же превратился в главное испытание для проверки способностей Хубило устанавливать особую связь со всеми вокруг. Он, умевший в два счета понять, чего хочет любой расхныкавшийся младенец, вставал в тупик перед тем, на что жалуется его собственный беспрерывно нывший ребенок. Правда, можно сказать, что Хубило был единственным, кому вообще удавалось хоть как-то успокоить Рамиро. С Раулем все было намного легче: у Хубило не было ни малейших трудностей в том, чтобы определить, пора ли покормить расплакавшегося малыша или же ему надо поменять пеленки. С Рамиро этот номер не проходил. Понять его скрытые за криком просьбы оказывалось для Хубило ничуть не легче, чем принять телеграмму, отправленную на русском языке. Порой он по полчаса не мог выяснить, что тому было нужно. На первый взгляд — недолго, но тот, кто хоть раз находился рядом с кричащим во всю глотку младенцем, поймет, что это ой как немало.

Лючу Рамиро изматывал сполна, и она была очень благодарна Хубило за то, что тот тратит столько сил на ребенка. Поначалу она думала, что он делает это из чувства вины, желая заработать прощение за то, что не был дома, когда она рожала, но вскоре стало ясно, что он искренне радуется рождению малыша и всерьез озабочен тем, чтобы установить наконец с ним такой же контакт, какой у него был с маленьким Раулем. Хубило пел малышу колыбельные, носил на руках, ласково гладил, пытаясь успокоить, но по большей части безрезультатно — ребенок продолжал плакать. Рамиро появился на этот свет без инструкций по пользованию и настройке, и Хубило пришлось полагаться на свой инстинкт и следовать опыту предков в осуществлении своих родительских обязанностей.

Чтобы понять этого ребенка, ему приходилось действовать методом проб и ошибок. Весь дом жил в ритме, определяемом непредсказуемым и плаксивым Рамиро. Пока он спал, все старались воспользоваться минутой тишины, чтобы тоже вздремнуть. Стоило же ему проснуться, как об этом тотчас узнавал весь разбуженный дом. Спать под его плач было невозможно. Легкие малыша и его голосовые связки выдавали такие децибелы звука, что закладывало уши не только у домашних, но даже соседи позволили себе тактично выразить свое недовольство, поинтересовавшись, хорошо ли семья Чи кормит малыша и не болеет ли он. Но самое удивительное заключалось в том, что по всем признакам малыш был здоров. Он прекрасно видел и слышал, подавал голос — это было уже всем известно, — а его движения и рефлексы полностью соответствовали уровню развития для его возраста. Пеленки он пачкал также вполне исправно — не меньше и не больше других. В общем, ничто не указывало на какие бы то ни было отклонения. Проблема явно крылась в чем-то другом, но никто, даже Хубило, не мог понять, где и как искать ее решение.

Наконец, проведя немыслимое количество экспериментов, наблюдая за тем, как его сын реагирует на различные раздражители, Хубило пришел к выводу — ребенку не нравится запах алкоголя!

Свет пролился на проблему в одно воскресное утро, когда к ним в гости, а заодно и с профессиональным визитом, заглянул Хуан. Хубило держал Рамиро на руках, и малыш был абсолютно спокоен, но только до тех пор, пока Хубило не вознамерился присоединиться к Хуану, с тем чтобы выпить по рюмочке текилы. Что тут началось: ребенок закричал, замолотил ручками и ножками, задрожал, будто увидел перед собой чудовище! Он словно знал, что именно спиртное стало причиной того, что отца не было рядом в момент его появления на свет, словно боялся, что оно сможет когда-то вновь разлучить их.

Сделав это открытие, Хубило перестал пить. На какое-то время это не только успокоило ребенка, но и наладило жизнь в семье. Рамиро стал чаще улыбаться и превратился во всеобщего любимца. В общем, эти месяцы протекли так счастливо, что, когда пришло время Люче вновь выходить на работу, они с Хубило немало огорчились. Хорошо еще, что Хубило по-прежнему работал лишь вечерами, и Люча могла со спокойной душой оставлять ребенка дома, с любящим и заботливым отцом. После обеда, когда Хубило нужно было ехать в аэропорт, он оставлял и Рауля, и Рамиро у родителей Лючи, откуда она их и забирала по пути со службы. Несмотря на все заботы и не совсем обычный распорядок жизни, они смогли приноровиться к нему и даже прожили некоторое время в полном покое — до тех пор, пока трагическая случайность не изменила их жизнь, не сломала ее куда сильнее, чем это сделало рождение Рамиро.

Работа Хубило в Мексиканской авиакомпании состояла в установлении и поддержании связи с летчиками с помощью радиотелефона. Это было нужно для того, чтобы передавать пилотам сведения о погодных условиях, о наличии свободных полос для взлета или посадки, а также для получения информации о местоположении самолета в воздухе.

Однажды, когда Хубило болтал с одним из летчиков — своим старым добрым приятелем, связь внезапно пропала. Самолет только-только взлетел, и Хубило попытался восстановить ее, но безуспешно.

Через некоторое время самолет разбился. Погибли пассажиры и пилот. Хубило не только тяжело переживал эту трагедию, но почему-то и чувствовал себя виноватым. Хотя с любой точки зрения — юридической или просто человеческой — он был ни при чем. В том, что пропала связь с самолетом, виноваты были пятна на Солнце.

Вернувшись в ту ночь домой, он обнаружил, что Люча крепко спит. И как бы ему ни хотелось пожаловаться ей, поделиться своей бедой, он решил не будить и не волновать ее. Сам он не спал всю ночь, а наутро не смог даже толком поговорить с женой. По утрам был заведен такой распорядок: Люча кормила грудью Рамиро, готовила Раулю завтрак и приводила себя в порядок перед работой. На долю Хубило выпадало поменять малышу пеленки, замочить их и вымыть посуду после завтрака. Как ни крути, а найти свободную минутку, чтобы поговорить друг с другом, при таком расписании не удавалось. Зато, как только Люча с Раулем ушли, а Рамиро заснул, у Хубило появилось время на то, чтобы подумать о случившемся. Трагедия снова навалилась на него всей тяжестью. Он позвонил на работу и сказал, что заболел. Работать в таком состоянии было действительно невозможно. Хубило хотелось поговорить с кем-нибудь, излить душу. Но прежде чем направиться в таверну, он выждал несколько часов и договорился с одной из родственниц о том, что та посидит с детьми после обеда, пока он встретит Лючу с работы и сводит ее куда-нибудь поужинать. Летиции эта просьба не показалась странной. Как-никак это был день рождения Лючи, и она сочла вполне естественным, что Хубило решил отметить эту дату.

В Управлении телеграфа тоже готовились поздравить Лючу, но, желая сделать ей сюрприз, до поры до времени старательно делали вид, что не догадываются о ее сегодняшнем дне рождения.

Дон Педро придумал оригинальный способ поздравить свою секретаршу. Еще утром он вызвал ее к себе и абсолютно деловым тоном попросил помочь в одном весьма деликатном деле. По его словам, ему нужно было сделать подарок одной важной даме, а поскольку из всех знакомых ему женщин у Лючи был самый хороший вкус, он счел возможным попросить ее сходить с ним во время обеденного перерыва в ближайший универмаг, чтобы выбрать подходящую вещь.

Для Лючи не составило большого труда выбрать элегантную маскаду отличного качества[1]. Дон Педро попросил, чтобы ее празднично упаковали. Покупка заняла считанные минуты. По дороге обратно, перед тем как перейти улицу, дон Педро взял Лючу под руку. В этот миг из-за угла вышел Хубило, глазам которого предстала внешне довольная и уж по крайней мере — вполне беззаботная парочка. Дон Педро к тому же нес в руках подарочную коробку, украшенную большим красным бантом.

Хубило не стал сразу заходить в Управление, а решил немного прогуляться, чтобы успокоиться и прийти в себя после увиденного. Устраивать сцену ревности на глазах у знакомых ему не хотелось. Впрочем, меры предосторожности оказались бесполезными. Стоило ему, войдя в зал, увидеть Лючу, примеряющую платок, а на ее столе — ту самую коробку, которая только что была в руках дона Педро, как вспышка гнева ослепила его.

Стараясь сохранять хотя бы внешнее спокойствие, он поинтересовался у Лючи, кто сделал ей такой подарок. Та, не желая его огорчать, ответила, что Лолита. Она не видела смысла в том, чтобы повторять имя дона Педро, как и в том, чтобы напоминать Хубило, что сегодня ее день рождения, а он пока не только ничего не подарил ей, но даже не поздравил. У Хубило это действительно вылетело из головы, что в общем-то и не удивительно, — после трагедии, пережитой им накануне. Впрочем, даже если бы бессонная ночь и чувство вины не затмили его память, все, что он мог

---

[1] Большой шелковый платок.

бы себе позволить, — это купить Люче цветы, но никак не подарить что-то ценное. Он и в лучшие-то времена не был сторонником таких проявлений чувств, в отличие от Лючи и дона Педро. Привыкшая с детства к дорогим подаркам на дни рождения, она не могла не быть признательной своему начальнику, сумевшему перехитрить ее и преподнести подарок, который она, не зная того, сама себе выбрала.

Для Хубило же это служило неопровержимым доказательством того, что дон Педро снова подбирается к его жене, но это было бы еще полбеды. Самое страшное заключалось в том, что на этот раз Люча, похоже, была готова принять его знаки внимания. Иначе зачем ей было скрывать от мужа, что начальник по работе преподнес ей подарок на день рождения?

Ему и в голову не пришло, что радость, написанная на лице Лючи, относилась не столько к полученному презенту, сколько к тому, что Хубило зашел к ней. По всей видимости, с приемным аппаратом Хубило что-то случилось. Его разум перестал правильно применять ключи и коды, в результате чего принятые сообщения превращались в бессмысленную мешанину слов и чувств, которые он пытался истолковать по своему разумению. Прежде, когда мозг его действовал правильно, Хубило не составляло труда разобраться в истинных причинах того, почему один человек говорит другому: «Я тебя ненавижу» вместо «люблю». Но в тот день он, не разобравшись, неправильно истолковал посылаемые ему Лючей сигналы. Для него Люча превратилась в некую «Энигму», шифровальную машину, разработанную немцами во время Второй мировой войны для передачи секретных сообщений.

———

Известно, что радио часто используется в вооруженных конфликтах как эффективное средство ведения войны. С его помощью можно передавать находящимся на передовой войскам приказы, правда у него есть один недостаток: сигналы могут быть легко перехвачены противником. Для этого всего лишь требуется приемник, настроенный на ту же частоту.

Немецкие войска, верные своей дисциплине, имели обыкновение передавать донесения командованию в одно и то же время. Это только помогло союзникам установить едва ли не тотальное прослушивание всех сообщений. С целью избежать этого немецкие ученые изобрели специальную шифровальную машину, суть работы которой состояла в том, чтобы заменять одну букву на другую. В ней использовалась клавиатура обычной пишущей машинки, но при каждом нажатии все буквы заменялись другим знаком с помощью двадцати шести вращающихся цилиндров, имевших тысячи вариантов сочетаемости. Для того чтобы расшифровать такое сообщение, необходимо было знать, в каком положении находились барабаны в начале передачи, что являлось практически невозможным.

При сотрудничестве многих талантливых математиков удалось разработать аппарат, сходный с немецкой «Энигмой», способный расшифровывать такие сообщения. Затем последовал черед механизма под названием «Рыба», созданного специально для ускорения составления и декодирования шифров. После окончания войны эти разработки послужили развитию электронно-вычислительных машин.

Можно смело утверждать, что мозг Хубило представлял собой подобный криптографический механизм высочайшей сложности. Просто в результате какой-то поломки он перестал правильно расшифровывать полученные сообщения. Вот и сейчас — его супруга радовалась ему, а не подаренному платку. Разница была огромной, но он не смог разглядеть ее. Случилось так, что второй раз в жизни личные беды Хубило совпали по времени с пиком солнечной активности, пятна сплошь покрыли поверхность светила, от чего страдал не только его приемный аппарат, но и все радиокоммуникационные системы. Последствия этого космического явления оказались для Хубило катастрофическими.

К счастью, реакция Лючи на неожиданное появление мужа была настолько искренней, что ей удалось победить сжигавшую Хубило ревность. Обняв и расцеловав его, она взяла инициативу в свои руки и, желая смягчить постыдную забывчивость мужа, воскликнула:

— А я так и знала! Не мог же ты забыть про мой день рождения!

Хубило словно проснулся. Ведь он действительно забыл о том, какой сегодня день! Ничего себе — забыть о таком событии! Начиная с того дня, когда Люче исполнилось тринадцать, они всегда праздновали день ее рождения, и хотя настроение Хубило вовсе не располагало к веселью, он взял себя в руки, постарался забыть о своих бедах и ревности, чтобы не портить Люче праздник. Более того, он сумел найти в себе силы изящно поздравить ее и достойно отметить событие. Он пригласил ее в «Кафе Такуба», и этот ужин стал для них настоящим афродизиаком.

Это кафе было страницей истории их отношений… Именно здесь когда-то Хубило попросил Лючу стать его женой, именно здесь она сообщила ему, что он скоро станет отцом второго ребенка. Сидеть в том же зале, за тем же столиком, видеть тех же официантов — все это подействовало на Хубило успокаивающе и позволило ему вновь обрести привычное настроение. Он рассказал Люче о трагедии, случившейся у него на работе, и получил от нее всю возможную поддержку и сочувствие. Стоило взять в ладони ее руку, как яркий свет хлынул ему в сердце, осветив самые дальние уголки его души и разума.

Понемногу между ними закружила любовная энергия. Пришлось даже поскорее закончить ужин и поторопиться домой. Им не терпелось предаться радостям объятий. Подарком Хубило на день рождения жены стала ночь любви — лучшая за всю ее жизнь! Это было каким-то колдовством. Никогда раньше физическая близость не доставляла им такого удовольствия.

Утро они встретили полными сил, несмотря на то что не спали почти всю ночь и тела их были измучены. Люча поспешила привести себя в порядок, чтобы не опоздать на работу. Как обычно, оглядев шкаф, она постаралась выбрать такую одежду, в которой меньше могла бы привлечь сальные взгляды начальника. Подарив Хубило напоследок долгий поцелуй, она выбежала из дома. Хубило предстояло заняться Раулем и Рамиро.

С этого момента цепочка невероятных событий привела их семью от вершины счастья к адским мучениям.

Хубило не спал уже две ночи кряду. Первую он провел без сна, переживая из-за катастрофы, случившейся с самолетом, вторую — предаваясь любви. Причем вторая оказалась настолько бодрящей, что придала ему сил отлично отдежурить и не чувствовать усталости почти целый день. Его батарейки зарядились настолько основательно, что первые признаки утомления он уловил уже поздно вечером, на пороге дома.

К его немалому удивлению, ему навстречу вышла не Люча, а ее мать, которая постаралась как могла связно объяснить ему, что Люча позвонила с работы и сказала, что не сможет забрать детей. Она попросила маму отвести их вечером домой и объяснить Хубило, что ей придется задержаться допоздна, потому что на работе у нее возникло срочное дело. Хубило это изрядно удивило. Сколько он ни пытался вспомнить, какая же из нештатных ситуаций в Управлении могла потребовать присутствия личной секретарши директора, — в голову ему ничего не приходило. Он поблагодарил тещу за участие и заботу о детях и стал укладывать малышей. Когда они уснули, он лег на кровать и включил радио. Голос Августина Лары заполнил комнату:

> Свет моей жизни,
> глаз моих нежных,
> как я хочу твое тело ласкать.
> Крылья сегодня мои надломились,
> у твоих ног я сложу их опять.

Образ Лючи, лежащей на кровати, раскинув руки, тут же всплыл в его памяти. Он представил ее себе такой, какой она была накануне: горячей, страстной, переполняемой любовью. Чего стоил один ее взгляд в ту ночь! Нет, какая все-таки удивительная у него жена!

Вот только — где же она? Почему не позвонила? Почему не звонит сейчас? Он начал не на шутку волноваться. Вскоре раздался телефонный звонок. Звонила мать Лючи, которая тоже беспокоилась по поводу ее столь долгого отсутствия. Никогда раньше ее дочь так не поступала. Хубило почему-то ответил, что Люча уже вернулась, но подойти к телефону не может, поскольку кормит Рамиро. Таким образом он хотел не только успокоить тещу, но и сделать так, чтобы она больше не звонила, потому что звук телефонного звонка только нервировал его. А нервы у него и так были на взводе. Чтобы отвлечься от тревожных мыслей, он опять прислушался к песне, что звучала по радио.

> Ты скажи: твой цветник для меня расцветал,
> подари мне надежду, что встречусь с тобою,
> ты скажи, что тебя я не потерял,
> подари мне минуту покоя.
> А над домом моим в темном небе луна,
> в целом мире один — я страдаю без сна,
> ты поверь, что тебя я, и правда, люблю,
> ты поверь: у меня ты одна.[1]

А Хубило и без того только и думал о Люче. Музыка была для него лишь предлогом оживить в памяти предыдущую ночь, ведь именно под эти нежные звуки они любили друг друга.

Люча. Где она? Думает ли о нем? Сколько он ни пытался гнать от себя дурные мысли — все было напрасно. То, что она не звонила, казалось таким подозрительным. Единственное, что могло помешать ей, это серьезная авария или… или же дон Педро пригласил ее куда-нибудь.

Нервы Хубило были напряжены до предела. Чтобы успокоиться, он стал курить сигареты одну за другой,

---

[1] Перевод стихов В. Андреева.

а когда они кончились, решил прибегнуть к испытанному средству — алкоголю. Надо же было такому случиться, что именно в этот момент Рамиро проснулся. Вовремя не покормленный и не обнаруживший поблизости матери малыш, естественно, заплакал. Хубило решил дать ему рожок с молочной смесью, а пока тот разогревался, взял Рамиро на руки и стал баюкать его, чтобы сын успокоился и не разбудил Рауля. Получилось же все наоборот: едва ощутив исходивший от отца запах спиртного, Рамиро раскричался во всю мочь, и уже ничто не могло заставить его успокоиться. Хубило пришлось вылить на себя лосьон, почистить зубы, множество раз прополоскать рот и съесть кучу мятных лепешек, чтобы спустя несколько часов ребенок наконец снова уснул. Уложив его в колыбельку, он вернулся в спальню и прилег на кровать. Спиртное в сочетании с усталостью после двух бессонных ночей возымели свое действие, и он провалился в сон — ненадолго, на каких-нибудь полчаса, но этого времени хватило, чтобы Рамиро, проснувшись, натянул на себя одеяльце, которым укрыл его отец, каким-то образом плотно завернулся в него и задохнулся.

Хубило проснулся от криков Лючи. Вернувшись домой, она, прежде чем лечь спать, подошла к малышу поцеловать его на ночь и обнаружила, что тот мертв.

Еще ничего не понимая, оглушенный криками и рыданиями Лючи, Хубило сумел только спросить:

— Что случилось?

— Рамиро умер!

Разум Хубило отказывался воспринять это известие. Машинально он подошел к Люче, колотившей кулаками по стене, и взял ее за руки, чтобы та не поранилась. Сначала она позволила обнять себя и даже беспомощно прижалась к мужу, но тут до нее донесся печально-знакомый запах, пусть и приглушенный мятой и лосьоном. Она тотчас же оттолкнула Хубило, закричав:

— Ты пьян?! Ты напился и поэтому не услышал ребенка!

Люча излила свой гнев на Хубило и принялась безжалостно бить его. Хубило даже не пытался сопротивляться или увернуться. Он чувствовал себя виноватым и понимал, что заслуживает наказания гораздо более сурового, чем эти удары. Но при всем том вина казалась столь велика, что он не смог взять ее на себя целиком и в какой-то момент, не выдержав, бросил в лицо Люче:

— А ты, ты где была? Почему ты не услышала посреди ночи, как задыхается твой ребенок? Где ты шлялась и с кем?

Люча даже перестала плакать. Она не могла поверить своим ушам. Этого просто не могло быть: чтобы Хубило сказал ей такое, да еще в этот страшный момент — нет, это невозможно! Она медленно отстранилась от него, вышла из комнаты и заперлась в ванной. По пути она обняла и взяла с собой Рауля, который, стоя на пороге своей комнаты, с ужасом слушал, что происходит у родителей. Дверь в ванную Люча заперла на щеколду. Она не хотела видеть Хубило, не хотела говорить с ним. Уже не было смысла объяснять ему, что случилось и почему она вернулась домой так поздно. Не хотела она сейчас рассказывать о том, что дон Педро изнасиловал Лолиту, и ей пришлось отвезти коллегу к врачу, а потом побыть с ней рядом, чтобы та хоть чуть-чуть пришла в себя и успокоилась. У Лючи не было сил говорить. Более того, она была уверена, что с этого дня ей не о чем говорить с Хубило вообще.

Смерть сына опустошила жизнь Хубило. Что может быть страшнее и бессмысленнее одновременно — потерять ребенка, не услышав, как он задыхается в нескольких шагах от тебя!

Он, считавший себя созданным для того, чтобы слышать все — от грохота до едва заметного шороха, — не услышал того, что касалось его лично.

Он, гордо заявлявший, что для него тишины не существует, оглох на несколько минут, и эта глухота привела к трагедии.

Он, как никто знавший, что как бы тихо ни было вокруг, всегда остается звук бьющихся сердец, движения планет, идущих по своим орбитам, дыхание, шелест растущих трав и деревьев, — он ничего не услышал!

Он ничего не услышал! Ничего!

Еще в детстве Хубило убедился в том, что не всем людям дано слышать то, что слышит он. Существует много шорохов, шепотов, скрипов и прочих шумов, неуловимых для большинства людей, но являющихся для него самыми обыкновенными звуками.

Для Хубило не составляло труда даже услышать, как перебирают лапками насекомые. Когда его приводили на берег моря, он часто спрашивал донью Итцель: «Бабушка, слышишь, как поет песок?»

Он говорил о звуке, что издают песчинки, которые ворошит ветер. Такое «пение» можно иногда услышать в высоких дюнах, но никак не на людном пляже, однако для Хубило не оставался секретом даже этот неуловимый речитатив.

Слуховой аппарат Хубило был настроен таким невероятным образом, что мог воспринимать, «слышать» все колебания высокой частоты, не доступные даже современным измерительным приборам. Порой эта способность утомляла его самого, особенно со временем, когда город стал на глазах наполняться непрекращающимся гулом — смесью самых разных механических шумов. Этот фон мешал ему, от него болела голова и резало в ушах, и все — ради чего? Помогло ему это, когда пришла нужда? Он не услышал собственного сына, который, задыхаясь, умирал совсем рядом!

— Папа? Папа, ты меня слышишь?..

— По-моему, он ее не слышит.

— Вы не давали ему успокоительное?

— Нет, только одну таблетку обезболивающего, у него желудок разболелся. Потом он уснул.

— Папа, папочка, просыпайся. Мама пришла, она хочет тебя видеть…

Дон Хубило тотчас открыл глаза. Что? Что ему сказали? Люча здесь? Его сердце бешено забилось, а желудок снова дал о себе знать острой болью. Но все это неважно. Сколько же лет он ждал этого момента!

Льювия тоже была поражена случившимся. Сколько раз она просила мать встретиться с отцом — все было напрасно, она отказывалась наотрез. Уже одно то, что мать сама пришла к ней в гости, да еще без предупреждения, казалось невероятным событием. Насколько Льювия помнила, ее родители не разговаривали со дня ее свадьбы, а значит — уже тридцать лет. И сколько она себя помнила, их отношения были натянутыми, холодными. Они даже спали в разных комнатах. Как-то раз Льювия спросила отца, почему он не развелся с мамой, и он ответил, что в те времена мужчина не мог рассчитывать на то, чтобы дети остались с ним, а он не хотел с ними расставаться. Льювии такое объяснение не показалось убедительным, но настаивать она не стала.

Как бы странно это ни звучало, но Льювия была убеждена в том, что родители не смогли найти в себе сил разорвать эту странную связь только потому, что, несмотря на все внешнее отчуждение, энергия любви продолжала перетекать от одного из них к другому и обратно. Как бы ни было, Льювия благодарна судьбе за то, что та позволила ей расти с отцом. А то, что отношения родителей казались кому-то странными, — так это их дело.

И если так получилось, что именно на ее свадьбе родители виделись в последний раз, то теперь она считала настоящим подарком судьбы и добрым знаком то, что встретиться вновь им выпало в ее доме.

Наскоро показав маме, как можно общаться с отцом при помощи компьютера, Льювия отошла к двери и сказала:

— Ну ладно, мне кажется, вам есть что сказать друг другу.

На что ее мать, кивнув, ответила:

— Да, очень многое.

И, уже закрывая за собой дверь, Льювия услышала, как мама, обращаясь к отцу, произнесла:

— Я возненавидела свою ненависть к тебе.

Люча пришла на работу, немного опоздав, но — счастливая, еще не зная о том, что этот день станет последним по-настоящему счастливым днем в ее жизни.

С этого дня всему суждено было пойти по-иному, но утром еще ничто не предвещало перемен. Какое там! Люча не только не ждала ничего плохого, но наоборот, мир виделся ей в розовом свете, сверкая при этом своими лучшими гранями, как настоящий бриллиант. Она была по уши влюблена в своего собственного мужа — и это после десяти лет совместной жизни! Кто бы мог подумать! И кто бы мог предположить, что после стольких лет можно любить друг друга словно впервые. Хубило был действительно идеальным партнером. Прошлой ночью они изобрели такие позы для любви, до которых далеко было самой «Камасутре». Одна такая ночь стоила десяти лет нехватки денег. Ни одна из проблем и сложностей, встававших перед Лючей и Хубило, не смогла хоть как-то омрачить ее состояние бесконечной влюбленности. Даже появившаяся у Хубило в последнее время тяга к спиртному не казалась Люче неразрешимой проблемой. Она прекрасно понимала, что он прибегает к этому «обезболивающему», чтобы хоть на время забыть о своих трудностях, ведь для такого человека, как он, сознание того, что ты не можешь прокормить семью, должно быть сущей пыткой.

Порой ей даже становилось неловко за то, что она требует от Хубило столь многого. Она только пыталась объяснить ему, что деньги интересовали ее не ради денег как таковых, а ради той достойной жизни, которую можно с их помощью обеспечить своей семье, своим детям.

Не одна она сомневалась в правильности своего поведения. Время от времени Лолита набиралась смелости и тактично замечала ей, что она, мол, слишком часто напоминает Хубило о недостатке денег и вообще предъявляет к жизни завышенные требования. Люча не обижалась. Она прекрасно понимала, что подруга говорит это из лучших побуждений, искренне и в соответствии со своими представлениями о жизни.

Лолита была из числа тех вечно страдающих женщин, которые давно уже смирились с такой судьбой. Она первой приходила на работу и уходила позже всех. Работала честно, добросовестно и незаметно. Никогда не позволяла себе безрассудных поступков или вызова общепринятым нормам поведения. Она была скромна, тиха, робка и очень, очень хорошо воспитана. Ей так хотелось сделать что-нибудь доброе всем вокруг, произвести на окружающих благоприятное впечатление, что она сто раз продумывала каждое слово перед тем, как что-то сказать — из-за страха, что одна небрежно брошенная фраза может навсегда испортить добрые отношения с человеком.

Отец бросил ее и ее мать, когда она была еще маленькой. С тех пор она так боялась, что ее оставят еще раз, и во избежание этого была готова на все, на любые унижения и обиды со стороны мужчины. Тем не менее ее стремление понравиться и ни в чем не противоречить мужчине не достигало своей цели. Наоборот, мужчины сторонились ее. У нее никогда не было своего молодого человека, а влюблялась она всегда в тех, которые не могли ответить ей взаимностью.

Люча любила Лолиту и относилась к ней с огромным уважением, несмотря на то что прекрасно знала: та испытывает безнадежные платонические чувства к Хубило. Ей и в голову не приходило ставить это Лолите в вину. Что здесь такого, думала она, если Хубило — такой человек, не любить которого просто невозможно? Когда они работали вместе, все трое, Люча порой тайком ловила взгляды, которые — тоже украдкой — бросала на Хубило ее подруга. И она не обижалась, скорее наоборот, испытывала гордость. Вот почему она принимала то, что подруга готова во всем защищать Хубило, всегда вступаться за него при любом конфликте, возникавшем между ним и Лючей.

Люча привыкла считать Лолиту своей союзницей и радовалась, что та настолько серьезно относится ко всем ее делам. Единственное, в чем они часто не могли прийти к согласию, — это в разговоре о деньгах. Лолита никак не могла понять отношения Лючи к семейной экономике. Та же, в свою очередь, воспитанная родителями с должным и трезвым пониманием того, что за деньги можно купить едва ли не все в этом мире, не могла согласиться с иной точкой зрения. Она знала цену деньгам, умела и любила их тратить. Она просто нуждалась в комфорте и материальном достатке. Ведь так выражалось стремление Лючи обрести уверенность в надежности ее существования. Она знала, что для этого человеку нужен дом — теплый, надежный, уютный в любую погоду. Дом стоил денег. Денег стоило и хорошее образование, которое она считала необходимым дать своим детям. В свою очередь, они, получив образование, смогут потом лучше устроиться в жизни, занять в ней более достойное место и таким образом обеспечить уверенность и стабильность себе и своим будущим семьям. Ведь именно из-за отсутствия привычного ей с детства комфорта она чувствовала себя такой беззащитной в первые месяцы после свадьбы. Она впервые узнала, что такое нужда, и это ощущение изрядно напугало ее. К счастью, она вскоре обрела уверенность в том, что никогда в жизни не встретит более достойного ее любви человека, чем Хубило, и, поразмыслив, решила внести свою лепту в семейное благополучие.

С тех пор как она начала работать, дела пошли лучше. Люче казалось, что семья стала крепкой, как никогда раньше. Она видела, насколько Хубило стал уверенным, когда нашел для себя возможность приработка. Что же касается «домашней экономики», то тут ее помощь заключалась в том, что Хубило мог не волноваться: ни один сентаво из заработанных денег не был потрачен без толку.

Вот почему, покупая какую-то вещь, Люча всегда старалась сделать так, чтобы покупка была удачной со всех точек зрения. Она абсолютно разделяла житейскую мудрость, согласно которой скупой платит дважды. Кроме того, у нее существовала и своя теория о красоте повседневных вещей: она считала, что жизнь в изящной и гармоничной обстановке дает почву душевному и духовному росту человека. А еще у нее был поистине невероятный дар — войдя в магазин, она мгновенно находила в нем самые лучшие и почти всегда дорогие вещи. Вот почему ей не раз приходилось испытывать мучительные переживания, когда, выбрав великолепное платье, она обнаруживала, что стоит оно слишком дорого. Впрочем, частенько, хорошо посчитав и подумав, она все же решалась на рискованную трату, уверяя себя в том, что дешевое — дороже выйдет, как это бывает с недорогой одеждой, которая линяет или садится после первой же стирки.

Если она заглядывала в мебельный магазин, повторялось то же самое. Ей нравилась самая дорогая мебель, сделанная из лучшего дерева и тканей. И опять — опыт подсказывал ей, что такие вещи прослужат гораздо дольше дешевых. Точно такое же отношение у нее было к продуктам и напиткам: по ее мнению, чем лучше и дороже спиртное, тем меньше оно вредит организму. Этот навык высокой оценки она применяла и по отношению к людям. Увидев Хубило впервые, она сразу же оценила и его внешние данные, и человеческие качества. С тех пор ее оценки — самые достойные по ее системе — только подтвердились. Хубило был умен, чувствен, он обладал замечательным чувством юмора и при этом пользовался им деликатно, в минуты близости он был просто великолепен, в поведении — добр и тактичен, в общем, истинный рыцарь, единственный, единственный в целом мире мужчина, которому она могла подарить свою любовь. Люче было даже немного смешно, когда она догадалась, что Хубило ревнует ее к дону Педро. Да она никогда, НИКОГДА в жизни не унизила бы себя настолько, чтобы заинтересоваться мужчиной столь ничтожных в ее глазах качеств. Дон Педро представлял собой полную противоположность свету и гармонии, которые щедро излучал Хубило. Он был человеком мрачным, некрасивым, невоспитанным, грубым в общении с людьми, жадным, скользким, лишенным морали; он понятия не имел о том, что такое образование, и еще меньше понимал, что такое уважение и должное обращение с женщиной. Менять большее на меньшее, хорошее на плохое — такого за Лючей отродясь не водилось. И дон

Педро — полный болван, если решил, что своим платочком сможет купить ее. Люча была уверена в своем психическом здоровье, а променять Хубило и детей на такое ничтожество, по ее мнению, можно было только в состоянии полнейшего умопомрачения. Он же ноль, пустое место, просто мешок с деньгами. Если бы деньги были единственной целью в жизни, она давно добилась бы своего — дон Педро сыпал бы ей полной пригоршней. Но не этого она хотела. Ее мечта была куда чище и возвышенней. Она желала прожить остаток своих дней рядом с Хубило и сохранить влюбленность на всю жизнь, как удалось сохранить ее вплоть до этого дня, вплоть до сегодняшней ночи! Едва вспомнив о том, чем они с Хубило занимались этой ночью, она покраснела.

Неожиданное появление начальника вернуло ее к действительности. Дон Педро чувствовал себя оскорбленным. Накануне Люча ушла с работы, не попрощавшись с ним. И это при том, что у нее на шее был повязан подаренный им платок — весьма, между прочим, дорогая вещь. Но более всего его уязвило то, с какой любовью смотрела Люча на своего мужа. Дону Педро никогда не удавалось поймать на себе подобный взгляд, тем более — от такой женщины, как Люча. Он твердо решил добиться своего: эта женщина должна стать его женщиной, она будет принадлежать ему, как только подвернется подходящий случай — совпадут время и место. Ничего, он сполна вернет себе то, что потратил на цветы, конфеты и этот платок!

С точки зрения дона Педро, все женщины были неблагодарными тварями, которые спят и видят только одно — как поживиться за счет мужчины, как заставить его раскошелиться. Он не мог позволить, чтобы к нему относились так потребительски, и считал своим долгом учить всех попадавшихся ему женщин почтению и уважению к своей персоне. Он и так достаточно долго терпел то, что Люча «ломается» перед ним, несомненно, набивая себе цену. Больше он ждать не намерен. Он не на шутку разозлился и был готов любой ценой сломить оказываемое ему сопротивление. Более всего его бесила чуть ироничная холодность, которой Люча окатывала его всякий раз при его приближении, умело устанавливая таким образом нужную дистанцию между ним и собою. Он перепробовал все — безрезультатно. Видимо, пора было менять не тактику, а стратегию, чтобы затащить ее наконец в постель. Хватит вкладывать деньги в безнадежное дело. Он больше не собирался терпеть холодное презрение от едва замечавшей его присутствие женщины. К удивлению начальника, Люча даже не обратила внимания на перемену в его отношении. Более того, эта воплощенная неблагодарность позволила себе роскошь опаздывать на работу! Ну, за это он ее наказал, заставив переписывать и править целую гору писем. К концу рабочего дня он подошел к ее столу. Сотрудники уже почти разошлись, зал Управления был наполовину пуст.

— Ну что, закончили?

— Да.

— Ай, Люча, Лючита, вы ведь вчера со мной даже не попрощались. И ушли так рано, а я-то собирался пригласить вас поужинать со мной.

— Благодарю вас, но, как вам известно, я замужем, и мы решили отметить мой день рождения вдвоем с мужем.

— Полагаю, он сумел устроить вам настоящий праздник?

— Да, вполне.

— Он преподнес вам подарок?

— Просто великолепный!

— Лучше, чем тот платок, что подарил вам я?

— Послушайте, дон Педро: этот вопрос говорит лишь о вашем дурном вкусе, и я настаиваю на том, чтобы его при мне не повторяли. Особенно рекомендую вам это, если вы хотите когда-нибудь быть принятым в высшем обществе.

— Ну, вы-то себя считаете настоящей светской дамой.

— Да, так оно и есть. Мне для этого и считать ничего не надо.

У дона Педро просто руки чесались от желания надавать Люче пощечин, чтобы раз и навсегда отучить ее смотреть на него с презрением, с ощущением некоего превосходства, которое она явно испытывала по отношению к нему. Она же в этот момент более всего хотела бросить ему в лицо заявление об уходе. Люча была не из тех, кто готов ходить босиком, раня ноги, — лишь бы не попортить обувь. Ну уж нет! Безусловно, положение у нее в семье было далеко не лучшим, но она уже не носила ребенка и легко могла найти себе другую работу, вполне вероятно, учитывая накопленный опыт, — выше оплачиваемую, а главное — в таком месте, где ей не придется терпеть приставания негодяев вроде этого. Впрочем, ни один из них не решился поступить так, как им того хотелось. Дон Педро проглотил оскорбления, развернулся и ушел к себе в кабинет. Перед тем как закрыть дверь, он, не оглядываясь, крикнул:

— Лолита, зайдите ко мне!

Люча, вместо того чтобы закончить работу, отложила нераспечатанные письма в сторону, а сама занялась составлением заявления об уходе. Решение было принято, но выполнять его следовало спокойно, на свежую голову. Вот для чего пригодились и ум, и образование, и воспитание. Дописав заявление, Люча положила его в ящик стола, собрала сумочку и вышла из зала.

Прежде чем вернуться домой, она хотела заехать в «Кафе Такуба» и купить там хлеба местной выпечки, чтобы этот вкус и запах напоминали им с Хубило то, как они накануне поспешили домой, даже не доев заказанный ужин. Не успела она дойти до машины, как вспомнила, что забыла ключи от нее на рабочем столе. Пришлось возвращаться. Впрочем, это не очень расстроило Лючу, она даже порадовалась, что снова стала рассеянной, словно влюбленная девчонка.

Войдя в Управление, она заметила, что уже никого не было. Пустые столы, голые коридоры, тишина. Звук ее шагов эхо разносило по всему огромному залу. За дверью кабинета дона Педро все еще горел свет. Люча подошла к своему столу на цыпочках, чтобы он не заметил ее возвращения. У нее не было абсолютно никакого желания встречаться с ним один на один, без свидетелей.

Осторожно, чтобы не звякнуть, она взяла ключи со стола и уже повернулась, как вдруг до ее слуха донеслись какие-то странные звуки. Где-то плакала женщина, нет, не где-то, а именно здесь — за дверью кабинета дона Педро. Люча постояла неподвижно, чтобы проверить, не ошиблась ли она. Сомнений не было: стоны и всхлипывания доносились именно оттуда. Собравшись с духом, Люча открыла дверь в кабинет начальника и тут же увидела Лолиту, плакавшую, сидя на полу, поджав колени к подбородку.

Люча подбежала к ней, одновременно с ужасом осознавая то, что здесь произошло. Одежда Лолиты была порвана, на чулках виднелись пятна крови. Увидев Лючу, она подалась ей навстречу, обняла и зарыдала в голос. Сквозь слезы она призналась, что дон Педро изнасиловал ее, при этом она умоляла никому ничего не говорить, потому что ей останется только умереть со стыда, если об этом узнает хоть кто-нибудь, и особенно... особенно Хубило. Люча как могла старалась утешить ее и убедить всеми возможными доводами, чтобы та тотчас же подала заявление о случившемся в полицию. Лолита наотрез отказалась это делать. Ей казалось, что она не вынесет, если ее позор станет еще и публичным. Тогда Люча попыталась убедить Лолиту хотя бы сходить к врачу, в больницу, но получила столь же решительный отказ. Единственное, на что после долгих уговоров согласилась Лолита, — это съездить к Хуану, семейному врачу и брату Лючи. При этом Лолита умоляла подругу, чтобы та все время была с нею и не оставляла ни на минуту одну, а тем более наедине с мужчиной.

Люча исполнила ее просьбу и не отошла от Лолиты ни на шаг до тех пор, пока та не оказалась в собственной кровати. Матери Лолиты пришлось солгать, сказав, что на нее напали на улице и пытались ограбить, вот почему она вернулась домой поздно и в таком тяжелом состоянии.

Сама Люча вернулась домой едва живая от усталости. То, что случилось с Лолитой, потрясло ее до глубины души. Она даже представить себе не могла, что когда-нибудь в жизни ей придется столкнуться с чем-то более страшным. Но случилось это слишком быстро.

Смерть Рамиро зачеркнула для Лючи все то, что она считала ценным в своей жизни: семью и любовь к Хубило.

Дон Педро даже не подозревал о том, сколь многого он добился в тот вечер. Он не только лишил Лолиту девственности, но и, сам того не зная, осквернил семейный очаг Лючи, разрушил, перечеркнул ее любовь к Хубило и его любовь к ней. Как же могло получиться, что Хубило упрекает ее в неверности? Ей казалось, что если кто-то и знает ее по-настоящему, так это он и только он. Только ему она доверяла свои самые сокровенные мысли, чувства, желания, доверяла саму себя. И вдруг она обнаружила, что все это, все семнадцать лет, что они знают друг друга, — ничего не стоят! Одной фразой Хубило сумел покончить со всем, убить наповал ее чувство.

Как же он мог предположить, что она где-то шлялась? Разве он не знал ее? Какой тогда смысл отдавать ему свое тело и столь же доверчиво раскрывать душу?

Ей казалось невероятным, что тот самый человек, которому она верила больше всех на свете и была уверена в том, что он, как никто, любит ее, оказался разрушителем ее мира, всего ценного, что у нее было, всего того, что, как ей казалось, никто не сможет у нее отнять. Было невыносимо больно осознавать, что этот мужчина, этот единственный, отличавшийся от остальных, оказался таким же как все. Люча решила для себя, что никогда больше не позволит ни ему, ни кому-либо другому оскорблять ее. Она не хотела больше знать ничего, что было бы связано с существами мужского пола.

———

На следующий же день после похорон Рамиро она потребовала у Хубило развода. Хубило, страшно переживавший смерть сына, попросил ее подождать несколько дней, чтобы он мог принять решение. Люча не желала ни ждать, ни прислушиваться к каким бы то ни было доводам. У нее больше не было сердца, оно легло в могилу вместе с гробиком Рамиро. Ей казалось, что ее сердце убито, застрелено — точно так же, как это произошло с доном Педро.

В тот день первые страницы всех газет были посвящены событию, ставшему главной новостью. Заголовки гласили:

«Убит любовницей — из того же оружия, из которого когда-то сам убил прежнюю любовницу».

Речь шла о смерти дона Педро от руки таинственной, никому не известной женщины. Вот что писалось в одной из статей, посвященных этому событию:

«Его главной страстью были петушиные бои и женщины! Директор Центрального Управления телеграфа был найден мертвым сегодня ночью на площади Гарибальди. Жизнь Педро Рамиреса оборвал выстрел из револьвера 44-го калибра. Из этого же револьвера много лет назад он убил одну из своих бывших любовниц, но благодаря большим деньгам и связям быстро вышел на свободу. Его политическая карьера начиналась с нуля. Говорят, что во время гражданской войны он зарабатывал деньги, приторговывая оружием. После революции он занимал множество ответственных управленческих постов; вершиной его деятельности в качестве публичного политика можно считать назначение федеральным депутатом от штата Пуэбло.

Как стало известно полиции, Педро Рамирес вышел из своего офиса в пятницу вечером и вместе с друзьями направился в ночной клуб «Эль Колорин», расположенный на площади Гарибальди. За поясом у него был револьвер, тот самый, из которого его застрелили несколько часов спустя. Обслуживающий персонал клуба подтвердил, что дон Педро был постоянным клиентом их заведения, где всегда появлялся в компании женщин. По официальным сообщениям, далеко за полночь Педро Рамирес вышел из клуба и направился в сторону близлежащей гостиницы. Его сопровождали две женщины, с которыми он, по всей видимости, собирался провести ночь. Они сделали всего несколько шагов, когда к ним присоединилась еще одна женщина. Разговор шел на повышенных тонах; во время ссоры, едва не переросшей в рукоприкладство с обеих сторон, раздался выстрел, оказавшийся для дона Педро смертельным. Кто из них и каким образом нажал на курок револьвера — остается неизвестным. Таинственная женщина тотчас же покинула место происшествия. Все произошло настолько быстро, что никто не успел рассмотреть ее. Никто из опрошенных свидетелей раньше ее не видел, по всей вероятности недалеко от этого клуба она оказалась впервые. Единственное, в чем сходятся все показания, это то, что женщина, судя по добротному гардеробу, выглядела как истинная дама. Разумеется, недостаток информации оставляет широкое поле как для домыслов, так и для различных версий расследования этого убийства».

Когда умирает ребенок, остается много вопросов. Особенно если родители ощущают себя виновниками этой трагедии.

Что было бы, если бы я не заснул? Спасла бы я ребенка, если была бы дома? Если бы я не пил — мой ребенок мог остаться в живых? Существует ли карающий рок? Что плохого я сделала, чтобы заслужить такое наказание? Способен ли я защитить свою семью, позаботиться о ней? Как простить такую небрежность? Как забыть предательство, как перешагнуть через измену?

У каждого в голове крутились свои вопросы, но оба — и Хубило, и Люча — вдруг поняли, что потеряли доверие друг к другу. Трагедия уничтожила это чувство. Они не могли даже посмотреть друг другу в глаза. Боль от потери сына была невыносимой, и каждый одним своим присутствием напоминал другому об утрате.

Некоторые считают, что тот, кто любит, должен уметь прощать. Другие отказываются признать это по той простой причине, что не считают возможным забыть случившееся. Хубило не мог забыть ни того, что на его попечении оставался малыш в ту ночь, ни того, что в ту же ночь некой «элегантно одетой» женщиной был застрелен дон Педро. Со своей стороны, Люча не могла забыть того, что Рамиро умер по недосмотру Хубило, и тем более того, что эта небрежность явилась следствием его пагубной привычки к алкоголю.

Чтобы простить, нужно признаться себе в том, что сделанного не исправишь. Оба они не могли на это пойти, им не позволяло сделать это ощущение собственной вины. Люча сознавала, что, не требуй она от Хубило столь многого, он не сорвался бы, не почувствовал бы себя ненужным и, скорее всего, никогда не стал бы пить. Рамиро умер, потому что Хубило сам уснул мертвым сном, но — будь она сама дома, — она наверняка услышала бы, как ребенок задыхается, успела бы спасти его.

Хубило, в свою очередь, корил себя за то, что не мог зарабатывать много денег. Если бы не это, Люче не пришлось бы идти работать, она не познакомилась бы с доном Педро, не попала бы в его сети — как и предполагал Хубило с самого начала.

Только время могло излечить их раненые души, и, чтобы добиться этого, им нужно было сначала развеять сомнения и подозрения, посеянные в их умах смертью сына. Им потребовалось пятьдесят два дня — полный солнечный цикл ацтеков, — чтобы вновь заговорить о том, что произошло в ту ночь, и навсегда покончить с упреками. Но в это время разум ни у одного из них уже не был помутнен горем, все их душевные силы были направлены на то, чтобы попытаться принять то, что принять невозможно, избавиться от чувства вины, попытаться хоть сколько-нибудь трезво существовать с горевшими в памяти воспоминаниями о случившемся.

Вот почему известие о новой беременности Лючи застало обоих врасплох и вызвало новую волну расспросов и подозрений. Оформление развода шло полным ходом, и Хубило посчитал возможным по-своему отнестись к этому событию: по его мнению, заводить ребенка в такой ситуации было не самым верным решением. Мнение Лючи было абсолютно противоположным. Для нее этот ребенок становился спасением, доказательством того, что любовь все-таки была, что прожитые годы чего-то стоили и что она изо всех сил боролась за свою семью и за свое чувство.

Люча решила, что этот ребенок будет принадлежать ей одной. Она не хотела делить его с Хубило. Чего только она ни делала, чтобы добиться официального развода — несмотря на то что все, даже ее родители, умоляли ее подождать и по крайней мере все хорошо обдумать. Но ей не терпелось получить возможность одной, только одной целовать и держать на руках это дитя — еще не родившийся плод их последней ночи любви, последней ночи перед смертью Рамиро.

Эта новая беременность стала для Лючи знаком того, что судьба начинает понемногу возвращать ей то, что было у нее так безжалостно отнято. По крайней мере, ей хотелось верить, что это так. А если хорошо поразмыслить, то выходило, что ей нужно попросту благодарить богов за то, что они для нее сделали. Для начала с ее дороги убрали дона Педро — чтобы жизнь ее стала хоть немного легче. Этот негодяй заслуживал больше чем просто смерти, но Люча никак не могла понять другого: за что, из каких неведомых ей высших соображений у нее отняли Рамиро, пусть даже сделав попытку утешить ее, подарив ей еще одного ребенка.

Хубило оказалось очень нелегко согласиться с мыслью, что ему предстоит стать отцом в третий раз. Он был вымотан, измучен и не представлял себе, что у него хватит мужества встретить этого малыша и сказать ему: «Здравствуй, я твой папа. Я дал тебе возможность появиться на свет и теперь должен растить, кормить и воспитывать тебя, но извини, на одно у меня нет денег, а на другое я не гожусь, нет мне доверия. У меня есть обыкновение напиваться и спать мертвым сном, пока мои дети умирают, задыхаясь во сне. По-моему, я тебе не подхожу, я не смогу охранять твой сон, я боюсь, что не смогу тебя уберечь».

В то время Хубило был не в силах позаботиться о самом себе. Он превратился в ходячий мешок сомнений и неуверенности. Страх навредить кому-нибудь заставлял его прятать от всех свое презрение к себе самому, сокращать любое общение с внешним миром, постепенно уничтожать свою личность. Ему было больно просыпаться по утрам. Больно видеть Рауля. Больно видеть Лючу. Больно вдыхать аромат цветов. Больно ходить. Больно даже дышать. Единственное, чего он хотел, — это умереть, разом покончить с физическим существованием, потому что в душе он давно уже умер. Для этого он решил обосноваться прямо в таверне, остаться там навсегда. Перестать страдать, перестать бороться. Забыть обо всем и обо всех. Единственное усилие, которое от него здесь требовалось, это поднести бутылку ко рту. Днем он пил, а ночью, когда таверна закрывалась, спал прямо под дверью. Он не мылся, не менял одежду, почти не ел и лишь просил милостыню, чтобы продолжать пить.

Его постоянным спутником был Чуэко Лопес. Он стал его учителем жизни на улице. Пока таверна была открыта, можно было пользоваться ее туалетом, чтобы справить нужду. Когда же она закрывалась, им приходилось ходить в туалет в церковь Святого Семейства, где когда-то — много лет назад — венчались Хубило и Люча. Соседи очень расстраивались, видя Хубило в таком состоянии. Все любили его, и наверное, именно поэтому никто не отказывал, когда он просил денег. Помимо обычной симпатии, не было в округе, пожалуй, ни одного человека, который не был бы чем-нибудь обязан Хубило. Вот почему, даже зная, что собранные им деньги пойдут только на выпивку, никто не был в силах отказать ему в паре монет. Зная, что у Хубило умер ребенок, все признавали за ним право на отчаяние. Кое-кто пытался поговорить с ним, как-то ободрить, помочь ему, но он уже никого не слушал. Его единственным собеседником стал алкоголь. Его физическое и психическое состояние ухудшалось с каждым днем. Чего он только не пережил! На него нападали, били, воровали последние ботинки — а он, похоже, даже не обращал на это внимания. Просыпался он то залитый рвотой, то обделавшись под себя, в лучшем случае — очередной раз избитым. Ступни его были изрезаны в кровь, порезы и шрамы покрывали все тело, да и само его сердце, казалось, непрерывно кровоточило.

Так продолжалось до тех пор, пока не кончился пятидесятидвухдневный цикл. Для ацтеков число пятьдесят два имело особое значение, ибо сумма его цифр давала семь. В году у них было семь таких семерок, цикл из пятидесяти двух лет считался полным циклом жизни.

Эти пятьдесят два дня, проведенные Хубило в пелене алкогольного тумана, стали особой фазой его жизни, пройдя которую он осознал, что на самом деле ему вовсе не хочется умирать. Случилось это в день, когда его разыскал Хуан. Хубило к тому времени уже не мог самостоятельно подняться с земли. Он протянул ему руку и прохрипел: «Помоги мне, братишка!» Хуан отвез его в больницу, где Хубило начал потихоньку возвращаться к жизни.

Выздоровление было нелегким и болезненным. Предстояло научиться жить заново, жить, освободившись от ноши страданий. Поначалу самым тяжким испытанием Хубило показалось отсутствие алкоголя в крови. Затем пришел черед других мучений — нужно было заново учиться переставлять ноги, двигать руками, восстанавливать умение владеть своим телом. Но труднее всего оказалось не это, ибо нет задачи сложнее, чем восстановить утраченную семью.

Когда он вышел из больницы, Люча была уже на шестом месяце беременности. К этому времени она нашла себе новую работу в Национальной лотерее, которую решила совмещать с прежней — в Управлении телеграфа. После смерти дона Педро ей уже не было необходимости увольняться оттуда. Выглядела она хорошо как никогда и не желала ни знать, ни видеть никакого Хубило. Она порадовалась за него, когда он стал выздоравливать. Более того, не секрет, что именно она попросила Хуана заняться его спасением, подсказав брату место, где он мог без труда разыскать Хубило. Сама она узнала об этом его логове от соседей. В общем, она не без интереса следила за тем, как он выкарабкивается из ямы, на дно которой угодил по собственному безволию, и ее вполне устраивало такое положение вещей. Пусть он живет, и живет хорошо, но — подальше от нее и от ее детей.

Хубило пришлось приложить неимоверные усилия для того, чтобы снова встать на ноги, найти работу и главное — убедить свою супругу в том, что он собирается бороться за свою семью, за сохранение их брака даже из последних сил. И теперь ему очень помогли родители Лючи. Если когда-то они и пытались отговорить дочь выходить замуж за Хубило, то теперь готовы были сделать все, чтобы убедить ее простить его и позволить вернуться. За эти годы они полюбили его как сына; он сумел так расположить их к себе, что даже теща стала его верным союзником. Она не уставала защищать и хвалить его и в конце концов смогла убедить Лючу согласиться на встречу и разговор с Хубило, который все еще считался ее мужем по закону, запрещавшему оформление развода во время беременности жены.

Хубило появился перед Лючей, что называется, «при полном параде». Ее родители забрали Рауля к себе, чтобы супруги могли поговорить друг с другом наедине.

Стоило им увидеться, как их тела встрепенулись и чуть было не ринулись навстречу друг другу с распростертыми объятиями. Но — разум сдержал этот порыв. Хубило сильно похудел, но это лишь помогло Люче вспомнить его таким, каким она увидела его впервые, когда ему было пятнадцать, а ей — тринадцать лет. Сама Люча была просто ослепительно красива, а ее живот прямо-таки сводил Хубило с ума. Они проговорили и проплакали какое-то время, прежде чем Хубило осмелился попросить Лючу показать ему живот. Она расстегнула свой балахон, сшитый специально на время беременности. Хубило восхищенно смотрел на нее, и кончилось все тем, что они оказались в постели в объятиях друг друга.

Пошел сильный дождь, и в комнате запахло мокрой землей. Слушая, как стучат капли по крыше, и обнимая Лючу, Хубило ощущал, что душа возвращается в его тело. Для него дождь становился символом, напоминанием о том, что он уже был практически мертв, что некоторое время назад душа уже покидала его тело и стремилась подняться к небесам, и вот сейчас она снова возвращалась обратно, поближе к земле.

Дождь был возрождением однажды уже испарившихся капель, которые покинули этот мир лишь на время, для того чтобы вновь обрести на небесах свою форму и вернуться на землю. Звук дождя и шевеление ребенка в животе Лючи — лучшей музыки Хубило и представить себе не мог. Ему было ясно, что в этот миг ему даруется еще одна попытка прожить новую жизнь. И на этот раз он не имел права так бездарно проворонить ее.

Любовь, которую Хубило и Люча делили друг с другом, породила жизнь, пульсировавшую сейчас в животе будущей матери. Движения этого существа служили лучшим поводом для того, чтобы, прислушиваясь к ним, пролежать обнявшись чуть ли не весь день, до тех пор пока это сладкое оцепенение не прервали преждевременные роды. Очень быстро на свет появилась семимесячная девочка — настоящий подарок небес.

Хубило назвал ее Льювией и поклялся, что никогда, ни за что на свете не расстанется с нею. Он хотел даровать ей всю свою любовь, чтобы хоть как-то отблагодарить судьбу за каждый день своей новой, великодушно дарованной ему жизни. Он исполнил свою клятву: Хубило прожил в доме Лючи до того дня, когда Льювия вышла замуж.

Эти годы вовсе не были сладкой идиллией. Люче и Хубило так и не удалось полностью восстановить отношения. Дон Педро оставил им в наследство огромную тень, навсегда повисшую в небе над их домом и над местом их работы. Хубило восстановился в Управлении, но атмосфера там была уже не та, что раньше. Что-то страшное произошло в этом здании — это Хубило почувствовал безошибочно. Но что именно — Люча строго хранила свою тайну.

— Почему? Почему ты мне не сказала? Почему молчала столько времени?

Телеграфный ключ стучит почти без остановки. Хубило изо всех сил работает пальцем, но ответа все нет. Слепой, он не отдавал себе отчета в том, что уже стемнело и Люча просто не могла прочитать на экране то, что он ей «говорил».

Неожиданно Люча вскочила со стула и подбежала к двери. Открыв ее, она во весь голос крикнула:

— Амбер, иди сюда!

Льювия вбежала в комнату, встревоженная криками матери. Что с отцом? Может быть, он переволновался и ему стало плохо? Каково же было ее облегчение, когда выяснилось, что она может попросту решить возникшую проблему.

— Дочка, что говорит папа?

— Он говорит, что... должен был защищать и беречь тебя, наполнять твою жизнь смехом и улыбками, но ему не удалось... он просит простить его за то, что не справился... Еще он говорит, что единственным его желанием всегда было — любить тебя, но он не знал, как добиться от тебя ответа. А еще — ты всегда была и будешь той единственной, которую он любил, как мог, всю жизнь...

Дон Хубило сказал не совсем это, но ему очень понравилось, как дочь озвучила его слова. Обратив невидящие глаза к Льювии, он заговорщицки подмигнул ей и притворно глубоко вздохнул.

Наконец-то она позволила себе прямо высказать его желания. И Льювия тоже поняла это. Она ведь ничего не придумала, а лишь повторила вслух то, что слышала много-много раз. Она слышала эти слова в утробе матери, еще не родившись, еще только собираясь появиться на свет. В тот момент, когда эти слова слетели с ее губ, она лишь показала свою верность тому голосу, что столько лет витал на чердаке и в чуланах ее дома, не имея возможности зазвучать в полную силу. И когда она заметила, что глаза матери заблестели — от слез, от счастья ли, — стало ясно, что произнесены были верные слова. Ей удалось вернуть к жизни то чувство, что столько времени пролежало похороненным под могильной плитой гордыни и презрения. Впервые за долгие-долгие годы Льювия увидела, как меняется лицо матери, как в ней рождаются новые, не знакомые дочери чувства.

Поначалу ее даже испугала гримаса боли на лице матери, потому что она и представить себе не могла, что та может так сострадать больному и беспомощному отцу. Но теперь, увидев, как загорелись любовью глаза мамы, Льювия поняла, что только что совершила открытие. Открытие куда более важное, чем то, что совершил археолог, раскопавший статую Койольксаухки[1].

Все эти годы мама, оказывается, прятала под бесчисленными слоями масок холодности и равнодушия этот взгляд, полный любви, от которого растает самое черствое сердце! Свет этого взгляда исходил из самой глубины ее сердца. И как же Льювия могла не замечать этого в собственной матери! Оказывается, ощущение, что между ее родителями давно прерваны все невидимые связи, что между ними не проносится, искря и вспыхивая, энергия любви, — это ее ощущение было глубоко неверным.

В памяти Льювии вдруг всплыл рассказ о том, как в 1842 году Самуэль Морзе открыл беспроволочную телеграфную связь. Оказалось, что нет никакой не-

---

[1] Койольксаухки — дочь богини земли в мифологии древних ацтеков. Ее статуя — шедевр ацтекской скульптуры XV в. — выставлена в Национальном музее Мехико.

обходимости всюду тянуть телеграфные провода, потому что электрический сигнал прекрасно передается как по ним, так и без них. Он сделал это открытие в тот день, когда стал свидетелем того, как один корабль разорвал своим килем проложенный по дну реки телеграфный провод, а передача сигнала при этом продолжилась, как будто ничего не случилось.

Увидев, как рука матери находит руку отца и ложится на нее и при этом старики не обмениваются ни единым словом, Льювия осознала, что в бескрайних просторах гигантской резонирующей матрицы, какой является Космос, всегда происходит обмен энергией между ее частями. Оставалось только понять, продолжался ли этот невидимый, неосязаемый обмен между ее родителями все эти годы или возобновился только сейчас, когда обострилась их способность ловить самые тонкие энергетические токи. Кстати, именно тяжелая болезнь отца, доставившая ему столько страданий, помогла Льювии осознать, что сама она обладает этим даром с рождения, ибо он передан ей по наследству. Еще в детстве для нее было огромным утешением почувствовать этот обмен энергией, продолжавшийся, несмотря на всю напряженность родительских отношений. И пусть провисли и разорвались давние, казавшиеся такими прочными энергетические нити, некогда связывавшие их, любовь все равно продолжала кружить между ними со скоростью желания! Ей хватило одного взгляда на переплетенные руки родителей, чтобы многое понять. Например, раздражительность матери как следствие постоянной борьбы с желанием обнимать и целовать своего мужа; так она изливала гнев на детей, не имея возможности объясниться с ним.

Поняла она и причину такого сильного пристрастия отца к музыке: в ней он искал хоть какую-то замену так нужной ему ласки Лючи. В одну секунду все обрело смысл; точнее, смысл существовал всегда, но вот открыла его Льювия только сейчас. Как бы она хотела догадаться об этом давно, многие годы назад, но всему свое время, и очень многое в этой жизни нельзя изменить по своей воле. Например, дону Хубило понадобилась целая жизнь для того, чтобы восстановить разрушенный некогда мост, однако он добился своего — за мгновение до смерти, и это позволило ему уйти в лучший мир со спокойной совестью.

Последний день жизни он провел в коме, не в силах даже пошевелить пальцем, чтобы отстучать хотя бы пару слов по телеграфу. Он дождался Лючи и теперь считал себя вправе умереть. Льювия была уверена в том, что свет, которым загорелись глаза ее матери в тот последний миг, ярко осветил ему путь в далекие, неведомые края. Они попрощались безмолвно, без единого слова, но в большой любви.

Мудрость людская безгранична. В пословицах и поговорках зашифрованы великие истины, смысл которых дано постичь лишь на личном опыте. Сколько раз я повторяла: «Что имеем — не храним...» — а лишь после смерти отца поняла глубину этих простых слов. Его отсутствие — непередаваемая, неизмеримая для меня потеря. Я не в силах передать то, что обрушилось на меня, когда я осталась одна. Единственное, что я знаю четко, это то, что я теперь не такая, как раньше. Никогда мне уже не быть дочерью дона Хубило. Никогда мне не испытать вновь ощущение того, что есть на земле человек, который всегда поможет мне, поймет меня и поддержит — что бы ни случилось.

Мне трудно примириться с существованием в мире, в котором нет отца. Он ведь всю мою жизнь был рядом. В счастье и в горе. Если я болела — отец был рядом. Неурядицы в личной жизни — он снова здесь. Поехать куда-то на каникулы — с ним. Сходить на праздник в школу к моим — уже моим — детям, кто же еще, как не он? С деньгами опять худо — отец здесь, рядом. Всегда улыбающийся, всегда внимательный, всегда готовый помочь — чем угодно, будь то отвести внуков в школу или почистить целую миску грецких орехов, сходить со мной на блошиный рынок «Лагунилья» или что-нибудь еще, что придет мне в голову. С той секунды, как он просыпался утром, и до того мига, когда глаза его закрывались и он погружался в сон, отец был готов помогать людям.

Я знаю, что подобные рассуждения — плод моего эгоизма. То, как существовал отец в последние месяцы, трудно назвать жизнью. Он очень страдал. Труднее всего ему давалось то, что он стал зависеть от других. И если говорить честно, смерть стала для него облегчением, особенно — такая смерть. Он скончался, окруженный любовью, рядом с нами, искренне любящими его, в своей кровати, а не где-нибудь в одиночестве бездушной больничной палаты. Единственное, о чем я жалею, это о том, что не успела свозить его напоследок к его любимому *K'ak'nab*, тому самому морю у города Прогресо, где он учился плавать. Мы уже стали готовиться к этой поездке, вот только со здоровьем у отца стало совсем плохо — не до путешествий. Но мы надеялись...

По крайней мере, с Солнцем он проститься успел. Утром он попросил меня посадить его у окна, чтобы в последний раз поприветствовать светило. Вечером того же дня он умер.

Исполняя его волю, мы облачаем его в тот самый белый льняной костюм, в котором он танцевал с мамой дансон, и вызываем похоронную службу.

День был пасмурным, солнце спряталось за тучами. Несмотря на это, мама пришла в темных очках. Было понятно, что она их надела для того, чтобы спрятать воспалившиеся от слез глаза. Это меня нисколько не удивило. Ее боль была знакома и мне. А вот что меня действительно поразило, так это то, что мама назвала меня моим настоящим именем. Когда мы пошли по дорожке мимо могил, она вдруг крепко взяла меня за руку и попросила: «Не бросай меня, Льювия». Я внезапно ощутила ее маленькой и беззащитной. Какой же одинокой чувствовала она себя, второй раз в жизни потеряв человека, который был ее мужем!

Вернувшись с кладбища, я попрощалась с Лолитой, с доном Чучо, с Нати и Авроритой, а затем закрыла дверь в комнату отца и неделю туда не заходила. Мне было невыносимо больно видеть его пустую кровать, выключенное радио, молчащий телеграф, пугающее своей ненужностью кресло-каталку. Когда прошли эти семь дней, желание почувствовать себя рядом с отцом пересилило горечь утраты, и я вошла в его комнату. Здесь все вещи, вся атмосфера по-прежнему хранили его тепло, вот только его самого уже не было. Мне вдруг впервые стало по-настоящему ясно, что я никогда больше не увижу отца, что не услышу, как в детстве, его шагов по лестнице и никогда не вздохну с облегчением, зная наверняка, что как только он придет, все сразу изменится, и изменится к лучшему. Теперь этого не будет никогда.

Я вспоминаю, как тяжело было видеть, что он умирает, быть с ним рядом в момент ухода. Я думала, что достаточно подготовилась к неизбежной скорой смерти отца, но, как выяснилось, ошибалась. К этому нельзя подготовиться. Тайны жизни и смерти, перехода между ними — слишком сложны для человеческого разума. Нам стоит немалого труда ориентироваться в трех измерениях, а тут... Мы знаем только то, что мертвых с нами нет, что они ушли и оставили нас — одних. Всякий, кто видел безжизненное тело, поймет, о чем я говорю.

Увидев мертвого отца, неподвижно лежащего на кровати, я вспомнила, какой ужас мне довелось пережить в детстве, когда после спектакля в кукольном театре я попала за кулисы и заметила марионетку, висевшую на гвозде, вбитом в стену. Всего за несколько минут до этого я видела ее танцующей, поющей, говорящей, и вдруг она предстала передо мной совершенно в ином облике — молчащая, неподвижная, словно потерявшая душу и сердце, она перестала казаться персонажем сказки, на глазах превратившись в разрисованный кусок дерева.

Разница между той марионеткой и моим отцом заключалась в том, что кукла, повинуясь воле артиста, могла снова ожить, а отец — уже нет. Это тело никогда больше не заговорит, не пошевелится, не встанет, не будет смеяться и ходить по дому. Это тело умерло, и мне предстояло определить судьбу принадлежавших ему вещей.

Я предпочла заняться этим сразу же, чтобы не продлевать свои мучения. Выдвинув ящики, я стала сворачивать отцовскую одежду, разбирать его книги и пластинки. Из них я отложила себе диск Вирхинии Лопес и еще один — трио «Лос Панчос».

Вскоре я наткнулась на небольшую шкатулку, в которой он хранил самые памятные для него вещи, своего рода символы. Открывала я ее медленно, бережно и с должным почтением. Внутри я сразу же увидела мамину фотографию. На снимке ей лет пятнадцать. Моя фотокарточка с овальной растушевкой — в первые школьные годы. Фотографии моих детей и брата. Конвертик с прядью совсем тонких младенческих волосиков, подписанный маминым почерком: «На память о моем любимом Рамиро». Небольшая тетрадочка с пометками и примерами по нумерологии майя и подробный рисунок-чертеж, во всех деталях повторяющий одну из стел древнего народа. Медиатор, чтобы играть на гитаре, спичечный коробок… Открыв коробок, я увидела внутри мой первый выпавший зуб с записочкой, в которой отец не забыл указать не только само событие, но и его дату.

Я тотчас же вспомнила этот день. Папа уложил меня спать, и мы вместе засунули мой зубик под подушку. «Чтобы мышка его унесла», — со знанием дела пояснил отец. Я спросила его о том, что станет с моим зубом. Папа ответил так:

— Я же сказал: не волнуйся. Придет мышка, унесет зубик, а взамен принесет тебе денежку.

— Да это понятно. А потом? Что станет с моим зубом?

— Потом?

— Ну да. После того, как мышка унесет его.

— Ах вот ты о чём! Ну так вот: мышка спрячет его в коробочку и будет хранить вместе со своими самыми главными сокровищами.

— Да нет же, папа! Ну как ты не понимаешь? Я хочу знать, что с ним самим будет? Ну с самим зубом. Он развалится?

— Ну... наверное, да. Только очень-очень не скоро. А так конечно. Рано или поздно он превратится в пыль, как и... Только тебе ещё рано-рано об этом волноваться. Так что, Чипи-Чипи, моя Кап-Кап, ложись в кроватку и спи. Спокойной ночи.

Папа, как всегда, оказался абсолютно прав. «Мышка» сохранила мой молочный зуб среди самых дорогих для неё вещей. Пока что он целый, но рано или поздно превратится в пыль, как и предсказывал отец. Но, опять же по его словам, ждать этого нужно ещё много-много лет. Сама не знаю почему, но эти воспоминания и размышления помогли мне справиться с горечью утраты. Я надолго отвлеклась, задумавшись о пыли. «Пыль ты есть и в пыль обратишься». Все живое рано или поздно обращается в пыль. В прах. Мы ходим, попирая ногами пыль, которая есть останки того, что раньше было крылом бабочки, цветком, звездой, камнем. Мы вдыхаем пыль, бывшую некогда ногтями, кожей, лёгкими, сердцем.

В каждой мельчайшей пылинке хранится целый мир воспоминаний. Например — о ночах любви. В этот миг пыль перестаёт быть для меня символом одиночества; наоборот, она превращается в полную свою противоположность. В этой пыли хранится память о миллиардах людей, живших на

Земле, ходивших по ее пыли. Кружащиеся в воздухе пылинки — это священные частицы Кетцалькоатля[1], Будды, Ганди, Христа.

Такой же пылью разносятся по планете останки моего отца — частицы его ногтей, его кожи. Они уже разлетелись по всему городу, а ведь есть еще те, что оставались после него во всех городках, где бывали они с мамой.

И это еще не все. Отец живет во мне, в моем теле, в теле моего брата, моих детей, моих племянников. Его биологическое и человеческое наследие сохранится в нас, в наших мыслях и воспоминаниях, в том, как мы видим и понимаем этот мир, как смеемся, как говорим, как двигаемся.

Во время похорон эта мысль позволила мне от души обнять брата, чего я не делала уже много лет. А еще — благодаря ей я примирилась с жизнью.

Не знаю, отчего у меня возникает ощущение, что отец где-то рядом. Может быть, всему виной мое обыкновенное желание чувствовать себя комфортно? Проходят дни, моя жизнь вернулась в нормальное русло, но почему-то иногда, когда я занимаюсь повседневными делами, у меня вдруг возникает ощущение, что отец здесь, что он со мной — и у меня на душе становится так спокойно... Я не знаю, права я или нет, но мне почему-то кажется, что, где бы сейчас ни был мой отец, он порадуется, узнав, что я снова стала изучать астрономию, хотя бросила это занятие — страшно сказать, — когда вышла замуж, что начала учить язык майя и что первое, чему я буду учить внука, сына Федерико, после того

---

[1] Кетцалькоатль — верховное божество древних ацтеков, его представляли в виде крылатого змея или койота.

как он научится читать и писать, — это нумерологии древних майя, хотя бы ради того, чтобы он не забывал о своем прошлом, о своем наследии.

Вчера мне приснился один удивительный сон. Мы с отцом едем на машине. Машина очень старая — «Шевроле-56». Мы едем в Юкатан, в Прогресо. Над дорогой — целое облако бабочек. Некоторые из них разбиваются о ветровое стекло нашей машины. За рулем я. Вдруг отец просит, чтобы я разрешила ему порулить. Не успеваю что-то ответить, а он уже сидит на водительском месте. Я и во сне помню, что он ничего не видит, но мне почему-то не страшно, когда он садится за руль. Отец, счастливый, смеется; я — вслед за ним. Только на поворотах у меня немного захватывает дух, потому что отец как будто не совсем вовремя крутит руль. К моему удивлению, когда на очередном изгибе дороги отец уверенно держит руль прямо, мы не падаем в пропасть, а продолжаем движение, которое теперь становится полетом. Мы пролетаем над несколькими городами, и в каждом из них находятся люди, приветливо машущие нам руками. Крестьяне в полях снимают сомбреро и тоже радостно машут нам, как старым знакомым. Подлетев к морю, отец радостно восклицает: «Смотри, Чипи-Чипи!» — и со всего размаху влетает в воду, где начинает весело бултыхаться. Мне остается только удивляться, как хорошо он плавает, несмотря на всех своих Паркинсонов.

Из этого сна, такого глубокого и заразительного, я возвращалась долго и постепенно. К реальности меня вернул один хорошо знакомый звук: в изголовье моей кровати, смотрящей на север, стоит старый телеграфный аппарат. И вот он стучит по спинке кровати, передавая мне что-то азбукой Морзе.

Ну вот и дождались: наступило четырнадцатое февраля. В Мексике это не только день всех влюбленных, но и День работников телеграфа, который отмечается официально, только, само собой, об этом сегодня мало кто знает. Телеграфисты, сыгравшие такую важную роль в развитии систем связи, в наше время совсем забыты. Я прекрасно понимаю, что никому сегодня нет дела до дона Педро, но жалко только, что ни один из тех, кто подключается к Интернету, не вспоминает в этот миг о том, что в свое время именно телеграф был прообразом и, пожалуй, единственным в истории подобием этой всемирной паутины, позволяющей нам сегодня так просто общаться друг с другом. Да что там говорить, жизнь порой бывает куда более неблагодарной. В конце концов, важно не это. Самое интересное в людском общении — это то, что наши слова, написанные, произнесенные или спетые, попадают в пространство в сопровождении эха других голосов, которые произнесли то, что считали нужным, намного раньше нас.

Слова несутся в эфире — омытые слюной с чьих-то губ, уже услышанные чьими-то ушами, уже подстроившие под себя и подстроившиеся сами под ритм биения тысяч чьих-то сердец. Они проникают глубоко в нашу память и тихо-тихо лежат там до тех пор, пока новое желание не оживит их, не наполнит заново энергией любви. Я считаю, что одной из самых важных и самых необыкновенных особенностей слов является их способность выражать любовь. Слова, как и вода, — прекрасные проводники энергии. А из всех ее видов наибольшей преображающей силой обладает энергия любви.

Все те, чья жизнь изменилась к лучшему благодаря моему отцу, позвонили, чтобы поздравить его с двойным праздником. Первыми были Хесус и Люпита, и они очень огорчились, узнав, что папа умер. Из жизни ушел человек, знавший, как соединять и воссоединять людей, их надежды, иллюзии, их желания.

Вот что оказывается в итоге важным и значительным: способность человека продолжать жить после смерти в памяти других людей — благодаря преображающей силе его слов. Кстати, вот те слова, что содержались в адресованном мне в тот день сообщении:

«Дорогая Чипи-Чипи, смерти нет, но жизнь — та, которую ты знаешь, — прекрасна. Живи и умей радоваться жизни! Я люблю тебя. Твой папа».

СОДЕРЖАНИЕ

Литературно-художественное издание

Лаура Эскивель

ШОКОЛАД НА КРУТОМ КИПЯТКЕ
СТРЕМИТЕЛЬНЫЙ, КАК ЖЕЛАНИЕ

Ответственный редактор *Антонина Балакина*
Художественный редактор *Егор Саламашенко*
Технический редактор *Любовь Никитина*
Корректор *Лада Киревичева*
Верстка *Максима Залиева*

Подписано в печать 16.12.2003.
Формат издания 84×108¹/₃₂. Печать офсетная.
Усл. печ. л. 23,52. Тираж 5000 экз.
Заказ № 89.

ИД № 02164 от 28.06.2000.

Торгово-издательский дом «Амфора».
197022, Санкт-Петербург, наб. реки Карповки, д. 23.
E-mail: amphora@mail.ru

Отпечатано с готовых диапозитивов
в ФГУП ИПК «Лениздат» (типография им. Володарского)
Министерства РФ по делам печати, телерадиовещания
и средств массовых коммуникаций.
191023, Санкт-Петербург, наб. р. Фонтанки, 59.